Le cueilleur de rêves

J'AI LU

Dinah McCall

Le cueilleur de rêves

Traduit de l'américain
par Marie-Claude Elsen

Éditions J'ai lu

Titre original :

DREAMCATCHER

A travers l'Histoire, on a toujours dépeint les rêveurs comme des êtres incapables de réaliser la moindre chose notable.

En ma qualité de rêveuse éveillée invétérée, permettez-moi de ne pas partager cette opinion.

Ce livre selon mon cœur est dédié aux rêveurs. A tous ceux qui, partout, se sentent davantage à l'aise dans leur monde intérieur que dans celui où ils vivent.

Il me faut remercier certaines personnes exceptionnelles qui ont bien voulu partager avec moi la beauté et la richesse de leur héritage. Grâce à elles, je comprends mieux l'énergie qui habite le cœur et l'esprit des Indiens américains.

Je remercie Weaver (Sonny) Cheek et sa fille, Kristie Ann Cheek Sala, qui est aussi ma bru, de m'avoir aidée dans mes recherches sur la tribu des Indiens muskogees à laquelle ils appartiennent. Tribu qui, plus tard, sera connue sous le nom d'Indiens creeks.

Quand j'ai commencé ce roman, j'écrivais simplement une histoire. A la fin, il était devenu une partie de moi-même, tout comme ma bru appartient désormais à notre famille.

La conviction des Indiens américains qu'il existe un monde invisible, en lequel il faut croire, est en fait proche de celle de tous les êtres qui ont foi en une puissance supérieure. Au cours de mes recherches, j'en suis arrivée à la conclusion que le caractère invisible d'une chose n'implique pas qu'elle n'existe pas.

Toute licence prise avec les véritables croyances des Indiens muskogees relève uniquement de la fiction. Toute erreur est mienne. La vérité du peuple muskogee et sa foi sont toujours perceptibles pour tous ceux qui désirent y accéder.

PROLOGUE

Milieu du XVIIe siècle, continent nord-américain

Pareille à du cuivre en fusion, la sueur ruisselait sur les muscles luisants de son torse, et pourtant il ne sentait pas la chaleur dégagée par les flammes.

Le vent qui rugissait à ses oreilles soulevait ses longs cheveux noirs. Déployés sur ses épaules, ils se fondaient à la nuit environnante. Les esprits portés par le vent envahissaient son corps et accentuaient sa fascination. Pris au piège de la vision, il ne pouvait bouger, campé sur ses jambes écartées, entraîné dans son rêve sans pouvoir faire le moindre mouvement.

Il se tenait non loin d'un précipice. Les yeux écarquillés, il fixait un point dans l'espace. Elle s'approchait de lui... portée par l'air... à travers l'air... intégrée à l'air.

Elle était habillée de vêtements qu'il ne connaissait pas, mais qui ressemblaient à ceux de l'homme blanc. Et il était impossible de se méprendre sur son sexe. Personne ne le lui avait dit et aucune parole ne venait confirmer ce qui habitait son cœur. Elle s'appelait Amanda, il le savait.

Elle courait, les bras tendus, son épaisse chevelure acajou flottant derrière elle comme un voile embrasé. Chacun des mouvements de son corps trahissait sa panique. Les larmes qui roulaient à son insu le long de ses joues, striant son visage d'une peinture de guerre, traduisaient le désespoir. La terreur inscrite dans ses yeux se ficha dans son âme. Sous l'impact, il sentit son corps trembler. Il essaya de bouger, de tendre les bras ou de l'appeler. Mais lui était là, et elle là-bas. Il ne s'agissait que d'un rêve.

Le sang palpitait sauvagement dans ses veines, d'un centre nerveux à un autre. Les battements de son cœur emplissaient ses oreilles et ses doigts se crispaient convulsivement le long de ses flancs. Cette vision le bouleversait au-delà de toute parole, mais son corps restait immobile. Il continuait à fixer au-delà du feu, dans l'espace, la nuit obscure.

Il la connaissait. Elle l'accompagnait depuis toujours, nichée quelque part au fond de son cœur, dans l'attente du jour où il la découvrirait. Mais devant cette apparition, il se sentait impuissant. Incapable de tendre la main pour toucher la pure beauté d'albâtre de sa peau, incapable d'enfoncer les doigts dans l'abondante chevelure qui voletait autour d'elle, incapable de l'attirer vers lui, sous lui...

Elle lui fit signe d'une main, la bouche ouverte en un cri perçant qu'il ne pouvait entendre, puis elle disparut.

Il se laissa tomber sur le sol en frissonnant et, pour la première fois, sentit la chaleur du feu qu'il avait allumé. Les émotions bouleversantes qui continuaient à l'agiter le paralysaient presque. Mais dès qu'il fut capable de remuer, il sentit qu'il devait fabriquer leur lien. Il répugnait à se détourner du précipice, car il se couperait alors des émotions que lui inspirait encore la femme de la vision. Sa femme...

Mais il savait ce qu'il devait accomplir. Tout bas, il adressa une brève prière aux esprits pour leur demander de le guider, puis il ramassa le couteau qui gisait près du feu et se dirigea vers les arbres environnants.

Il ne lui fallut pas longtemps pour en choisir un, même dans l'obscurité. Il possédait une connaissance intime de la forêt dans laquelle il vivait. D'un coup de couteau rapide il trancha le jeune rameau vert. Plus calme, maintenant que sa mission lui apparaissait clairement, il se dépêcha de revenir vers le feu mourant dans lequel il jeta un petit morceau de bois. Les étincelles qui en jaillirent et la fumée qui s'éleva dans l'air le firent un peu grimacer. Assuré de disposer d'assez de lumière pour pouvoir travailler, il s'accroupit sur les talons et se mit à fouiller dans ses affaires.

A deux reprises, tandis qu'il cherchait les objets dont il avait besoin, il s'interrompit pour rejeter en arrière le long rideau de cheveux noirs qui retombait sur son visage et sur ses yeux.

C'étaient des yeux ambrés, couleur whisky, comme ceux d'un homme blanc. Ils n'étaient pas en harmonie avec le reste de sa personne. Son cœur et son âme étaient indiens. Il s'appelait Nokose, ce qui signifiait « ours », dans le langage de sa tribu, les Muskogees. Mais que cela lui plût ou non, de par son père, un trappeur français, et de sa mère, une Indienne, il appartenait à deux mondes.

Sans se soucier de la transpiration qui coulait le long de son torse dénudé, il s'assit, utilisant son pantalon en peau de daim souple comme plateau de travail.

Quelques minutes lui suffirent pour faire un cercle du rameau, fin et souple, qu'il venait de couper. Cercle qu'il referma au moyen d'une bande de cuir tendre, bien serrée. En séchant, elle allait rétrécir et maintenir fermement en place les extrémités de l'osier vert.

Puis il prit un long ruban de cuir, étroit comme un fil, et commença à fabriquer un dessin à l'intérieur du cercle comme une araignée tisserait sa toile, en prenant bien soin de laisser une petite ouverture au centre.

De temps en temps, il jetait un morceau de bois dans le feu afin d'avoir assez de lumière pour travailler. La sueur provoquée par la chaleur du brasier ne cessait de dégouliner sur son corps, tachant les peaux de daim ainsi que le pagne et les morceaux de cuir protégeant sa virilité. Mais ce n'étaient ni la chaleur ni le manque de lumière qui le mettaient mal à l'aise. C'était l'urgence que lui inspirait la certitude que, sans son aide, Amanda serait perdue.

Les heures s'écoulèrent, et quand il eut terminé, il présenta l'objet à la lueur des flammes, le tournant avec précaution dans un sens, puis dans l'autre, pour vérifier qu'il ne présentait aucun défaut. Enfin, satisfait de son œuvre, il la posa sur ses genoux.

D'un geste lent et mesuré, il prit une plume d'aigle dans son petit sac et la ligota à la tapisserie, conférant d'un seul coup au talisman qu'il venait de fabriquer la rapidité et la vue perçante de l'oiseau royal auquel elle avait appartenu. Puis il détacha la griffe d'ours suspendue à une lanière autour de son cou pour la nouer également à la tapisserie. En la voyant osciller contre le bois, il poussa un grognement de satisfaction. Amanda aurait besoin de tout le pouvoir et de toute la magie contenus dans cette griffe.

Ses doigts passèrent lentement le long de la

griffe, puis s'immobilisèrent pour en tâter la courbe pareille à une serre. Ils tressaillirent. Cette griffe, et d'autres semblables à elle, l'avait arraché du ventre de sa mère et jeté dans des buissons où il aurait dû périr. Et sans son père, Jacques Leclerc, il serait effectivement mort.

Mais le chagrin de son père et la persévérance d'une nourrice l'avaient sauvé, nourrisson minuscule, d'une mort certaine. En grandissant il était devenu un homme à la fois craint et révéré par son peuple. Parmi les Muskogees, rares étaient ceux qui osaient se moquer de l'aspect magique de sa naissance.

Il cligna des yeux, s'obligeant à revenir à sa tâche et à mettre ses souvenirs en réserve pour un autre jour. Celui où il aurait le temps de se rappeler le trappeur gai et débordant de vitalité que son père avait été, et la lutte féroce pour leur survie qu'ils avaient menée sans jamais se plaindre. Car, à dire vrai, ils ne connaissaient pas d'autre manière de vivre.

Son sac à magie était suspendu à une lanière de cuir attachée autour de son cou. Il le palpa pensivement, songeant au sérieux de l'entreprise dans laquelle il se lançait. Mais il savait que, pour que la toute-puissance du talisman puisse opérer, il devait aussi lui offrir une partie de lui-même.

Il ouvrit le petit sac et lui donna un coup léger qui fit tomber dans sa paume un médaillon minuscule, tissé de perles et d'aiguilles de porc-épic. En accomplissant ce geste, il pensa à cette mère qu'il n'avait jamais connue. Aux heures de labeur qu'elle avait dû consacrer à ce médaillon et à la joie qu'elle avait sûrement ressentie en le fabriquant.

Il se demanda si elle avait ri de plaisir en l'accrochant au berceau confectionné pour lui par son père bien avant sa naissance, puis il s'interrogea sur le lien qui existait entre son père et sa mère. Avait-il été aussi fort que celui qui le reliait à la femme de ses rêves ?

La pensée d'Amanda le ramena à sa tâche. Il inséra le petit médaillon dans la tapisserie et l'y attacha solidement, lui donnant ainsi un morceau de son esprit.

J'ai fini !

Campé sur les talons, il contempla l'objet qu'il venait de créer. Ses muscles frémirent, puis se détendirent. Maintenant qu'il en avait terminé, il respirait plus facilement.

Ses yeux brillèrent, puis se rétrécirent. Il se releva pour s'éloigner du feu et ses lèvres, pleines et comme dessinées par le couteau d'un sculpteur, se raffermirent.

Il s'immobilisa au bord du précipice qui donnait sur la vallée. Des volutes de fumée lui frôlèrent le visage. La prière qu'il murmura en levant le talisman vers l'immense ciel nocturne était plus ancienne que son peuple, plus ancienne que la Mère Terre elle-même.

Le cueilleur de rêves était terminé.

Désormais, la tapisserie filtrerait tous les rêves d'Amanda, et seuls ses rêves positifs seraient autorisés à traverser le trou minuscule pratiqué en son centre.

Il lui restait encore une chose à faire, mais il eut du mal à y parvenir : essayer de se rappeler les paroles qu'il n'utilisait jamais, dans la langue maternelle de son père. Il ferma les yeux pour se remémorer son visage et sa silhouette, et les mots s'envolèrent.

— Amanda, n'aie pas peur. Je viendrai te chercher hurla-t-il en un véritable cri du cœur.

Ce fut dans un anglais assuré que son serment

bascula dans le précipice où régnait un grand silence. Puis, faisant volte-face, il rejoignit son campement, éteignit à la hâte le feu mourant et rassembla ses affaires. Sans jeter le moindre regard en arrière, il redescendit de la montagne, l'objet magique entre les mains.

1

De nos jours, Virginie de l'Ouest

— Rattrapez-la ! Elle va tomber !

Le cri fit tourner la tête à l'inspecteur Jefferson Dupree, à l'instant même où la jeune femme vacillait au bord de l'estrade improvisée dressée au centre du parc.

Il plongea en avant, les bras tendus. La collision de leurs deux corps les envoya rouler ensemble sur le sol. Tout juste eut-il le temps d'enregistrer sa douceur et la nuance subtile de son parfum. Et celui de s'apercevoir qu'elle semblait avoir été faite pour tenir dans ses bras. Il put simplement s'arc-bouter, à l'instant où son corps servit de tampon au sien.

Amanda s'était rendu compte qu'elle allait tomber. Elle n'eut le temps ni d'éprouver un choc, ni d'avoir peur. Simplement celui d'entrevoir la honte qui serait la sienne si elle n'en mourait pas. Car sa chute ne serait pardonnable que dans ce cas. Les épouses de députés ne basculaient pas d'une estrade devant la foule des électeurs de leur mari.

Mais la douleur qu'elle s'attendait à éprouver en heurtant le sol ne vint pas. A la place, elle se retrouva nichée contre une large poitrine et étreinte avec une telle douceur que, l'espace d'un battement de cœur, elle souhaita ne plus jamais bouger de là.

— Ô mon Dieu, murmura-t-elle.

Toute gêne oubliée, elle se perdit dans des yeux bruns emplis de bonté, piqués de quelques taches d'or qui lui firent penser à du whisky chaud. L'homme avait les narines légèrement dilatées, à cause de l'effort qu'il venait d'accomplir pour la rattraper. Sa lèvre supérieure était nettement ciselée. Quant à sa lèvre inférieure, pleine et sensuelle, elle était pour l'instant légèrement tordue dans un rictus de douleur.

Tous ces détails traversèrent son esprit en un millième de seconde, puis elle pensa : *David va me tuer.*

A l'instant où ils se regardèrent, les yeux dans les yeux, un fluide passa entre eux. Quelque chose de rapide. De soudain. De pressant. Mais qui resta à l'état de non-dit.

Du coin de l'œil, Jefferson Dupree vit David Potter jaillir de l'estrade. Avant même qu'il puisse reprendre son souffle ou trouver l'énergie de parler, la jeune femme lui fut arrachée des bras. Mais il aurait juré qu'Amanda Potter s'était accrochée à lui un instant, comme si elle voulait esquiver les mains de son mari. A la seconde où cette pensée lui traversa l'esprit, il se traita d'idiot. Elle était l'épouse d'un des plus brillants, des plus charmants députés de la Virginie de l'Ouest. Elle ne pouvait vivre que dans un monde proche de la perfection.

— Oh la la, je suis désolée, chuchota-t-elle, les yeux levés vers le visage de son mari, scrutant sa beauté parfaite pour y quêter un signe d'approbation.

Dupree ne savait pas très bien à qui s'adressaient ses excuses, mais en déduisit qu'elles étaient formulées à son intention.

— Vous n'avez pas besoin de vous excuser, dit-il en essuyant son veston et son pantalon. Je suis content de m'être trouvé là, c'est tout. Ça va ? Quelle chute !

Par habitude, il entreprit de l'examiner pour s'assurer qu'elle n'avait rien de cassé.

Mais on ne laissa pas à Amanda Potter la possibilité de lui répondre, elle était fermement retenue par les bras de son mari. Ce spectacle déclencha chez Jefferson Dupree un bizarre éclair de ressentiment dont il s'étonna. Quelques instants plus tôt, c'étaient ses bras à lui qui la protégeaient. C'était sur son torse à lui qu'elle posait la tête.

Mais qu'est-ce qui te prend, Dupree ? se demanda-t-il.

Cette femme, il la connaissait à peine, et la dernière chose à laquelle il aurait dû penser était bien celle-là. La foule de curieux qui se rassemblait lui offrit le temps de se ressaisir.

David Potter, parfaitement conscient des flashes qui les mitraillaient, serra la main de l'inspecteur.

— Je ne vous remercierai jamais assez, assura-t-il. Vous venez de sauver Amanda d'une chute épouvantable.

— Je me suis trouvé là au bon moment. C'est tout.

Dupree adressa un sourire à Amanda. Il regrettait de ne pas avoir le droit de repousser la boucle de cheveux auburn égarée qui retombait sur ses grands yeux apeurés, ni de déposer un baiser sur la tache rouge qui pointait sur sa joue, à l'endroit où celle-ci avait heurté son menton.

La jeune femme esquissa un sourire empreint de nervosité et épousseta ses vêtements, sans oser regarder aucun des deux hommes en face. De cet incident ne lui restaient que la sensation du corps de cet homme contre le sien lorsqu'ils s'étaient heurtés et l'impression sécurisante qu'elle avait éprouvée alors. Un fard violent colorait son visage. Au beau milieu d'une manifestation publique, elle venait à la fois de se ridiculiser et de gâcher le discours de David. Il allait se mettre dans un état de fureur inouïe.

Elle haussa les épaules. Il n'y avait rien de neuf là-dedans !

— Ma chérie... Tu vas bien, n'est-ce pas ?

David prit la joue de sa femme dans sa main pour relever son visage vers le sien.

Elle lui adressa un léger sourire et acquiesça d'un signe de tête muet, tandis qu'il essuyait soigneusement la poussière et les taches d'herbe qui maculaient la manche de son tailleur rose.

Le beau visage de David exprimait la détresse et l'inquiétude de mise. A la hâte, il assura aux membres du comité organisateur de ce rassemblement qu'ils n'étaient pour rien dans le fait que le bord de l'estrade se soit effondré. Un accident n'était jamais prévisible.

Les yeux plissés, Dupree observa de son regard d'aigle la manière dont David Potter prenait sa femme par le coude pour la diriger avec prudence vers une voiture qui les attendait. N'oubliant pas une seconde son rôle de politicien, le député assura, à chaque personne qu'ils croisaient, qu'Amanda allait parfaitement bien. Avec l'aisance d'un seigneur, il l'aida à s'installer sur le siège arrière, arrangea le bas de sa jupe, puis en referma la portière brusquement.

L'écho qui se propagea à l'intérieur de la voiture fit tressaillir Amanda.

Saluant ses électeurs de la main tout en débitant des platitudes, David fit signe au chauffeur de démarrer. Puis il afficha un sourire, et la limousine s'éloigna.

Tandis que Marcus Havasute, leur chauffeur, se frayait un chemin au milieu de la circulation, Amanda sentait le regard que David posait par instants sur elle la brûler. Quand apparut le portail de la propriété de famille, il ne dissimula pas un soupir de soulagement.

— Dieu merci, marmonna-t-il, nous voici à la maison.

Amanda frissonna. Il était clair que ce terme ne signifiait pas la même chose pour elle que pour lui. La voiture se gara devant la porte et s'immobilisa. La jeune femme déboucla sa ceinture de sécurité. Marcus était déjà à la portière pour l'aider à descendre. Sans attendre sa femme, David pénétra dans la maison, suivi de près par Amanda.

— Madame Potter, que vous est-il arrivé ? s'exclama Mabel en se précipitant vers eux.

Il était impossible de ne pas remarquer l'état des vêtements d'Amanda. La gouvernante, inquiète, papillonnait autour d'elle.

David lui fit signe de s'éloigner d'un geste de la main, tout en tirant Amanda dans l'escalier derrière lui. Toute la prévenance qu'il avait montrée en public s'était évaporée. Ils arrivèrent au second étage où ils empruntèrent le couloir menant à leur chambre. La porte se referma derrière eux avec un claquement froid et métallique.

— Espèce de salope débile ! Tu ne peux jamais rien faire correctement !

Le coup qu'il lui porta l'atteignit au beau

milieu du dos, la propulsant tête la première sur le lit. Sa rage, violente et instantanée, épaississait à tel point l'atmosphère de la pièce qu'Amanda avait du mal à respirer. Il la tira brusquement par un bras pour la retourner sur le dos. Malgré son envie de protester, elle se retint ; elle savait d'expérience que cela ne ferait qu'aggraver les choses.

— Tu as bousillé ton tailleur. Un modèle de Givenchy. Personne ne se souviendra de mon discours. Et en fait de Potter, on ne parlera dans les médias que de toi et de ta chute de cette saloperie d'estrade !

— David, non...

Amanda détestait sa voix plaintive. Mais le second coup arriva sans qu'elle puisse le parer. Elle leva les bras pour essayer de l'esquiver, mais il était trop tard. La main de David venait de s'abattre sur le côté de son visage. Sa tête se renversa brutalement en arrière. Des lumières explosèrent derrière ses paupières. Elle gémit et essaya de le fuir en roulant sur elle.

— Ferme-la ! gronda-t-il férocement.

Puis il se jeta entre ses jambes et utilisa son genou comme levier pour les écarter.

— David... je t'en prie... pour l'amour du ciel, ne fais pas ça, le supplia-t-elle.

Mais il la cloua, tressaillante, au sommier.

Des petits coups saccadés, frappés à la porte, le pétrifièrent en pleine action. Le visage de David n'était plus qu'une caricature de sa beauté. Les lèvres parfaitement ourlées s'étaient retroussées dans un rictus qui découvrait ses dents. La fureur avait rétréci et fait pâlir ses grands yeux bleus. Ses cheveux blonds, d'ordinaire disciplinés, lui pendaient sur les yeux et le front comme un linceul pâle.

— Qu'y a-t-il ? hurla-t-il à celui ou celle qui se tenait derrière la porte.

Amanda essaya de bouger. Il lui empoigna le cou d'une main et la maintint sur le lit comme un papillon épinglé.

— Vous avez intérêt à ne pas nous déranger sans une raison sérieuse !

Amanda ferma les yeux pour essayer de déglutir. Mais l'étau dans lequel il serrait sa gorge empêchait la salive de passer, alors, elle commença à s'écouler lentement à la commissure de ses lèvres, mêlée à du sang.

— Le maire est au téléphone, expliqua la gouvernante d'une voix forte et aiguë. Et j'ai pensé que vous voudriez savoir qu'une équipe de télévision est en train de se garer dans la cour.

David frémit. Son poing se desserra, tandis que la main qui maintenait toujours Amanda la lâchait. Il bascula au-dessus du corps de sa femme, et son érection se relâcha en même temps que ses muscles.

Durant de longues secondes, il resta dans la même position. Mais il se força à reprendre une respiration normale et à repousser dans un coin de son cerveau la pulsion sadique qui s'était emparée de lui.

— J'arrive, dit-il enfin.

Il baissa les yeux pour contempler le bleu à vif qui s'élargissait d'un côté du visage d'Amanda et le mince ruisselet de sang qui sourdait de sa bouche.

— Ma chérie, tu t'es blessée en tombant... Je vais demander à Mabel de t'apporter de la glace pour soigner ça.

La transpiration qui emperlait son front tombait goutte à goutte sur la joue d'Amanda. Il lui donna un baiser, doux et sensuel, sur le coin de l'œil puis sur les lèvres, léchant du bout de la langue les dernières traces du sang qu'il avait fait couler. D'une main, il retroussa sa jupe puis l'empoigna brusquement, tout en lui balayant le visage d'une haleine brûlante :

— Tu es si belle, Amanda ! Si seulement tu apprenais à ne pas me désobéir, je ne serais plus obligé de te punir. Essaie de t'en souvenir, ma chérie. La femme d'un homme politique se doit absolument d'être irréprochable.

Puis, comme s'il ne s'était rien passé de fâcheux, il se dégagea du corps secoué de tremblements et quitta la pièce pour aller accueillir ses visiteurs, en passant ses doigts dans ses cheveux blonds parfaitement coupés et en rajustant ses vêtements.

La gouvernante tournicotait devant la porte, à une distance respectueuse.

— Mabel... dit-il au passage, Mme Potter est tombée dans le parc. Occupez-vous d'elle.

— Oui, Monsieur, tout de suite, Monsieur, marmonna-t-elle en baissant la tête.

Elle attendit qu'il eût disparu pour se précipiter au secours d'Amanda. Elle savait parfaitement ce qui s'était passé. Tous les domestiques qui travaillaient chez les Potter connaissaient leur employeur. Et tous savaient qu'il était impossible d'intervenir en faveur d'Amanda. Certains l'avaient tenté, mais c'était une entreprise dangereuse qui s'était même, une fois, révélée fatale.

— Ça va ? s'inquiéta la gouvernante, après s'être empressée de refermer la porte de la chambre derrière elle.

Amanda avait les yeux noyés de larmes. Seule la présence de la vieille gouvernante l'empêchait de sombrer dans la folie. Elle haussa les épaules, puis essaya de se traîner en bas du lit, mais ses muscles endoloris lui arrachèrent une plainte.

Mabel lui tendit une main.

— Laissez-moi vous aider, ma petite madame.

Amanda accepta son appui avec reconnaissance.

— Que s'est-il passé ? interrogea Mabel.

— Qu'importe ? fit Amanda. Quel que soit le déclencheur, le résultat est toujours le même.

Son désespoir tranquille transperçait le cœur de la vieille femme. Mais ni l'une ni l'autre ne pouvaient faire grand-chose. Mabel était mentalement prête à agir, mais son corps usé ne le pouvait pas. Et Amanda refusait purement et simplement qu'une autre âme intercède en sa faveur... Plus jamais.

Trois années plus tôt, elle avait laissé quelqu'un le faire. Aujourd'hui encore elle continuait à subir le même cauchemar : elle ouvrait le journal du matin et découvrait un titre.

SUICIDE D'UN HOMME DE LOI !

La légende précisait en caractères plus petits : *Suicide d'un avocat après la révélation de ses malversations*.

Le seul tort qu'avait eu Larry Feingold, Amanda Potter le savait parfaitement, était d'avoir essayé de l'aider à fuir.

— Là, mon enfant, laissez-moi vous aider.

Calmement, Mabel entreprit de déboutonner le chemisier déchiré d'Amanda. Elle poussa un petit cri affligé lorsque le tissu laissa apparaître les épaules de la jeune femme. Elle essaya de ne regarder ni les nouvelles meurtrissures ni les anciennes cicatrices.

Avec l'aide de Mabel, Amanda se débarrassa du reste de ses vêtements, puis gagna la salle de bains d'un pas vacillant et entra dans l'eau chaude et apaisante du bain que la vieille femme lui avait préparé.

— Asseyez-vous, lui ordonna la gouvernante, avant de l'aider à se glisser en position allongée.

Amanda ferma les yeux et laissa sa tête reposer contre les carreaux blancs, pendant que Mabel, avec des gestes lents et doux, passait une compresse froide sur les blessures de son visage.

— Ça n'est pas juste, grogna Mabel. Ça n'est pas juste du tout ! Aucun homme ne devrait frapper sa femme. Y a pas d'excuses pour faire une chose pareille.

Quand Mabel effleura la meurtrissure qui enflait sur sa tempe, des larmes brûlantes jailliront sous les cils d'Amanda. Elle vivait en enfer, coincée entre son mari et le destin, sans autre issue envisageable que la mort.

— Ne vous en mêlez pas, Mabel. Je ne peux pas supporter l'idée qu'il puisse s'en prendre à vous. Vous m'entendez ?

Amanda s'exprimait d'un ton véhément. Pour bien se faire comprendre, elle agrippa le poignet de la gouvernante et le secoua avec autorité.

— Je vous entends, je vous entends, répondit Mabel, tout en se hâtant de retourner dans la chambre pour ramasser les vêtements abîmés et souillés. Mais ce n'est pas pour ça que c'est juste. Quelqu'un devrait s'occuper de cet homme. Si vous voulez mon avis, y a quelque chose qui ne tourne pas rond dans sa tête.

— Personne ne vous le demande, lui rétorqua Amanda.

Froissée, Mabel ramassa une boucle d'oreille puis entreprit de fouiller sur le lit et en dessous à la recherche de l'autre.

— Madame, dit-elle, je n'arrive pas à trouver l'autre boucle.

Amanda se glissa plus profondément dans l'eau et ferma les yeux.

— Elle va réapparaître, assura-t-elle. Elle est sûrement cachée quelque part dans les couvertures.

Mabel posa le clip de diamant orphelin sur la coiffeuse, puis sortit sans bruit.

Frissonnante, Amanda glissa les mains le long de ses bras nus, tout en prêtant l'oreille aux pas qui s'éloignaient dans le couloir. Du bout des doigts, elle effleura le haut de son bras gauche. Elle grimaça en palpant un endroit où la chair était meurtrie, puis esquissa un sourire en se rappelant la manière dont ce bleu avait fait son apparition. Il n'était pas l'œuvre de David. Elle le devait à l'homme du parc et à ses bras solides qui l'avaient rattrapée et empêchée de tomber la tête la première dans la poussière.

— Au moins, je me suis fait honnêtement quelques-uns de ces bleus, murmura-t-elle.

L'eau l'enveloppait comme un amant jaloux, mais à peine cette image lui vint-elle à l'esprit qu'elle bondit hors de la baignoire pour attraper une serviette. L'idée d'être surprise par David, nue et mouillée, la rendait malade. Tout ce qui se rapportait aux amants et à leur jalousie lui était intolérable. Elle menait déjà une double vie en prétendant que tout allait pour le mieux, alors qu'elle vivait un enfer.

Tout en se séchant, elle repensa à l'homme du parc, à l'impression de sécurité qu'elle avait ressentie dans ses bras, au fait qu'elle avait failli l'implorer de venir à son secours. Mais elle s'était ressaisie à temps, se rappelant brusquement ce qui était arrivé au dernier homme à qui elle avait demandé de l'aide. Elle ne voulait pas avoir un autre Larry Feingold sur la conscience. Si cela devait se reproduire, elle n'y survivrait pas.

Amanda savait désormais qu'il était vain de demander le divorce à David. Il ne la laisserait jamais partir. Politiquement parlant, cela le desservirait. Il ne lui restait plus qu'à attendre. Quelque part, d'une façon ou d'une autre, l'occasion se présenterait d'elle-même. Et lorsqu'elle se produirait, elle s'enfuirait au triple galop sans un regard en arrière. C'était ce qui l'aidait à survivre. Cet espoir était la seule chose qui l'empêchait de sombrer dans la folie.

— Dites donc, Dupree, vous avez fait un superbe arrêt de volée, cet après-midi.

Jefferson Dupree leva les yeux vers son supérieur, Orvis Morrell, debout près de son bureau. Il haussa les épaules.

— Merci, patron. Quelqu'un a crié : « Rattrapez-la ! », expliqua-t-il avec un grand sourire. J'ai bondi par réflexe.

Pour une raison qui lui échappait, il éprouva le besoin de minimiser son rôle dans l'incident.

— Une vraie réaction de chevalier. N'empêche que vous faites honneur au service, mon garçon. Personne ne pourra dire que nous n'étions pas sur le coup. Pas aujourd'hui, en tout cas.

Dupree remua des papiers sur son bureau pendant que Morrell regagnait le sien.

Ouais, j'étais sur le coup, se dit-il. Mais au fond de lui, il sentait que quelque chose lui avait échappé.

Il ne pouvait pas faire fi de son instinct. Depuis l'instant où David Potter avait arraché la jeune femme de ses bras, ses sens étaient en alerte. Il y avait quelque chose dans le sourire de cet homme... Mais bon, David Potter n'était en rien différent de n'importe quel homme politique. En public, ils souriaient tous... trop et bien trop souvent.

Cela faisait six ans que Jefferson Dupree, trente-six ans, était inspecteur de police à Morgantown, en Virginie de l'Ouest, après avoir servi comme agent militaire dans les marines. Au cours de ces années, en moyenne, il avait eu l'occasion d'apercevoir David Potter et sa femme une fois par semaine. Dans leur limousine conduite par un chauffeur ou dans les pages mondaines du journal local. Cependant, c'était la première fois qu'il entrait en contact avec eux, et il avait le sentiment désagréable d'avoir été traité de haut.

Il tressaillit et ferma les yeux en ravalant la boule qui s'était formée dans sa gorge. Pour un contact, cela en avait été un ! Il se souvenait encore de la sensation qu'il avait éprouvée en la tenant dans ses bras. Agréable. Et plus étonnant que tout, absolument familière...

Le fil de ses digressions fut rompu par un plaignant mécontent. Un individu, malheureusement, qu'il ne connaissait que trop bien.

— Où qu'est l'inspecteur Dupree ? J'veux parler à l'inspecteur Dupree. J'connais mes droits. J'vis peut-être dans la rue, mais j'connais mes droits. J'veux parler à Dupree.

Il leva les yeux et étouffa un soupir.

— Salut, Beaner. Faites pas des histoires pareilles, mon vieux. Je suis ici.

Il se leva pour faire signe au vieil homme d'approcher en se demandant combien de temps il allait être capable de retenir sa respiration. Contrairement à beaucoup de SDF qui saisissaient toutes les occasions de prendre un bain et de se changer, Beaner n'aimait ni changer de vêtements, ni se laver. En fait, à moins que Dupree ne se trompât, Beaner portait sur lui tout ce qu'il possédait, et ce, depuis déjà plusieurs années. Et les seuls moments où les habits et Beaner recevaient de l'eau étaient lorsque la pluie leur tombait dessus.

— Que se passe-t-il ? demanda-t-il, avec l'espoir que l'histoire de Beaner ne serait pas trop longue.

Beaner jeta un regard d'envie sur le beignet posé à côté du téléphone, s'installa sur un siège près du bureau et poussa un soupir.

Dupree grimaça. L'haleine de Beaner était aussi fétide que son odeur corporelle. En plus, il était visible qu'il avait l'intention de s'attarder un moment, ce qui ne présageait rien de bon pour l'atmosphère des lieux.

— Servez-vous, Beaner.

— Oh, non, marmonna celui-ci en détournant les yeux. J'peux rien avaler de plus.

— Comme vous voudrez, dit Dupree.

Mais il connaissait la procédure. Il fallait l'appliquer dans les règles, sinon le vieil homme se sentirait affreusement insulté.

— Je vais me servir une autre tasse de café, ajouta-t-il. Je reviens tout de suite et on parlera.

Beaner hocha la tête d'un air important. Et dès que le policier se fut éloigné, il enfourna le beignet entier dans sa bouche et avala le tout en une seule fois.

— Buvez un peu, proposa Dupree en plaçant une tasse de café en plastique près du coude du vieil homme.

Et il allait en avoir besoin. Sinon, l'histoire qu'il venait lui raconter serait saupoudrée de beignet et de sucre glace.

Beaner avala une gorgée, puis il installa la tasse entre ses genoux, la tenant dans ses mains comme s'il s'agissait d'un sac d'or.

— J'garde le reste pour plus tard, dit-il.

Refrénant un sourire, Dupree hocha la tête.

— Bon. Qu'est-ce que vous voulez me raconter ?

Beaner s'agita sur son siège, et sa bouche se pinça sur les trois dents qui lui restaient.

— J'ai trouvé quelque chose dans le parc, dit-il. C'est pas à moi. Et j'garde pas ce qu'est pas à moi.

Il posa la tasse sur le bureau et se mit à fouiller dans sa poche.

Jefferson Dupree prit une longue gorgée de son café, sans tenir compte du fait qu'il était bien trop brûlant pour être avalé. A ce stade, tout valait mieux que de respirer. Puis il jeta un coup d'œil à l'objet qui étincelait dans la main de Beaner et faillit s'étouffer.

Au beau milieu de cette crasse, sa beauté parfaite avait presque quelque chose d'obscène. Mais sa valeur sautait aux yeux.

— Où avez-vous trouvé ça ? demanda-t-il en le prélevant dans la paume du vieil homme.

— J'vous ai dit que c'est pas à moi, répéta Beaner qui enregistra l'intérêt du policier. J'vous l'ai dit... j'l'ai trouvé dans le parc... vous vous rappelez ?

Dupree acquiesça de la tête en essayant de se rappeler où il avait vu le même.

— J'l'ai trouvé par terre à côté de l'estrade, après les discours, poursuivit Beaner. J'fais toujours mon devoir. J'vais écouter les hommes politiques. Peut-être bien qu'un de ces jours j'aurai envie de revoter, ajouta-t-il avec un petit hennissement de contentement.

La main de Jefferson Dupree se referma sur le

diamant. Des gouttes de sueur perlaient à sa lèvre supérieure. Maintenant, il se rappelait l'endroit où il l'avait vu. Amanda Potter portait un diamant identique à l'oreille. Elle avait dû le perdre dans sa chute.

— Beaner... vous avez bien fait, fit-il en fouillant dans sa poche à la recherche de son portefeuille.

Le vieil homme fronça les sourcils et se releva d'un bond.

— Me payez pas ! hurla-t-il. J'veux pas d'argent parce que j'ai accompli mon devoir. J'suis pas un mendiant. J'ai pas de maison, c'est tout.

Dupree fit une grimace. Il savait déjà que Beaner était susceptible... comme l'étaient beaucoup de SDF qu'il était amené à rencontrer.

— Mon vieux, c'est pas comme ça que je voyais la chose, dit-il gentiment. C'est vraiment un objet de valeur. Sa propriétaire va être ravie de le récupérer. C'est juste une récompense. Les récompenses, ça s'accepte, non ?

Le froncement de sourcils de Beaner se détendit. Le sourire qui fendit son visage encadrait à la perfection ses trois dents rescapées.

— Bon, dans ce cas-là, j'imagine que j'peux accepter, reconnut-il.

Il prit les vingt dollars que lui tendait le policier et sortit du bureau beaucoup plus calmement qu'il n'y était entré.

— Seigneur, se lamenta Morrell en pénétrant dans le bureau, un spray de désodorisant pointé devant lui. Ça paraît impossible, mais je jurerais qu'il puait encore plus que la dernière fois.

Les senteurs de forêt de pins venant se mêler à l'odeur de Beaner, Dupree cilla des yeux et toussa.

— Zut, patron, c'est encore plus irrespirable !

Tous deux éclatèrent de rire. Ces petits détails faisaient partie de leur vie quotidienne.

— Regardez-moi ça, dit Dupree en ouvrant la main.

Morrell en resta bouche bée.

— C'est un vrai ?

Dupree hocha la tête.

— Il appartient à Amanda Potter. Je crois qu'elle l'a perdu dans sa chute.

Morrell tendit une main.

— Donnez. Je vais appeler chez les Potter. Ils enverront quelqu'un pour le récupérer.

— Non ! Je vais leur porter moi-même, affirma Dupree.

Puis il rougit de son insistance. Il était évident, même à ses propres yeux, qu'il montrait trop d'empressement à se précipiter dans un milieu auquel il n'appartenait pas.

Morrell haussa les sourcils.

— Vous avez intérêt à prendre garde à ce que vous faites là-bas, Dupree. Il est dangereux de se mêler des affaires de Potter.

— Bon sang, qu'entendez-vous par là ?

— Rien, répondit son collègue en se détournant. Mais n'oubliez pas mon conseil. Débarrassez-vous de ce diamant... et de tout ce qui peut passer dans votre fichue tête.

Il disparut dans son bureau en claquant la porte derrière lui.

Le bruit fit sursauter Dupree. Puis il regarda la boucle d'oreille qui étincelait au creux de sa paume.

Et, sans plus de cérémonie, il partit rendre ce qui ne lui appartenait pas.

2

Au bruit de pas en provenance de l'escalier, Amanda sentit la panique l'envahir. David revenait et elle n'était pas encore habillée. Elle tremblait à la perspective que le spectacle de sa nudité lui inspire l'envie de refaire ce qu'il prenait pour de l'amour.

Elle n'avait pas le temps d'enfiler de sous-vêtements. Son seul espoir résidait dans la combinaison-pantalon de brocart couleur jade qu'il lui avait offerte pour son anniversaire. Un vêtement dans lequel il était facile de se glisser rapidement et dont le tissu tout comme la couleur sombre cacheraient le fait qu'elle ne portait pas de lingerie. David l'ignorant, elle échapperait aux sévices qu'il était capable de lui infliger.

Elle fonça vers la penderie où elle trouva vite ce qu'elle cherchait. Elle arracha la combinaison à son cintre et pesta contre le col qui venait de se coincer.

— Oh non, mon Dieu, marmonna-t-elle, avant de s'obliger à garder un calme qu'elle était loin d'éprouver.

De ses doigts mal assurés, elle se hâta de démêler le fil qui le retenait, puis prit appui au mur, pour passer un pied, puis l'autre, dans les jambes du pantalon. Encore sept pas et David entrerait dans la pièce, elle le savait. Elle avait passé trop de nuits allongée sans dormir, à évaluer le bruit qui la séparait de l'enfer, pour pouvoir l'oublier.

Six. Cinq.

Elle glissa un bras dans une manche puis fit

remonter l'autre sur son épaule, sans prêter attention à ses muscles douloureux ni aux meurtrissures encore fraîches, résultat de sa chute et de sa bataille avec David.

Quatre. Trois.

Se liguant contre elle, la languette de la fermeture Eclair faillit la rendre folle en lui échappant à deux reprises des doigts.

— S'il vous plaît, il faut que ça marche du premier coup, supplia-t-elle avant de tirer.

Deux. Un.

— Ma chérie ! Tu es déjà sortie de ton bain, s'exclama David. J'avais l'intention de m'y glisser avec toi, ajouta-t-il, les lèvres pincées.

Amanda esquissa un sourire bien au point et feignit la déception, alors que cette perspective lui donnait envie de vomir. Combien de temps parviendrait-elle encore à garder son énergie et sa santé mentale face à David ?

— L'eau était froide, et mes muscles me faisaient mal, répondit-elle, avec l'espoir que cette explication lui rappellerait qu'elle ne souffrait pas seulement de sa chute mais du traitement qu'il lui avait infligé.

Si sa conscience le travaillait, il allait peut-être la laisser tranquille cette nuit. Peut-être, si elle avait de la chance, allait-il vraiment partir en quête d'une de ses *femmes*. Il en avait. Il en avait toujours eu. Mais il avait fallu des années à Amanda pour comprendre qu'elle n'en avait cure.

— Tes cheveux sont mouillés, remarqua David. Mabel aurait dû te les attacher.

L'épais fouillis de boucles qui retombait sur le dos de la combinaison le fit sourciller, ainsi que l'humidité qui assombrissait le vert jade.

Amanda sursauta. Chaque fois qu'une personne faisait défaut à David et, de quelque façon que ce fût, c'était toujours elle qui en pâtissait.

— Je lui ai demandé de ne pas le faire, se hâta-t-elle d'expliquer. Je souffrais tellement que j'ai voulu tout de suite me glisser dans l'eau chaude. C'est entièrement ma faute. Vraiment !

Elle s'assit devant la coiffeuse et attrapa sa brosse à cheveux. Bien que déterminée à ne pas lui montrer ce qu'elle ressentait, elle grimaça.

Il s'en aperçut. Immédiatement, il se rapprocha d'elle.

— Ma chérie, laisse-moi faire, proposa-t-il d'un ton cajoleur en lui prenant la brosse des mains.

L'odeur de son eau de Cologne tout comme la manière bien peu subtile dont il se collait derrière elle lui donnaient la nausée. Elle dut se mordre l'intérieur de la lèvre pour ne pas hurler. Ce scénario s'était si souvent déroulé par le passé qu'elle pouvait situer l'instant exact où il allait l'obliger à se lever pour la déshabiller.

Plongeant dans ses cheveux, les doigts de David saisirent son crâne. D'un mouvement lent et régulier, il se mit à lui masser la tête de la base du cou au sommet du crâne, puis en sens inverse, pour dénouer les muscles qu'il avait tout fait pour crisper.

Amanda ferma les yeux. Elle ne pouvait supporter de voir l'effet que provoquait le désir sur son visage. A ce moment-là, le bleu des yeux de David s'éclaircissait jusqu'à n'être plus qu'un blanc scintillant, son corps se durcissait et c'était elle qui devait supporter ses étreintes délirantes.

Cet homme était un sadique. Jamais elle ne parviendrait à comprendre le fonctionnement mental d'un individu qui pouvait battre une femme comme plâtre pour s'enfoncer en elle une minute plus tard, ressentir un orgasme pendant que le sang coulait sur le visage de sa victime, puis pleurer comme un bébé à cause de l'acte qu'il venait de commettre.

Par sa faute, Amanda se faisait des hommes une opinion qui allait de la crainte à l'indifférence, en passant par la haine. Mais cela n'avait aucune importance. Au fond de son cœur, une certitude l'habitait : elle survivrait à David Potter, même s'il l'avait abîmée à jamais. Et elle savait aussi qu'un jour elle s'enfuirait. Mais jamais, plus jamais de sa vie, elle n'autoriserait un autre homme à la toucher ou à la prendre entre ses bras. Cela faisait trop mal.

Les doigts de David s'enfoncèrent dans son crâne, puis son poing se referma subitement sur ses cheveux. Il tira brutalement sa tête en arrière contre son ventre, faisant jaillir des larmes involontaires des yeux de la jeune femme.

— Amanda... où est ton autre boucle d'oreille ? questionna-t-il d'un ton lourd et menaçant.

Elle sentit ses genoux flageoler. Si elle n'avait pas été assise, elle se serait écroulée. Dissimulant la peur que lui inspirait sa question, elle se libéra de sa poigne d'un haussement d'épaules et se leva. Calmement, sans perdre son sang-froid, elle regarda le bijou posé sur la coiffeuse, et rétorqua d'une voix qu'elle voulait ferme :

— Je ne sais pas, répondit-elle. Mabel m'a posé la même question tout à l'heure. J'imagine qu'elle s'est égarée sur le lit pendant... la *bagarre*.

Elle le fixa bien en face et eut le plaisir de voir passer sur son visage un éclair, bref mais indubitable, de culpabilité.

— Elles appartenaient à Mère, dit-il.

— Je sais. J'allais me mettre à sa recherche quand tu es arrivé.

— Dans ce cas, je te suggère de le faire immédiatement, martela David. Il faut la retrouver. C'est un héritage de famille, tu sais.

— Je ne perds jamais mes bijoux, David.

— Les gens ont besoin qu'on leur apprenne à prendre soin de leurs possessions, marmonna-t-il, sans tenir compte de son commentaire, ni du fait qu'il était sans doute à l'origine de la disparition de ladite boucle d'oreille.

Amanda sentit des frémissements dans son ventre. Ce n'était pas la première fois qu'elle entendait David prendre ce ton de censeur, qui aboutissait toujours à ce qu'il se plaisait à appeler une « modification de comportement ». Termes qui, dans son vocabulaire à elle, se traduisaient par « torture ».

Elle se pencha sur le lit et commença à glisser une main rapide sur la courtepointe imprimée, persuadée que la boucle d'oreille n'était pas très loin. Mais après avoir passé au crible tout le lit et fouillé sous les taies d'oreiller en vain, elle commença à paniquer.

Mon Dieu, faites que je la trouve !

Des gouttes de sueur ruisselaient dans son dos. En se laissant tomber sur les mains et les genoux pour chercher par terre, Amanda sentit le tissu soyeux se coller à son corps.

— Amanda...

La voix était lourde de menaces.

— Tu *pourrais* m'aider à chercher, grogna-t-elle entre ses dents.

Le coup l'atteignit en plein ventre, et la propulsa en position assise. Elle s'efforça de reprendre son souffle ; la cage thoracique comme l'intérieur de sa lèvre s'étaient mis à palpiter. Le goût du sang lui fit réaliser qu'elle s'était mordu sans s'en apercevoir l'intérieur de la bouche.

Sois maudit ! songea-t-elle. Mais cette pensée fut impuissante à ramener l'air dans ses poumons.

— Tu as perdu la boucle d'oreille de Mère !

Il l'accusait d'une voix aiguë et perçante, presque enfantine.

Tout en secouant la tête, Amanda souleva une main pour se protéger du coup qui allait arriver. Aurait-elle gardé un souffle d'air dans les poumons qu'elle lui aurait hurlé sa fureur en pleine face.

La lueur de colère qui brûlait dans le regard de sa femme surprit David, et l'écho de la sonnette de la porte d'entrée qui résonna soudain interrompit net le geste qu'il esquissait pour lui asséner un second coup.

— Qui ça peut bien être, nom de Dieu ? grommela-t-il en la foudroyant du regard. Sans doute d'autres journalistes qui viennent prendre des nouvelles de ta santé.

Une fois de plus, il mit de l'ordre dans ses vêtements et se lissa les cheveux.

— A mon retour, cette boucle d'oreille a intérêt à avoir rejoint l'autre sur la coiffeuse. Sinon, tu t'en repentiras...

Je m'en repentis déjà, songea-t-elle en le regardant partir.

Dès qu'elle en fut capable, Amanda se releva. Dans le miroir, elle ne reconnut pas la femme qui lui rendit son regard. Cette étrangère arborait un énorme hématome qui fonçait de seconde en seconde. Sa lèvre inférieure était gonflée et sanguinolente. Elle avait l'air vaincue et apeurée, et ne parvenait pas à dissimuler sa douleur.

— Va au diable, David, murmura-t-elle, se haïssant parce que son menton tremblait. Et sois maudite aussi, ajouta-t-elle, d'avoir laissé tout cela se reproduire une fois encore. Si tu n'étais pas aussi froussarde, tu en terminerais immédiatement.

Une expression impassible s'inscrivit sur son visage ; la pensée du suicide était comme une vieille ennemie, presque familière.

Mais cette idée lui passa aussi vite qu'elle était venue. Si elle se supprimait, David s'en sortirait encore en vainqueur. Et la perspective qu'il utilise sa mort pour récolter des votes au cours des prochaines élections l'ulcérait. Si elle mourait, il ne s'en sortirait pas blanc comme neige.

— Je dois partir d'ici, dit-elle.

Elle commençait à se ressaisir. Si elle parvenait à rejoindre quelqu'un en bas avant que David n'ait le temps de remonter dans leur chambre pour reprendre ses petits jeux mentaux et physiques, elle serait en sécurité. Une sécurité temporaire, certes, mais dans l'univers d'Amanda Potter, toutes les formes de sécurité étaient bienvenues.

Tout en se brossant les cheveux avec des gestes saccadés, elle se souvint qu'elle ne portait pas de sous-vêtements et voulut y remédier. Mais en mettre lui faisait courir un danger : si David revenait trop vite, il la trouverait nue. Cette perspective tua sa volonté dans l'œuf. Elle glissa les pieds dans des mules assorties à sa combinaison, s'aspergea le visage d'eau froide et quitta la chambre aussi vite que son corps endolori le lui permettait.

Elle était sur le chemin de la cuisine et de l'abri offert par la compagnie de Mabel, lorsque lui parvinrent la voix de David et la discussion qui s'ensuivit :

— Ecoutez, inspecteur, j'apprécie infiniment ce que vous avez fait pour moi... et pour mon épouse. Mais j'insiste : quoi que vous ayez à dire, c'est à moi que vous devez vous adresser. Pour le moment, Amanda est souffrante. Elle a fait une chute grave, vous savez.

Jefferson Dupree refusa absolument de s'en laisser conter. A priori, il avait souffert bien davantage de la chute d'Amanda Potter, puisqu'il avait amorti l'impact du vol plané de la jeune femme.

— Je n'essaie pas de vous faire des difficultés, monsieur le député. J'ai simplement besoin d'elle pour identifier quelque chose, répondit-il.

— Et de quoi s'agit-il, monsieur l'inspecteur ? demanda Amanda.

Au son de sa voix, les deux hommes se retournèrent vers elle. Elle se tenait sur le seuil de la bibliothèque. David, furibond de la voir se mêler d'une conversation qu'il avait résolument l'intention de garder pour lui, la foudroya du regard. Elle pénétra dans la pièce.

Jefferson Dupree éprouva un choc. Il ne parvenait même pas à trouver ses mots pour répondre à sa question. Il gardait les yeux rivés sur la main qu'elle maintenait posée sur son ventre, comme pour retenir des élancements douloureux. Par ailleurs, il ne comprenait pas comment, en moins de deux heures, les traces d'herbe avaient pu se transformer en taches de sang.

Sa bouche était tuméfiée. Une meurtrissure s'élargissait sur la partie supérieure de son visage. Et il s'en voulut à mort de penser, malgré toute cette horreur, qu'elle était sûrement nue sous la soie couleur jade. Les lignes de son corps étaient trop fluides pour qu'il en fût autrement.

— Mon Dieu, chuchota-t-il, je suis navré. Je n'avais absolument pas réalisé que vous vous étiez fait si mal. Qu'a dit le médecin ?

— Elle ne l'a pas vu, se chargea de répondre David à sa place. Ce ne sont que des bleus. Nous les soignons nous-mêmes. Ça ne sert à rien de faire tout un sac d'un incident aussi anodin. Ça n'aurait pour résultat que d'insinuer que les notables de la ville sont des incompétents et donnerait l'impression qu'ils sont incapables d'assurer toutes les conditions de sécurité nécessaires dans les manifestations publiques.

Que des bleus ? Dupree n'en croyait pas ses oreilles. Comment Potter pouvait-il ainsi qualifier les blessures de sa femme ?

Amanda grimaça. Oui, elle avait des bleus, ainsi qu'une ou deux côtes fêlées, à en croire ce qu'elle ressentait. Mais elles guériraient. Elle connaissait la douleur provoquée par une vraie côte cassée, et celle dont elle souffrait pour l'instant n'était pas assez grave pour qu'elle s'en soucie.

— Que vouliez-vous me demander, monsieur l'inspecteur ?

La voix douce d'Amanda sortit brutalement Dupree du brouillard. Il extirpa un mouchoir du fond de sa poche et le déplia pour lui en montrer le contenu.

— Ma boucle d'oreille !

L'exclamation d'Amanda, en provoquant un appel d'air dans ses poumons, annihila son soulagement à la vue du bijou égaré et déclencha un éclair de douleur qui remonta en spirale dans son corps meurtri... Elle trébucha et sentit qu'on l'aidait à s'asseoir sur une chaise.

— Etes-vous *sûre* que ça va ?

Dupree s'exprimait gentiment et posait sur ses bras des mains prévenantes. Elle se sentit submergée par la sympathie chaleureuse qu'il lui témoignait. Et si elle lui demandait de l'aide ?

Mais le souvenir de la fureur de David ainsi que l'étendue de son pouvoir suffirent à chasser cette brève envie.

— Ça va, se hâta-t-elle de répondre en détournant les yeux, car elle ne voulait pas offrir à David matière à s'irriter davantage.

— Amanda... ma chérie. Quelle nouvelle merveilleuse, non ?

Le ton de David tout comme la façon dont il s'immisçait entre elle et l'inspecteur lui en apprirent davantage qu'elle ne voulait en savoir. Il nourrissait déjà des soupçons.

— Vous comprenez, monsieur l'inspecteur, ajouta-t-il, nous ne trouvions plus cette boucle d'oreille. Et nous l'avons cherchée ici, sans réaliser qu'elle avait pu être perdue ailleurs. Où a-t-elle été retrouvée, si je puis me permettre cette question ?

Dupree savait quand discuter et quand se taire. La forte tension qui régnait entre les Potter, mêlée à l'antagonisme qu'éprouvait Potter à son égard, ne lui échappa pas. Il comprit qu'il se trouvait dans une de ces situations où il est hors de question de s'interposer entre un mari et sa femme. Absolument hors de question.

— Dans le parc. Près de l'estrade. A mon avis, Mme Potter a dû l'égarer dans sa chute.

— Bien sûr, bien sûr, acquiesça David en récupérant le bijou sur le mouchoir de Dupree comme s'il le retirait d'un endroit nauséabond.

— Je vous conseillerai de la faire nettoyer avant que Mme Potter ne la porte à nouveau, ajouta Dupree en se rappelant la paume crasseuse de Beaner et les endroits où il avait pu traîner le bijou avant de venir le restituer à la police.

David Potter haussa les sourcils, juste assez

pour montrer à Dupree que sa remarque l'amusait.

— Bien sûr, dit-il d'une voix traînante, en jetant un regard au mouchoir que l'inspecteur enfonçait dans sa poche. C'était déjà dans mes intentions.

Jefferson Dupree rougit. L'insulte ne faisait aucun doute. Il fut pris d'une envie violente d'envoyer un direct à Potter. Mais il connaissait ses limites et elles étaient presque atteintes. C'était le moment de partir, tant qu'il avait encore un emploi et une réputation.

— Ma mission est donc terminée, dit-il, avant de se sentir obligé d'ajouter, bien qu'il sache que son opinion n'avait, en l'occurrence, aucune importance : Madame Potter, je vous recommande vraiment de consulter un médecin.

Et sans attendre de réponse, il tourna les talons pour gagner la sortie.

— Ne bougez pas, dit-il sans un regard derrière lui. Je trouverai mon chemin tout seul.

Quelques instants plus tard, un claquement de porte apprit à David Potter que la chose était faite. Et avant qu'il puisse faire le moindre mouvement, la gouvernante entra dans la bibliothèque, tout affairée.

— Mabel, voulez-vous m'aider à m'habiller ? demanda Amanda. David va appeler le médecin pour lui demander de me recevoir. J'ai l'impression qu'en définitive je me suis fait vraiment mal en tombant.

Mabel s'empressa d'obéir à sa maîtresse et, grâce à son soutien, Amanda put regagner l'étage et laisser son mari seul dans la pièce.

David était en état de choc. En l'entendant donner des directives quelques minutes plus tôt, Amanda lui avait rappelé sa mère. Du coup, il avait eu l'impression d'être redevenu un petit garçon impuissant. Une sensation qu'il n'aimait pas. Qu'il n'aimait pas du tout. Amanda s'était permis de donner un ordre sans le consulter, et il l'avait laissée faire sans réagir. *Ce n'est pas grand-chose,* se dit-il. *Je vais la laisser consulter son médecin. La presse s'en fera sans doute gentiment l'écho.*

Puis il se rappela l'expression incrédule de l'inspecteur et la manière dont Amanda était pratiquement tombée dans ses bras. Il sentit sa fureur renaître.

J'ai la boucle d'oreille de Mère, se dit-il. *Tout va bien.*

Mais malgré cette tentative de se convaincre que tout allait pour le mieux, il sentit les ténèbres venues de l'intérieur commencer à l'envahir. Lorsqu'il voulut appeler le médecin, il ne put parvenir à se rappeler son numéro de téléphone. Les mains tremblantes, il feuilleta son Filofax, mais il était trop tard. La rage s'empara de lui si subitement qu'elle l'aveugla.

Les objets posés sur son bureau s'envolèrent en même temps qu'un rugissement emplissait ses oreilles. Brutalement, il frappa la surface de verre du plat de la main. L'écho provoqué par la force du coup se propagea bruyamment dans la pièce silencieuse, puis on n'entendit plus rien qu'une plainte douce, presque inaudible.

Le son, assorti d'une douleur vive, lui fit lentement reprendre ses esprits. Quand enfin il put penser et voir, l'origine des éclairs de douleur qui transperçaient sa main et remontaient le long de son bras lui éclata en pleine face.

La boucle d'oreille... la boucle d'oreille de sa mère était enfoncée au centre de sa paume, comme si elle avait été sertie dans sa chair. Il contempla ce spectacle et esquissa un sourire. Son sourire se transforma en gloussement, et le gloussement s'enfla en un rire pur et simple.

— Eh bien ! Je crois que j'ai retrouvé la boucle d'oreille de Mère.

L'absurdité de sa remarque déclencha une autre crise de rire, laquelle se mua en quelque chose de démoniaque et de hideux. Les domestiques qui vaquaient dans les environs filèrent se réfugier dans d'autres parties de la maison.

David ouvrit un tiroir et y choisit un coupe-papier. Conçu comme une dague, avec sa lame aussi étroite et coupante qu'une rapière, il convenait parfaitement à la situation.

Sans respirer ni penser à la douleur, il plongea la lame dans sa chair à côté de la pierre de deux carats, puis lui imprima une torsion vers le haut. Le diamant jaillit et s'immobilisa doucement sur le bureau.

Son système nerveux commençant à percevoir la douleur, David tressaillit. Il fixait d'un regard vide le sang qui dégoulinait sur le sous-main. Puis il sourit. Bien mince manifestation de ce qu'il ressentait véritablement.

D'un geste désinvolte, il sortit un mouchoir de la poche de son veston et l'enroula autour de sa main. Quelques instants plus tard, un mince filet de sang se mit à filtrer à travers le tissu, colorant un fil, puis un autre, jusqu'à ce qu'une tache rouge vif s'élargisse au centre du pansement de fortune.

Il ramassa la boucle d'oreille et fit pivoter le fauteuil dans lequel il était assis, face aux vitres à meneaux des portes-fenêtres massives. Cherchant le meilleur angle de lumière, il leva le bijou, le tourna d'un côté, puis de l'autre, pour vérifier quelles faces étaient couvertes de sang. Son visage se rembrunit.

D'un geste souple, il glissa le précieux bijou entre ses lèvres et, de la même manière qu'on déguste un grain de raisin, il le fit rouler à l'intérieur de sa bouche.

Puis, avec précaution, il le poussa d'un coup de langue vers l'extérieur. Il le prit entre le pouce et l'index et le plaça une fois de plus en pleine lumière pour l'examiner de près.

— Et voilà, dit-il doucement. Il est tout propre et tout brillant. Mère va être fière, non ?

Cela aurait pu être exact, si *Mère* n'était pas décédée depuis dix ans. Mais dans l'esprit tordu de David Potter, ce fait n'était qu'un léger détail.

Jefferson Dupree, de retour au commissariat, gara sa voiture et la verrouilla. Il avait parcouru la moitié du parking lorsqu'il réalisa que la blessure sur le visage d'Amanda Potter ne pouvait être consécutive à sa chute ; elle était du mauvais côté.

Cette révélation le figea sur place et le fit réfléchir aux implications qu'elle contenait.

— Je me fais des idées, maugréa-t-il.

Il ferma les yeux pour se repasser mentalement le film de l'incident, de l'instant où quelqu'un avait crié : « Rattrapez-la », à celui où elle lui avait été arrachée des bras.

Il aboutit à la même conclusion. Il n'y avait aucune raison pour que son visage, ou le reste de son corps, ait pu être aussi gravement blessé dans sa chute. Mais... ce qui s'était passé ensuite chez elle était une tout autre histoire.

— Hé, Dupree, on dort debout ?

Il sursauta et ouvrit les yeux. Orvis Morrell lui souriait de toutes ses dents.

— Patron, j'ai l'impression que je viens de tomber par hasard sur une histoire de sévices conjugaux.

Le sourire de Morrell s'éteignit lentement.

— Qu'est-ce que vous me chantez ? Je croyais que vous étiez allé chez les Potter pour leur rapporter cette boucle d'oreille ?

— Exactement. Et quand Mme Potter est descendue pour l'identifier, elle m'a donné l'impression d'être passée sous un rouleau compresseur.

Morrell fronça les sourcils et détourna les yeux.

— Mon garçon, n'oubliez pas qu'elle est tombée d'une estrade. Vous vous y êtes pris habilement, d'accord, mais vous n'êtes tout de même pas un coussin de satin rempli de duvet. Le choc a dû être sérieux.

— Bon sang ! Je ne suis pas aveugle. La femme qui s'est relevée après sa chute dans le parc se tenait droite et solide sur ses jambes. Celle que je viens de voir pouvait à peine se redresser. Elle avait également une lèvre éclatée et tout un côté du visage en capilotade. Ça ne provenait pas de ce foutu vol plané.

— Ne vous en mêlez pas, lança Morrell.

Dupree n'aurait pas été plus surpris s'il lui avait proposé un pot-de-vin, car il n'y avait pas homme plus intègre que le commissaire Morrell.

— Qu'entendez-vous par « ne vous en mêlez pas » ? demanda-t-il, sans se rendre compte que la surprise et la colère faisaient trembler sa voix.

— Ce que j'ai dit, rien de plus. Il y a des choses par ici dans lesquelles il vaut mieux ne pas mettre le nez, Dupree.

Jefferson fronça les sourcils.

— Mais je ne peux pas me contenter d'ignorer ce que je viens de voir.

— Mais si… et c'est ce que vous allez faire. Je vous ai dit de ne pas vous en mêler. C'est un ordre.

Morrell connaissait néanmoins assez bien son homme pour savoir qu'une explosion allait se produire. Ce qui ne manqua pas.

— Le salaud !

Par pur réflexe, Morrell recula d'un pas.

Dupree se pencha vers lui jusqu'à ce que leurs nez se touchent presque.

— Je préférerais brûler en enfer, lança-t-il d'une voix sourde.

— C'est ce qui va vous arriver, si vous ne suivez pas mon avertissement, répondit son supérieur d'une voix douce.

Dupree tourna les talons. A l'amplitude de ses pas et à son allure, on sentait qu'il était la proie d'une violente fureur.

Avant même de réaliser ce qu'il faisait, il se retrouva dans sa voiture, moteur en marche, et levier de vitesses passé brutalement en première. Le demi-centimètre de gomme sur la chaussée qu'il laissait derrière lui le ramena à la réalité.

Ce n'était pas en se précipitant à l'encontre d'ordres directs, puis en enfreignant le code de la route au vu et au su de la loi, qu'on progressait rapidement dans une carrière.

— Et merde ! marmonna-t-il en se frayant un chemin à travers la circulation. De toute façon, je cherchais un boulot quand j'ai pris celui-ci.

— Mabel, s'il vous plaît, voulez-vous prévenir Monsieur que je l'attends en bas ? dit Amanda en s'installant dans un fauteuil du vestibule.

Mabel acquiesça de la tête et s'éloigna, un peu surprise par le comportement calme et assuré de sa maîtresse. Elle ne se souvenait pas d'avoir vu Mme Potter prendre une initiative, et elle en craignait les conséquences.

Elle jeta un coup d'œil dans la bibliothèque, mais il n'y avait personne. Sourcils froncés, elle se retourna et porta une main à sa gorge en haletant sous le choc. Il se tenait à moins de trente centimètres d'elle, le visage dur et tendu.

— Mon Dieu, monsieur Potter, vous m'avez fait une de ces peurs ! Je ne vous ai pas entendu monter.

— J'ai eu un petit accident, expliqua-t-il en levant sa main pour lui montrer le morceau de gaze propre au milieu de sa paume. Amanda est-elle prête ?

— Oui, Monsieur, elle vous attend dans le vestibule.

Une fois encore, Mabel fut surprise par la tournure étrange des événements. Dans le passé, la rage de David Potter aurait déjà éclaté. Elle se demanda ce qui avait bien pu arriver à ces deux-là, puis poussa un soupir. Moins elle en savait sur ce qui se passait dans cette maison, et mieux cela valait probablement pour elle.

— J'ai appelé Marcus, il va nous conduire chez le médecin, lança David en s'éloignant. Si on me téléphone, notez le message. Je rappellerai le plus vite possible.

— Oui, Monsieur, répondit Mabel en le regardant s'éloigner.

En pénétrant dans le long vestibule, David posa un regard empli de fierté sur le marbre poli et le cristal étincelant. Il aimait les belles choses. C'était une des raisons pour lesquelles il était si fier de sa femme. Une très belle femme.

Puis il l'aperçut qui l'attendait, assise, raide et silencieuse. Son aspect lui amena un froncement de sourcils. Amanda n'était pas du tout à son avantage, et cela ne lui plaisait pas. Cela ne lui plaisait pas du tout.

— Amanda, ma chérie, es-tu prête ?

Perdue dans ses pensées, elle ne l'avait pas entendu arriver. Sa voix la fit sursauter. Elle s'obligea à ne pas baisser les yeux, mais à fixer un point, juste derrière son épaule.

— Oui, dit-elle. C'est toi qui m'emmènes ?

Il lui montra sa main.

— J'ai eu un petit accident.

Il sourit, et la beauté de son sourire illumina son visage.

— On dirait bien qu'aujourd'hui les Potter sont abonnés aux accidents. J'ai demandé à Marcus de nous conduire là-bas. Il devrait arriver sous peu.

Au même instant tous deux entendirent le crissement des pneus sur les gravillons de l'allée.

Amanda voulut se lever, mais un gémissement lui échappa ; un nouvel éclair de douleur transperçait son ventre.

— Ma chérie... je suis tellement désolé, chuchota David. Laisse-moi t'aider.

Amanda frémit, mais garda le silence tandis qu'il glissait une main sous son coude pour l'aider à se relever.

Sur la route, Amanda se joua mentalement la manière dont la scène allait se dérouler à l'hôpital : elle interpréterait l'épouse bien-aimée victime d'un accident, veillée par David dans le rôle du mari dévoué et inquiet.

La bile remonta du fond de sa gorge, et des larmes retenues lui brûlèrent les paupières. Dents serrées, elle contempla le paysage ; quelque part il devait bien y avoir un homme — ou une femme, peut-être — qui aurait assez de courage, ou de volonté, pour venir à son secours. Et quand elle l'aurait trouvé, de quelque sexe que fût son sauveur, elle s'enfuirait sans jeter un regard en arrière. Jusque-là, elle devait patienter. Elle ne pouvait pas se battre toute seule contre le sang bleu qui coulait dans les veines de David Potter, contre son statut de député et contre les bras longs de ses multimillions de dollars. Tout cela était trop pour une seule femme.

Ils arrivèrent en vue de l'hôpital. Quelques minutes plus tard, on fit entrer Amanda, accompagnée de David qui continuait à jouer le rôle de l'époux parfait dans l'exercice de son devoir, dans une salle d'examen privée.

La porte se referma et ils restèrent seuls.

— Fais attention à ce que tu racontes, la prévint-il d'une voix douce.

Cette fois elle plongea sans frémir ses yeux dans les siens.

— Je fais *toujours* attention à ce que je dis.

La porte s'ouvrit sur le Dr Ihnike. C'était un homme petit et brun. Le choc qu'il ressentit se lut dans ses yeux en amande, le trait le plus remarquable de son visage.

— Madame Potter ! On ne m'avait pas prévenu qu'il s'agissait de vous.

La dernière fois, il avait averti David Potter que de tels « incidents » ne devaient plus se reproduire, et lui avait recommandé fortement de suivre une thérapie. Manifestement, il ne l'avait pas assez durement tancé. Il fusilla le député des yeux, voulant l'obliger à lui rendre son regard, mais sans y parvenir. David Potter était bien trop occupé à surveiller les réactions de sa femme.

— J'imagine que vous l'avez déjà appris, expliqua Amanda. Je suis tombée de l'estrade dans le parc.

Le Dr Ihnike se rembrunit.

— J'ai aussi entendu dire qu'un de nos célèbres inspecteurs, Jefferson Dupree, a fait un arrêt de volée pour vous rattraper, qui aurait pu en remontrer au meilleur arrière de la NFL[1]. Est-ce exact ?

Amanda hocha la tête.

— Oui. Il m'a rattrapée. Mais on dirait que le choc a provoqué des effets à retardement.

— On dirait, dit-il doucement.

David Potter croisa le regard du médecin sans flancher.

— Je suis très inquiet pour ses côtes, dit-il. Elles ont dû se fêler ou se casser dans cette chute... N'êtes-vous pas de mon avis ?

L'avertissement, désinvolte, était lancé. Le Dr Ihnike fronça les sourcils. Il détestait être placé dans cette position. Mais lors de son dernier rapport, l'hôpital lui était tombé dessus à bras raccourcis : soit il gardait ses réflexions pour lui, soit il pliait bagage. Ils ne lui avaient pas laissé le choix.

— Cette fois, je ne peux pas établir de diagnostic tant que je n'aurai pas visionné la radio.

David fronça les sourcils, furieux. La menace était subtile, mais réelle. *Que ce type soit maudit ! Ignore-t-il donc où se trouve son intérêt ?* songea David. *Il doit penser à sa femme et à ses trois enfants... tout comme j'ai une image à protéger. Il a besoin de mettre de l'ordre dans ses priorités.*

— Je vais demander un fauteuil roulant, ajouta le médecin en tapotant doucement

1. Fédération américaine de football.

l'épaule d'Amanda. On va vous emmener jusqu'à la radio.

— Je peux y aller à pied, je peux marcher, argua-t-elle. De plus, je saurais même y aller les yeux fermés.

— Vous plaisantez, répondit-il. Je vais appeler une infirmière. Je vous verrai quand les clichés seront développés.

Il sortit du cabinet en ronchonnant dans sa barbe. La manière dont Amanda Potter tordait ironiquement la bouche le rendait malade. Ihnike se demandait quelles raisons pouvaient pousser une femme à rester avec un homme pareil, mais il savait que ce n'était pas à lui de s'en mêler.

Contrairement aux cas de maltraitances d'enfants, qu'il était de son devoir de dénoncer, cette femme était adulte et parfaitement capable de porter plainte toute seule. Il ne comprenait pas qu'elle s'en abstienne.

Le statut et l'argent de Potter suffisaient peut-être à rendre ces sévices supportables. Mais à l'instant même où cette pensée l'effleura, il réalisa qu'il n'y croyait pas une seconde. Pas en ce qui concernait Amanda Potter. Le problème devait se trouver ailleurs. Et il formula le vœu qu'elle puisse le résoudre, quel qu'il soit, avant d'y laisser la vie.

Quelques minutes plus tard, un garçon de salle emmena Amanda en fauteuil roulant jusqu'à la radio au bout du couloir. Glacial, ce couloir faisait penser à une chambre froide : des murs stériles et un perpétuel courant d'air, assortis au va-et-vient constant du personnel en blouse blanche.

Amanda frissonna et ferma les yeux, sentant

que son mari marchait sur les talons du garçon de salle.

Le juron furieux qu'il lança la fit sursauter. Elle leva les yeux... qui se retrouvèrent plongés dans ceux, couleur whisky, de l'homme grand et mécontent appuyé au montant d'une porte.

— Inspecteur Dupree !

Elle n'en revenait pas de le voir là.

— Que fichez-vous ici ? gronda David avant de se reprendre, réalisant brusquement que, de par sa profession, cet homme avait parfaitement le droit de se trouver n'importe où.

Dupree croisa les bras sur son torse et laissa courir un doigt le long de la bosse formée par son étui de revolver en bandoulière comme pour se rassurer. Puis il fixa l'extrémité de sa botte pour réfléchir à la réponse délicate qu'il allait faire.

— Disons que je me documente sur les aspects flous d'une situation qui ne m'a pas plu... Officieusement, bien entendu.

David fixait l'inspecteur, stupéfait de percevoir un sarcasme teinter sa voix.

Amanda eut un petit frémissement au cœur. Cela la réconfortait de savoir qu'elle se trouvait face à un homme s'attendant à voir la suggestion qu'il avait faite être suivie d'effet. A la vérité, il en était tellement persuadé qu'il était venu jusqu'à l'hôpital pour s'en assurer.

David était livide. Dès qu'il serait rentré chez lui, il téléphonerait aux supérieurs de ce type. Son coup de fil lui couperait définitivement l'herbe sous le pied. Il n'aurait pas le temps d'aller fureter plus loin.

Le choc et des larmes inattendues laissèrent Amanda un instant muette. Elle n'arrivait pas à se rappeler quand, pour la dernière fois, quelqu'un avait eu le cran de contrecarrer son mari, ou de se soucier de son bien-être au point de ne pas en rester là.

— Excusez-moi, madame Potter, mais je dois vous amener à la radio. On vous attend, intervint le garçon de salle.

— Allez-y, dit David.

Au passage, il sentit le regard fixe de l'inspecteur. Dupree était incapable de détourner les yeux du visage tuméfié et de l'expression égarée de la jeune femme. En lui, grandissait un sentiment sombre et haineux. Une sensation de possession primaire faillit le submerger. L'envie pressante de saisir David Potter et de le mettre K-O tout comme il avait battu sa femme — il en avait désormais la certitude — s'empara de lui.

— Je compte bien ne plus vous revoir ici, madame Potter, lança-t-il.

Il s'agissait bien d'un avertissement à peine voilé. Amanda ne fut pas la seule à capter le message. Elle perçut le mécontentement de David et l'ignora.

— Moi aussi, j'espère bien ne plus revenir ici, monsieur l'inspecteur, dit-elle doucement.

La porte de l'ascenseur s'ouvrit, ils pénétrèrent à l'intérieur. Le garçon de salle fit pivoter le fauteuil d'Amanda face à la porte à l'instant où elle se refermait. L'impression qu'elle garda de Dupree était celle d'un prédateur qui attendait visiblement que sa proie commette une erreur. D'une façon mystérieuse, cela la réconforta.

3

Deux mois s'étaient écoulés. Le printemps s'éloignait déjà. Une fois de plus, la disparition de cette saison emportait avec elle les chances d'Amanda de pouvoir s'échapper.

Depuis l'accident du parc et la brève intrusion de l'inspecteur dans leur vie, David la tenait sans cesse sous une étroite surveillance. Tout déplacement en voiture, seule, lui était interdit. Il prétendait que c'était risqué. L'épouse d'un homme important comme lui représentait une cible de choix pour les terroristes. Elle lui était trop précieuse, se vantait-il, pour qu'il mette sa vie en danger. La vérité était tout autre, et Amanda le savait. Il mourait de peur. Qu'elle parle, qu'elle s'enfuie, ou les deux.

Elle avait essayé une fois. En se rappelant cette tentative, qui avait abouti au « suicide » de Larry Feingold, la jeune femme soupira. Jusqu'à la fin de ses jours, elle devrait vivre avec le sentiment que, sans l'avoir voulu, elle était néanmoins responsable de la mort d'un être humain. Et que, à cause de cette tentative, David ne lui ferait, également, plus jamais confiance.

Il avait posté des gardes du corps vingt-quatre heures sur vingt-quatre pour la surveiller et lui faire mener la vie la plus cloîtrée possible. Pour qu'elle ne puisse pas un jour ternir sa réputation. Une chose pareille ne pouvait arriver. Pas à un Potter.

Amanda et leur chauffeur formaient le drôle de couple de Morgantown. Il ne la quittait jamais d'une semelle, pas même lorsqu'elle allait chez son coiffeur. Son imposante carcasse de plus d'un mètre quatre-vingt-quinze était plus que déplacée dans le salon de beauté, mais il ignorait stoïquement les petits rires et les commentaires que sa présence soulevait. Et comme Marcus était d'origine samoane et qu'il possédait une forme de beauté exotique bien à lui, il était aussi l'objet d'une bonne dose de propositions, qu'il ne refusait pas toujours.

Ils formaient donc ce couple : Amanda Potter, épouse distinguée et convenable du député David Potter, et Marcus son geôlier.

Le temps passant, Amanda attendait le moment où elle basculerait dans l'enfer aux portes duquel elle se tenait déjà et dans les flammes où elle se consumerait.

Le soleil matinal perça la fine couche de nuages et vint illuminer les figurines de cristal posées sur l'étagère au-dessus du coin-repas. Amanda regarda par la fenêtre, souhaitant de tout son cœur trouver une bonne excuse pour passer la journée à l'extérieur. Non pas dans le jardin, mais quelque part dehors, pour profiter du début de l'été et de l'air pur.

Le journal du matin bruissait dans les mains de David qui en tournait tranquillement les pages, passant de la section financière aux nouvelles locales. Soudain, il jura tout bas.

— Bon sang ! Tu ne pouvais pas le savoir ?

— Qu'y a-t-il ? s'inquiéta Amanda.

Elle adressa un non muet à la petite bonne qui attendait, postée derrière la porte, qu'elle lui fasse signe de venir débarrasser la table. Si David était perturbé, mieux valait ne pas faire entrer en scène un personnage de plus.

— La vente aux enchères Leder se tient ce

week-end. J'attends depuis des semaines qu'ils en annoncent la date et, en définitive, je ne vais pas pouvoir y aller.

Une houle d'espoir envahit subitement Amanda. Peut-être... peut-être que, si elle savait s'y prendre, elle obtiendrait la permission de sortir de ce mausolée grandiose.

— Quel dommage ! fit-elle. J'imagine que tu ne peux pas annuler ton voyage à Washington ? Tu présides cette commission, non ?

— Effectivement, répondit son mari en repliant les pages du journal avec méticulosité. Je la dirige. Je ne peux pas manquer cette réunion.

Amanda détourna les yeux. Il ne fallait surtout pas qu'il perçoive l'envie désespérée qui la rongeait : qu'il lui demande d'assister, à sa place, à la vente.

— Ça vaut peut-être mieux, rétorqua-t-elle. Si ça se trouve, le porte-pipes est en mauvais état. Ruben Leder avait tout laissé tomber en ruine. Te souviens-tu de l'aspect minable de sa collection d'objets, lorsque nous sommes allés les voir l'automne dernier ?

David acquiesça silencieusement. Qu'Amanda puisse s'inquiéter qu'il risque peut-être de rater une occasion d'ajouter une nouvelle pièce précieuse à sa collection de porte-pipes anciens le prenait au dépourvu. Sa cupidité pour tout ce qu'il convoitait l'emporta sur sa prudence habituelle.

— J'aimerais bien que tu envisages d'assister à cette vente à ma place, dit-il, avant de faire signe à la bonne de venir débarrasser la table.

Cette suggestion ne nécessitait pas de réponse de la part d'Amanda. Un souhait formulé par David équivalait à un ordre.

— Je ne sais pas, fit-elle, pour ne pas laisser filtrer l'ardeur avec laquelle elle voulait saisir cette occasion de fuir les murs étouffants de la propriété des Potter, ne serait-ce que pour une journée. Je ne suis pas sûre de me souvenir du chemin.

Elle leva les yeux, mesurant l'impact qu'allait produire sur lui son hésitation.

David surprit la flamme qui brillait dans ses prunelles et remarqua que leur vert jade s'était légèrement assombri. L'espace d'un instant, il se demanda s'il ne s'était pas fait piéger, puis il rejeta l'idée aussi vite qu'elle lui était venue. Cette flamme provenait sans doute des objets de cristal posés derrière lui qui reflétaient le soleil dans les yeux d'Amanda. On ne pouvait pas piéger David Potter.

Et, comme Amanda s'y attendait, son hésitation atteignit le but recherché. Si elle se faisait prier, David ne manquerait pas, c'était évident, d'insister. David Potter ne pouvait se passer de tout contrôler. Ce besoin ne le quittait jamais.

— Bien sûr, je demanderai à Marcus de t'y conduire.

— Bien sûr, répéta Amanda, parcourue de délicieux frissons d'excitation. Mais n'oublie pas de me donner tous les détails. Par exemple, jusqu'à quel prix dois-je monter ? Dans quel état veux-tu ce porte-pipes ? Ce genre d'information, tu vois.

David hocha la tête. La perspective d'ajouter une nouvelle pièce à sa collection le mettait en émoi.

— J'ai un livre sur les objets de cette période, répondit-il. Je te le donnerai tout à l'heure avant de partir. Ainsi, tu pourras potasser le sujet. Et bien sûr, comme d'habitude, le prix n'est pas un problème.

Amanda lui adressa un seul sourire. Mais c'était un petit sourire froid, sans le moindre lien avec son cœur. *Bien sûr*, songeait-elle, *l'argent n'est jamais un problème*.

Deux jours plus tard, elle agita la main en signe d'au revoir à David à l'aéroport, remonta lentement à l'arrière de la limousine noire et fit un signe de tête au chauffeur.

— Connaissez-vous le chemin pour aller à la vente aux enchères, Marcus ?

— Oui, Madame, répondit-il, attentif à la circulation.

Il engagea la luxueuse voiture en direction de l'autoroute qui quittait la ville par le sud, vers le petit hameau où devait se tenir la manifestation.

Avec un frisson d'excitation, Amanda passa ses paumes sur le tissu de son pantalon. Il était confortable, et elle essaya d'oublier son élégante couleur beige. Si elle avait pu choisir, elle aurait opté pour un rouille ou un bleu royal. Mais Amanda ne pouvait choisir que peu de chose dans sa vie, et ses vêtements n'en faisaient pas partie.

— Marcus... j'aimerais un peu d'air, dit-elle.

Il mit l'air conditionné en marche.

— Je voulais parler d'air pur. Voulez-vous baisser la vitre de quelques centimètres ?

— Oui, Madame, répondit Marcus en s'exécutant.

La brise était fraîche. Amanda dénoua le nœud blanc qui retenait ses cheveux auburn. Elle sentit ceux-ci s'emmêler autour de sa tête, et la sensation d'insouciance que cela lui procurait la fit rire. Elle ne se rendit pas compte de l'étonnement de Marcus, qui céda la place à une expression de sympathie.

Au fond de lui, il était épouvanté par la situation de la jeune femme, mais un emploi était un emploi, et il devait obéir aux ordres de David Potter. S'il voulait conserver son poste et la vie, il savait qu'il ne devait pas perdre Amanda Potter de vue.

La jeune femme détacha les deux premiers boutons de son chemisier blanc en oxford et laissa tomber le pull posé sur ses épaules sur le siège à côté d'elle. Il faisait trop beau pour s'enfermer dans quoi que ce soit, surtout dans des vêtements.

Les panneaux indiquant la direction de la vente aux enchères apparurent bien trop tôt sur le bord de la route. Marcus commença à ralentir et, avant qu'elle ait le temps de s'en apercevoir, il s'engagea dans une allée et gara la voiture à l'intérieur d'un parking délimité par des cordes, derrière les vieux murs de brique croulants d'une demeure de trois étages. Quelques secondes plus tard, il était posté devant la portière arrière, la main tendue pour aider la jeune femme à descendre.

Les gens se pressaient alentour. Le doux bruissement de leurs voix sonnait comme une musique aux oreilles d'Amanda. Elle se réjouit de constater que personne ne semblait avoir remarqué qu'elle était arrivée à bord d'une limousine, alors que tout le monde avait l'air d'être venu simplement en voiture ou en camionnette de livraison.

Une odeur alléchante de tartes maison et de café fumant emplissait l'air. Amanda se dit que, comme c'était en général le cas pour les manifestations de ce genre, une organisation de dames du voisinage s'était portée volontaire pour fournir des collations aux visiteurs, dans le but de gagner un peu d'argent supplémentaire en faveur de leur club.

— Je meurs de faim, lança-t-elle soudain. Marcus, je vous invite. Mon mari m'a donné assez d'argent pour acheter de quoi nous restaurer.

Elle attendit sa réponse, son expression adoucie par un sourire enfantin.

Elle venait pratiquement d'admettre ne pas posséder un sou à elle, et cela n'échappa pas au chauffeur. Plongeant tout au fond des ombres du regard d'Amanda qui attendait sa réponse, il en oublia de la lui donner. A cet instant précis, il se surprit à détester son employeur pour ce qu'il faisait subir à sa femme.

— Non, Madame. Laissez-moi régler cela, je vous en prie, répondit-il calmement, mais d'un ton autoritaire qui ne lui laissait pas le choix. Vous pouvez garder votre argent... ajouta-t-il. Pour cette fois.

Amanda ne put dissimuler sa surprise. Son sourire vacilla. Elle n'avait pas la force de refuser l'offre de Marcus. S'il payait, elle ajouterait la petite somme à son pécule secret. Un jour, elle aurait besoin du moindre *cent* à sa disposition. Un jour...

Elle se hâta d'enfouir cette pensée tout au fond d'elle, et se dirigea rapidement vers la table des collations, consciente que Marcus ne la quittait pas d'une semelle.

Plusieurs heures s'étaient écoulées depuis leur arrivée. Il n'avait pas fallu longtemps à Amanda pour se porter sur la liste des acheteurs potentiels, laquelle devait servir de moyen d'identification si elle enchérissait ou achetait un objet. Et il lui avait encore fallu encore moins de temps pour constater que le porte-pipes convoité par David était en excellent état, et qu'il faisait partie des petits lots qui ne seraient proposés qu'en fin d'après-midi. Ce délai la remplit d'aise. Plus elle passerait de temps dans cette vente aux enchères, plus longtemps elle pourrait s'attarder loin de la maison.

Le soleil cognait avec force en ce milieu d'après-midi. Une chaleur quasi étouffante imprégnait l'atmosphère et beaucoup d'acheteurs étaient repartis. Le commissaire-priseur avait pris du retard, et ils n'avaient pas l'intention de s'éterniser dans cette fournaise alors qu'une maison fraîche et des boissons plus fraîches encore les attendaient.

Amanda se promenait en examinant avec soin tous les objets disséminés ici et là. Elle se demandait ce qui avait bien pu pousser un homme comme Ruben Leder à réunir ce bizarre assortiment.

Marcus était plongé dans une conversation avec une des jolies jeunes filles qui proposaient des rafraîchissements. Ses éclats de rire qui, de temps à autre, retentissaient firent sourire intérieurement Amanda. Au moins, elle n'était pas la seule à prendre plaisir à cette journée.

Jetant un regard par-dessus son épaule pour s'assurer que les enchères se poursuivaient normalement, elle se dirigea vers une chaise pliante, abandonnée sous les larges branches d'un chêne séculaire.

— Jamais je n'aurais pensé qu'un truc aussi dur puisse être aussi agréable, soupira-t-elle en calant son corps las sur le siège inconfortable.

— Epuisée, non ?

Amanda sursauta. La voix de la vieille femme

l'avait tellement prise au dépourvu qu'elle faillit basculer.

— Excusez-moi, mon enfant. Je ne voulais pas vous faire peur, reprit la nouvelle venue.

Gloussant sous cape, elle continua à fouiller le contenu d'une malle rouillée.

Amanda se retourna.

— Ça va, assura-t-elle en jetant un coup d'œil pour vérifier si Marcus la surveillait toujours.

Il ne fallait surtout pas qu'il puisse raconter à David qu'elle avait eu une vraie conversation avec quelqu'un. David en conclurait immédiatement le pire. Elle poussa un soupir de soulagement. Marcus manquait à son devoir, à son égard en tout cas, car il avait complètement disparu de la circulation.

— Je m'appelle Dorothy, dit la vieille dame.

Elle passa un mouchoir sur son visage humide de sueur, puis le fourra dans la poche de sa robe de vichy bleue. Son geste avait plaqué contre son front des mèches humides de cheveux gris, échappées du chignon perché sur le sommet de son crâne.

— Et moi, Amanda.

Deux mots prononcés rapidement, mais avec en même temps une réelle sensation de légèreté.

— Vous avez déjà acheté quelque chose ? demanda Dorothy.

Amanda répondit en souriant :

— J'attends toujours. Ils n'en sont pas encore au lot qui m'intéresse.

Dorothy continuait à fureter dans la malle.

— Intelligent de votre part. Il y a des gens qui se laissent prendre au jeu de la concurrence dans ce genre de vente, et ils finissent par acheter n'importe quelle saleté. Une fois rentrés chez eux, ils se demandent ce qu'ils vont bien pouvoir en faire.

Elle désigna du doigt la pile de tissus fanés et de vêtements jaunis qu'elle avait extirpés de la malle.

— Vous voyez ce que je veux dire ? ajouta-t-elle en riant.

Amanda acquiesça. Dorothy était ouverte et franche, si absorbée à fouiller dans l'amas de tissus que sa curiosité en fut éveillée, malgré la petite voix intérieure qui lui soufflait de s'occuper de ses propres affaires.

— Cette malle vous appartient ? demanda-t-elle.

— Ouais. Et tout ce qu'elle contient. Malheureusement, ce *tout*-là doit être brûlé. Regardez-moi donc ces trucs ! Je ne vois vraiment pas ce que quelqu'un pourrait en faire.

Elle souleva une robe en lambeaux, puis désigna une pile de vieux magazines, et une autre, moins volumineuse, de cadres pour photos. C'est alors qu'elle s'aperçut de l'intérêt que manifestait Amanda.

— Tenez, mon enfant, dit-elle en poussant le tout vers elle. Je ne m'intéresse qu'à cette malle. Si vous voulez quelque chose, ne vous gênez pas. J'avais l'intention de faire tout emporter avec les rebuts de la vente.

Amanda secoua la tête.

— Non, il ne vaut mieux pas, dit-elle en se levant pour jeter un regard en direction du commissaire-priseur, qui n'en était toujours pas au lot pour lequel elle était là.

Elle enfonça les mains dans ses poches et chercha Marcus du regard. Il brillait toujours par son absence.

L'envie de plonger dans la pile de ces vieilleries

lui picotait les doigts. Juste pour voir... Elle n'oserait jamais rapporter quelque chose à la maison sans que David lui en ait donné d'abord l'autorisation. Dans la propriété des Potter, tous les objets s'harmonisaient les uns avec les autres. Il était inconcevable qu'elle puisse en apporter un seul de son propre choix.

Dans sa hâte d'examiner toutes ces affaires avant que la vieille dame ne change d'avis, elle se retrouva à genoux dans la poussière, sans une pensée pour le tissu raffiné de son pantalon.

Dorothy acheva gaiement de trier le contenu de la malle.

— Je n'ai envie de rien là-dedans. Si un truc vous plaît, il est à vous. Bonne journée, mon enfant.

Elle hissa la malle sur un chariot rouge et disparut.

Il ne fallut pas longtemps à Amanda pour s'apercevoir que Dorothy disait vrai à propos des tissus. Ils étaient bons pour la décharge, un point c'est tout. Les vieux magazines ne l'intéressaient pas. Elle les parcourut rapidement, n'y voyant rien à quoi même un collectionneur pourrait s'intéresser. Ne restaient plus que les vieux cadres et les photos.

Elle se releva, et s'aperçut que la vente avait considérablement progressé. Elle avait intérêt à se dépêcher, car apparemment, le dernier lot allait bientôt être mis aux enchères.

La plupart des cadres étaient vieux, et les photos délavées au point d'en être presque blanches. C'était une évidence : aucun chef-d'œuvre ne se cachait là. Amanda souleva le dernier objet pour vérifier si rien ne s'était glissé dessous, lorsqu'elle l'aperçut, à moitié recouvert de haillons.

Il était petit, pas plus grand qu'une assiette à

dessert, et avait été monté comme cela se pratiquait à l'époque des lanternes magiques. Le verre en avait été brisé et ôté depuis bien longtemps certainement.

Amanda plissa les yeux et leva l'objet vers la lumière pour lire ce qui était gravé sur la petite plaque de cuivre vissée en bas. Elle n'avait jamais rien vu de pareil.

CUEILLEUR DE RÊVES — *circa 1800*

Elle retint son souffle. *Quel nom évocateur de merveilles ! Si seulement une chose pareille pouvait exister !* songea-t-elle avec mélancolie.

Elle baissa les yeux sur le ballot de tissu et de papier dans lequel on l'avait caché et fronça les sourcils. Comment un tel trésor avait-il pu arriver là ?

Il était manifestement d'origine indienne. Les lanières de cuir, la vieille plume, ainsi que les débris de perles cassées lui étaient familiers parce qu'elle avait déjà vu des réalisations artisanales du même style.

Mais sa science s'arrêtait là ; l'objet qu'elle tenait dans ses mains était tout à fait différent. Comme si quelqu'un avait essayé de fabriquer une espèce de toile d'araignée. Le cercle de bois, à l'intérieur duquel était enchâssée la tapisserie, était manifestement assez grossier. Apparemment, il s'agissait d'un rameau, tenu en place par des brides de cuir enroulées autour. La trame intérieure était également en cuir, mais ce cuir était beaucoup plus fin et d'apparence bien plus fragile. Amanda le tâta du bout d'un doigt. Il était raide et dur. Puis elle repensa à la date inscrite sur la plaque de cuivre, et fut sidérée que l'ensemble tienne encore en un seul morceau.

Plusieurs objets avaient été attachés à la tapisserie, sans ordre apparent. Avec une délicatesse infinie, elle les effleura les uns après les autres, s'émerveillant de la manière dont ils avaient résisté au temps.

Une griffe couleur d'obsidienne était prisonnière de la toile. Frissonnante, la jeune femme en suivit le contour. En dépit de la chaleur ambiante, elle était froide sous son doigt.

Sans arriver à en définir la raison, elle éprouvait un malaise en se demandant à quelle créature la griffe avait appartenu un jour.

Un bout de plume était accroché près du bord le plus proche du centre. Et, surgi de nulle part, un souffle de brise souleva la vieille plume.

Un cri aigu, haut dans les airs, attira l'attention de la jeune femme. En levant les yeux, elle aperçut un grand oiseau qui tournait au-dessus d'elle dans le ciel d'un bleu limpide. Bouche bée, elle le vit s'élever de plus en plus haut en traçant des cercles successifs puis disparaître. Elle ne parvenait pas à en croire ses yeux. Il n'était pas possible de se méprendre sur l'immense envergure de cet oiseau. Il s'agissait d'un aigle, elle en avait la certitude.

Les aigles étaient une espèce en danger, et on en voyait rarement, surtout dans cette région. En avoir aperçu un, à l'instant même où le morceau de plume frissonnait dans la brise, ressemblait à un présage.

La brise se mit à souffler plus fort, soulevant subitement ses cheveux comme si une main venait de glisser le long de son cou. Elle trembla lorsqu'il lui sembla entendre une voix chuchoter à son oreille. Puis, se disant qu'elle avait sans doute eu un coup de chaleur, elle se dépêcha de fixer son attention sur l'objet suivant.

— Comme c'est joli, murmura-t-elle en caressant le minuscule médaillon suspendu près du centre.

Elle eut une pensée pour celui ou celle qui, il y a fort longtemps, l'avait certainement fabriqué avec amour.

David détesterait cet objet. Il était vieux. Il avait l'air sale. Et pourtant, de toute sa vie, Amanda n'avait jamais rien désiré plus ardemment que cette chose bizarre.

Elle la retourna précautionneusement en quête d'indices qui en expliqueraient son utilité. Un petit mot écrit à la main avait été collé derrière. Certaines lettres étaient floues. Et l'écriture, en pattes de mouche, était difficile à déchiffrer.

Le propriétaire du cueilleur de rêves est un homme béni. Toute sa vie, la tapisserie filtrera ses rêves et seuls les bons seront autorisés à traverser l'espace ménagé en son centre.

Un éclat de rire bruyant et le cri aigu et staccato du commissaire-priseur qui déclenchait une averse d'enchères impatientes la tirèrent de sa contemplation.

— Oh, mon Dieu !

La jeune femme se releva d'un bond pour se précipiter en direction de la tente d'où provenaient les cris, le cueilleur de rêves serré contre son cœur. Si elle ratait l'achat du porte-pipes, David la tuerait. Au sens propre du terme.

Sans avoir conscience du tableau qu'elle offrait, elle se rua dans la tente en agitant son chiffre, le cadre toujours contre sa poitrine. Elle n'avait qu'une seule idée en tête : le porte-pipes de David était mis aux enchères, et ce, depuis un certain temps déjà.

— Nous disons une fois, deux fois...

— Cinquante dollars de plus que la dernière offre ! hurla-t-elle, avant de piquer un fard.

Un éclat de rire parcourut la foule.

— Vendu... à la petite dame aux joues comme des coquelicots.

La remarque taquine du commissaire-priseur passa complètement par-dessus la tête d'Amanda. Pour obtenir le porte-pipes, elle aurait volontiers effectué un strip-tease et dansé nue sur la table. Elle ne pouvait tout simplement pas rentrer à la maison sans lui.

Amanda esquissa un sourire. Sa gêne céda la place au soulagement quand elle reçut le porte-pipes... et son numéro... pour rejoindre la caravane qui servait de bureau et régler son achat. Puis elle se souvint du cueilleur de rêves.

— Ô Seigneur ! bredouilla-t-elle, que vais-je en faire ? David va me...

— Madame Potter, voulez-vous que je range vos emplettes dans la voiture pendant que vous payez ?

L'arrivée inattendue de Marcus mit un terme à sa joie. Elle avait été surprise avec son trésor. Saisie d'une impulsion subite, elle leva les yeux, un peu plus encore, jusqu'à les planter fermement dans les prunelles noires et chaleureuses.

— Je... euh...

Elle agrippa le cueilleur de rêves plus étroitement encore contre sa poitrine, ne voulant pas abandonner ce qui n'avait, pendant un très court moment, appartenu qu'à elle.

— M. Potter a prévu une boîte pour le porte-pipes, Madame.

— Je sais, dit-elle avec un soupir de défaite, car elle était sûre qu'il allait également lui enlever son trésor.

Marcus prit le porte-pipes et se dirigea vers la voiture.

— Mais, Marcus, vous n'emportez pas le... ?

Le chauffeur se retourna. Un long silence passa entre eux. Il la regarda bien en face, puis, baissant les yeux sur le vieil objet poussiéreux qu'elle tenait toujours contre elle, il rétorqua :

— Emporter quoi, Madame ? J'ai ce que je suis venu chercher. Je ne vois rien d'autre dont j'aie à m'occuper. Et vous ?

Des larmes montèrent aux yeux d'Amanda. Elle se mordit les lèvres et fixa le sol, incapable de supporter sa sympathie.

— Merci, parvint-elle enfin à chuchoter.

— Je n'ai rien fait, fit-il d'une voix douce avant de s'éloigner.

— Non, rien, répéta-t-elle.

Elle contempla le cueilleur de rêves et se rappela la promesse qui l'accompagnait. *Seuls les bons rêves*. Si seulement il pouvait dire vrai !

La chambre d'hôtel était plongée dans la pénombre. On entendait à peine le bruit de la circulation, au loin en contrebas. Les appartements de grand standing de Washington étaient réputés pour leur confort, ainsi que pour leur intimité.

Assis sur le bord du lit, David composa un numéro de téléphone, en faisant rouler sa tête et son cou d'un air las. Lorsque la sonnerie se déclencha, il se mit à compter : une, deux, trois...

— Allô...

La voix grave manquait d'expression. David sourit intérieurement. Marcus était là où il devait être et, par conséquent, Amanda y était aussi.

— Alors, Marcus, comment s'est passée la journée ? Amanda a-t-elle pu obtenir mon porte-pipes ?

Rembruni, Marcus se demanda pourquoi son

patron l'interrogeait alors qu'il aurait dû poser la question à sa femme.

— Oui, Monsieur, elle l'a acheté, comme vous le souhaitiez.

— Y a-t-il eu beaucoup d'offres ?

En gigotant, David ôta ses chaussures d'un coup de pied. Il s'excitait mentalement à l'idée de la concurrence et savourait la joie de l'avoir emporté.

— Je l'ignore, monsieur Potter. Je suis incapable de faire la différence entre celui qui enchérit et celui qui se désiste.

David grimaça. Il aurait juré, l'espace d'un instant, avoir perçu une pointe de sarcasme dans la voix du chauffeur. Puis, se disant que son imagination s'emballait, l'image qu'évoquait la réflexion de Marcus le fit rire.

— Je comprends cela. Il m'a fallu des années pour saisir de quoi il retournait.

Marcus attendait. Il se refusait à avoir une conversation amicale avec cet homme. Car jamais il ne pourrait être son ami.

— Alors...

David dénoua sa cravate et se laissa retomber sur le lit. Il jeta un coup d'œil au miroir devant lui et ébaucha un sourire.

— Ma femme est à la maison ?

— J'imagine, Monsieur. Elle dînait seule, quand je l'ai vue pour la dernière fois.

David fronça les sourcils.

— Qui la surveille en ce moment ?

— Je l'ignore, Monsieur. Il me semble l'avoir entendue dire qu'elle voulait se retirer tôt dans sa chambre, tout de suite après le dîner.

— Dites à Mabel de me la passer, ordonna David. Je veux lui souhaiter une bonne nuit.

— Oui, Monsieur. Une seconde, Monsieur.

En attendant qu'Amanda vienne au téléphone, David se débattit avec la boucle de sa ceinture puis détacha sa cravate.

Un bruit d'eau dans la pièce contiguë fit venir à ses lèvres un sourire gourmand. Il pivota dans sa direction et fixa le fin rai de lumière jaune qui filtrait sous la porte ; il sentit son pouls s'accélérer.

Puis le bruit cessa et la porte s'ouvrit. Elle se tenait nue dans l'embrasure, la lumière dans le dos, face à l'obscurité, attendant ses ordres.

— Viens près de moi, dit David d'une voix qui devenait plus rauque à chaque mot.

La femme hocha la tête et, lorsqu'elle commença à avancer lentement vers lui d'une démarche sensuelle, il imagina qu'elle souriait. Sa respiration s'accéléra, en même temps que son désir s'aiguisait. Elle se glissa près de lui sur le lit, l'enveloppant de sa nudité comme un serpent s'enroule autour d'un arbre. Puis elle entreprit de lui ôter ses vêtements en un strip-tease suggestif, jusqu'à ce qu'il soit aussi nu qu'elle.

— Allô, dit Amanda.

David n'enregistra pas immédiatement sa voix, il avait fermé les yeux et gémissait en son for intérieur, pendant que les mains et la bouche de la femme glissaient sur lui et entamaient une danse bien à elles qui le rendait fou.

— Allô, répéta Amanda.

David tressaillit.

— Amanda ?

Il se cambra sous les caresses de la femme et essaya de se concentrer sur la voix d'Amanda. Il se délectait de cette excitation provoquée par la satisfaction sexuelle que lui procurait la call-girl pendant qu'il conversait avec sa femme.

— Oui, David, c'est moi. Pardon d'avoir mis si

longtemps à répondre. Je m'apprêtais à entrer dans mon bain.

Il s'imagina le corps délié de son épouse, se glissant dans l'eau, puis tressaillit, car la femme l'avait lâché pour se mettre à califourchon sur lui. Penchée en avant, les seins près de ses lèvres, elle se mit à onduler sur son corps. Il ferma les yeux et serra les dents pour se concentrer sur sa conversation téléphonique.

— Comment s'est passée la vente ? demanda-t-il, alors qu'il en connaissait parfaitement le résultat.

Mais il était dans sa nature de vérifier si ce que lui racontait Amanda correspondait à la version de son garde du corps.

— Très bien, assura Amanda. J'ai eu ton porte-pipes. Pour un bon prix, je crois. Il valait cent cinquante dollars, moins cher que le dernier que tu as acheté.

— Oh, mon Dieu ! haleta David, car la femme venait d'empoigner sa virilité dure et la serrait entre ses genoux.

Amanda fronça les sourcils. Elle savait que David serait content, mais pas à ce point.

— David ?

— Ecoute... Ma chérie...

Il respirait de plus en plus vite, emporté par le vertige du plaisir qui fondait sur lui.

— Il faut que j'y aille. On frappe à la porte. Je ne peux pas te dire...

Il haleta et, saisissant les cheveux de la femme dans sa main, l'obligea à se baisser, à le prendre dans sa bouche. Ce qu'elle fit de bonne grâce. Elle était bien payée pour sa prestation et, dans son job, le client avait toujours raison.

— Ta conduite me rend très heureux, Amanda. Je te téléphonerai demain, se hâta de conclure

David, avant de jeter l'appareil de l'autre côté de la pièce, sans même s'apercevoir que la prise s'était débranchée dans le mouvement brusque qu'il venait de faire.

La communication fut coupée. Amanda haussa les épaules et raccrocha. Elle s'en moquait. Bavarder avec son mari était le cadet de ses soucis.

Le cœur de David tonnait, une fine pellicule de sueur recouvrait son corps, tandis que la femme l'emmenait là où il voulait... où il avait besoin d'aller.

De longues minutes s'écoulèrent pendant lesquelles ils tentèrent tous deux de se ressaisir. La femme fut la première à bouger. Elle se releva tant bien que mal et se dirigea en vacillant vers la salle de bains. David roula en bas du lit et l'y suivit.

Il se colla derrière elle et sa main vint s'enrouler autour d'elle telle une liane. Il prit un de ses seins voluptueux dans une paume, puis l'autre, et se colla violemment contre elle, déjà prêt à recommencer.

— Pas si vite, mon chou, grogna-t-il à son oreille. J'ai payé pour la nuit, et elle ne fait que débuter.

Il ne la vit pas blêmir. Pas davantage qu'il ne sentit son pouls s'accélérer sous l'effet de la peur. Si cela avait été le cas, il n'en aurait eu cure. Ce n'était qu'une prostituée. Et il était David Potter, le député, de la famille des Potter de Virginie de l'Ouest. Un homme au-dessus de tout reproche... et au-dessus de la loi.

4

Un grand silence régnait dans la pièce. Amanda, immobile, contemplait le confort et l'opulence qui s'étalaient sous ses yeux, tout ce luxe qu'elle échangerait en un battement de cœur contre sa liberté.

Entre son existence et celle d'un condamné à mort, il n'y avait qu'une seule différence : les murs de sa cellule étaient d'un blanc immaculé et décorés d'œuvres d'art originales. Mais le résultat était le même ; il était plus que probable qu'elle resterait enfermée jusqu'à la fin de ses jours.

Refoulant ses larmes, elle se dirigea vers une fenêtre donnant sur le parc et observa les dobermans de David qui montaient la garde en courant dans les cercles de lumière jaune diffusés par les projecteurs parsemés sur les pelouses impeccablement tondues, avant de disparaître dans l'ombre, sous le couvert des arbres qui entouraient la propriété. Même si elle n'apercevait plus les chiens, elle savait que, comme David, ils rôdaient trop près d'elle pour qu'elle puisse s'échapper.

De sa vie avant David, elle ne gardait que des souvenirs rares. Il ne restait plus grand-chose de la jeune bachelière naïve aux grands yeux innocents et de son coup de foudre pour un bel étudiant : David, lequel était, entre autres fonctions, porte-parole des étudiants et président de sa promotion.

Amanda rit à travers ses larmes. Le Grand Homme du campus ! L'objectif de toutes les filles, ou presque, à l'université, était de mettre le grappin sur un de ces spécimens, et elle avait récolté le plus en vue. Le seul problème, c'était qu'elle ne voulait plus de lui et qu'elle ne savait pas comment s'en débarrasser.

Elle s'appuya contre la vitre, savourant la fraîcheur du verre sur son front. Elle regrettait le fait que ses parents aient disparu si tôt. S'ils avaient été encore là, ils auraient certainement distingué, au-delà de la beauté extérieure de David, la noirceur qui habitait son cœur. Puis elle poussa un soupir. S'en seraient-ils aperçus qu'elle ne les aurait probablement pas crus. Elle était éprise d'un homme qui, pour elle, était l'incarnation d'un prince. Alors qu'elle n'avait, en fait, épousé qu'un crapaud.

Dans le vestibule, l'horloge sonna un coup, annonçant la demie. Amanda se retourna pour vérifier l'heure. Déjà vingt-deux heures trente, pourtant elle n'avait pas sommeil. Le souvenir de l'époque où elle était étudiante en avait fait remonter d'autres à sa mémoire. Des souvenirs qui lui faisaient aspirer à un genre de vie bien différent.

Mais elle en était là : femme adulte et mariée, elle n'avait même pas la liberté de diriger sa propre maison. Son estomac gargouilla. La cuisinière devait sans doute être couchée. Ce qui ne l'empêchait pas d'avoir faim.

Subitement, elle eut un sursaut de révolte. Elle se détourna de la fenêtre et gagna sa penderie d'un pas décidé. Il ne lui fallut pas longtemps pour ôter sa chemise de nuit et enfiler un survêtement. Ses mules à talons plats claquaient sur le sol ; elle les enleva et se dirigea, pieds nus, vers la porte.

Obsédée par l'idée d'un sandwich au rôti, accompagné d'un verre de thé glacé, elle s'engagea dans le couloir plongé dans la pénombre. Elle ne vit pas Marcus, qui montait la garde derrière sa porte, et entra en collision avec lui.

Simultanément, elle gémit de douleur et il poussa un grognement désemparé. Dans sa hâte d'arrêter la jeune femme, il venait d'écraser son pied nu.

— Pour l'amour du ciel ! s'exclama Amanda en se penchant pour masser les orteils de son pied gauche. J'ignorais que vous étiez là. Vous m'avez fait une sacrée peur.

— Puis-je faire quelque chose pour vous ? demanda-t-il sans lâcher son bras qu'il tenait doucement mais fermement.

— Ça va, marmonna-t-elle. Maintenant, vous pouvez me lâcher.

Comme il ne répondait pas, Amanda le regarda et ce ne fut qu'en plongeant dans son regard glacial qu'elle comprit ce qu'il s'était imaginé.

Elle éclata d'un rire dur et aigu qui le surprit assez pour l'amener à desserrer son étreinte, puis à laisser retomber ses mains le long de son corps.

— Quand je m'enfuirai, siffla-t-elle, ce ne sera ni au milieu de la nuit, ni en courant entre ces maudits cannibales qui rôdent dans le jardin.

Elle essaya de remuer ses orteils meurtris.

— Et puis, ajouta-t-elle avec une grimace, ce ne sera pas pieds nus.

Marcus rougit.

— Pardon, Madame, dit-il calmement. Je ne fais que ce qu'on m'a...

— Ça suffit, le coupa Amanda. En fait, j'allais me chercher un sandwich. Mais vous m'avez coupé l'appétit.

Elle se retourna, rentra dans sa chambre, et lui ferma la porte au nez sans bruit.

Pendant un moment, ils restèrent immobiles.

L'un et l'autre à l'écoute de chaque côté de la cloison. Amanda bougea la première, et ce fut pour verrouiller sa porte de l'intérieur.

Marcus entendit le cliquetis et l'interpréta pour ce qu'il était : le rejet de la vague camaraderie qu'ils avaient partagée dans la journée. Ils étaient de nouveau en terrain sûr et reconnaissable. Tant qu'il travaillerait pour son mari, il était son geôlier, pas autre chose.

La jeune femme entendit le bruit de ses pas décroître dans le couloir. Mais il n'irait pas loin, elle le savait. Il avait un travail à effectuer. Lorsqu'elle ne perçut plus de signe de sa présence, Amanda réalisa alors ce qu'elle venait d'admettre en face de Marcus.

Elle avait dit *quand je m'enfuirai...* et pas *si je m'enfuyais*.

— Ô mon Dieu, gémit-elle en tombant à genoux. Mon Dieu, faites qu'il ne dise rien à David. Je vous en prie, empêchez-le de lui raconter...

Elle enfouit son visage dans ses mains tremblantes, en se demandant combien de temps encore elle pourrait se raccrocher à sa foi.

Des nausées la submergèrent. Elle dut faire appel à toute sa volonté pour se relever, se mettre au lit et éteindre la lumière. Une chaleur torride régnait à l'extérieur, mais en dépit de l'air conditionné réglé au maximum dans la maison, elle se sentait engourdie. A cause du choc qu'elle venait de subir. Mais il passerait, comme tout le reste dans sa vie.

Quelque chose heurta son crâne ; elle tendit un bras au-dessus de sa tête et chercha à tâtons dans l'obscurité pour voir de quoi il s'agissait. Ses doigts effleurèrent le cueilleur de rêves, puis glissèrent le long du cadre, et elle se remémora la manière dont elle l'avait rapporté de la vente aux enchères dans la maison, puis dans sa chambre, en le dissimulant sous son pull.

Un cueilleur de rêves. Quelle plaisanterie ! S'il existait une chose dont elle ne voulait justement pas, c'était bien fermer les yeux et rêver. Elle ne faisait que des cauchemars. Elle n'arrivait pas à échapper à l'enfer qu'était sa vie, pas même dans le sommeil.

Elle prit le cueilleur de rêves et le posa sur l'oreiller à côté de sa joue. Ses larmes commencèrent à couler. Sa dernière pensée fut pour l'odeur de vieux cuir et le rayon de lune reflété par la griffe suspendue à la tapisserie, qui lui donnait un brillant étrange et lumineux.

Puis elle sombra dans le sommeil.

Il apparut auréolé de lumière. Une silhouette sombre à l'intérieur d'un blanc si lumineux qu'il était impossible d'en détourner les yeux. Fascinée par la puissance dégagée par ses gestes, elle contempla la largeur de ses épaules, la longueur de ses jambes, dans l'attente de voir son visage.

Exhalant des soupirs d'impatience, elle se roula plus étroitement en boule sur le lit et lutta contre l'envie de crier. Il était près. Si près ! Elle crut l'entendre respirer, elle crut entendre le sang se précipiter bruyamment dans les veines de son corps, elle crut sentir la caresse soyeuse de ses cheveux qui enveloppèrent ses épaules et ses bras à la manière d'une douce cape.

Elle craignait de souffrir lorsqu'il la toucherait. Dans le monde d'Amanda, les hommes n'étaient porteurs que de souffrance. David ne lui avait jamais rien apporté d'autre, et il avait été le premier. Au fur et à mesure que l'homme approchait, elle s'attendait à sentir la douleur l'envahir. Mais il n'en fut rien.

Il lui sembla que le lit ployait sous elle. Puis elle sentit son corps contre le sien. Il s'était glissé le long de son dos et la forçait doucement à sortir de la coquille dans laquelle elle se lovait pour se détendre dans la chaleur et la force de son corps. Quand il la prit dans ses bras, ses frissons d'angoisse et ses peurs se volatilisèrent.

Elle huma l'odeur du cuir et de la fumée, sentit le contact de ses lèvres sur son front et eut le sentiment que déjà elle avait été étreinte de la sorte.

Une paix intérieure se répandit dans tout son corps.

Amanda dormait.

— Madame Potter, madame Potter... je vous en prie, ouvrez votre porte !

Amanda se réveilla en sursaut. Elle parcourut la pièce d'un regard apeuré à la recherche de l'homme avec qui elle avait passé la nuit. Mais tout comme les ténèbres, il avait disparu.

Ne sachant plus où elle en était, elle cligna des yeux. Les rayons lumineux du soleil se déversaient à travers les interstices des rideaux. Elle crut entendre des pics-verts marteler les avant-toits de la vaste demeure coloniale de trois étages. Si David avait été là, il serait déjà en train d'appeler les exterminateurs pour empêcher que d'autres dégâts fussent faits à sa maison bien-aimée.

On frappa à nouveau plusieurs petits coups secs à sa porte. Et alors la jeune femme réalisa que c'était Mabel, et non des oiseaux, qui l'avait sortie du sommeil.

— J'arrive, j'arrive, bredouilla-t-elle en posant un pied par terre.

Elle se leva à contrecœur, car en entrant dans la chambre, Mabel effacerait les dernières bribes de son rêve, et sans bien savoir pourquoi, il lui était douloureux de le laisser disparaître.

— Et quel rêve ! chuchota-t-elle en se rappelant la force et la tendresse de cet amant inconnu.

Puis elle s'arrêta net, choquée par la manière dont elle venait de le nommer. Pourquoi un amant ? Il ne s'était rien passé d'érotique dans son rêve. Il ne lui avait montré qu'une douceur et une force qu'elle ne voulait pas oublier.

— Oh, non ! mon cueilleur de rêves ! marmonna-t-elle en lançant un regard affolé vers le lit.

Elle devait le cacher. Si quelqu'un l'apercevait, y compris sa chère Mabel, en qui elle avait pourtant toute confiance, elle courrait un risque : celui d'une remarque qui la trahirait. En lui-même, l'objet n'avait peut-être que peu de valeur. Mais sa présence dans sa vie avait désormais une importance essentielle. Il aiguisait l'instinct de révolte qu'elle croyait avoir perdu.

Mabel frappa une nouvelle fois et accompagna son geste d'un avertissement de son cru :

— Ouvrez tout de suite la porte, Madame, ou j'appelle Marcus.

Amanda se hâta de dissimuler le cadre derrière la tête de lit. Pour l'instant, cette cachette était suffisante. Elle ouvrit la porte et eut un léger sourire en apercevant la mine abattue de Mabel.

— Quoi ? Vous pensiez me trouver étendue dans une flaque de sang ? Je ne lui donnerais pas cette satisfaction, ajouta-t-elle en haussant les épaules. Et... je ne vous ferais pas une chose pareille.

Cette perspective fit grimacer Mabel, puis elle poussa un soupir de soulagement.

— Vous m'avez vraiment fait très peur. Si je me souviens bien, cette porte n'a jamais été fermée à clé de l'intérieur. En général, c'est le...

Elle eut la bonne grâce de rougir.

— Exact. En général, c'est le contraire.

— Descendrez-vous pour le petit déjeuner ? demanda la gouvernante avec un coup d'œil au survêtement dans lequel Amanda avait dû dormir.

Amanda s'étira longuement.

— Oui, je meurs de faim. Et je ne veux pas de ces trucs allégés et riches en fibres... Je suis en parfaite santé et je n'ai aucun problème de poids. Prévenez la cuisinière que je veux des crêpes aux fraises... et à la crème fouettée. De la vraie crème fouettée. Accordez-moi dix minutes et j'arrive.

Ce changement subit dans le comportement d'Amanda sidéra Mabel. Elle la fixa d'un air abasourdi. Où était passée la femme effacée, aux manières douces, l'épouse de David Potter ? Mieux encore, d'où sortait cette jeune fille aux yeux brillants, presque heureux ?

— Oh... et, Mabel...

— Oui, Madame ?

— Demandez à Marcus d'amener la voiture. J'ai décidé qu'il me fallait changer de mode de vie. Je pense que je vais aller au foyer des SDF de Delia Potter. Nous avons une caisse de vêtements dont David souhaite se débarrasser. J'ai l'intention de les donner à qui en a besoin.

— Mais, Madame, le maître va avoir une crise cardiaque s'il voit vos vêtements sur le dos de gens démunis dans la rue, objecta Mabel.

— Il ne peut pas s'y opposer. C'est sa mère qui a fondé cette institution il y a des années, bien avant qu'il soit du dernier chic de s'occuper de ce genre de problème.

Mabel fronça les sourcils et hocha la tête, persuadée que sa maîtresse courait au-devant d'ennuis sérieux.

La jeune femme serra la vieille gouvernante dans ses bras et lui adressa un large sourire.

— Pensez simplement au retentissement formidable que cela va avoir dans la presse. L'an dernier, le costume du député Potter était à la Maison Blanche. Cette année, qui sait ? Il est peut-être en route pour un asile de nuit.

— Le maître va être furieux contre vous, la prévint Mabel.

— Et alors ? rétorqua Amanda.

Puis elle se détourna, car elle ne voulait pas voir l'inquiétude grandir sur le visage de la gouvernante. Quoi qu'elle fasse, cela déplaisait à David. Pour une fois, pourquoi n'essaierait-elle pas tout simplement de se faire plaisir à elle-même ?

Amanda fouilla à toute vitesse dans sa penderie, en quête d'une tenue en harmonie avec son état d'esprit.

Elle descendit prendre son petit déjeuner en jeans et baskets, ignorant les murmures et regards que suscitait sa tenue inhabituelle parmi les domestiques. Elle n'arrêtait pas de se répéter qu'elle avait autant que David le droit d'agir comme bon lui semblait.

Son propre système d'alarme se déconnectait complètement. Mais, en même temps, un déclic mystérieux s'était produit entre le départ de David pour Washington et la vente aux enchères. Elle s'était trouvée elle-même.

Elle avala la dernière bouchée de crêpes aux fraises et repoussa sa chaise en arrière avec un soupir de satisfaction. Il était temps de se remuer. Elle avait un but, tout au moins pour la journée.

Et ce n'était pas parce que sa rébellion consistait à distribuer des vêtements dont on ne voulait plus qu'elle en était amoindrie. Sa vie était sur le point de prendre une nouvelle direction. Elle devait bien commencer quelque part. Et ce serait par le foyer des SDF.

— J'sais qui vous êtes.

Amanda abandonna un instant sa tâche, qui consistait à trier le contenu de la grande caisse de vêtements qu'elle avait apportée. Celui qui venait de s'adresser à elle était un homme âgé et très débraillé. Il lui tapotait l'épaule. Elle essaya de ne pas sourire devant son apparence comique. Sans doute portait-il tout ce qu'il possédait à la fois. Des couches de vêtements superposés pendouillaient sur son corps, en lambeaux et crasseuses.

Elle lui tendit la main.

— Dans ce cas, vous avez un avantage sur moi, monsieur, dit-elle d'une voix douce. Je ne pense pas avoir eu le plaisir...

Marcus se tenait au milieu de la pièce quand il vit Amanda Potter serrer la main du mendiant. Plutôt que de lui crier d'arrêter comme cela le démangeait, il se fraya un chemin à travers la queue des miséreux qui attendaient leur repas gratuit quotidien, pour la rejoindre.

Quant à Beaner, il ne connaissait rien d'autre, depuis des années, que les miasmes inhérents à une existence de pauvreté extrême. Et quand la jeune femme lui tendit la main, il sentit une boule remonter dans sa gorge. Le besoin d'être appelé à nouveau par son nom l'envahit, ainsi que celui de se présenter à cette personne douce et jolie.

— Je m'appelle Dewey Miller, bredouilla-t-il.

En prononçant son nom à haute voix, il détourna les yeux. Il lui était difficile de l'émettre, car depuis des années Beaner s'escrimait à oublier qu'autrefois il avait vécu un genre de vie différent.

— Mais vous pouvez m'appeler Beaner. Comme tout le monde.

Puis il releva les yeux, le visage fendu d'un large sourire.

Amanda ne frémit pas au contact des doigts poisseux qui se refermaient sur les siens. Et quand Beaner sourit, elle n'eut aucun mal à compter qu'il ne lui restait exactement que trois bonnes dents dans la bouche. Elle se demanda comment il pouvait bien faire pour mâcher, puis son cœur se serra en réalisant que, sans doute, il devait lui arriver bien souvent de ne rien avoir à manger du tout. Sa dentition était probablement le cadet des soucis de Beaner.

— Ravie de vous rencontrer, Beaner. Je suppose que vous êtes au courant de la manière dont tout cela fonctionne.

Elle embrassa le foyer d'un geste de la main, englobant aussi bien la queue pour les repas, que la salle sur le devant où on triait les vêtements offerts par des donateurs.

Il hocha la tête d'un air important.

— Eh oui ! J'sais tout ce qu'il y a à savoir ici.

Il plissa les yeux et pinça la bouche, suçotant ses dents pendant qu'il réfléchissait à ce qu'il pourrait lui révéler d'autre sur sa vie privée. Les yeux de la jolie dame étaient verts, limpides et remplis de paillettes quand elle souriait. Il décida que peut-être, simplement peut-être, on pouvait lui faire confiance. Mais jusqu'à un certain point seulement, se rappela-t-il. Faire trop confiance à quelqu'un, cela n'apportait rien. D'expérience, il savait que les gens vous laissaient toujours tomber quelque part en chemin.

— C'est la première fois que je viens ici, remarqua Amanda.

Puis elle se rappela qu'il la connaissait.

— Comment savez-vous qui je suis ?

— Vous êtes la dame qui est tombée de l'estrade dans le parc, l'autre fois. Vous êtes la femme de ce député.

Beaner eut un grand sourire, puis il siffla. L'air s'infiltra à toute vitesse par les trous de sa bouche, comme le vent siffle à travers les arbres.

— On peut pas vraiment dire que votre bond de géant soit le plus judicieux que vous ayez fait pour l'humanité ! ajouta-t-il en souriant de son propre humour.

La comparaison laissa Amanda bouche bée de surprise, puis ses lèvres s'écartèrent et le rire qui monta et sortit de sa gorge était plus inattendu et plus sincère que tout ce qu'elle avait exprimé depuis bien des années.

— Madame... ça va ?

C'était Marcus, qui venait de jaillir derrière le dernier couple le séparant de son devoir, pressé de s'interposer entre Amanda et le mendiant.

Mais elle riait. Et il ne pensait pas, depuis cinq ans qu'il travaillait pour David Potter, l'avoir jamais entendue rire. Pas comme cela.

— Ça va très bien, répondit-elle entre deux hoquets.

L'arrivée de Marcus avait fait reculer Beaner

de plusieurs pas. Il tirait nerveusement sur ses couches de vêtements.

— J'avais une merveilleuse conversation avec Dewey, précisa-t-elle.

— Qui est Dewey ? grogna Marcus.

Amanda lui désigna le vieil homme.

— Dewey, je vous présente mon chauffeur, Marcus Havasute.

Marcus ne tendit pas la main. L'aurait-il fait que Beaner ne l'aurait de toute façon pas prise. Aucun des deux n'envisageait d'autre attitude que de s'ignorer mutuellement.

— C'est moi qu'ai retrouvé votre boucle d'oreille, annonça Beaner d'un air important.

Puis il leva des yeux furieux vers l'homme noir à la stature imposante pour essayer de rétablir un peu de sa crédibilité.

Le visage d'Amanda rayonna.

— Ça, par exemple ! s'exclama-t-elle.

Pour la première fois depuis le début de cette étrange conversation, elle regarda bien en face l'homme en haillons.

La honte la submergea. Aurait-elle vu cet homme dans la rue qu'elle se serait attendue à tout de sa part, sauf à trouver en lui un seul brin d'honnêteté. Elle fixait ses mains noueuses et incrustées de crasse en se demandant ce qu'un individu comme Beaner pouvait bien posséder intérieurement pour avoir restitué un diamant de deux carats sans réclamer quelque chose en échange.

— Dewey.

Le ton solennel qu'elle employa fit sursauter le vieil homme. Il lui rappelait des occasions où on l'avait mis sur la sellette pour une raison ou une autre. Il regarda en direction de la porte d'entrée, puis de celle du fond, évaluant la distance qui le séparait de la liberté, et souhaita n'avoir jamais entamé cette conversation.

— Vous ne pouvez savoir combien votre geste a eu d'importance pour moi, expliqua gentiment Amanda. J'aurais...

Devant son hésitation, Marcus détourna son regard. Il avait honte ; cette femme endurait l'enfer par la faute du silence de tous.

— ... j'aurais beaucoup souffert si vous ne l'aviez pas trouvée, termina-t-elle.

Sidéré, Beaner s'aperçut qu'elle avait les larmes aux yeux. Dans les rues d'où il venait, les pleurs étaient une réaction très intime. Et la seule intimité dont disposait un sans-abri était l'anonymat. Beaner ne savait pas s'il devait ou non la regarder.

Amanda se rendit compte qu'elle venait d'embarrasser terriblement les deux hommes. A la hâte, elle changea de sujet.

— Vous savez, Dewey, j'ai l'impression que mon mari et vous êtes à peu près de la même taille. Il y a un très beau manteau là-dedans qui est devenu trop étroit pour lui. Voudriez-vous... J'aimerais que vous...

Amanda ignorait comment s'y prendre pour faire la charité. Jusque-là, elle l'avait toujours pratiquée de manière impersonnelle. Cela n'avait rien à voir avec le fait de se retrouver face à face avec l'individu à qui on venait en aide.

Beaner se redressa de toute sa hauteur et passa ses doigts dans les quelques mèches de cheveux clairsemées qui lui restaient.

— J'serai vraiment honoré d'accepter votre cadeau, madame Potter, dit-il d'un ton cérémonieux. Même si j'ai déjà dépensé l'argent de la récompense que m'a offert l'inspecteur Dupree, se sentit-il obligé d'ajouter.

Amanda fit un signe de tête vague et se mit à fouiller dans la pile de vêtements en essayant de dissimuler le choc qu'elle venait d'éprouver.

Ce gentil inspecteur, donc, celui qui l'avait empêchée de chuter lourdement, avait également offert une récompense à cet homme. La honte la submergea. C'était un geste auquel ni elle ni David n'avaient tout simplement pensé.

Quelques minutes plus tard, Beaner/Dewey était parti, après avoir ajouté sa dernière acquisition — le long pardessus gris — aux couches de vêtements qu'il portait.

— Je vous en prie, madame Potter, il est temps de rentrer, dit Marcus.

Amanda acquiesça d'un signe de tête. Subitement, elle se sentait lasse jusqu'aux os et se demandait où avait bien pu passer son élan d'énergie et de joie.

Tandis que Marcus l'installait dans la limousine et attendait qu'elle boucle sa ceinture de sécurité, elle sentit son estomac se nouer. Cette bonne vieille tension ne la quittait jamais. Ce soir, David serait de retour. Et dès son arrivée, elle devrait lui faire un compte rendu de tous ses faits et gestes. Il fallait absolument que ce soit elle, et non un tiers, qui lui raconte ce qui s'était passé.

Peut-être en serait-il content ? Peut-être ne lui en voudrait-il pas d'avoir pris l'initiative de sortir seule en public ?

Tandis que Marcus se frayait un chemin au milieu de la circulation, un sourire amer lui vint aux lèvres.

C'est cela, Amanda. Et demain les poules auront des dents.

A peine entrée dans la maison, une irrésistible envie de dormir la submergea. Il était tout juste midi, mais la jeune femme avait suffisamment lu d'articles sur les dépressions nerveuses pour savoir qu'un besoin constant de sommeil en était un des premiers symptômes. Toutefois il y avait un monde entre connaître les raisons d'une dépression et être capable d'en venir à bout.

Mabel pénétra dans le vestibule d'un pas traînant, pendant que Marcus fermait la porte d'entrée à clé derrière eux.

— Je ne déjeunerai pas, lui annonça Amanda. Je suis trop fatiguée. Je crois que je vais faire un somme. Je dois être en pleine forme quand mon mari rentrera.

Tandis qu'elle empruntait l'escalier pour monter dans sa chambre, Mabel regarda Marcus, les sourcils froncés, semblant lui dire : « Qu'avez-vous fait ? »

Il haussa les épaules comme s'il était fâché, puis s'éloigna en grommelant tout bas. Il avait assez de soucis personnels pour ne pas en plus s'inquiéter de savoir si sa maîtresse était ou non capable de parvenir jusqu'à sa chambre. Elle aurait pourtant dû le savoir, se répétait-il. Elle aurait dû savoir qu'elle ne devait pas y aller.

Après s'être glissée dans la pièce, Amanda referma la porte derrière elle. Sans réfléchir, elle tendit la main pour verrouiller la porte, puis commença à se déshabiller tout en se dirigeant vers la salle de bains. Lorsqu'elle arriva près de la baignoire, elle était nue ; elle se glissa à l'intérieur, s'y lova, puis ouvrit les robinets.

La baignoire commença à se remplir. L'eau vint lécher son ventre, puis ses seins, ondulant contre son corps tel un amant plein de douceur. A l'instant où cette pensée lui traversa l'esprit, le souvenir de son rêve lui revint et elle frémit.

Tu dérailles, Amanda, se dit-elle. *Désirer un homme qui n'existe pas ! Tu vas te retrouver derrière des grilles plus vite que David n'a le temps de dire : « Votez pour moi ! »*

Sans gestes superflus, elle se savonna, se rinça et sortit de la baignoire. La friction du tissu-éponge contre son corps fit rapidement pointer le bout de ses seins douloureux. Elle s'en voulut terriblement d'une telle manifestation de sensualité. Et la honte l'empêcha de reconnaître ce que son corps savait déjà. Elle avait besoin d'être aimée. Et cela n'était pas près de se produire.

Couchée sur le ventre, elle savoura la douceur et la fraîcheur du dessus-de-lit contre sa nudité.

Elle tourna la tête sur le côté et, utilisant ses mains comme oreiller, ferma les paupières. A l'instant même où le sommeil allait l'emporter, elle se dit qu'elle devait vérifier que son cueilleur de rêves était toujours bien dissimulé. Elle ne voulait surtout pas qu'on le découvre.

Amanda rêvait. De sinistres images chargées de terreur, des souvenirs douloureux remontaient de son subconscient, pour lui faire comprendre que, à l'époque où elle avait fait son choix, elle s'était très, très lourdement trompée. Une chape de culpabilité tomba sur son cœur. Même dans son sommeil, Amanda savait qu'elle résultait du retour imminent de David.

Le rêve se déroulait comme un film qui repasserait en un mouvement perpétuel. Ses muscles tressaillirent et ses paupières frémirent. Des larmes commencèrent à piquer ses yeux et elle s'entendit sangloter.

Soudain elle la sentit. La chaleur chauffée à

blanc d'une lumière si puissante qu'elle ne pouvait provenir que du ciel ou de l'enfer. Une pellicule de transpiration recouvrit son corps ; elle lutta contre l'envie de fuir.

A l'instant où elle allait hurler de frayeur, elle le vit.

Comme la première fois, il se matérialisa dans la lumière. Il semblait se déplacer au ralenti. La lourde masse de cheveux noirs qui flottait autour de lui et sur ses épaules donnait à Amanda l'impression qu'il volait.

Elle faillit l'appeler, puis s'aperçut qu'elle ne connaissait pas son nom. Elle se contenta donc d'attendre, comme la première fois. Et comme la première fois, il se rapprocha lentement d'elle.

Il respirait bruyamment, comme s'il courait depuis longtemps.

Elle tenta d'apercevoir son visage, mais ne parvint pas, cette fois encore, à en distinguer un seul trait.

Au poids qu'elle sentit dans son dos et au matelas qui cédait légèrement, elle sut qu'il se hissait sur le lit et éprouva une sensation de soulagement intense. Complètement inconnue pour elle. La certitude d'être en sécurité. Le genre de paix que, normalement, on ressent lorsque l'on rentre dans sa maison.

Il glissa les bras sous son corps pour la retourner et l'étreindre, et elle crut l'entendre soupirer. Tout en sachant que c'était impossible, Amanda avait l'impression d'être enlacée, visage contre visage, corps contre corps, et de sentir ses muscles et sa chaleur. Il lui communiquait sa force, la faisait couler dans ses veines, et à sa grande surprise, elle n'éprouvait plus aucune crainte.

Amanda dormait.

— Où est-elle ?

Le cri furieux de David se répercuta à travers le rez-de-chaussée en même temps qu'il claquait la porte derrière lui pour ponctuer sa question.

Sortant en hâte de la cuisine, Mabel gagna le vestibule, les mains serrées l'une contre l'autre. La terreur de ce qui allait arriver à Amanda la submergea en apercevant le visage de David. Qu'avait-il appris ? Qu'avait-elle fait pour le mettre dans une telle fureur ? Etait-ce aujourd'hui qu'il irait finalement trop loin ?

— Elle est dans sa chambre, Monsieur, répondit la gouvernante. Elle ne se sentait pas très bien tout à l'heure, et elle a décidé de ne pas déjeuner.

David fronça les sourcils. Il fulminait toujours. A peine avait-il posé le pied sur le tarmac de l'aéroport qu'un reporter indiscret lui avait fait exploser une série de flashes au visage, avant de le bombarder de questions sur la visite que sa femme avait rendue à l'improviste au Foyer Delia Potter. Que diable lui avait-il pris ? Il n'en revenait toujours pas. S'était-elle imaginé pouvoir lui échapper en s'insinuant dans la vie des autres gens ? Avait-elle une si piètre opinion d'elle-même pour décider volontairement de s'abaisser à fréquenter des mendiants ? David abandonna son pardessus et son sac là où ils tombèrent et grimpa l'escalier quatre à quatre, persuadé que, quand il allait confronter sa femme à son iniquité, elle implorerait son pardon à genoux. Le simple fait de l'imaginer dans cette position déclencha son désir. Mais cet appétit subit eut vite fait de s'évanouir quand, après avoir cogné à la porte, il voulut tourner la poignée et que celle-ci refusa de céder.

Son visage s'empourpra de stupéfaction. En quelques secondes, un rouge foncé se propagea à la vitesse de l'éclair du col de sa chemise jusqu'à la racine de ses cheveux.

— Amanda !

Son rugissement fit désagréablement intrusion dans le sommeil profond de la jeune femme. Elle se tourna sur le côté, les idées embrouillées par ce bruit, et lorsqu'elle ouvrit des yeux ensommeillés, elle vit la porte s'ouvrir brutalement. L'empreinte de la semelle de David sur le battant en bois indiquait qu'elle avait dû tourner la clé dans la serrure sans même en avoir eu conscience.

Il était difficile de dire lequel des deux était le plus choqué. David, du fait qu'Amanda était en costume d'Eve et qu'elle venait manifestement de se réveiller en sursaut, ou la jeune femme, d'avoir été surprise dans un état qui le titillait tellement. Nue.

Oh non ! songea-t-elle. Mais se recouvrir maintenant revenait simplement à refermer les vannes après que l'eau se fut déjà échappée.

— Mais que se passe-t-il ? s'écria David.

Sa voix était toujours teintée d'agressivité, mais le spectacle du corps généreux d'Amanda et de sa nudité occulta tout, à l'exception de la bosse qui se formait dans son pantalon.

— Il faisait si chaud quand je suis rentrée que j'ai pris un bain frais et que je me suis endormie, expliqua Amanda, tout en évaluant la distance qui la séparait de la penderie, pour calculer si elle avait le temps d'enfiler un peignoir avant qu'il n'atteigne le lit. J'ai fermé à clé pour que personne ne puisse me surprendre. Si tu avais attendu une seconde, nous aurions économisé le prix d'une porte et d'une serrure neuves.

Il ôtait son veston. La réprimande tranquille

d'Amanda n'avait fait que lui frôler l'esprit comme un murmure dans le vent.

La jeune femme avait la gorge serrée. Elle ignorait si elle était capable d'affronter cela. Plus maintenant. Pas après la douceur de l'autre homme.

Puis elle étouffa un sanglot muet. Que lui prenait-il donc ? Il n'y avait personne d'autre. Juste un produit de son imagination. Malheureusement, la réalité s'approchait d'elle, le visage empreint d'une expression qu'elle ne connaissait que trop bien.

— David... la porte, bredouilla Amanda, lui rappelant qu'elle était ouverte.

Quiconque empruntant l'escalier verrait ce qui se passait dans leur chambre.

Il se retourna pour la claquer derrière lui, mais elle refusa de se fermer. La serrure était cassée.

Amanda eut un coup au cœur en réalisant que les domestiques pouvaient surprendre leur accouplement. L'idée de leurs murmures sournois et de leurs commentaires dégoûtés lui donna envie de mourir.

Puis elle sentit les mains de David qui l'attiraient vers lui, le contact de sa chemise contre ses seins, et le chuintement de la fermeture Eclair qui s'ouvrait. Elle avait envie de hurler. Il n'avait même pas pris le temps de se déshabiller.

— Amanda... ma chérie, prends-moi dans tes bras. Ça va être si bon.

Uniquement pour toi, David... Uniquement pour toi.

Puis il n'y eut plus que le grognement qu'il poussa en pénétrant en force dans son corps, et le soupir qu'elle exhala ressemblait plutôt à un sanglot.

Amanda, les yeux fermés, laissa son esprit dériver vers un ailleurs où David Potter n'existait pas. Et elle eut à peine conscience des mains qui lui pinçaient brutalement la poitrine et des dents qui mordaient un peu trop fort sa peau tendre, au creux du cou. Elle rêvait à un autre homme, aux bras trop solides pour la laisser tomber, et au cœur si doux que la douleur était un mot dont il devait ignorer jusqu'à l'existence.

5

— Amanda, bien entendu, il n'est pas question que tu retournes dans cet endroit.

Elle était sur le point d'avaler une bouchée de saumon poché lorsque David lui donna tranquillement cet ordre. Elle sentit un nœud se former dans sa gorge, provoqué par le mélange de colère et de défaite qui la submergeait.

Puis il se passa quelque chose d'inattendu qu'elle éprouvait pour la première fois. Les muscles de sa gorge se relâchèrent et le saumon s'y glissa sans problème, comme du beurre fondu. La fourchette qui s'était mise à trembler dans sa main s'immobilisa. Et le regard qu'elle lança à David le stupéfia, tout comme il décontenança la domestique postée près de la porte.

— Je ne vois pas pourquoi, rétorqua-t-elle d'un ton détaché, tout en piquant un morceau de poisson du bout de sa fourchette pour le porter à sa bouche.

Elle fronça les sourcils.

— J'ai l'impression que la cuisinière l'a un peu trop assaisonné, non ? Il sent un peu trop l'estragon à mon goût.

David était abasourdi. Amanda venait de se conduire d'une manière inimaginable. Elle l'avait contredit, puis ignoré.

— Ecoute, grogna-t-il en roulant sa serviette en boule sur ses genoux. Tu ne vas pas...

— C'est ta mère qui a fondé ce foyer, non, David ?

La jeune femme n'attendit pas sa confirmation. Tous deux savaient parfaitement que c'était l'exacte vérité.

— Je ne vois pas en quoi cela te gêne que je perpétue une action à laquelle elle tenait tant. Tu ne penses quand même pas qu'elle avait fait une erreur, non ?

Il tremblait de rage.

— Ce que faisait Mère n'a aucun rapport avec nous.

Amanda haussa un sourcil.

— Heureusement qu'elle n'est plus là pour t'entendre parler de cette façon, David. Ça l'anéantirait. Ta mère m'aimait, l'as-tu oublié ?

Le visage de David se déforma. Ses yeux se rétrécirent. Il jetait des regards furtifs autour de lui, comme pour s'assurer que personne n'entendrait sa réponse.

— Elle m'aimait encore plus que toi, affirma-t-il d'une voix légèrement plaintive. Et elle m'a élevé pour que je devienne le chef de la famille. Tu te souviens ? Père est mort quand j'avais dix ans. C'est toujours moi qui ai pris les décisions dans cette maison, et je n'ai pas l'intention de cesser maintenant.

Amanda se contenta de le fixer. Quelque chose avait basculé en elle. Elle n'avait plus besoin de ramper ni de se recroqueviller dans l'espoir que son attitude soumise apaiserait ses crises. En fait, elle se demandait même jusqu'à quel point elle ne souhaitait pas qu'il en pique une maintenant. Cette bataille serait peut-être la dernière qu'ils se livreraient. Auquel cas, au moins, ses souffrances seraient enfin terminées.

— Excuse-moi, dit-elle en repoussant sa chaise en arrière sans attendre son approbation. Je crois que j'ai fini. Vraiment fini.

Un sourire placide sur les lèvres, elle se leva, laissa tomber sa serviette près de son assiette, puis sortit de la pièce en lissant la jupe de sa robe de mousseline rose.

Bouche bée, David gardait ses yeux étincelants de rage rivés sur sa femme. Il la vit disparaître de la salle à manger tel un fantôme rose.

— Monsieur... prendrez-vous un dessert ?

— Fichez-moi la paix !

David bondit de sa chaise en hurlant.

— Débarrassez la table et déguerpissez de ma vue ! Vous m'entendez ?

— Oui, Monsieur, balbutia la domestique. Tout de suite, Monsieur.

Et il emboîta le pas à sa femme, obsédé par une idée fixe : lui démontrer qui était le maître des lieux.

De leur chambre, Amanda l'entendit monter l'escalier. Mais son envie de fuir s'était volatilisée. Elle inspira longuement, prête à affronter la bataille, et se tourna vers la porte à l'instant même où lui la propulsait contre le mur.

— Plus jamais, plus jamais tu ne sortiras d'une pièce sans m'en demander la permission. Tu m'entends ?

Le voile de fureur qui enveloppait David marbrait de rouge ses traits parfaits. La femme qui le défiait avec une expression déterminée le faisait trembler de rage. Il leva son bras et du poing lui balança un coup oblique sur la mâchoire.

Amanda trébucha, puis bascula de tout son long sur le lit. Elle se rattrapa sur les coudes, se releva d'une roulade et l'esquiva avant qu'il ne puisse réagir. Saisissant une lampe torche sur la table de chevet, elle l'agita devant elle à la manière d'une arme.

— David !

Alors qu'il allait faire suivre le coup qu'il lui avait assené d'un second, son cri le prit au dépourvu. La lampe torche qu'elle brandissait tout comme son attitude agressive le stupéfiaient. Sous l'effet de la surprise, sa colère fondit. Elle déserta son corps, le laissant faible et ébranlé.

— Repose ça, ordonna-t-il.

Puis il essaya de reprendre le contrôle de la situation en décidant de lui accorder un répit.

— Je ne pense pas que tu aies encore besoin d'être remise au pas. En tout cas, pas ce soir.

Les cheveux parfaitement coiffés d'Amanda s'étaient échappés de la barrette qui les retenait. Sans voir la légère meurtrissure qui apparaissait déjà sur sa pommette, David fixait les boucles auburn qui retombaient en désordre sur son front. Il trouvait qu'elles lui donnaient un petit air sexy et débraillé. La manière dont elle le défiait le sidérait, l'intriguait et... bizarrement, ne faisait qu'accroître le désir qu'elle lui inspirait.

Amanda reconnut son expression. Une envie de vomir faillit la submerger. Elle agita la lampe torche violemment. C'était terminé. Elle ne le subirait plus jamais.

— Tu m'as touchée pour la dernière fois, gronda-t-elle. Si tu recommences encore une fois et si j'en sors vivante, je te tuerai.

David se pétrifia sur place. Sa bouche s'ouvrit et resta en l'état. Lui aurait-elle donné un coup de pied dans le ventre qu'il n'aurait pas été plus choqué.

Devant la porte, Mabel hésitait, les doigts pressés sur la bouche. D'un regard ferme, elle intima à Marcus, qui avait surgi dès le début de l'affrontement, l'ordre de garder le silence. Pour l'instant, la partie était entre les mains d'Amanda. S'ils n'intervenaient pas, cela jouerait en sa faveur.

— Tu dis n'importe quoi, lança David. Et tu ne le penses pas. Tu ne peux pas me menacer...

Amanda lui coupa la parole, sans lui laisser le temps de proférer une autre menace.

— Je te préviens, David, tu ne me toucheras plus jamais. Que tu y sois poussé par la haine, la colère ou l'amour.

David eut l'impression que le sol se dérobait sous ses pieds. Il essaya de se concentrer sur sa fureur, sur la manière dont Amanda venait de le défier, mais ce fut peine perdue. Une seule solution lui vint à l'esprit pour mener cette guerre inconnue dans laquelle il s'était égaré : entrer en conflit avec elle.

— Tu ne peux pas me dicter ma conduite. Et tu ne peux pas te dérober à ton devoir conjugal. Tu es ma femme.

— Je veux divorcer. Mais si tu me laisses tranquille, je m'en contenterai.

Elle s'exprimait avec une sérénité qui décupla la fureur de David. Frustré, il balança un oreiller dans sa direction et lui en voulut à mort de ne même pas tenter de l'esquiver.

Il avança d'un pas.

— Un Potter ne divorce pas. Et tu ne me feras jamais croire que tu as décidé ça toute seule. Tu vois un homme en cachette, c'est ça ?

Elle éclata de rire. Un rire glacé et amer.

— Il n'y en a pas un seul sur cette Terre dont je voudrais. Tu m'as appris à craindre tous ceux de ton sexe et à n'avoir aucune confiance en eux, David. Tu as gâché toutes les chances de bonheur que je pouvais avoir. Mais je ne te laisserai pas bousiller le reste de ma vie. Je viens de t'avertir, et je te le répète : ou tu me tues maintenant, ou tu sors de cette chambre. Plus jamais je ne coucherai avec toi.

Il éclata de rire.

— Tu ne peux pas m'empêcher d'entrer. La serrure est cassée.

— Il y a d'autres chambres, munies d'autres portes et d'autres serrures.

— Elles peuvent céder tout comme celle-ci.

David hésitait à reculer, même si Amanda le tenait toujours à sa merci.

— Si tu lèves la main sur moi, j'irai le clamer partout. Tue-moi, et tous ceux qui travaillent dans cette maison se feront un plaisir de tout raconter. Ils ne mettront pas leur avenir en danger pour te protéger.

Il pâlit. En le menaçant de tout révéler, elle venait de lui porter un coup fatal.

— Tu t'en repentiras, lança-t-il, un doigt accusateur pointé sur son visage.

— Je me repens depuis le jour où j'ai dit « oui ».

Du silence qui suivit sa remarque, Mabel en conclut que, d'ici quelques secondes, soit David répondrait au défi d'Amanda, soit il quitterait la maison. Mais dans un cas comme dans l'autre, elle ne voulait surtout pas qu'il s'aperçoive que Marcus et elle avaient entendu tous les détails de leur affrontement. Après avoir fait comprendre à Marcus, d'un signe frénétique de la main, qu'il devait s'éloigner, elle se cacha dans une pièce contiguë.

Marcus descendit doucement l'escalier en essayant d'oublier que la femme dont il devait assurer la protection venait de courir un danger mortel, sans que lui dise un mot ni fasse un geste pour voler à son secours. La culpabilité le submergea. Une fois de plus, il formula le vœu de n'avoir jamais quitté sa belle île de Samoa.

Mais elle appartenait au passé. A la NFL, il avait appris à apprécier les belles choses, et lorsqu'il s'était brisé le genou, la perte de ce luxe lui avait paru insupportable. La proposition de David Potter ressemblait à un cadeau tombé du ciel. En réalité, il s'agissait d'une invitation en enfer.

David quitta la chambre, laissant ses malédictions flotter dans l'air. Tant qu'elle entendit le bruit de ses pas, le claquement de la porte et, quelques instants plus tard, le vrombissement de la voiture qui s'éloignait, Amanda ne lâcha pas sa lampe torche.

— Ô mon Dieu, murmura-t-elle en tombant à genoux.

Elle ignorait complètement où elle avait puisé la force de le défier. Mais elle ne se faisait aucune illusion sur la durée du répit qu'il lui accordait. Si elle voulait sauver sa peau, il lui fallait, pour commencer, sortir de cette chambre. Plus tard, quand elle serait capable de réfléchir, elle trouverait un moyen de sortir de sa vie. Pour toujours.

— Madame... ça va ?

La voix de Mabel était faible et tremblante. Levant les yeux, Amanda vit la domestique pénétrer dans la pièce.

— Très bien, répondit la jeune femme.

— J'ai eu si peur pour vous ! Je n'arrive pas à

croire que vous lui ayez vraiment tenu tête. Je voulais vous aider mais je ne savais pas quoi faire.

Amanda lui fit un signe bienveillant. Elle aurait aimé sourire, mais sa mâchoire était trop douloureuse. Elle saisit Mabel par les épaules.

— Vous voulez m'aider ? Dans ce cas, nous n'avons pas beaucoup de temps. Je veux que vous déménagiez toutes mes affaires dans la petite chambre au bout du couloir.

Elle grimaça. Le simple fait de parler lui était douloureux.

— Et j'ai besoin d'un sac de glaçons pour ma joue.

Mabel se hâta d'aller les réclamer par le téléphone intérieur, puis elle raccrocha et se tordit les mains.

— Mais, Madame, que va-t-il se passer s'il...

— Je vous en prie, emportez tout de suite mes vêtements ! la pressa Amanda. Je ne passerai plus jamais une seule nuit dans le même lit que cet homme.

Mabel hocha la tête et sonna pour réclamer de l'aide. Une heure plus tard, tous les vêtements, objets personnels, nécessaires de maquillage et de toilette d'Amanda avaient été transportés trois portes plus loin dans la petite chambre d'amis.

Pendant que les domestiques s'affairaient, Amanda extirpa le cueilleur de rêves de sa cachette et le glissa dans son oreiller. Puis elle sortit de la pièce en le serrant contre sa poitrine. Dans sa nouvelle chambre, elle l'échangea contre celui posé sur le lit et se laissa tomber dans un fauteuil.

Ni la bonne ni Mabel n'eurent conscience du fait que, ce soir-là, Amanda ne s'était pas contentée de déménager en quittant la chambre de son mari, mais qu'elle avait emporté avec elle quelque chose qui s'appelait l'espoir.

Quelque part en ville, on entendit le hurlement d'une sirène de voiture de police qui intimait à tous l'ordre de s'écarter pour lui laisser le passage. Plus tard l'horloge murale, dans le vestibule, sonna trois coups.

Trois heures du matin. Vais-je finir par m'endormir ?

Amanda se retourna dans son lit. Les yeux fixés au plafond, retenant son souffle, elle prêtait l'oreille, dans l'attente des bruits tant redoutés. Quand ils se concrétisèrent, la terreur s'empara d'elle.

David était de retour ! La porte d'entrée se referma d'un claquement sec. Pendant quelques secondes, elle n'entendit plus rien. Sans doute était-il lui aussi en train d'écouter.

Puis les premières marches de l'escalier craquèrent. Amanda porta la main à sa bouche pour étouffer un cri.

Mon Dieu, donnez-moi la force...

Au bout du couloir, le bruit de pas s'arrêta, et Amanda pensa que son mari venait de noter le fait que leur chambre avait été dépouillée d'une grande partie de son contenu, femme y compris.

Puis il se mit à longer le couloir, vérifiant les portes au passage. Il ouvrait chacune et la refermait quelques instants plus tard avec un bruit sec, accompagné d'un juron de frustration.

Il atteignit la dernière porte : la chambre d'Amanda. Assise dans le lit, les genoux repliés sous elle, elle était prête à livrer bataille. La poignée de la porte s'abaissa. Elle entendit David peser de tout son poids contre le battant et, comme il refusait de céder, débiter son discours habituel.

— Amanda... ma chérie... laisse-moi entrer. Je te promets que je vais changer. Nous irons consulter un conseiller conjugal. Nos problèmes peuvent se résoudre. Tu verras.

Elle retenait son souffle.

— Je t'en prie, ma chérie. C'est idiot.

Il s'exprimait d'une voix basse, mais sur un ton aigu.

— Tu ne peux pas passer le reste de notre vie derrière une porte fermée à clé.

Que si !

Elle se mordit les lèvres, le regard rivé sur la poignée qui montait et descendait, dans l'attente du moment où la porte allait voler en éclats et où il lui faudrait affronter le courroux mortel de son mari.

David tendit l'oreille, dans l'attente d'une réponse. Comme il ne lui en parvenait aucune, sa colère enfla. Comment osait-elle lui faire une chose pareille ? L'humilier devant les domestiques, et dans sa propre maison ? Qu'allaient colporter les journaux s'ils avaient vent de ce qui se passait chez lui ?

Sans bruit, Amanda se glissa en bas du lit. Si elle devait se battre, elle le ferait debout.

— Amanda ! Ouvre cette porte immédiatement ! ordonna-t-il avant de commencer à la marteler de ses poings rageurs.

— Monsieur, vous avez besoin d'aide ?

Le choc fit reculer brutalement David. La silhouette massive du chauffeur n'était rien d'autre qu'une ombre à l'autre extrémité du couloir, mais il la reconnut sur-le-champ.

— Non, bredouilla-t-il en s'éloignant de la

porte. Nous avons juste un petit désaccord. Les couples, vous savez... Retournez dans votre chambre. Si j'ai besoin de vous, je vous sonnerai.

— Bien, Monsieur, acquiesça Marcus, mais sans bouger d'un centimètre.

David s'énervait. Ils attendaient leur heure, chacun de son côté, et en définitive, ce fut Marcus qui l'emporta.

David reprit le couloir en sens inverse à grands pas, entra dans sa chambre et voulut claquer la porte derrière lui. Mais elle rebondit sur la serrure cassée et se balança avant de s'immobiliser, à moitié ouverte.

— Je veux qu'on la répare dès demain ! hurla-t-il.

— Bien, Monsieur, répondit Marcus avant de disparaître.

Amanda recula. Quand l'arrière de ses genoux heurta le lit, elle se laissa tomber sur le bord du matelas, tremblante de soulagement. Ce ne fut que lorsque la chambre cessa de tourner qu'elle en prit conscience : elle tenait le cueilleur de rêves pressé contre sa poitrine à la manière d'un bouclier.

— Ô mon Dieu, murmura-t-elle.

Le front pressé contre le cadre, elle savourait le contact rugueux du bois, car il lui rappelait d'une manière concrète qu'elle était toujours en vie.

Elle roula au centre du lit sans lâcher le cueilleur de rêves. En le posant près d'elle, la plume chatouilla sa joue. Elle tendit la main dans l'obscurité pour effleurer la griffe du bout des doigts. Elle en suivit le contour, puis fit de même avec le minuscule médaillon. Alors elle poussa un gémissement de désespoir.

Les larmes ruisselaient sur son visage. Elle inspira profondément, refusant de céder à la terreur qui l'habitait.

— Je suis si lasse d'avoir peur, si lasse...

Mais il n'y avait personne pour entendre ses faibles plaintes et elle ferma les yeux en implorant le sommeil de l'emporter.

Et il l'emporta.

Amanda retenait son souffle. Dans son rêve, elle le voyait s'approcher d'elle, auréolé de lumière. Cette fois, elle l'attendit.

Tu es venu, songea-t-elle, alors que le lit cédait sous le poids de celui qui s'allongeait à côté d'elle.

Elle soupira dans son sommeil et changea de position pour lui laisser assez d'espace. Couché contre elle, il attira sa tête contre sa poitrine. Sentir sa présence la rassurait. Cela signifiait qu'elle n'était plus seule. Elle perçut son haleine sur sa joue, la caresse de ses cheveux contre son cou, puis ses mains fermes qui la serraient contre son cœur qui battait à tout rompre.

Mon Amanda.

Dans son sommeil, le cœur de la jeune femme s'emballa. C'était la première fois qu'elle entendait sa voix. Elle soupira et s'agita nerveusement.

Repose-toi, mon Amanda. Repose-toi. N'aie pas peur. Je resterai toujours près de toi.

Comme la fois précédente, la paix l'enveloppa, et elle ne se réveilla pas.

Des coups de marteau bruyants la sortirent du sommeil, mais cette fois il était impossible de confondre les bruits avec ceux d'un pic-vert. Manifestement, Marcus avait suivi les ordres de

David. Des menuisiers étaient occupés à réparer la porte de la chambre.

Amanda poussa un grand soupir. Puis elle s'étira. Du coude, elle heurta le cueilleur de rêves : souvenir intime qui la fit sourire. Elle roula sur le ventre pour le cacher derrière le montant du lit en osier. Puis elle se leva et gagna la salle de bains d'un pas nonchalant. Moins luxueuse que celle du maître, elle possédait une douche, mais pas de baignoire. Cependant, pour Amanda, elle représentait la paix et l'intimité. Le paradis.

Une demi-heure plus tard, habillée d'un jean bleu et d'un pull de coton coordonné, elle descendit et croisa David qui empruntait l'escalier en sens inverse. Seul un petit frémissement de ses muscles sur sa mâchoire trahit son angoisse. Elle plongea droit ses yeux dans le regard étonné de David et lui adressa un sourire impersonnel.

— Bonjour, David. Tu m'as laissé du café ?

Il la fixait, incapable de répondre. La rage qui le rongeait était encore trop vive. Il continuait à mettre ses représailles au point.

— Ça ne fait rien, ajouta Amanda en descendant les marches deux par deux. Je prendrai du thé. A tout à l'heure.

Le bruit de ses pas se fondit à l'écho des coups de marteau provenant de l'étage.

— Ras le bol, ras le bol, grommela David en se dirigeant vers sa chambre. Elle me le paiera. Elle me le paiera cher.

Volontairement, Amanda fit traîner son petit déjeuner, dans l'espoir que David quitterait la maison. Elle pourrait alors remonter dans son semblant de havre pour élaborer une stratégie.

La veille, en attendant le retour de David, elle avait compté son pécule secret et constaté, à son grand ravissement, qu'elle possédait presque cinq cents dollars. Une somme dérisoire, en regard de la fortune des Potter et du temps qu'il lui avait fallu pour l'amasser ; mais qui lui permettrait quand même de prendre la fuite.

A deux reprises au cours du petit déjeuner, elle faillit abandonner. Tout au fond d'elle, elle n'avait jamais renoncé à son plan. Mais le mettre en œuvre pour la seconde fois l'effrayait terriblement. Ce que David lui avait fait subir après sa première tentative de fuite et les représailles dont il l'avait menacée si elle s'avisait de recommencer lui donnaient encore des cauchemars. Si elle s'enfuyait et qu'il la rattrapât, ce n'était plus dans la propriété des Potter qu'elle habiterait, mais dans un asile de fous.

Malgré tout le cran dont elle avait fait preuve, malgré l'audace de son comportement, c'était là que se situait le tendon d'Achille d'Amanda. Son mari avait assez de bureaucrates à sa botte pour faire ce qui lui chantait. Il n'était peut-être pas en mesure de se sortir blanc comme neige d'un assassinat, mais une chose était certaine : il pouvait la faire enfermer pour le reste de ses jours. Et elle ignorait quelle perspective était la pire : vivre avec un seul fou ou passer le reste de sa vie dans un asile.

Une bonne entra dans la pièce pour débarrasser la table du petit déjeuner. Amanda lui adressa un sourire.

— Quand vous aurez fini, voulez-vous prévenir Marcus que j'aimerais sortir quelques heures ce matin ?

La jeune fille acquiesça d'un signe de tête, puis détourna le regard, et se hâta de disparaître. Sa conduite étrange rendit Amanda songeuse. Puis elle haussa les épaules. Comment aurait-elle pu reprocher aux domestiques d'être nerveux ? Vu le comportement de David, il était déjà étonnant qu'il puisse en garder encore à son service.

Elle se rendit dans le vestibule pour attendre Marcus. En définitive, la matinée allait sans doute être plus agréable qu'elle ne l'avait prévu. Ce fut en montant chercher un gilet à l'étage qu'elle commit une erreur.

Il ne restait plus aucune trace des ouvriers ni d'un désordre quelconque, et à en juger par l'aspect de la porte de la chambre du maître, tout était de nouveau en parfait état. Amanda se dépêcha de dépasser la porte entrouverte, en se persuadant que sa prudence ne lui était dictée que par une extrême nervosité.

Une domestique avait fait le ménage dans la sienne. Elle était parfaitement rangée et des serviettes propres étaient déposées dans la salle de bains. Alors qu'Amanda ouvrait la penderie pour prendre son gilet, elle entendit un bruit sec.

Elle recula et embrassa la pièce d'un coup d'œil rapide pour repérer le signe d'une quelconque intrusion. Il n'y avait personne. Elle était seule. Ce ne fut qu'en posant son regard sur la porte qu'elle constata qu'elle était fermée.

Déroutant... Elle se souvenait parfaitement de l'avoir laissée ouverte. Les fenêtres de la maison étaient toutes fermées. Par conséquent, il était impossible qu'un courant d'air l'ait rabattue. Dès qu'Amanda voulut l'ouvrir, le mystère fut alors résolu : elle était fermée à clé de l'extérieur.

La jeune femme crut suffoquer.

— Amanda, je suis navré d'avoir été obligé d'en arriver là.

David parlait doucement. Elle l'imagina, collé contre le battant pour que personne ne puisse l'entendre.

— Je dois m'absenter cinq jours et je voulais être sûr de te retrouver ici à mon retour. Nous pouvons résoudre nos problèmes. J'en suis convaincu. Mais tu dois m'accorder une chance, et c'est impossible si tu n'es plus là... n'est-ce pas ?

Les yeux d'Amanda se rétrécirent. La haine qu'elle portait à l'homme posté derrière la porte faillit la submerger. Mais malgré toute l'envie qu'elle avait de décharger sa colère, elle savait qu'agir avec prudence lui serait infiniment plus utile.

Elle examina la porte attentivement et réalisa soudain que les menuisiers avaient installé une nouvelle serrure non seulement sur la porte de David, mais également sur la sienne.

— Ne t'inquiète pas, ma chérie, susurra David. Quelqu'un viendra toutes les heures voir comment tu te portes. Tu ne manqueras de rien. Je te le promets.

Il attendit sa réaction.

Amanda tendit le bras pour tourner le verrou intérieur ; il se mit en place avec un cliquetis bruyant et métallique.

Aurait-elle pu voir à cet instant l'ahurissement de son mari qu'elle aurait éclaté de rire bruyamment. Vu les circonstances, elle dut se contenter d'avoir eu le dernier mot.

David lança un coup du plat de la main sur le mur puis il se retourna en entendant un bruit de pas. Mabel et Marcus se dirigeaient vers lui.

— Vous m'avez demandé, Monsieur ? s'enquit le chauffeur.

David acquiesça du menton et expliqua.

— Madame Potter va être... souffrante... pendant les cinq jours à venir. Jusqu'à mon retour, personne — je dis bien, personne — ne doit la laisser sortir de cette pièce. Quant à y entrer, seuls Mabel et vous y êtes autorisés. Suis-je clair ?

Marcus ne répondit pas. David le foudroya du regard en signe d'avertissement.

Mabel avait le souffle coupé. L'attitude du maître dépassait tout ce qu'il avait fait jusque-là. Elle ne put s'empêcher d'intervenir.

— Mais, Monsieur... S'il y a le feu ? Si Madame tombe vraiment malade ? Vous ne pouvez pas l'enfermer comme un chien. S'il vous plaît...

— Comment va votre petit-fils, Mabel ? celui qui est malade. J'ai entendu dire qu'il en était à sa troisième admission à l'hôpital Shriner, en Louisiane. Je me trompe ?

Mabel baissa les yeux en se tordant les mains. Elle n'avait jamais craint ou haï un homme comme elle craignait et haïssait son employeur en cet instant précis.

— Non, c'est vrai, reconnut-elle.

David glissa une main le long de son épaule.

— Bon. J'espère vraiment que rien ne viendra contrecarrer sa guérison. Pas vous ?

Les doigts de David se refermèrent sur la nuque de la gouvernante. Juste assez fort pour bien se faire comprendre. Juste assez fort pour faire jaillir ses larmes.

Mabel attrapa un Kleenex au fond de sa poche et se moucha bruyamment. Elle ignorait à qui elle en voulait le plus : à David Potter de la manipuler, ou à elle-même d'avoir une fois de plus cédé à ses menaces.

— Dégagez, maintenant, ajouta-t-il. Vous viendrez voir comment va ma femme tout à l'heure, après mon départ.

Tête baissée, Mabel s'éloigna rapidement.

Content de s'être ainsi occupé de la première, David se tourna vers le second pour lui accorder toute son attention. Marcus était trop grand pour qu'il lui serre le cou. En outre, il n'était pas du tout certain que l'argent qu'il lui versait suffisait à s'assurer sa loyauté absolue. En fait, il en était arrivé à la conclusion que Marcus était un garde du corps idéal, à un défaut près. Il avait trop de personnalité pour son propre bien.

— Vous irez vérifier toutes les heures que ma femme n'a besoin de rien.

Marcus lui présentait un regard en apparence insondable. David le fixait intensément avec l'espoir de parvenir à déchiffrer son état d'esprit. Cela ne servit à rien. Stoïque, le Samoan avait adopté une attitude silencieuse. Il se contentait d'écouter. Les bras croisés sur son torse massif, il attendait que David poursuive.

— A mon retour en fin de semaine, je compte bien la trouver toujours ici. Suis-je clair ?

Marcus hocha lentement la tête.

David poussa un soupir de soulagement.

— Bon. Je déteste avoir le sentiment que l'on puisse essayer de désobéir à mes ordres.

Il adressa à Marcus un regard entendu.

— Auquel cas quelqu'un pourrait en pâtir.

— Non, Monsieur. Pas tant que je serai ici, répliqua Marcus d'une voix tranquille qui hérissa les nerfs de David. Vous m'avez engagé pour protéger votre femme. C'est exactement ce que j'ai l'intention de faire. Tant que je serai dans cette maison, plus personne ne fera de mal à Mme Potter.

David acquiesça en souriant. Puis il s'engagea dans le couloir en vue de terminer ses bagages, lorsque subitement il s'immobilisa en repensant à la réponse du chauffeur. Il se retourna vers lui.

Marcus était posté devant la porte d'Amanda, tout comme il le lui avait ordonné.

Il haussa les épaules et pénétra dans sa chambre. Ce ne fut qu'après avoir refermé derrière lui que le sens des paroles de Marcus lui apparut clairement. Il ne s'était pas contenté de répéter les ordres qu'il lui avait donnés. Le chauffeur lui avait lancé un avertissement.

— Qu'il aille au diable ! marmonna-t-il.

Puis il commença à entasser des chemises au fond d'un sac, avant d'y jeter en vrac le reste de ses vêtements.

Il contempla le fouillis d'un œil furibond. D'habitude, c'était Amanda qui s'occupait des valises. Pour la première fois, qui n'allait pas être la dernière, David pensa que, réflexion faite, il avait peut-être eu tort d'agir ainsi. Néanmoins, il était trop têtu et trop tenace pour admettre qu'il avait probablement commis une erreur. Les Potter étaient bien trop riches pour se tromper.

Amanda appuya le front contre la porte de sa chambre pour écouter David donner ses ordres. Des larmes silencieuses coulaient le long de ses joues. Elle devait affronter la réalité : il lui fallait remettre son plan à plus tard. Au figuré, elle se retrouvait, une fois de plus, entre les mains de David Potter.

Le silence qui régnait dans la pièce avait quelque chose d'angoissant.

Il doit bien y avoir un aspect positif dans tout cela.

Puis elle réalisa que, David absent pendant cinq jours, elle bénéficierait d'une grande plage de temps pour se reposer. Et pour dormir.

A la pensée de l'homme qui venait la rejoindre dans ses rêves, elle éprouva un vide douloureux.

Elle croyait à son existence, et cette constatation lui en disait plus qu'elle n'était prête à affronter.

— Si je ne fais pas attention, David va finir par me rendre aussi folle que lui, chuchota-t-elle. Je ne peux pas placer mes espoirs dans un être imaginaire. Je dois trouver un moyen pour me sortir de cette impasse toute seule.

Mais sa situation était trop déprimante pour qu'elle s'y attarde longuement. Alors la jeune femme se déshabilla et se glissa entre les draps. En définitive, la réponse était peut-être là. L'issue de cet enfer, elle la trouverait probablement le jour où elle rejoindrait David dans sa folie.

Elle se remémora le cueilleur de rêves bien caché derrière la tête de lit, et ferma les yeux.

Je ne peux pas échapper à David mais, lui, j'irai le rejoindre.

Ce fut sa dernière pensée consciente avant de sombrer dans le sommeil.

6

Je ne peux plus faire ça.

Si, Amanda, tu le peux. Je t'y aiderai.

La jeune femme gémit et se retourna. Elle luttait pour essayer d'éloigner d'elle l'homme qui hantait ses rêves. Mais elle échoua. Il possédait une volonté plus forte que la sienne.

Elle fut à nouveau plongée dans un bain de lumière. Et comme les fois précédentes, il jaillit de cette lumière et vint jusqu'à elle.

Le matelas ploya sous son poids. Dans un soupir, Amanda roula vers lui. Elle se haïssait d'être si faible, tout en se languissant de sentir ses bras se refermer autour d'elle. Elle était seule, mais dans ces moments-là sa solitude n'existait plus.

Mon Amanda.

Ces mots la pénétrèrent doucement. Elle sourit et essaya de voir son visage. Mais la lumière était trop éblouissante et il la serrait trop fort contre lui. Elle cessa de lutter et, pour la première fois, s'abandonna totalement à son emprise.

Elle sentit une différence par rapport aux autres fois. Il était toujours allongé derrière elle, il la tenait, la protégeait, mais pas seulement de sa volonté. De son corps aussi. Ses bras la berçaient. Son cœur tonnait à son oreille. Il exhala doucement contre sa joue et elle l'entendit soupirer.

Puis il lui chuchota quelques mots à l'oreille. Amanda fut incapable de percevoir clairement ce qu'il lui demandait. Elle savait seulement qu'elle devait se retourner vers lui et attendre qu'il vienne.

Il le fit.

Sa raison vola en éclats. Tous les besoins, tous les souhaits qu'elle avait pu nourrir moururent et ressuscitèrent des milliers de fois. Son corps n'était plus que fluidité. Elle était la lumière, l'énergie, et puis ils ne formèrent plus qu'un. Et l'extase la submergea.

Elle se redressa en sursaut dans le lit, haletante. Elle voulut se convaincre que ce plaisir n'était que le résultat de désirs inconscients, trop longtemps refoulés.

Mais son corps tremblait, son pouls battait la chamade, et elle aurait pu jurer sentir encore l'empreinte de ses lèvres sur sa bouche. C'était une sensation tellement extraordinaire que, si elle avait dû se mettre à marcher à cet instant-là, elle n'aurait pas pu faire un seul pas.

— Oh... mon Dieu !

Elle enfouit son visage entre ses mains et se mit à pleurer. Elle pleurait parce que c'était fini, elle pleurait parce qu'il était parti. Elle pleurait parce que ce n'était qu'un rêve.

— Amanda.

Ses larmes se tarirent. Elle crut encore entendre sa voix. Mais cette fois-ci, elle était bien plus proche.

— Amanda... Madame Potter... ça va ? Je vous en prie, ouvrez la porte. J'apporte votre repas.

Avec un gémissement, elle se rejeta en arrière sur le lit, le visage toujours caché entre ses mains. La honte la submergea. Ce n'était pas la voix de l'homme qu'elle venait d'entendre, mais celle de Marcus. Elle était réellement en train de perdre la tête.

— Ce n'est pas la peine, répondit-elle. Je n'ai pas faim.

— Je vous en prie, madame Potter. Prenez-le au moins dans votre chambre. Je suis la seule personne autorisée à ouvrir votre porte toutes les heures. Votre repas sera froid si vous attendez aussi longtemps.

Grommelant tout bas, elle se glissa hors du lit pour lui ouvrir. Sans donner le temps au chauffeur d'énoncer un seul mot, elle attrapa le plateau et lui claqua la porte au nez avant qu'il ne puisse réagir.

Elle le déposa sur une table, referma le verrou et, sans prêter la moindre attention à l'odeur alléchante du poulet à l'étouffée, accompagné de petits pois et de pommes de terre, elle regagna son lit avant même que Marcus ait eu le temps de tourner la clé dans la serrure.

Elle se faufila sous les couvertures, retapa l'oreiller et ferma les yeux. Mais elle se sentait très seule dans cette pièce où régnait un trop grand silence. Elle n'entendait que les battements de son cœur et le tic-tac du réveil. Elle glissa la main entre le matelas et la tête de lit, tâta le cadre de bois familier du cueilleur de rêves puis soupira. Mais elle devait se ressaisir, cela ne servait à rien d'espérer que la foudre puisse frapper deux fois.

Dans le couloir, Marcus essayait de ne pas se laisser emporter par son imagination. Il connaissait les femmes. Il en avait eu beaucoup. Et il savait à quoi ressemblait une femme qui venait de se donner passionnément.

Bien qu'Amanda Potter fût seule dans sa chambre, elle lui était apparue dans une tenue débraillée, les cheveux emmêlés, les lèvres gonflées et le visage coloré. Elle avait tout à fait l'apparence d'une femme qui vient de faire l'amour.

Le chauffeur arpentait de long en large le couloir en envisageant soit de défoncer la porte pour vérifier s'il y avait quelqu'un dans la pièce, soit d'ignorer purement et simplement la situation.

Quelques minutes plus tard, n'entendant plus de l'autre côté de la cloison que le grincement intermittent du sommier et un petit soupir abattu, il se dit que son imagination travaillait trop. La vérité était que sa maîtresse était en train de dormir et qu'en la réveillant il l'avait exaspérée.

Il se rappela ce que lui avait un jour affirmé son père : la démarcation entre l'amour et la haine est extrêmement mince. Manifestement, Amanda le haïssait d'obéir aux ordres de David. Ce fait suffisait à justifier la raison de son allure et de son comportement.

Comme cette explication le satisfaisait, les bras croisés sur la poitrine, il s'appuya contre le battant de bois en se persuadant que c'était sans intention d'espionner la jeune femme. Il voulait simplement s'assurer que, si Amanda réclamait de l'aide, il pouvait lui répondre rapidement.

Et les jours s'écoulèrent ainsi. Chaque fois qu'elle ouvrait pour lui tendre un plateau dont elle avait à peine touché le contenu, ou pour en recevoir un nouveau, Marcus était aux aguets. Mais il ne revit jamais la femme qu'il avait aperçue.

Elle ouvrait la porte vêtue d'une simple chemise de nuit, les cheveux cascadant sur ses épaules en une symphonie de nuances qui rappelaient à Marcus des feuilles d'automne se déversant en abondance.

Mabel la suppliait :

— Madame... il faut manger un peu.

Amanda se contentait de restituer son plateau et de refermer derrière elle.

— Mais, Madame, vous ne voulez pas prendre connaissance du courrier ? D'habitude, vous y tenez.

Ses suppliques restaient invariablement sans réponse.

Systématiquement, le silence d'Amanda faisait éclater Mabel en larmes. Elle repartait en clamant que « Madame » dépérissait et qu'elle allait tomber malade.

De son côté, Marcus réfléchissait à la situation. Il en conclut que Mabel se trompait. Amanda Potter ne dépérissait en rien. On aurait dit au contraire qu'une lumière faisait briller ses yeux, irradiait dans tout son corps et lui donnait ce qu'elle n'avait jamais eu : l'apparence d'une femme aimée.

Amanda, entièrement nue, se tenait dans l'encadrement de la fenêtre. Elle ne craignait pas d'être surprise ainsi car l'obscurité qui régnait dans la pièce la dissimulait aux regards curieux susceptibles de l'épier de l'extérieur.

Elle savourait la liberté d'être nue et de sentir l'air frais effleurer sa peau comme lui ne pouvait pas le faire. Puis elle frissonna et fronça les sourcils. La crédibilité qu'elle accordait à *son* existence était peut-être l'élément qui finalement parviendrait à la détruire.

— Si seulement tu étais réel, murmura-t-elle en jetant un regard triste vers le lit vide.

Demain, David serait de retour. Demain, la réalité ferait intrusion dans son monde imaginaire. A l'instant où elle admettait qu'il s'agissait *effectivement* d'un monde imaginaire et non de la réalité, Amanda ne put retenir ses larmes. Des sanglots doux, presque inaudibles, nés d'une immense douleur.

— Si j'étais certaine que tu me rejoindrais dans la mort, je me tuerais tout de suite, chuchota-t-elle.

En prononçant cette phrase, sa gorge se serra et elle eut l'impression qu'une main venait de se poser sur sa poitrine pour l'empêcher d'agiter d'aussi sombres pensées.

Elle se laissa tomber sur le tapis, et enfouit son visage entre ses mains.

— Je ferme les yeux et je suis plus heureuse que je ne l'ai jamais été de ma vie. Je les ouvre, et le malheur qui me frappe dépasse tout ce que je croyais possible. Que vais-je devenir ?

Ses chuchotements étaient teintés d'accusation et de désespoir. Mais il n'y avait personne pour les entendre, et personne à incriminer en dehors d'elle-même. Nul ne l'avait forcée à épouser David Potter. Et elle était restée mariée avec lui, en dépit des sévices qu'il lui avait infligés.

Oui, au fil de ces années, elle aurait pu saisir

l'occasion de s'enfuir. Mais à quel prix ? Combien de vies aurait-elle dû sacrifier pour pouvoir enfin connaître le bonheur ? Amanda savait que si sacrifices il y avait, c'était à elle de les faire. Et non aux autres d'en payer le prix.

Dans le vestibule, l'horloge sonna à quatre reprises. L'aube se rapprochait trop vite. Amanda se glissa dans son lit. Le moment où elle serait libérée de son enfermement et celui où David rentrerait à nouveau dans sa vie approchaient à grands pas.

— Je voudrais rêver juste encore une fois et peut-être qu'alors mes souvenirs m'aideront à ne pas sombrer dans la folie. Peut-être que...

Juste devant sa porte, les lames du plancher craquèrent. Elle ferma les yeux et serra les dents à l'idée que Marcus, son geôlier, était toujours là. Gardant la place. Tendant l'oreille.

Elle roula sur le côté en étouffant un sanglot. Les larmes perlaient sous ses paupières fermées. Elle ne leur donnerait pas la satisfaction de surprendre sa souffrance.

Et elle finit par s'endormir. Et comme les autres fois, il apparut...

Je ne veux pas te perdre.

Cela n'arrivera pas. Je serai toujours près de toi... dans ton cœur et dans ton esprit.

Alors emmène-moi avec toi. Si tu viens du ciel, je veux y aller moi aussi. Mais surtout ne me quitte pas.

Je suis ici. Laisse-moi entrer.

Amanda soupira et roula sur le dos.

Son pouls s'accéléra en même temps que la lumière l'emplissait. La silhouette de son corps lui était désormais aussi familière que la sienne.

Elle connaissait exactement sa taille, car juste avant qu'ils ne se fondent l'un dans l'autre, elle pouvait sentir l'empreinte de ses genoux le long de ses cuisses lorsqu'il les ouvrait pour entrer en elle.

Elle n'avait qu'un seul regret : elle ignorait toujours son nom, et elle n'avait jamais vu son visage.

Amanda.

Son haleine lui effleura les joues, puis la poitrine, puis le ventre.

— Ô... mon Dieu.

Elle eut l'impression d'avoir hurlé. Mais, en réalité, elle avait à peine chuchoté.

La vie s'était démultipliée là où elle coulait déjà en elle. Deux cœurs battaient, comme s'ils n'étaient qu'un. Deux pouls s'affolaient en même temps. Le corps d'Amanda était à la fois trop lourd pour se soulever et plus léger que l'air.

Maintenant, il était en elle. Son esprit était entré dans le lieu même auquel il appartenait. Des orteils d'Amanda, la chaleur irradiante remontait le long de son corps jusqu'à lui brûler la nuque, comme si elle était restée trop longtemps au soleil.

Elle luttait pour reprendre conscience, emplie du besoin d'ouvrir les yeux pour regarder son bien-aimé. Puis elle haleta, car il avait remplacé sa pensée par une autre pour la propulser vers un ultime niveau de splendeur.

Sa raison s'obscurcissait. Tout son être se refermait sur lui-même. Ses muscles se tendaient ; son souffle s'accélérait. Assourdie par les battements du sang dans ses oreilles, elle sentit l'élément vital se répandre par saccades à l'intérieur d'elle. A l'instant où elle voulut lever les bras pour l'étreindre plus étroitement, le paroxysme du plaisir fit exploser son corps en mille vibrations.

Faible et tremblante, elle s'agrippa au lit par peur de tomber. A l'intérieur de sa conscience, la lumière commença à poindre.

Elle reprit souffle en frémissant ; elle le sentait, il revenait vers elle. Mais lorsque ses yeux s'entrouvrirent, elle réalisa que le soleil matinal pénétrait à flots à travers les rideaux très légers, et que c'était sa chaleur qui l'avait réveillée.

— Non, dit-elle en tressaillant, face à l'intolérable réalité qui remplaçait la douceur de son rêve. C'est fini. Il est parti.

Elle roula sur le ventre et enfouit son visage dans les draps. Cette certitude lui était insupportable.

Non, Amanda... ce ne sera jamais fini. Je resterai toujours près de toi.

Ses larmes se tarirent. Son désespoir se dissipa lorsque le sens de ses paroles emplit son esprit. Elle se pencha pour extirper le cueilleur de rêves de sa cachette et le leva vers la lumière.

Les rayons du soleil matinal étaient chauds et forts. Promesse et début d'un jour naissant, ils illuminaient les minuscules particules de poussière qui dansaient dans la lumière.

Les vieilles lanières de cuir pendaient du cueilleur de rêves comme l'herbe sèche se balance dans la brise. La griffe, pendule d'une horloge éternelle, allait et venait contre la tapisserie. D'un geste machinal, Amanda effleurait d'un doigt le petit médaillon de perles, quand soudain quelque chose se produisit.

Au début, elle crut que ce n'était que l'effet de son imagination. La lumière n'irradiait plus... Sa chambre commença à se fondre dans le noir. Malgré le soleil qui continuait à se déverser dans la pièce, tout paraissait s'être assombri autour d'elle. Amanda eut l'impression que le vaste déploiement solaire se resserrait, formant une vrille sur lui-même, tissant l'énergie et la lumière en un faisceau pareil à une corde qui toucha la tapisserie puis en jaillit par le centre à la manière d'une flèche tirée tout droit dans son cœur.

Abasourdie, elle retomba en arrière et cligna des yeux d'étonnement. Puis les contours de sa chambre se redessinèrent et la lumière du soleil se répandit normalement.

Elle secoua la tête.

— C'était inévitable, murmura-t-elle en se retournant pour glisser le cueilleur de rêves dans sa cachette. Je savais que je n'étais pas loin de perdre la raison. J'espère que cela me rendra plus heureuse. Car c'est ce qui est en train de m'arriver.

Passant une main tremblante dans sa chevelure emmêlée, elle se dépêcha de quitter son lit pour gagner la salle de bains. Si elle ne se trompait pas, l'avion de David devait atterrir avant midi. Elle n'avait nullement l'intention d'être surprise à l'improviste. Pas encore une fois.

En passant devant sa coiffeuse, elle lança un regard à son reflet et se pétrifia.

Son cœur cessa de battre, puis il s'emballa au fur et à mesure qu'elle se rapprochait du miroir pour scruter son image. Ce n'était pas sa silhouette, délicate, à la poitrine plantureuse, qui la fascinait ainsi, mais une petite marque rouge, juste au-dessus de son cœur.

Impressionnée par cette tache bizarre, Amanda tendit les doigts et effleura la surface du miroir pour vérifier son contour. Puis elle réalisa l'incongruité de son geste et, gênée, ôta sa main brusquement, en s'estimant heureuse que personne n'ait surpris ce mouvement stupide. Elle baissa alors les yeux sur sa poitrine et explora la surface de sa peau.

Comme elle s'y attendait, la tache était indolore, mais d'un rouge vif, comme si elle avait été imprimée à l'aide d'un fer.

— Mais qu'est-ce que ça peut...

Elle n'était pas plus grande qu'une pièce d'un dollar en argent et lui faisait penser à ces bonbons couleur cerise, percés d'un trou en leur centre.

Elle jeta un regard sur le lit, pour s'assurer qu'elle n'avait pas dormi sur un objet qui se serait incrusté dans sa chair. Elle n'y vit rien de tel. Elle revint au miroir. La forme de la marque était très inhabituelle, et pourtant familière. Elle lui faisait penser au...

Au cueilleur de rêves !

Elle avait exactement la forme du cueilleur de rêves, en plus petit. La jeune femme se rappela alors la manière dont elle avait levé le cadre vers la lumière et comment le soleil s'était mué soudain en une flèche ardente.

— Mon Dieu...

L'impact de cette révélation la fit trébucher. Elle retourna vers son lit et s'y glissa rapidement, incapable d'affronter une nouvelle fois son image. Que lui arrivait-il donc ? Jusque-là, elle s'était imaginé que tous ces événements inexplicables n'avaient été que le fruit de son imagination.

— Mais si cette tache est réelle, qu'en est-il de mes rêves ? chuchota-t-elle d'une voix étranglée.

Un bruit de pas qui approchait de sa chambre l'avertit qu'elle ne devait plus tarder. Elle bondit jusqu'à la salle de bains, sans avoir le courage d'affronter à nouveau son reflet.

Une fois habillée, elle se retrouva enfin en état de se ressaisir et prête à faire courageusement face à la journée qui s'annonçait. Le moment était venu de vérifier son apparence, mais il lui était difficile de s'y résoudre.

Lorsqu'elle y parvint, elle s'attendait plus ou moins à voir la marque briller à travers le tissu léger de sa robe. Mais il n'en était rien. Les rayures bleu marine se détachaient nettement sur le frais tissu blanc. Le décolleté carré tout comme le corsage ajusté et la jupe évasée flattaient particulièrement sa silhouette. Mais Amanda ne s'était pas vêtue ainsi pour obtenir l'approbation de son mari ; elle s'était habillée pour mener une guerre. Elle s'installa dans un fauteuil près de la porte, prête à revoir David.

En bas, on attendait le maître d'un moment à l'autre. Son arrivée était imminente, et à partir de là, tous ne pouvaient que supputer ce qui allait advenir.

— Vous me jurez qu'elle n'a jamais quitté sa chambre ?

Mabel hocha la tête d'un air furibond. Les paroles de David lui martelaient le crâne.

— Je le jure, répéta-t-elle en essayant de ne pas pleurer. En fait, je redoute l'état dans lequel vous allez trouver Madame. Elle n'a pratiquement rien mangé pendant tous ces jours.

Le long de la colonne vertébrale de David, ses nerfs entamèrent une petite danse à deux temps. Et si cette crétine avait intenté un geste fatal contre elle, comment parviendrait-il à expliquer cela à la presse ?

Il porta son attention sur Marcus.

— Et vous...

Marcus regarda sans broncher son maître pointer un doigt accusateur vers lui.

— ... vous jurez aussi qu'elle n'a pas quitté sa chambre un seul instant ?

— Je vous l'ai déjà dit, rétorqua Marcus.

A sa manière de s'exprimer et de se tenir, il était clair que l'inquisition qu'on lui faisait subir l'exaspérait. Ce fut d'ailleurs à cet instant précis que Marcus réalisa qu'il subissait, en fait, le même traitement que celui infligé à longueur de temps à Amanda Potter. L'idée qu'il avait contribué à son malheur lui déplut fortement.

— Bien, dit David. Maintenant, allons voir comment elle va. Je veux qu'elle sorte. Ç'est malsain.

Ni Marcus ni la gouvernante n'eurent le cran d'émettre une objection au diagnostic que venait d'émettre David. Ni l'un ni l'autre ne répliquèrent que c'était entièrement par sa faute qu'elle était enfermée. Ils le suivirent jusqu'à la chambre d'Amanda.

David fit mine de frapper, puis il se ravisa et fit signe à Marcus d'approcher. Sans doute Amanda sortirait-elle plus volontiers pour un autre que pour lui.

Obéissant à ses ordres, Marcus tourna la clé.

— Amanda... Madame Potter, voulez-vous m'ouvrir s'il vous plaît ?

— Vous êtes seul ? demanda la jeune femme.

David roula des yeux. Il aurait dû s'en douter.

— Ne dites rien, siffla-t-il.

— Je ne mens jamais, répliqua Marcus. Non, Madame, je ne suis pas seul.

— David est avec vous ?

— Oui, Madame.

— Bien, répondit-elle, et la porte s'ouvrit brusquement, les incitant tous à faire un pas en arrière, muets de surprise.

Ses cheveux dénoués ondulaient librement autour de son visage en boucles épaisses. Elle leur jeta un regard empli de vitalité et d'audace. Sa robe coquette, bleu marine et blanc, flirta gracieusement avec ses genoux lorsqu'elle franchit le seuil. On pouvait difficilement déterminer qui était le plus stupéfait, de David ou des domestiques.

— Amanda... commença-t-il.

— A mon retour, je veux que cette serrure ait disparu, lança-t-elle d'une voix désinvolte.

Elle haussa les épaules et ajouta :

— Pour le moment, c'est tout.

Elle s'éloigna dans le couloir, accompagnée par le cliquetis des talons de ses sandales qui résonnaient sur le plancher de bois ciré.

— Oh... reprit-elle, si vous avez besoin de moi, je serai en bas, dans la bibliothèque. Il faut que je téléphone. Je dois présenter mes excuses à Mme Tuttle, du foyer des SDF. Elle m'attendait la semaine dernière.

Mabel et Marcus se contemplèrent, ébahis. Un fard rouge vif se répandit sur le cou et le visage de David. Bouche bée, il fixait la silhouette de sa femme qui s'éloignait. Qu'était-il donc arrivé à celle qu'il s'attendait à être obligé de traîner hors de sa chambre ? Furieux, il se tourna vers ses employés et leur hurla au visage :

— Je croyais qu'elle refusait de manger !

Il pointa un doigt vers Mabel. Mais avant qu'elle ne puisse répondre, il s'en prit à Marcus.

— Quant à vous... j'aurais peut-être dû vous poser un autre type de question. Vous m'avez affirmé qu'elle n'avait jamais quitté sa chambre, mais je ne vous ai pas demandé si quelqu'un était entré. Maintenant, j'exige la vérité. Qui a couché avec ma femme, nom de Dieu ?

En dépit de son teint sombre, on ne pouvait se méprendre sur le fait que Marcus avait pâli. De colère.

— Personne n'est sorti de cette pièce, et personne n'y est entré. Je vous ai donné ma parole. Et je ne réponds pas aux menaces.

David n'en croyait pas ses oreilles.

— C'est vous, c'est ça ? C'est vous qui avez couché avec ma femme. Je vous faisais confiance et pendant ce temps, vous...

La colère de Marcus atteignit son point culminant. Il attrapa David par le col de sa chemise et le souleva du sol.

— Votre femme est une dame. Je la respecte. Et je ne ferai jamais rien pour la déshonorer... et me déshonorer moi-même.

— Reposez-moi par terre ! hurla David.

Dès que ses pieds effleurèrent le sol, il ajouta :

— Vous êtes viré !

— Non, Monsieur, répondit Marcus. J'ai démissionné il y a cinq jours. J'ai décidé que je ne pouvais plus travailler pour un homme qui n'a aucun sens de l'honneur. J'attendais votre retour pour vous l'annoncer.

Mabel songea à s'enfuir, puis elle eut peur de se faire liquider sur place par un des deux hommes s'ils s'apercevaient de sa présence. Elle pressa les doigts contre sa bouche et s'appuya contre le mur en nourrissant l'espoir qu'ils ne la remarqueraient pas.

— Sachez aussi, poursuivit Marcus, que si quelque chose de *suspect* arrivait à votre femme, je serais le premier à témoigner contre vous. Vous saisissez ?

David était sous le choc. Une frayeur subite et

intense le balaya, tandis qu'il sondait le visage noir de cet individu imposant. A travers ses yeux brun foncé le toisaient des milliers de guerriers des îles. Il ne put qu'acquiescer de la tête. Puis il se souvint de la manière désinvolte dont Amanda s'était esquivée et il se précipita vers l'escalier.

Mabel se signa en hâte.

— Que Dieu ait pitié de leur âme, pria-t-elle avant de filer par l'escalier du fond.

Marcus eut la sensation que ses épaules étaient délestées d'un poids énorme. Il savait qu'il ne lui faudrait pas longtemps pour boucler ses valises. Subitement, il éprouvait un besoin lancinant de revoir ses belles îles vertes et de plonger à nouveau dans les eaux du Pacifique.

Le désir le pressait de fouler les lagons limpides de Tutuila, l'île sur laquelle il était né, de nager jusqu'à en avoir les épaules douloureuses ; il avait l'impression que les muscles de ses jambes s'étaient transformés en guimauve. Là, et seulement là, il se sentirait lavé de ce qu'il avait laissé faire.

7

— Amanda !

En entendant le hurlement de David, dont la fureur ne faisait aucun doute, la jeune femme tressaillit. Elle embrassa la bibliothèque d'un regard frénétique et saisit une pile de courrier pour qu'il ne puisse pas comprendre qu'elle avait choisi de l'affronter dans cette pièce. Un endroit où elle se sentait en sécurité, sachant que la plupart des domestiques étaient à portée d'oreille.

Lorsqu'il approcha, elle eut l'impression que le plancher vibrait sous ses pas. Brusquement, il l'empoigna par le bras. Elle murmura une prière, lorsque, d'un geste brutal, il la fit tourner vers lui.

— Réponds-moi ! exigea-t-il. Qu'étais-tu en train de...

De la pointe du coupe-papier qu'elle tenait à la main, Amanda lui effleura le ventre. Il recula brusquement en mesurant du regard la longueur de la lame. Cet objet ordinaire s'était subitement transformé en arme et il s'attendait réellement à le voir déchirer sa chemise et à le sentir pénétrer dans sa chair.

Les yeux d'Amanda s'élargirent. Elle les baissa pour contempler, à la fois fascinée et détachée, la manière dont ses doigts se recourbaient autour du manche serti de perles, notant au passage que l'extrémité de la lame était à moins de deux centimètres de la partie la plus tendre du ventre de son mari. Les prunelles étincelantes, elle mesura l'intensité de la colère de David, avant de lui répondre :

— Qu'est-ce que je faisais ? J'ouvrais mon courrier.

D'un haussement d'épaules, elle se libéra de la main qui la broyait comme un étau et se détourna.

— Il s'est amassé considérablement.

David fut pris de tremblements. Il réalisait combien elle avait été proche de commettre un geste irréparable, mais il ne parvenait pas à transformer sa frayeur en colère aussi rapidement qu'il en avait l'habitude.

— Mabel m'a dit que tu refusais de manger, l'accusa-t-il d'un ton soupçonneux.

En même temps, la vitalité dont elle faisait

preuve et l'espèce de lumière qui irradiait de sa personne lui inspiraient une intense jalousie.

Amanda inséra le coupe-papier à l'intérieur d'une enveloppe scellée. En glissant, la lame émit un doux bruit de déchirure. Amanda soupesa la situation. Avait-elle intérêt à dire la vérité ou à la travestir en partie ? Elle opta pour la seconde solution.

— Elle exagère. Comme je n'ai pu faire aucun exercice, je n'avais pas très faim.

— J'ai viré Marcus.

Il attendit sa réaction. Un muscle tressaillit sur sa mâchoire.

Amanda lui lança un regard étonné.

— Et pourquoi ? Je croyais que tu détestais conduire.

Ah, ah, songea David. *Voilà la vérité ! Elle regrette son départ. Cela signifie qu'ils étaient devenus proches. Trop proches...*

— Je n'avais plus confiance en lui, répondit-il.

Amanda haussa les épaules.

— Engages-en un autre.

Ce n'était pas ce qu'il attendait. Pas de grincements de dents. Pas de cris de désarroi. En fait, pratiquement aucune réaction, à part la surprise. *Sois maudite. Il s'est passé quelque chose. Je ne t'ai jamais vue si...*

Les mots lui manquèrent. S'il avait réussi à terminer sa phrase, il aurait employé le terme *vivante*. Jamais il ne l'avait vue aussi lumineuse. Il émanait d'elle une force intérieure inhabituelle et l'espèce de grâce décontractée qui embellit les femmes, lorsqu'elles se savent importantes... et aimées.

— Je n'engage personne, marmonna David. A partir d'aujourd'hui, lorsque nous sortirons, ce sera ensemble ou pas du tout.

— Ça me convient tout à fait, répliqua Amanda. J'ai toujours voulu t'accompagner à Washington. A ton prochain voyage je me ferai un plaisir de venir avec toi.

Elle dépouilla le reste du courrier, puis s'installa dans un fauteuil pour en prendre connaissance, ce qui l'empêcha de voir la stupéfaction, puis l'éclair vermillon qui s'inscrivirent successivement sur le visage de son mari à l'instant où il réalisa qu'il s'était lui-même condamné à la traîner avec lui.

Et les petites frasques amoureuses avec ses *jolies poupées*, comme il se plaisait à les appeler, devraient cesser. Cela signifiait que les jeux étaient terminés, qu'il n'y aurait plus de...

— Tiens.

Elle lui tendit une carte qu'elle venait de parcourir.

— Elle te concerne autant que moi. Malheureusement, nous avons fait preuve de beaucoup de grossièreté en n'y répondant pas plus tôt.

Ecarlate, David lui arracha la carte des doigts.

— Nous devons y assister, tu sais, poursuivit Amanda. Le foyer honore sa fondatrice. Et comme c'est ta mère...

Sa phrase se termina de manière un peu incertaine, mais la jeune femme ne se démonta pas. Elle éprouvait un sentiment de puissance à l'idée que, pour l'instant, c'était elle qui le mettait sur la sellette. Cette sensation lui donnait le vertige.

— Je sais, je sais. Zut, c'est demain. Je ne pourrai jamais...

— J'imagine que cela signifie que je serai seule à représenter la famille Potter, rétorqua Amanda.

David lui jeta le bristol à la figure et se dirigea d'un pas rapide vers le téléphone.

Lorsque quelqu'un prit son appel, Amanda

admira une fois de plus la façon dont son personnage public se mettait en marche. Il avança une vague excuse pour leur réponse tardive, puis assura son interlocuteur que sa femme tout comme lui seraient très honorés d'assister à cet hommage.

Eh bien, David Potter, tu cèdes bien plus facilement que je ne l'imaginais, se dit-elle. Et elle se demanda ce que serait sa vie si elle avait osé se rebeller plus tôt.

— Je pense que je vais mettre ma robe rose, annonça-t-elle.

David la fusilla du regard. Ses doigts se crispèrent. Ses mains lui démangeaient, tant il avait envie de la gifler.

Amanda leva les yeux. Elle avait envie de vomir. Elle décryptait ses émotions et son langage corporel à la perfection. Il avait envie de la frapper. Il voulait lui faire mal, très mal. Elle dut faire un immense effort pour ne pas baisser la tête et hurler. Mais elle avait institué un nouveau jeu en proférant à son tour des menaces. Le moment était fort mal choisi pour reculer ou modifier les règles.

— N'y pense même pas, lança-t-elle. Sauf si tu as l'intention de dire adieu à ta carrière et à ta réputation.

David s'inclina si près d'elle que son image se refléta dans les pupilles de sa femme.

— Tu ne peux rien faire, répliqua-t-il.

— Je peux saigner, et je peux parler.

Cette réponse simple le fit tressaillir. Devant ses yeux défilèrent des images qui se superposaient les unes aux autres. Il l'imaginait en train de donner une conférence de presse, calme et détachée, puis allongée au fond d'un cercueil. Il faillit suivre son impulsion mais cette dernière image l'arrêta, assortie d'une conclusion à laquelle il n'avait jamais pensé. Elle était bien au fond d'un cercueil, mais alors qu'il se retournait pour s'éloigner, des policiers en uniforme attendaient au bout de l'allée pour lui passer des menottes. Cette image était bien trop réelle pour qu'il n'en tienne pas compte.

David s'extirpa de son fauteuil et sortit de la bibliothèque avant de commettre une erreur irréparable. Il n'arrivait pas à comprendre pourquoi Amanda avait changé et ce qui était à l'origine de ce revirement brutal.

Il commença à dépouiller son corps las de ses vêtements de voyage.

— Avant, elle ne me tenait jamais tête, marmonna-t-il. Elle était si gentille, si obéissante. Si elle faisait une bêtise, elle acceptait d'être punie comme une brave petite.

D'un geste furieux, il arracha sa chemise, sans prêter attention aux boutons qui voltigèrent à travers la chambre.

— Quelqu'un lui a appris à être méchante, très méchante. Je dois trouver de qui il s'agit et le leur faire payer à tous les deux.

Il se laissa tomber sur le bord du lit et, subitement, sourit. Métamorphosant son visage furieux en une réelle beauté.

— C'est ce que je vais faire, grommela-t-il. Je vais le leur faire payer.

Dans la bibliothèque, Amanda, immobile dans son fauteuil, gardait les yeux fixés sur l'embrasure de la porte par laquelle David venait de disparaître. Lentement, le courrier glissa de ses genoux. Elle agrippa les bras du fauteuil avec une telle force que les jointures de ses mains blanchirent. Elle tendait l'oreille, s'attendant à voir David réapparaître subitement dans la pièce.

Au lieu de pousser un soupir de soulagement, comme elle s'y attendait, elle bondit et se précipita dans le vestibule, pour prendre de vitesse la nausée qui remontait dans sa gorge. Quelques instants plus tard, elle la laissa se déverser, puis s'effondra comme une poupée de chiffon sur le siège des toilettes, à bout de souffle et tremblante.

— Ô mon Dieu ! Ô mon Dieu !

Elle appuya son front contre le lavabo de porcelaine, tout en laissant l'eau rafraîchissante ruisseler entre ses doigts.

— Comment ai-je pu faire une chose pareille ?

Comme aucune réponse ne coulait de source avec l'eau purificatrice, elle finit par se relever et commença à s'humecter le visage et le cou au moyen d'un linge humide, calmant son pouls qui s'était emballé, et les restes de nausée qui la taraudaient encore.

La femme du miroir était pâle, mais son aspect lui était familier. Provoqués par le mélange du choc et d'une montée d'adrénaline, le feu qui brûlait dans ses yeux et son expression déterminée lui étaient, quant à eux, étrangers. Au cours de ses journées d'incarcération, Amanda avait retrouvé la conscience de son moi et de son indépendance.

Mais pourquoi ? Et comment ?

Amanda posa la question, mais personne ne lui répondit. Un ruisselet d'eau s'infiltra dans l'encolure de sa robe, et disparut sous le tissu.

Elle attrapa une serviette et souleva son col d'un geste machinal pour s'essuyer. Ce faisant, elle aperçut une nouvelle fois la marque semblable au cueilleur de rêves et des images surgirent de sa mémoire.

Elle ferma les yeux. Elle brûlait de sentir son

corps contre le sien, elle brûlait d'entendre ses pensées se mêler aux siennes. Ses derniers mots lui revinrent à l'esprit.

Je serai toujours près de toi.

Elle effleura la marque, puis en suivit les contours du bout des doigts et les immobilisa sur le centre. Elle pouvait avoir été causée par n'importe quoi. Une forme étrange, mais ce pouvait être la réaction à une morsure d'insecte. Voire une allergie. Cependant son instinct la contredisait, au fur et à mesure qu'elle envisageait et rejetait chaque explication.

— Es-tu réelle ? demanda Amanda en fixant son reflet au fond des yeux, ou n'es-tu que le produit de mon imagination ?

Comme elle ne voulait pas attendre une réponse qui risquait de lui déplaire, la jeune femme quitta en hâte la salle de bains.

Mabel rôdait au bout de l'entrée de marbre, la mine aussi sinistre que la robe grise dont elle était vêtue.

— Madame... ça va bien ?

Amanda se retourna et essaya de sourire. Mais elle échoua. Elle ne parvint qu'à esquisser un rictus ; les commissures de ses lèvres se retroussèrent et son menton trembla.

— Je n'en sais rien, Mabel. Mais j'essaie. J'essaie de toutes mes forces.

Elle s'éloigna, laissant la gouvernante en proie à un sentiment de catastrophe imminente.

— Monsieur le député ! Monsieur le député Potter ! S'il vous plaît, encore une photo, avec le conseil d'administration, cette fois.

La requête du reporter était une de celles que David préférait, et ce n'était pas la première depuis qu'ils étaient arrivés à la réception donnée en hommage à sa mère. Il afficha un sourire engageant et tourna son profil parfait vers les photographes, tout en tendant une main dans un geste bon enfant et en glissant l'autre sur les épaules de la douairière qui se tenait à côté de lui.

— Parfait... Maintenant, gardez la pose.

Dans un cliquetis d'appareils photo, accompagné d'un bruit de fond de plus en plus fort, ceux qui « comptaient » à Morgantown se mêlaient les uns aux autres.

N'ayant pas oublié que, lors de son plongeon dans le parc, elle portait cette couleur, Amanda avait décidé en définitive de ne pas mettre sa robe rose et avait opté pour une tenue bleue au col fluide.

Le tissu bruissait doucement contre son corps, tandis qu'elle passait d'un groupe à l'autre sans cesser de sourire, s'arrêtant parfois pour converser. Mais jamais assez longtemps pour éviter que David ne s'imagine qu'elle échangeait des confidences.

En elle se succédaient tour à tour des moments de joie absolue à l'idée qu'elle n'était plus incarcérée entre quatre murs, et de frayeur à la perspective de se retrouver une fois de plus seule avec son mari lorsqu'ils rentreraient chez eux.

Amanda essayait de se moquer de ses propres peurs, de se dire qu'on ne pouvait parler d'être seule avec un homme lorsqu'on employait six domestiques à demeure, augmentés d'une armée de collègues qui venaient chaque jour travailler chez vous. Mais il lui fallait aussi admettre que, si le personnel n'entendait ni ne voyait virtuellement rien de ce qui se passait dans cette maison, elle aurait tout aussi bien pu y vivre seule. Elle n'avait personne vers qui se tourner. Avant, cela ne lui posait pas vraiment de problème. Désormais elle n'en était plus si sûre.

Elle jeta un coup d'œil vers David et constata qu'il était toujours très occupé. Elle formula le vœu de pouvoir se ménager un instant de silence pour calmer ses nerfs à vif. Au même instant, un souffle de brise caressa son visage, rafraîchissant ses joues et faisant voleter les boucles de cheveux échappées de la barrette.

Elle jeta par la porte ouverte un regard vers le patio et sur le jardin fleuri qui s'étendait derrière. En cette fin de journée du début de l'été, le soleil était suspendu à mi-chemin entre l'horizon et le zénith, boule de chaleur flamboyante. Machinalement elle leva les yeux vers lui. Sa lumière blanche et brûlante était d'un tel éclat qu'elle fut complètement éblouie. Amanda vacilla légèrement.

Dans l'embrasure de la porte, s'encadra soudain la silhouette haute et sombre d'un homme qui semblait jaillir de la lumière. Sa ressemblance avec l'apparition de l'inconnu qui hantait ses nuits était telle que la jeune femme en oublia de respirer. Elle écarquilla les yeux pour essayer d'apercevoir le visage de cet homme, au-delà de l'ombre projetée par sa silhouette, mais sans y parvenir. Elle avait dû regarder trop longtemps le soleil en face.

Il avait la même carrure que l'amant de ses rêves. Des épaules d'une largeur telle qu'elle avait envie de tendre le bras, pour s'assurer de leur fermeté et de leur force. Elle le regarda s'approcher et impulsivement tendit la main vers lui.

L'inspecteur Jefferson Dupree n'en croyait pas ses yeux.

Il avait maudit ciel et terre en apprenant qu'il

était affecté à cette réception et s'attendait à passer un après-midi d'un ennui insondable. Mais quand le chef criait : « Sautez », il fallait répondre : « De quelle hauteur ? » D'où sa présence ici.

Ce n'était qu'à son arrivée qu'il avait découvert l'objet de la manifestation. De loin, il avait aperçu le député Potter et sa femme, Amanda, descendre d'un taxi. A cet instant, un sentiment qu'il n'avait plus éprouvé depuis le lycée s'était emparé de lui. Il était jaloux. Réellement malade de jalousie.

Dupree passa le reste de son après-midi à râler à mi-voix, contre les sommes gâchées pour organiser cette sauterie, qui auraient dû être dépensées en faveur des sans-abri à qui elles étaient destinées. Il s'efforça aussi d'éviter autant que possible les invités d'honneur car il était obsédé par l'envie de casser la figure à David Potter.

Il gardait une image extrêmement claire de leur dernière rencontre et de l'état d'Amanda Potter. Et il était parvenu à la conclusion que, indépendamment des raisons qui la poussaient à rester avec un homme tel que David Potter, ce type ne méritait pas une femme comme elle.

Il en était là de ses réflexions lorsqu'il se décida à pénétrer à l'intérieur du foyer. Et subitement, il se retrouva face à une paire d'yeux si lumineux et si verts qu'ils étaient dignes du plus beau des jardins. Elle le fixait, immobile au milieu du va-et-vient. Sur son visage se lisait une stupéfaction mêlée d'émerveillement, comme si elle contemplait un amant perdu depuis bien trop longtemps.

Il eut envie de regarder par-dessus son épaule, persuadé qu'elle dévisageait quelqu'un derrière lui. Mais ce n'était pas le cas. Et lorsqu'elle tendit la main, une force plus puissante que sa volonté l'attira vers la jeune femme.

Sa main était chaude dans la sienne, et pourtant si fragile.

— Mme Potter ? Amanda ?... Vous avez besoin de quelque chose ?

De vous.

Cette pensée la traversa si vite qu'Amanda douta même de l'avoir eue. Car avant qu'il n'ouvrît la bouche, elle était certaine de l'avoir reconnu... mais au son de sa voix, elle comprit que ce n'était pas lui.

— Excusez-moi, dit-elle, se hâtant de retirer sa main avant que quelqu'un ne la surprenne. J'étais sur le point de sortir pour respirer un peu d'air frais. J'ai regardé trop longtemps le soleil en face et... je ne savais plus où j'étais.

Dupree remarqua que, dès qu'elle parlait, une fossette malicieuse se creusait légèrement sur le côté gauche de sa bouche.

Il s'écarta en désignant le patio derrière lui.

— Ce serait un honneur pour moi de vous escorter, madame.

— Je vous en prie, nous pouvons nous dispenser des cérémonies, non ? Après tout, nous avons eu l'occasion de nous rapprocher... un peu trop... intimement... pour nous en tenir à monsieur et madame. Qu'en pensez-vous ?

Elle sourit et sa fossette se creusa plus profondément.

Dupree se sentait la maladresse d'un adolescent. Il en oublia presque de lui répondre.

— Oh, vous faites allusion à l'arrêt de volée dans le parc, finit-il par dire.

— Je cherche un endroit ombragé pour m'asseoir et siroter une boisson fraîche, expliqua-t-elle.

Elle se dirigea vers la porte, le laissant muet et cloué sur place.

Du podium, David, livide de jalousie et de colère, surveillait son épouse. Il avait reconnu l'individu avec qui sa femme bavardait et lui en voulait terriblement d'être en droit, de par sa fonction, d'entamer une conversation avec qui bon lui semblait.

L'attitude d'Amanda le fit tiquer. Jamais, à sa connaissance, elle n'avait osé entrer en conversation avec ce genre de type. Surtout si lui, David, était dans les parages.

Il se rembrunit davantage. Amanda fendait maintenant la foule pour disparaître dans le jardin. Des questions tourbillonnaient dans sa tête. *Mais non... mais non, ça ne peut pas être lui.* Cependant les graines du soupçon étaient semées et sa rage grandissait. Il se fraya à son tour un chemin parmi les invités.

Quant à Dupree, ses pieds refusaient tout simplement de bouger. Il regardait la femme de ses rêves s'éloigner, et son cœur tambourinait si violemment dans sa poitrine qu'il craignit qu'il n'explose. Pour ce qui était du désir qui s'était emparé de lui en présence d'Amanda Potter, il se manifesta concrètement. Quel gâchis ! Il était cloué sur place, au beau milieu d'une réception, menacé à la fois par une crise cardiaque et une érection !

Puis il se ressaisit, inspira à fond, et se mit à rire de lui-même. Sans réfléchir davantage, il prit deux verres d'une boisson glacée sur le plateau d'un serveur qui passait tout près et suivit la jeune femme dans le jardin.

Elle s'était installée sous un grand chêne. Dans l'air flottait une vague odeur de fumées d'essence et de diesel émanant des voitures qui passaient par intermittence derrière les murs du jardin, mais il faisait malgré tout plus frais qu'à l'intérieur du foyer bondé d'invités et de fumeurs et dans lequel régnait une atmosphère confinée.

Tout en embrassant les lieux du regard, la jeune femme se demanda où étaient passés les SDF, habituellement dans ces lieux. Elle se doutait bien qu'ils avaient été adroitement remisés ailleurs jusqu'à la fin de la réception. Et c'était tout à fait injuste. N'y avait-il pas une contradiction entre le fait d'avoir honte des gens qu'on professait d'aider, tout en s'évertuant à récolter de l'argent à leur intention ?

Son regard se porta par-delà le portail. Un vieil homme longeait la rue d'un pas traînant. Il avait quelque chose de vaguement familier. Son attention se focalisa sur son pardessus. Un sourire sur les lèvres, elle se précipita dans sa direction en criant :

— Dewey, Dewey ! C'est moi, Amanda !

Beaner ne leva pratiquement pas les yeux. Il y avait si longtemps qu'on ne l'avait pas appelé par son prénom qu'il l'avait presque oublié. Puis il aperçut la jeune femme. Elle lui faisait des signes de la main de l'autre côté du portail. Tout sourires, il se dirigea vers elle en tripotant les revers de son pardessus.

— Ô mon Dieu !

David Potter poussa un cri d'horreur à l'instant exact où Jefferson Dupree fronçait les sourcils en apercevant le mendiant qui semblait faire la manche au portail. D'un même élan, les deux hommes se précipitèrent dans sa direction.

— Amanda !

L'écho de son prénom résonna simultanément aux deux extrémités du jardin. Elle fit brusquement volte-face et regarda d'un air surpris son mari et l'inspecteur Dupree qui se précipitaient vers elle. David la rejoignit le premier.

— Ecarte-toi de lui, Amanda ! Mais que peux-tu bien vouloir...

— David, c'est ce monsieur qui a retrouvé ma boucle d'oreille. Remercie-le pour moi, je t'en prie.

Affichant un sourire détaché, elle attendit qu'il s'exécute. David n'eut d'autre choix que de tendre la main à travers le fer forgé du portail. Lorsqu'elle toucha celle du vieil homme, il baissa les yeux sur les doigts crasseux, suffoqua, et la retira brutalement à l'instant même où Jefferson Dupree entrait en scène.

— Beaner... que diable faites-vous...

— Inspecteur Dupree... je crois que vous connaissez mon ami Dewey, dit Amanda.

Elle se rappelait que le vieil homme lui avait dit avoir reçu une récompense de la part de Dupree. Mais l'inspecteur ne leur en avait jamais demandé le remboursement.

Dupree en resta bouche bée. *Dewey ? D'où sortait ce nom ?*

— Hé, Beaner... enfin, je veux dire... Dewey... que se passe-t-il, mon vieux ?

En voyant la tête que faisaient son époux et l'inspecteur, Amanda comprit subitement qu'ils s'étaient tous les deux précipités à son secours. Comme elle n'avait envie ni de s'expliquer, ni de s'excuser, elle fit semblant de n'avoir rien remarqué..

— Salut, inspecteur. Ça fait un bail qu'on s'est pas vus, lança Beaner.

Dupree sourit jovialement.

Le sourire édenté de Beaner fit tressaillir David. Machinalement, il passa la langue sur ses dents.

— A votre avis, monsieur le député, pensez-vous qu'en définitive le NAFTA[1] nuira à l'économie, ou qu'il l'aidera ? questionna Beaner, qui savait que l'Accord sur le libre commerce en Amérique du Nord avait fait l'objet d'âpres discussions au Congrès ainsi que dans tous les bars du pays.

— Euh... eh bien, je...

Stupéfait de se voir poser une question aussi pertinente, David cilla des yeux.

— Je lis le journal au lit, expliqua Beaner, avant de caqueter de joie à sa propre plaisanterie.

En effet, les journaux lui servaient souvent de matelas et de couverture.

Repérant tout de suite l'ironie, Dupree sourit. De son côté, David était perplexe. Il n'appartenait pas à la catégorie d'hommes politiques qui bavardent volontiers avec le peuple. Quiconque ne s'habillait pas chez Brooks Brothers avait peu de chances de converser avec lui. Soudain il regarda de plus près le pardessus du mendiant et faillit à nouveau suffoquer. C'était le sien !

Amanda observait Dupree. Il souriait, manifestement aussi à l'aise dans cette situation qu'il l'était avec Dewey. Puis elle jeta un coup d'œil au visage stupéfait de David et sourit intérieurement. *Je choisis mieux mes amis que mon mari.*

— Amanda, il est temps de partir, observa David, faisant appel à son vernis professionnel pour accorder à Beaner le traitement réservé aux électeurs qui ne l'intéressaient pas : l'ignorance.

Elle poussa un soupir.

— J'ai été enchantée de vous revoir, Dewey.

Le vieillard la salua d'un signe de tête. Il s'éloi-

1. North American Free Trade Agreement : Accord sur le libre commerce en Amérique du Nord.

gnait déjà d'un pas traînant lorsque la voix douce d'Amanda l'arrêta.

— Dewey ?

Il se retourna.

— Vous avez besoin de quelque chose ? demanda-t-elle.

Jefferson Dupree sentit sa conscience le tirailler. Cette femme aurait bien mérité qu'on lui pose la même question. Mais cela ne l'empêchait pas de se soucier des autres. Il tomba un peu plus amoureux d'elle, désespérément, irrévocablement.

— Non, madame, j'crois pas, répondit Beaner après un instant de réflexion.

Puis il s'éloigna.

David saisit le bras de sa femme et le serra à tel point que ses doigts s'enfoncèrent dans la chair tendre.

— Amanda, qu'est-ce qui te prend de frayer avec...

Elle s'arracha à son étreinte d'une secousse brutale et frotta la meurtrissure qu'il venait de lui infliger en lui lançant un regard glacial d'avertissement.

— David, je crois que nous avons une dette envers l'inspecteur Dupree.

Dupree fut abasourdi en découvrant que la jeune femme était au courant de la récompense qu'il avait octroyée à Beaner.

— Mais non, madame, assura-t-il d'une voix brusque.

David avait l'impression de flotter. Quelque part entre la réception et ici, il s'était égaré. Tout cela n'avait absolument aucun sens.

— Et pourquoi donc aurais-je une dette envers cet homme ? questionna-t-il, se refusant à poser directement la question à Dupree.

— Parce que le vieux mendiant que tu viens tranquillement de congédier est celui qui a retrouvé la boucle d'oreille de ta mère. Il l'a rapportée à l'inspecteur Dupree, ici présent, lequel l'a récompensé matériellement. Je vais de ce pas prendre congé de notre hôtesse. Je suis persuadée que tu sauras régler cette question au mieux, ajouta-t-elle en adressant à David un regard entendu qu'il lui fut impossible d'ignorer.

Contente-toi d'attendre, songea-t-il. *Contente-toi d'attendre que nous soyons à la maison, et alors tu cesseras de faire ta maligne !*

David fusilla l'inspecteur du regard, lequel s'était pris d'un intérêt subit pour le feuillage de l'arbre sous lequel ils se tenaient.

— J'attendrai dans le taxi, ajouta Amanda.

Puis elle posa un regard pensif sur Dupree, se rappelant l'allégresse qu'elle avait ressentie en le confondant avec l'amant de ses rêves. D'un haussement d'épaules, elle envoya promener sa déception et lui sourit.

— Inspecteur, j'ai été enchantée de vous revoir.

Elle s'éloigna, laissant les deux hommes face à face, comme deux matous en rut dont on aurait accroché les queues ensemble.

— Combien ? demanda David.

— Vingt dollars, répondit Dupree.

Les sourcils de David se haussèrent jusqu'à la racine de ses cheveux.

Le visage de Dupree se fendit d'un large sourire.

Comme il avait hâte de ne plus se sentir redevable envers cet homme, David fouilla dans son portefeuille, en sortit une liasse de billets et l'enfonça dans la main de l'inspecteur, sans les compter.

Dupree baissa les yeux et se rembrunit. Il détacha deux billets de la liasse et tendit le reste à David Potter.

— C'est beaucoup trop, assura-t-il. Vous devriez faire plus attention à votre argent. Je n'aimerais pas que l'on puisse croire que vous êtes en train d'essayer de m'acheter... qu'en pensez-vous ?

Tremblant de fureur, David le regarda fourrer les billets dans sa poche et s'éloigner d'un pas nonchalant.

Il espérait presque que c'était avec cet homme qu'Amanda le trompait. Il prendrait grand plaisir à s'occuper de lui.

Durant le trajet du retour, leur conversation brilla par son absence. Le seul à ouvrir la bouche fut le chauffeur de taxi. Il ne lui avait pas fallu longtemps pour comprendre qu'il transportait des gens de la haute. Mais le pourboire auquel il s'attendait ne fut pas à la mesure de ses espérances et il s'éloigna dans un rugissement de moteur, en les éclaboussant d'une gerbe de gravillons et de poussière.

Maintenant, ils étaient seuls. David était si proche d'Amanda qu'elle sentait son haleine sur sa joue. Mais elle se refusait toujours à lui montrer son inquiétude.

— Est-ce lui ? gronda David d'une voix basse.

Amanda plongea des yeux neutres dans le regard fou de son mari.

— Lui ?

David la saisit par le coude et le serra assez pour lui rappeler qu'il la dominait de plusieurs centimètres et de cinquante kilos.

— L'homme avec qui tu baises, salope.

Amanda n'eut pas à faire semblant d'être choquée. Chaque pore de son corps exsudait sa stupéfaction. Ce que David interpréta comme de la culpabilité.

— C'est vrai. C'était lui, non ?

— Tu m'accuses de coucher avec un chauffeur de taxi ? Tu es fou !

La porte s'ouvrit brutalement ; Mabel apparut sur le seuil, souriante.

— Bienvenue à la maison, monsieur et madame Potter. Prendrez-vous votre repas à la même heure que d'habitude ?

Mais il ne lui fallut pas longtemps pour réaliser qu'ils étaient en pleine dispute. Elle se hâta de mettre son sourire en berne.

— Je n'ai pas faim, répondit Amanda. Je ne dînerai pas, je prendrai peut-être quelque chose plus tard dans ma chambre.

Elle escalada rapidement les marches et disparut à l'intérieur.

David se retrouva planté là, tellement sûr de son bon droit que l'indignation et la fureur l'étouffaient. Sa femme venait de faire exprès de refuser de comprendre. Il se précipita dans la maison en courant, s'immobilisa en bas des marches, et se mit à hurler en direction du premier étage à la manière d'un ivrogne qui réclame un verre :

— Tu sais très bien ce que je veux dire ! Et tu sais très bien de qui je parle ! Ne t'imagine pas que je vais oublier ça. Je n'oublie jamais rien.

Ses cris ne reçurent aucune réponse. Il se retourna avec un geste brusque qui trahissait sa fureur. Il aperçut Mabel, toujours dans le vestibule, qui attendait sa décision.

— Quoi ? hurla-t-il.

Les lèvres de Mabel se pincèrent, et malgré la peur qui lui vrillait l'estomac, elle répéta sa question.

— Le repas à l'heure habituelle, Monsieur ?

— Non ! Bon Dieu, non ! Je vais dîner dans un endroit où on m'apprécie plus qu'ici, gronda-t-il.

La porte d'entrée claqua dans son dos.

Mabel attendit. Quelques minutes plus tard, elle entendit le bruit du moteur de la voiture, suivi du crissement des graviers dans l'allée et du grincement familier des pneus sur la chaussée. Quand elle eut la certitude que David était suffisamment loin pour ne pouvoir entendre sa réflexion, elle grommela :

— J'aimerais bien savoir où c'est. J'ai cru pourtant comprendre qu'en ce moment l'enfer affichait complet.

Un sourire éclaira son visage et elle s'éloigna, contente de sa petite manifestation de défi, laquelle avait apporté un peu de paix à son esprit.

8

Une trêve s'installa dans leur vie. Entre David et Amanda, la guerre physique et psychologique fut reléguée au second plan. Ils abordèrent une nouvelle phase de leurs relations.

Amanda l'utilisait au mieux. Jour après jour l'idée de fuir David lui devenait de plus en plus réelle. Mais le choix du moment était d'une importance primordiale. Elle avait attendu dix ans ; elle pouvait encore patienter un peu. Son projet remisé pour l'instant à l'arrière-plan, elle entreprit d'en concrétiser d'autres. Des plans qui concernaient David.

Le jour de la Fête Nationale approchait. Depuis la Déclaration d'Indépendance, les Potter de Morgantown offraient le 4-Juillet un pique-nique à toute la ville. Cette année ne faisait pas exception à la règle. David aimait à être plébiscité et il cherchait toujours de nouveaux moyens pour rencontrer ses électeurs. Le politicien, chez lui, s'en donnait alors à cœur joie.

Chaque jour, des commandes partaient vers les organisateurs de réceptions et traiteurs de la région, et des contacts étaient pris avec les médias. Ce pique-nique allait être la grande fête locale de la saison.

Et tandis que le monde extérieur continuait à tourner, les Potter menaient leur vie entre les mêmes murs, chacun à une extrémité du couloir, dans l'attente de l'explosion qui n'allait pas manquer de survenir. Cela ne faisait aucun doute dans leur esprit.

On était à la veille du pique-nique. Les pelouses méticuleusement tondues autour de la demeure ancestrale disparaissaient sous des tentes à moitié érigées et des piles de chaises pliantes.

David sortit de la maison, suivi d'un homme. Dans son impeccable costume d'été blanc, il aurait pu poser pour la couverture de *Gentleman's Quarterly*. Il s'immobilisa sur le seuil pour essayer de repérer sa femme au milieu des personnes qui s'affairaient dans le jardin. Lorsqu'il l'aperçut, il leva la main dans un geste royal.

— Amanda ! Viens ici, s'il te plaît. Je voudrais te présenter quelqu'un.

C'était plus un ordre qu'une requête. Amanda s'exécuta, tout en prenant soin de ne pas regarder le géant aux cheveux blonds retenus par une queue-de-cheval, qui se tenait près de son mari.

— Je te présente Serge.

Il attendit sa réaction. Comme elle n'en montrait aucune, il poursuivit, persuadé que ce qu'il avait à lui annoncer allait la faire sortir de ses gonds.

— Notre nouveau chauffeur.

Le géant portait des vêtements discrets et il affichait un visage neutre. Mais sa réserve, très professionnelle, ne trompa pas Amanda une seconde. Elle était capable de reconnaître un tueur à gages quand elle en rencontrait un. Et cet homme correspondait à l'archétype de ce genre d'individu.

Amanda esquissa un sourire et hocha la tête. Manifestation minimale de bonnes manières qui n'avait rien de sincère. L'expression d'auto-satisfaction arborée par David lui donnait la nausée. Une fois de plus, il croyait avoir marqué un point. Sans baisser la voix ni dissimuler le dédain qu'il lui inspirait, elle le cloua d'une question impitoyable :

— Alors, où as-tu été le pêcher, celui-là ? Dans *Permis de tuer* ?

David piqua un fard. Il jeta un regard circonspect à Serge, furieux de la voir étaler leur antagonisme en plein jour. Amanda fit alors une remarque qui les laissa aussi ébahis l'un que l'autre.

— Bienvenue chez nous, Serge. J'adore votre coiffure. Il faudra me donner l'adresse de votre styliste.

Cette réflexion lui avait échappé spontanément. Incapable de croire qu'elle avait osé dire pareille chose, Amanda attrapa les fournitures qu'elle transportait et disparut dans la maison.

Pour toute réaction, Serge rajusta sa veste et fronça très légèrement les sourcils.

— Suivez-moi, grommela David. Je vais vous montrer la disposition des lieux.

Le nouveau « chauffeur » suivit son patron à travers la pelouse au pas de charge, en essayant d'éviter les employés occupés aux installations.

Laissant tomber son fardeau sur la table de la cuisine, Amanda s'essuya le visage de la main. La matinée avait été dure et l'entrée en scène de Serge ne faisait que la rendre plus éprouvante. A cet instant précis, elle haïssait David Potter de tout son être. Car l'apparition de ce nouveau venu dans la maison ne pouvait qu'entraver ses plans.

La gouvernante pénétra dans la cuisine en esquivant la cuisinière qui, furieuse, se répandait en invectives méprisantes sur les produits cuisinés du traiteur engagé par son employeur.

— Mabel, prévenez le traiteur que nous avons choisi ceci, dit Amanda en désignant du doigt les échantillons qu'elle venait d'examiner.

Mabel acquiesça d'un signe et se précipita vers le téléphone. La maison était en ébullition, et il ne fallait pas perdre une minute. On était à la veille du 4-Juillet.

Amanda n'avait que deux idées en tête : un bain frais et un petit somme. Elle n'avait aucune intention d'en découdre encore avec David, ni avec sa toute nouvelle recrue. En tout cas pas aujourd'hui. Au moment où elle allait quitter la cuisine, le téléphone sonna. Elle décrocha le combiné.

— Allô ?

— Salut ! gloussa une voix féminine. Est-ce que Davidou est là ?

La femme s'exprimait sur un ton aigu. Amanda se pinça le nez entre le pouce et l'index pour ne pas éclater de rire. Davidou ? Elle était bien bonne !

— Davidou qui ? demanda-t-elle.

— Oh ! J'aurais dû dire M. Potter, hein ? Bon... mon chou, est-ce qu'il est là ? J'ai besoin de lui parler.

— Il est ici, répondit Amanda, mais il ne peut pas venir au téléphone pour l'instant. Voulez-vous me laisser votre nom et votre numéro ? Il vous rappellera.

— Oh, je ne sais pas. Et si mon message ne lui parvient pas ? J'ai vraiment besoin de lui parler.

— Ecoutez, dit Amanda, lasse de discuter avec l'écervelée qui était sans doute une des poupées de son époux, soit vous laissez un message, soit vous venez au pique-nique demain pour lui parler en personne. Pour moi, cela ne fait aucune différence.

La femme poussa un couinement de ravissement.

— Oh la la, merci, mon chou, vous êtes super ! C'est quoi, votre nom, déjà ?

— Je ne vous l'ai pas donné, répondit Amanda. Mais entre nous, je suis la femme de Davidou. A demain, mon chou.

La jeune femme raccrocha, un grand sourire aux lèvres à l'idée de la réaction de David si une de ses « poupées » se présentait à la réception. En ce qui la concernait, elles pouvaient bien venir au complet. Cela donnerait peut-être matière à David à s'inquiéter de tout autre chose que de ses allées et venues à elle.

— Ça alors, Madame, regardez ! N'est-ce pas le Sénateur... ?

L'exclamation que poussa Mabel se perdit dans

les airs. Elle venait de plonger comme une flèche pour empêcher un plat de friandises de glisser d'une table devant les personnalités qui faisaient leur entrée.

A en juger par les apparences, la plupart des collègues de David étaient arrivés, ainsi qu'une grande partie des habitants de Morgantown. Depuis des semaines, elle appréhendait cette journée, et maintenant qu'elle était là, il ne lui restait plus qu'à afficher un sourire et à la traverser.

D'un geste machinal, elle effleura la taille de son tailleur-pantalon marin à rayures rouges et blanches, puis sa main voleta dans ses cheveux. Elle se rendit compte alors qu'elle avait oublié de mettre le nœud rouge et blanc assorti à sa tenue.

Elle chercha Mabel des yeux, mais la gouvernante était invisible.

— Bof... marmonna-t-elle, je vais y aller moi-même. David peut recevoir ses invités sans moi pendant quelques minutes.

Elle se dépêcha d'entrer dans la maison et de gagner l'escalier.

— Madame... puis-je vous aider ?

C'était la voix caverneuse de Serge qui résonnait dans son dos.

Elle prit tellement Amanda au dépourvu qu'elle en trébucha. Elle sentit alors les mains de Serge l'attraper solidement.

— Ça va ? s'inquiéta-t-il.

— Cela irait si vous ne m'aviez pas fait une frousse terrible en hurlant de cette façon.

Elle inspira plusieurs fois profondément pour se calmer. Il n'était pas dans ses intentions de supporter ce monolithe blond, et surtout pas aujourd'hui. Après s'être dégagée d'un haussement d'épaules, elle poursuivit l'ascension des marches.

Le chauffeur la suivait de si près qu'elle se retourna brusquement, choquée par sa conduite.

— Mais qu'est-ce qui vous prend ? On vous a demandé de me suivre à la trace aujourd'hui ? C'est ça ?

Il ne manifesta aucune émotion.

— J'obéis aux ordres, Madame. Je dois m'assurer que vous n'avez besoin de rien.

Amanda grinça des dents.

— Bon... *j'ai besoin* d'aller aux toilettes et puis *j'ai besoin* du ruban que j'ai oublié de mettre dans mes cheveux.

Il n'eut même pas la grâce de paraître gêné.

— Et... continua-t-elle, je n'ai *besoin* d'aide ni pour l'un ni pour l'autre.

Tremblante de rage, elle lui claqua la porte au nez, avant de s'y appuyer en fermant les yeux. Elle s'obligea à refouler le flot de larmes qui menaçait de jaillir. Elle détestait David. Elle détestait sa vie.

Je serai toujours près de toi.

La pensée surgit de nulle part. Et avec elle, la paix l'envahit. La main d'Amanda effleura sa poitrine. Des doigts, elle parcourut sa peau, en quête de la marque minuscule qui avait disparu depuis plusieurs jours. Son apparition l'avait choquée et effrayée. Maintenant qu'elle s'était effacée, elle se sentait abandonnée.

A contrecœur, elle s'écarta de la porte et fit ce qu'elle était venue faire. Quelques minutes plus tard, le nœud dans les cheveux, et arborant des taches rouges de défi sur les joues, elle se dirigea vers l'escalier. En sortant de la maison, elle s'immobilisa brutalement en haut des marches du patio, car David venait à sa rencontre.

— Renvoie cette brute, siffla-t-elle en désignant Serge qui rôdait derrière elle.

Elle adressa un sourire aimable à un couple qui leur faisait un signe de la main de l'autre côté de la pelouse, puis réitéra ses menaces, dans le même souffle.

— Si tu ne le renvoies pas, je te jure que je vais faire une telle scène que tu regretteras d'être né.

Cet avertissement flottant entre eux, elle se dirigea vers les invités pour accomplir ce que l'on attendait d'elle : jouer à la parfaite maîtresse de maison.

David Potter était coincé entre deux feux. S'il s'en tenait à sa propre volonté, Amanda risquait de faire une scène et tous les journaux en feraient des gorges chaudes. S'il lui obéissait et qu'elle en profite pour fuir, les mêmes journaux ne parleraient *de toute façon* que de cela.

— Merde, merde, merde, marmonna-t-il, avant de se retourner en affichant un sourire de façade pour demander à Serge de s'éloigner.

— Elle s'en sortira toute seule pour aujourd'hui. Occupez-vous de la sécurité au portail. Assurez-vous qu'aucun fauteur de troubles ne pénètre dans la propriété. *Je vais m'occuper de ma femme à ma façon,* ajouta-t-il tout bas.

Serge acquiesça d'un signe de tête. Pour lui, c'était bonnet blanc et blanc bonnet. Son salaire serait le même. Il se dirigea vers l'entrée. Malheureusement, personne ne pouvait l'avertir que les ennuis viendraient d'une minirobe taille trente-six, surmontée d'une crinière de boucles *Rouge Dynamite,* mâchouillant un chewing-gum vieux de trois jours. Si tel avait été le cas, il l'aurait empêchée d'entrer en scène et il aurait épargné un désastre à son employeur.

Destiny Dawn, alias Sylvia Myers, suivit la

foule qui se déversait dans la propriété des Potter. Ceux qui la connaissaient n'auraient nullement été étonnés de la voir arriver endimanchée à un pique-nique. Destiny aimait exhiber les cadeaux qu'elle avait reçus de Notre-Seigneur : un visage de poupée Barbie, des seins bonnets 100 C, une taille de guêpe, et des fesses sculpturales propres à donner des fourmillements dans toutes les mains appartenant à l'espèce masculine.

Bien qu'excessivement fière de son visage et de sa silhouette, Destiny savait que tout cela n'était qu'éphémère. Aussi appliquait-elle la théorie enfoncée par sa mère dans son crâne dès son plus jeune âge, et qui consistait à utiliser au mieux ce qu'elle possédait. Elle en avait tiré profit et était sur le point d'en récolter les bénéfices.

Elle remonta l'allée, ses talons aiguilles de neuf centimètres oscillant dans les gravillons. Ils furent plus d'un à remarquer le balancement de ses hanches, tels des pistons alternatifs : en haut, en bas... en haut, en bas. Moulées, rentrées, déversées. Une grenade prête à exploser, enserrée dans du latex rouge.

Parvenue au bord de la pelouse, elle sortit le chewing-gum de sa bouche et poussa un soupir de regret avant de le jeter à contrecœur dans un buisson. Il commençait tout juste à avoir bon goût.

Puis, comme si elle s'armait pour la guerre, elle tapota sa crinière de boucles rouges, tira sur le décolleté de sa robe pour le remonter, puis sur l'ourlet de sa minijupe pour la descendre. Malheureusement pour Destiny, chacun de ses gestes annulait le précédent. Un frisson d'inquiétude la parcourut, à l'idée de ce qu'elle était venue faire.

— Bon, c'est pas si grave que ça. Puisque la

dame m'a invitée en personne. Donc, c'est parti, ma mignonne !

Elle pouffa de rire, puis se dirigea vers un buffet, persuadée de trouver son Davidou avant la fin de la journée. Et convaincue aussi que, lorsqu'elle en aurait terminé avec lui, elle n'aurait plus jamais besoin de travailler.

Jefferson pénétra dans le bureau de son chef d'une démarche faussement décontractée et s'appuya contre la porte en face de lui. Il se sentait légèrement ridicule.

— Ecoutez, patron, vous ne pensez pas qu'on devrait aller jeter un œil sur les festivités ? Vérifier comment ça se passe et nous assurer que tout va bien ? Vous savez qu'avant la fin de la journée, la moitié de Washington sera là-bas.

Le commissaire Morrell étudiait son inspecteur non conformiste, en essayant de ne pas s'inventer d'autres ennuis que ceux qu'il avait déjà. Dupree avait beau tenter de le persuader du contraire, Morrell savait parfaitement qu'il faisait une fixation sur la femme du député. Ce n'était pas malin. C'était malsain. Mais cela ne le regardait pas.

— Non, Dupree, nous n'avons pas à nous soucier de ce fichu pique-nique. Il se déroule dans une propriété privée. Et connaissant Potter, il a sûrement engagé une armée de gardes du corps pour la journée. Il le fait chaque fois. En outre, vous ne faites plus de patrouilles. Le jour où vous avez été nommé inspecteur, vous avez été débarrassé de ce genre de mission. L'auriez-vous oublié ?

Dupree se rembrunit. Il savait, avant même de poser la question, que son chef lui ferait cette réponse, mais il avait quand même tenté sa chance.

— Bien, ronchonna-t-il. Mais s'il y a un incident quelconque, vous ne pourrez pas prétendre que je ne vous avais pas prévenu.

Il avait presque franchi le seuil quand un grommellement d'Orvis Morrell l'incita à ralentir.

— Bon, allez y jeter un coup d'œil, marmonna-t-il. Vous pouvez examiner le buffet, les invités et même les murs de cette foutue propriété, je m'en tape. Mais dans votre propre intérêt, je vous conseille de ne pas examiner trop longtemps une femme qui n'est pas la vôtre.

Dupree claqua la porte derrière lui et se délecta du craquement aigu qu'elle fit en se refermant. Son chef était complètement à côté de la plaque. Il était tout simplement inquiet. *Bon sang,* se dit-il, *il y a plusieurs centaines de personnes qui vont se retrouver là-bas. Je me contente de faire mon boulot.*

Mais l'excitation qui faisait battre son pouls plus rapidement n'était pas provoquée par la perspective de surveiller la foule des invités conviés à une réception. Il savait que, d'ici quelques minutes, il la reverrait. Mais il se persuada qu'il se contenterait de la regarder.

Elle était introuvable. Dépité, il goûta à trois plats de viande, but deux litres de limonade et arpentait les lieux de long en large, lorsqu'un éclat de rire l'arrêta. Un rire si libre et si joyeux qu'il se retourna pour voir ce qui était à ce point drôle.

Et alors, il comprit pourquoi il n'avait pas réussi à la repérer. Amanda n'était pas du tout là où il s'y attendait, mais au milieu d'un groupe d'enfants qui manipulaient des cerfs-volants. Son rire s'était envolé, mais la joie restait affichée sur le visage qu'elle levait vers le ciel, pour suivre, ravie, l'évolution des cerfs-volants au-dessus de leurs têtes.

Elle se remit à rire, mais plus doucement, et sans en avoir conscience, il lâcha le biscuit qu'il tenait. Il éprouvait une véritable fascination à la regarder jouer. Puis elle se tourna dans sa direction et se mit à courir, la corde du cerf-volant bien serrée dans une main. Elle avait abandonné ses chaussures sur la colline et elle courait nu-pieds d'une belle foulée, étirant ses longues jambes au maximum. Ses seins bondissaient légèrement et ses boucles s'étaient échappées de la barrette qui les retenait. Il vit le nœud rouge et blanc se détacher, voltiger et se poser sur le sol, comme un oiseau blessé.

De nulle part, lui vint la certitude qu'elle avait un petit grain de beauté marron sur le sein droit et qu'il pouvait lui encercler la taille de ses deux mains.

Et cette certitude n'était pas la seule. Amanda lui appartenait. Son mari pouvait bien aller au diable. En chemin, le destin leur avait joué un tour, d'une façon ou d'une autre. De cela aussi, il était persuadé.

Puis la raison reprit le dessus et il tressaillit. Avec ce genre de pensées, un homme pouvait se faire virer, voire tuer. Tout cela était invraisemblable. Il n'avait aucun moyen de connaître cette femme. D'accord, à leur première rencontre elle lui était littéralement tombée dans les bras, mais cela n'avait duré que quelques secondes et... elle était entièrement habillée. Par conséquent, comment aurait-il pu être au courant de ces détails intimes ? Et surtout, qu'est-ce qui le poussait à croire que tout cela était vrai ?

Du plus profond de son ventre monta un gémissement sourd. Une vague d'émotions enfla dans sa gorge. Et tandis qu'il regardait, fasciné, la jeune femme courir vers lui, tous les bruits alentour s'évanouirent. Incapable de bouger, il fixait l'apparition. Elle courait toujours, mais la joie avait désertée son visage. Ses yeux écarquillés étaient emplis de terreur et sa bouche ouverte dans un cri qu'il ne pouvait entendre.

Il cligna des yeux, et aussi vite qu'elle était apparue, l'image s'évanouit. Dupree frissonna et passa ses doigts dans ses cheveux dont les mèches noires et courtes se hérissaient en tous sens.

Il trébucha en arrière, heurtant des chaises pliantes et écrasant des verres en plastique sous ses bottes. Et quand le mur de pierre entourant la propriété retint sa chute, il s'immobilisa sur place, attendant la fin du monde. De deux choses l'une : ou c'était le jour du Jugement dernier, ou il était en train de perdre la raison.

Mais rien ne se produisit. Et en définitive, sans avoir même salué ses hôtes, il enfonça les mains dans ses poches et s'éloigna au pas de course.

Personne ne remarqua le grand inspecteur qui se pressait de quitter le pique-nique. Il regagna sa voiture en quelques enjambées, les pans de son pardessus sport flottant derrière lui. L'aurait-on remarqué, qui se serait posé des questions à son sujet ? Après tout, il était inspecteur de police. Et ces hommes-là étaient toujours pressés.

Entre-temps, une autre personne non invitée officiellement s'était frayé un chemin au milieu des gens qui faisaient la queue pour se restaurer, grignotant et pouffant de rire ici et là, tout en fouillant des yeux la foule pour y trouver les cheveux blonds et le visage de star de cinéma qui lui étaient familiers.

Destiny Dawn était en chasse. Elle ne repartirait pas sans avoir vu son Davidou, un point, c'est tout. Elle grimaça, car son estomac venait de gargouiller en signe de protestation. Peut-être parce qu'il était prisonnier du latex rouge. En tout cas, elle avait besoin d'une boisson rafraîchissante et d'un endroit pour s'asseoir. Elle avait horriblement mal aux pieds.

Ce fut grâce à ses pieds douloureux et à sa gorge sèche qu'elle le repéra. A l'ombre d'un arbre, proche de la table des rafraîchissements, il était plongé dans une grande discussion avec trois hommes.

Il rit à une remarque d'un de ses interlocuteurs, puis se tourna pour attraper un verre. C'est à ce moment-là qu'il l'aperçut. On aurait pu difficilement dire lequel des deux était le plus surpris. Destiny, d'avoir enfin trouvé son homme, ou David, de la découvrir.

Elle pouffa de rire et lui fit un signe de la main. Il vira au pourpre et lui intima l'ordre de s'éloigner. Avec une moue, comme si ses lèvres venaient d'être piquées par une guêpe, Destiny agita la tête et les hanches pour lui signifier son refus. Pour lui faire comprendre qu'aujourd'hui ce n'était pas lui qui menait la danse. Pas ici.

David sentit son intestin gronder de façon menaçante. Mentalement, il maudit les femmes et le sol qu'elles foulaient, puis il présenta des excuses à ses amis et, prenant un air détaché, il fit semblant de déambuler au milieu de la foule.

— Qu'est-ce que tu fiches ici ? grogna-t-il en passant près d'elle.

Elle fit une autre moue et tenta de glisser une

main sous son bras. Il lui fit face, dardant sur elle un regard qui fit hérisser les poils de Destiny sur sa nuque. Aurait-elle fait appel au bon sens qu'elle tenait de naissance au lieu de suivre sa cupidité, elle aurait tourné les talons à cet instant précis et les aurait ainsi tous épargnés.

— Ne sois pas fâché contre ta petite Destiny, chuchota-t-elle d'une voix espiègle.

Puis elle fit semblant de trébucher pour écraser ses seins contre son bras. Dans les yeux de David, jaillit l'éclair brûlant sur lequel elle comptait. Cela lui donna la force de poursuivre :

— Davidou... il faut qu'on parle.

— Pas ici.

Il lui tourna le dos et feignit de s'intéresser aux réjouissances.

— Si, ici, insista-t-elle.

David grimaça. Elle était déterminée, cela ne faisait aucun doute. Et d'expérience, il savait que la jeune femme ne céderait pas tant qu'elle n'aurait pas obtenu ce qu'elle voulait. Du simple fait de penser à elle, il faillit bander. Elle était l'une des rares qui lui en donnaient vraiment pour son argent. Ça lui plaisait... Et il lui plaisait, quelle que soit la brutalité de la chose.

— Tu vois cette rangée d'arbres de l'autre côté de la pelouse ?

— Oui, haleta-t-elle avec un petit rire.

David ferma les yeux et ravala un juron, car elle venait de se presser un peu trop intimement contre ses fesses.

— Marche tranquillement dans leur direction et profite d'un moment où personne ne te regarde pour disparaître derrière. Je te rejoins dans une minute.

— D'accord, dit-elle.

Elle glissa la main entre ses jambes et le pinça juste assez pour stimuler son érection.

— Oh, mon Dieu, marmonna David en tombant à genoux, sous prétexte de renouer les lacets de ses chaussures.

Il lui fallut plusieurs minutes pour juguler le désir qui montait en lui. Mais la chose faite, il se releva, s'épousseta et vérifia le pli de son pantalon pour s'assurer qu'il ne portait pas de traces d'herbe.

Mère sera furieuse si je tache mes vêtements, songea-t-il. Et à l'instant où la pensée lui traversa l'esprit, il trébucha. *Nom de nom, tu es morte ! Pourquoi ne restes-tu pas là où tu es ?*

Quelques minutes plus tard, il s'arrêta au bord de l'immense pelouse, se retourna, et prit le temps de passer en revue tout ce qui lui appartenait. Envahi d'une fierté toute masculine, il disparut sous les frondaisons sans un regard derrière lui.

— Ah, te voici ! soupira Destiny.

Elle se colla à lui, comme de la confiture de framboises sur une tranche de pain grillé.

— T'as pas appelé ta petite poupée quand tu es venu en ville.

Cette accusation de même que ses mains fureteuses firent bourdonner les oreilles de David. Il embrassa les lieux d'un coup d'œil. Avec l'épaisse rangée d'arbres dans leur dos et le fouillis de plantes grimpantes qui recouvrait le fossé jusqu'au mur très élevé de la propriété, il avait la certitude d'être à l'abri des regards curieux.

— De quoi voulais-tu me parler ? demanda-t-il, avant de se cambrer en grognant, car elle venait de glisser une main dans sa fermeture Eclair qu'elle avait baissée pour pouvoir saisir sa virilité.

— Ça te plaît, hein, mon Davidou ? Tu aimes tout ce que te fait ta petite Destiny.

Il la saisit par les épaules et l'obligea à se mettre à genoux.

Les yeux de Destiny se rétrécirent.

— Oh, non, pas de ça ! résista-t-elle d'un ton badin.

Tout en titubant légèrement elle voulut esquiver son exigence.

David était sur le point d'exploser : il brûlait d'un désir torride et elle renâclait ? A quel petit jeu jouait donc cette salope ? Il l'empoigna par les cheveux et l'attira brutalement vers lui.

Destiny avait assez souvent aperçu cette lueur dans les yeux de David pour comprendre qu'il avait perdu la tête.

— Fais pas ça, Davidou, je plaisantais, gémit-elle en tâtonnant pour caresser à nouveau son intimité.

Mais David ne voulait pas s'en laisser conter. S'il souhaitait prendre son plaisir, il pouvait le faire sans elle. Il n'avait pas besoin d'une petite putain pour mener le jeu. C'était hors de question.

— Fiche-moi le camp d'ici. Tout de suite... chuchota-t-il en encerclant son cou d'une main, sans lâcher la poignée de cheveux qu'il tenait de l'autre.

Destiny pensa qu'elle avait commis une erreur en venant. Puis elle se rappela pourquoi elle était là et sa colère fusa. Ce fut sa seconde erreur.

— Je ne partirai pas avant de t'avoir dit quelque chose.

Elle se débattit pour se libérer de sa poigne furieuse.

— Et me traite pas aussi brutalement, ajouta-t-elle. Je suis enceinte.

Un haut-le-cœur le balaya. Il la lâcha et, sous le choc, recula en trébuchant.

— C'est faux !

Il hurlait presque.

— C'est vrai ! affirma-t-elle, la bouche en cul de poule, s'effleurant le ventre des mains pour donner plus de poids à sa révélation. J'ai besoin d'argent. Il faut que je m'en débarrasse, Davidou. En outre, ajouta-t-elle avec un sourire carnassier, tu n'aimerais pas que je le raconte à tout le monde, non ? Une petite chose comme ça, dit-elle en désignant son ventre, pourrait bien gâcher toutes tes chances d'être réélu.

Il blêmit.

— Je veux un million de dollars.

Là ! Elle l'avait dit. Il était capable de deviner le reste tout seul. Elle ne voulait pas seulement qu'il paie l'avortement, elle le faisait chanter et tous les deux le savaient.

— Espèce de salope !

David se mit à trembler violemment. Son désir s'était envolé. Un filet de bave coulait de la commissure de ses lèvres et il se frottait les mains sur son pantalon avec des gestes saccadés comme pour se débarrasser de toute trace de contact avec elle.

— Ecoute, Davidou... je ne me suis pas retrouvée dans cet état toute...

Il lui encercla le cou des deux mains et étouffa le reste de sa phrase.

— Ferme-la ! Ferme-la, espèce de salope, espèce d'ordure ! Mère va être furieuse.

Il tremblait violemment. Son estomac se soulevait et la bile remontait dans sa gorge, y restait, y bouillait et menaçait de se déverser.

— Un Potter ne naîtra pas d'une pute, grogna-t-il.

Et il commença à serrer.

Une bonne fois pour toutes, Destiny comprit qu'elle avait vraiment commis une erreur. Elle voulut lui dire qu'elle avait changé d'avis. Mais elle ne pouvait plus parler. D'ailleurs plus il serrait, plus elle avait du mal à se souvenir de la raison qui l'avait poussée à venir chez lui.

Je vais mourir, songea-t-elle. *Ce n'est vraiment pas comme ça que je pensais prendre ma retraite.*

Autour de David, le monde avait cessé d'exister, et il ne fut même pas conscient du petit « clac » aigu que fit le cou de la jeune femme en se brisant. Il ne vit pas ses yeux se révulser, ni sa tête dodeliner entre ses mains. Il ne voyait que le regard accusateur et désapprobateur de sa mère. Il continua de serrer, voulant à tout prix empêcher cette vision d'apparaître. Sa mère...

Un bruit de pleurs le poussa enfin à arrêter. Lorsqu'il relâcha la jeune femme, il vit avec horreur son corps sans vie s'affaler par terre comme au ralenti. Alors, et seulement alors, il s'aperçut que les sanglots étaient les siens.

David Henry Potter... qu'as-tu fait ?

La voix aiguë le fit sursauter. Sans réaliser qu'elle venait de sa tête, il tituba et trébucha sur un des talons aiguilles de Destiny. Sa vue lui donna la nausée.

— Je n'ai rien fait, chantonna-t-il d'une voix plaintive et enfantine. Elle m'a obligé. C'est sa faute.

Il recommença à se frotter les mains le long de son pantalon.

— Je vais me débarrasser d'elle, murmura-t-il.

Il embrassa les alentours d'un regard frénétique. La pente raide du fossé et la couverture épaisse de plantes grimpantes fourniraient une cachette parfaite.

— Ne sois pas fâchée, Mère... Je t'en prie, ne te mets pas en colère. Je peux réparer. N'oublie pas que je suis ton petit homme. Je vais faire disparaître tout ça. Tu vas voir.

Dans sa tête, la voix continuait à tempêter contre sa bêtise. Et en même temps, il parachevait l'acte qu'il venait de commettre.

Il ne put se résoudre à la toucher et donna des coups de pied au corps pour l'amener jusqu'au bord du fossé.

— Plus qu'un seul, chuchota-t-il.

Puis ce fut accompli.

Il roula en bas, tout en bas, rebondissant dans les fourrés comme une poupée brisée. Et plus il descendait, plus la robe se retroussait sur le corps de la victime. Quand il s'immobilisa, elle était remontée bien au-dessus de la taille. Mais il n'y avait personne pour assister à sa honte. A leur tour, les talons aiguilles rouges dévalèrent la pente pour se perdre dans les brousailles.

Dans la chaleur de fin d'après-midi qui rayonnait sur la végétation épaisse, les plantes grimpantes, lentement mais sûrement, reprirent leur position, droites et tournées vers le soleil.

David fixa le ravin si longtemps qu'il perdit de vue l'endroit où le corps était tombé. A ce moment-là seulement, il réalisa la gravité de l'acte qu'il venait de commettre.

— Ô mon Dieu, marmonna-t-il en remettant de l'ordre dans ses cheveux et ses vêtements.

Ses yeux écarquillés étaient pâles, ses lèvres s'affaissèrent. Il était en état de léthargie. Il se retourna lentement et regarda tout autour de lui pour s'assurer que personne ne l'avait vu.

Tout allait bien. Il l'avait fait. Il avait réparé sa bêtise. Comme sa mère le lui avait appris. Un fardeau tomba de ses épaules.

Alors qu'il se dirigeait vers le jardin, il baissa les yeux sur sa montre et un détail l'immobilisa. Sa braguette était ouverte. Il en remonta la fermeture Eclair et pensa qu'il devait se dépêcher. L'heure de son discours approchait.

9

La réputation de Chuckie Rigola l'avait devancé.

Dans l'arbre qui surplombait la propriété grandiose des Potter, il changea de position et dirigea sa caméra en direction de la réception qui battait son plein. Il maudissait le destin — et Madonna — d'avoir été emprisonné. C'était un des risques de sa profession. Mais ce qui l'avait surtout piqué au vif, c'était d'avoir été épinglé sans avoir pris un seul cliché susceptible d'être vendu.

Aujourd'hui, alors qu'il essayait de pénétrer dans la propriété des Potter en compagnie des journalistes et photographes qui couvraient la fête, il avait été reconnu et refoulé. Les reproches de sa mère lui revinrent à l'esprit. S'il était allé à l'université comme elle le lui répétait constamment, aujourd'hui il aurait un vrai métier, au lieu de se coltiner toutes ces foutaises aléatoires de pigiste.

Il poussa un grognement de dégoût, puis grimaça. Un rameau de la branche sur laquelle il était assis lui entrait dans les fesses. Ses jambes courtes et son corps rondelet n'étaient franchement pas faits pour les opérations furtives... ni pour grimper aux arbres.

Journaliste-photographe. Qui trompait-il, en dehors de lui-même ? Ce job était miteux, et il ne demanderait pas mieux que de lui tirer sa révérence. Mais tant qu'il n'aurait pas décroché la timbale, comme le disait l'adage, Chuckie n'aurait pas le courage de modifier son mode de vie.

Si seulement je n'avais pas essayé de piéger Madonna !

A l'époque, pourtant, se cacher dans la cage de l'ascenseur lui avait paru un bon plan. Il était persuadé qu'il allait la surprendre dans une position scandaleuse et ramasser des tas de dollars. Au lieu de quoi, il s'était retrouvé derrière les barreaux pendant deux jours. Et cette plaisanterie lui avait coûté deux mille dollars, qu'il avait dû emprunter à un usurier de Washington. Un vrai requin. Au propre comme au figuré, il était dans une situation très délicate.

Il changea légèrement de position, tripota l'objectif de sa caméra et régla le zoom à fond, dans l'espoir de saisir un scoop monnayable.

Peut-être... peut-être qu'une célébrité va se montrer. Dans ce genre de fiesta, il n'y a pratiquement que des gros bonnets. Impossible de ne pas arriver à tirer le portrait d'un grand manitou, ou de ne pas surprendre un détail croustillant.

Il le fallait absolument. Vu ses problèmes, il ne pouvait pas rentrer à Washington tant qu'il ne se serait pas fait un peu d'argent. De quoi payer loyer, pension alimentaire, et solde de sa dette au requin. Et tout ce qu'il aurait dû régler depuis longtemps.

Puis elle pénétra dans la clairière.

— Oh la la... chuchota-t-il.

Il se pencha en avant pour consolider la position de son appareil sur la branche qui supportait son poids.

Il ne la connaissait pas et il ignorait pour quelle raison elle surgissait aussi furtivement de sous le couvert des arbres, mais il aurait parié n'importe quoi — s'il avait possédé un sou — qu'elle s'était introduite en douce à cette réception.

Chuckie mit sa caméra au point et, à travers l'objectif, laissa errer son regard sur le décolleté de la robe rouge de la fille.

Puis un homme pénétra dans son champ et Chuckie faillit en dégringoler de son perchoir.

— Oh la la la la la la...

Il respira lentement pour ne pas faire trembler sa caméra et régla le zoom pour se rapprocher d'eux. L'homme se retourna subitement et apparut plein cadre de face, aussi clairement que si quelqu'un lui avait demandé de poser.

— Salut, monsieur le député Potter, marmonna Chuckie, tandis qu'il continuait à filmer.

C'était sa journée. Jamais il n'aurait imaginé décrocher la timbale du haut d'un arbre dans lequel il s'était planqué.

La femme en rouge se collait à Potter. Chuckie sourit de toutes ses dents. Ce film allait lui rapporter gros. Quand il vit Potter la forcer à s'agenouiller, Chuckie serra entre ses jambes la branche sur laquelle il était installé étroitement et s'inclina vers l'avant. Il devait absolument enregistrer toute la scène. Il comptait déjà mentalement la somme qu'il allait en retirer. Il en était même aux endroits où il pourrait se retirer lorsque la chose se produisit.

L'escarpin droit de la fille tomba et, lorsqu'elle se mit à abreuver de coups de pied le député, l'autre chaussure s'envola hors champ. Subitement, la jeune femme se mit à se balancer, soulevée à quelques centimètres du sol par Potter qui serrait son cou à deux mains, telle une poupée de chiffon dansant dans le vent.

A travers l'objectif, Chuckie vit ses yeux devenir vitreux, son teint pâle se muer en un rouge de plus en plus cramoisi. Les mains de Potter continuaient à serrer, de plus en plus fort... La tête de la fille dodelina et, bien qu'il soit trop loin, Chuckie crut entendre les os de son cou craquer.

Quand elle s'effondra aux pieds de Potter, Chuckie expira lentement et s'aperçut qu'un voile humide recouvrait ses yeux. Peut-être était-ce de la sueur. Ou des larmes. Mais peu importait. Il continua de regarder fixement à travers l'objectif. Sans bouger. Sans y croire. Il venait d'assister à un meurtre !

Sa première réaction fut de vouloir se précipiter dans un commissariat pour tout raconter. Mais Chuckie avait besoin d'argent. Et ce film lui en procurerait indéfiniment. Un vrai tiroir-caisse sans fond. Le mot « chantage » traversa son esprit ; il tripota maladroitement sa caméra. Sa conscience le tiraillait et faillit même le faire tomber de sa branche.

Du coup, l'image devint floue et il paniqua dans la crainte de manquer un fait important. Puis il se calma, réalisant qu'il aurait du mal à filmer plus sensationnel que ce qu'il avait déjà mis en boîte.

Du coin de l'œil, il vit Potter pousser le cadavre à coups de pied dans le ravin recouvert de broussailles. Une fois de plus, la caméra se mit à tourner, accompagnement mécanique du ballet maladroit qu'était la roulade finale de Destiny Dawn.

Chuckie se doutait qu'elle était de ces femmes qui gagnent leur vie en position allongée. En descendant de l'arbre, il songea qu'elle était morte comme elle avait vécu : les mains d'un homme sur son corps, et les jambes en l'air.

Mais les remords ne faisaient pas partie des projets de Chuckie Rigola. Il avait des copies à faire et des lettres à écrire. D'ici une semaine, si tout se déroulait selon ses plans, il se baladerait sur une plage de la Jamaïque, une fille à chaque bras.

Amanda ôta ses chaussures d'un geste brusque. Elle avait mal aux pieds. Mais ce n'était pas vraiment désagréable. Quand avait-elle couru, pieds nus dans l'herbe, pour la dernière fois ? Elle sourit intérieurement en se rappelant la joie des enfants lorsqu'elle s'était jointe à eux.

De la fenêtre de sa chambre, elle contemplait les derniers invités regroupés sur la pelouse, les privilégiés possesseurs d'une invitation pour le feu d'artifice, lequel était en train de battre son plein.

David lui en voulait sûrement à mort d'avoir quitté la réception aussi tôt, mais elle n'en avait cure. Aujourd'hui, en faisant voler le cerf-volant, elle avait eu un aperçu du bonheur que cela serait de ne plus vivre enfermée, et elle avait éprouvé le besoin de se retrouver seule pour examiner à loisir ses chances de recouvrer un jour sa liberté.

Elle se pencha pour admirer l'explosion de poudre rouge, blanc et bleu qui montait crescendo dans le ciel nocturne. Elle pouvait presque encore sentir la tension de la corde du cerf-volant dans ses doigts, au fil des courants qui entraînaient la voile de papier. Elle se souvenait de la facilité avec laquelle il s'était envolé. Elle aurait volontiers donné une année de sa vie pour pouvoir le suivre.

L'une après l'autre, les fusées décollaient, traçant des lignes dans le ciel, telles des flèches de feu, avant d'éclater en tableaux multicolores. Des larmes silencieuses coulèrent sur son visage. Elle n'avait jamais été si seule, ni si solitaire.

Puis une fusée s'éleva plus haut que les autres. Elle donnait l'impression de rester suspendue dans le temps et l'espace. Lorsqu'elle explosa, il en jaillit un flot lumineux qui s'imprima quelques instants sur le ciel de velours, éblouissement sauvage d'une beauté passagère. Un cercle d'or à l'intérieur d'un cercle d'or, tout comme le cueilleur de rêves caché dans sa chambre. Il se brisa en mille morceaux, et retomba sur la terre en serpentins de lumière semblables aux lanières de cuir qui ornaient la tapisserie.

Autour d'Amanda, le monde disparut. Elle sentit une grande paix l'envahir et réalisa qu'elle venait de *lui*.

Un besoin impératif de se pelotonner dans ses bras la submergea. Elle se jeta sur son lit. La souffrance qui la transperçait était trop violente pour qu'elle puisse l'ignorer. Le besoin de pleurer lui brûlait les yeux. La douleur se répandait en elle comme une traînée de poudre. Elle roula sur le dos et, à travers un voile de larmes, fixa les ombres qui dansaient au plafond et qui semblaient défier les lois de la gravité.

— Où donc es-tu ? Pourquoi ne puis-je te voir que dans mes rêves ? Ne comprends-tu pas que je ne peux pas faire cela toute seule ?

Je serai toujours près de toi.

Cette pensée surgit avec le flot de larmes qui la submergea.

— Alors, viens à moi, supplia Amanda entre

deux sanglots, en enfonçant furieusement les poings dans le couvre-lit. Je ne peux pas vivre de mirages... Ce n'est plus possible.

Le défi venait d'être jeté. Et comme les ombres ne matérialisaient personne, elle lança l'oreiller à l'autre extrémité de la pièce et sauta à bas du lit. En titubant, elle se dirigea vers un fauteuil placé près de la fenêtre et se recroquevilla au milieu des coussins. Elle ne dormirait plus dans son lit. Pas si elle n'obtenait que des rêves. Une femme ne pouvait pas vivre éternellement de songes.

Bien plus tard ce soir-là, David se retira dans sa chambre. Assuré que sa femme était bien dans la sienne, il entra calmement dans la pièce et referma la porte. Avant même d'avoir atteint le lit, il s'était dépouillé de tous ses vêtements. Il entra dans la salle de bains et se glissa sous la douche.

L'eau froide le frappa de plein fouet, mais il ne frémit pas. Lorsqu'elle se réchauffa, il entreprit de se savonner longuement puis se mit à récurer sa peau avec une espèce de rage. Puis il recommença sans discontinuer jusqu'à ce que la souffrance le fasse arrêter.

— Maintenant, je suis propre, murmura-t-il. Tu vois, Mère !

Il fixa le miroir embué au-dessus du lavabo pour regarder dans les yeux l'image née de son esprit torturé.

La bouche de la femme commença à bouger de haut en bas, d'avant en arrière. Elle cisaillait et mâchouillait des récriminations furieuses. Lorsque enfin elle se tut, David poussa un soupir de soulagement. Il détestait qu'elle fasse cela.

Quelques instants plus tard, il se glissa entre

les draps et s'endormit très vite dans les bras de Satan, bercé par des souvenirs qui refusaient de s'effacer.

Le petit déjeuner s'était achevé, emportant David avec lui. Amanda jeta un coup d'œil au réveil posé sur le manteau de cheminée de la bibliothèque, pour évaluer l'heure autant que la distance. Il devait être sur le point d'atterrir à Washington. Elle soupira. Il serait de retour à la tombée de la nuit, mais d'ici là, elle disposait de sa journée. Et elle avait du pain sur la planche.

La nuit précédente avait été un véritable enfer. Elle s'était sentie abandonnée, et avec l'arrivée du jour, son dernier espoir s'était envolé. L'amant de ses rêves lui-même n'était pas venu à son secours. Elle savait que c'était le moment pour elle de mettre un terme à ces fantasmes.

Elle effleura machinalement la tranche des livres rangés sur l'étagère derrière le bureau de David, en envisageant l'éventualité de se servir du foyer de SDF comme excuse pour quitter la maison. Si elle parvenait à sortir, l'étape suivante consisterait à s'en éloigner. Alors qu'elle jouait avec cette idée, Serge pénétra en catimini dans la bibliothèque.

— Vous avez besoin de quelque chose ?

Elle sursauta. Son « geôlier » faisait manifestement sa ronde. Il était resplendissant, dans sa chemise bleu pastel et dans son pantalon écru si moulant que les muscles de ses cuisses, et tout le reste, saillaient à chacun de ses pas. L'éternelle queue-de-cheval qui pendait dans son dos ressemblait aux boucles de Rapunzel[1]. Amanda

1. Dans ce conte, les cheveux de Rapunzel sont si longs que le prince s'en sert comme échelle pour lui rendre visite dans la tour où elle est prisonnière.

contempla cette chevelure et formula le vœu d'être capable d'échapper à son mari aussi facilement que l'amant de Rapunzel avait grimpé jusqu'à la tour de sa bien-aimée.

Cette pensée la fit frissonner. Elle songea au destin de Rapunzel et de son prince. Tous deux avaient été découverts.

— Rapunzel, Rapunzel, dénoue tes cheveux, pria-t-elle tout bas.

— Pardon ? fit Serge.

Elle haussa les épaules.

— Rien. Je parle toute seule. Je cherche un livre. Allez rôder ailleurs. Vous me tapez sur les nerfs.

Elle se montrait grossière, mais elle n'en eut aucun remords. Quelques instants plus tard, il ressortit aussi silencieusement qu'il était apparu. Mais il faillit buter contre Mabel qui, les bras chargés d'une pile de courrier, entrait dans la pièce.

— Voulez-vous jeter un coup d'œil à tout ça ? demanda-t-elle en déposant le tout sur le bureau de David. Ça va vous prendre une bonne partie de la journée.

Amanda soupira.

— Au moins, ça m'occupera, dit-elle.

Elle devait continuer à vaquer normalement à ses occupations. Cela ne servirait à rien de laisser entrevoir, même à Mabel, qu'à la première occasion de fausser compagnie à Serge, elle n'hésiterait pas.

Une heure s'écoula, puis deux, puis trois. Amanda dépouilla toutes les lettres et les tria. Elle fit une pile des UDAD — uniquement destinées à David. Des autres, elle fit ce que bon lui semblait, en jeta certaines à la corbeille, en empila d'autres à destination du comptable ou auxquelles il fallait répondre.

— Madame... ?

Amanda leva les yeux.

— Voulez-vous grignoter quelque chose ? demanda Mabel que la pâleur de la jeune femme consternait. Vous n'avez rien pris au déjeuner.

Amanda acquiesça d'un signe de tête.

— Une boisson fraîche et un muffin à la compote de pommes seront parfaits.

Mabel s'éloigna en hâte, impatiente de faire plaisir à sa maîtresse, tout en sachant qu'elle était incapable de lui procurer ce dont elle avait le plus besoin : une issue de secours.

— Dieu merci, c'est la dernière, soupira Amanda en attrapant l'enveloppe matelassée.

C'était sûrement le film de la réception. Elle avait entendu David en demander une copie.

Mabel réapparut, un plateau garni de friandises dans les mains.

Amanda lui adressa un sourire.

— Il me semble n'avoir demandé qu'un muffin et une boisson fraîche.

— Mais vous aurez peut-être envie d'autre chose, répondit Mabel. Mangez ! Mangez ! la pressa-t-elle, avant de refermer la porte de la bibliothèque derrière elle.

Il n'y avait pas de lettre à l'intérieur de l'enveloppe, mais c'était sans importance. Le film se suffisait à lui-même. Amanda inséra la cassette dans le magnétoscope et s'aperçut que la perspective de revoir certains moments de la veille lui procurait une réelle excitation. La caméra avait peut-être surpris les enfants en train de manipuler leurs cerfs-volants et cette idée la réjouissait. Elle serait heureuse de revoir la scène.

Elle saisit la télécommande et se laissa tomber dans un fauteuil face au téléviseur.

La voix qui s'éleva soudain la surprit.

Monsieur le député. Quel titre pompeux pour un homme important, non ? Votre conscience vous parle.

Oubliant le biscuit qu'elle venait de saisir, Amanda se redressa, les yeux rivés sur l'écran. De quoi s'agissait-il ? Sans doute d'une blague d'un copain de David.

Ce que vous allez voir va vous sidérer. Vous choquer aussi. Pas à cause du sujet. Oh, non, monsieur le député Potter. Il ne vous surprendra pas. Car vous l'avez déjà vu, de près, et de manière TRÈS *intime. Ce qui va vous étonner, c'est que vous n'étiez pas seul.*

Regardez. Ecoutez. Je vous contacterai demain à votre bureau. Et prenez mon appel, sinon vous vous en repentirez.

Une femme apparut sur l'écran ; l'image avait quelque chose de familier pour Amanda. Soudain la lumière se fit dans son esprit. La femme se tenait dans leur propriété, près de la rangée d'arbres au fond du jardin. Amanda redoubla d'attention. La vidéo avait été tournée pendant le pique-nique car, de temps à autre, on entrapercevait des bribes de festivités.

Puis David pénétra dans le champ de la caméra. Elle zooma sur lui, cadrant avec une netteté parfaite sa silhouette, puis son visage. Il se tourna, et Amanda eut l'impression qu'il fixait l'objectif. Il affichait une expression qui la fit frissonner. Elle savait que David tuerait celui qui avait filmé cela.

Puis Amanda comprit pourquoi on lui avait envoyé cette vidéo. Les liaisons de David étaient sur le point de le rattraper. Elle était en train d'assister à une scène de sexe dégradante qui lui donna un haut-le-cœur. Ce spectacle la rendait malade. Elle voulut bondir pour arrêter la cassette, mais avant qu'elle puisse faire un geste, la scène passa du sordide au macabre, et elle se pétrifia sur place, épouvantée par l'horreur qui se perpétrait sous ses yeux.

Lorsque les mains de David se refermèrent autour de la gorge de la femme, Amanda eut l'impression que c'était elle qu'il étranglait. Et plus la femme se débattait, plus l'étau se resserrait autour de la poitrine d'Amanda. Finalement, quand sa tête bascula et que son corps mou et sans vie s'écroula sur le sol, Amanda s'effondra sur le tapis, le visage enfoui entre ses mains. A de trop nombreuses reprises, elle avait vécu cette scène. Seule la grâce de Dieu lui avait évité cette fin horrible.

Révélation qui en amena une autre. Elle ne devait plus perdre de temps. Il lui fallait prendre rapidement la fuite.

— Mon Dieu ! Mon Dieu ! gémit-elle en sanglotant.

Ses jambes refusèrent de bouger ; elle se sentait dans un état de faiblesse et d'impuissance absolues. Les images ne cessaient de repasser dans sa tête.

De longues minutes s'écoulèrent. Amanda revenait lentement à elle lorsqu'un détail assaillit ses sens engourdis, suivi d'un second.

L'odeur du beurre de cacahuète.

Elle baissa les yeux et s'aperçut qu'elle avait écrasé le biscuit sous ses genoux.

Le bourdonnement du magnétoscope.

Elle ramassa la commande et éteignit l'appareil. Le sang s'était retiré de son visage et ses yeux étaient remplis d'épouvante. Elle se mit fébrilement à composer un numéro de téléphone, et ne prit conscience de son geste qu'à l'instant où quelqu'un lui répondit.

— Commissariat de Morgantown...

Amanda dut prendre sa respiration à deux reprises avant d'être en mesure de parler. Plus tard, elle se demanderait pourquoi c'était à lui qu'elle s'était adressée.

— L'inspecteur Dupree, s'il vous plaît.

Quelques secondes après, il prit son appel.

L'écho de sa voix se répercuta dans la tête d'Amanda. Prise entre terreur et raison, elle hésita un instant. Finalement, elle murmura d'une voix sourde :

— Vous êtes bien l'inspecteur Dupree ?

— Oui, madame, acquiesça-t-il.

— Au secours...

Elle refoula un sanglot.

— Mon Dieu... Je vous en supplie. Je ne sais pas où...

Derrière la porte, elle entendit soudain la voix de David. Prise de panique, elle raccrocha d'un mouvement sec, coupant ainsi sa seule source de soutien. Il était déjà rentré ! Et à en juger par le volume de sa voix, il n'était pas très loin.

Seigneur ! Elle n'avait même pas le temps de rembobiner le film, et même si elle parvenait à le remettre dans l'enveloppe et à la refermer, il comprendrait qu'elle l'avait déjà visionné. Et elle serait alors aussi morte que cette fille.

Elle embrassa la pièce d'un regard rapide. Elle était piégée. Sa décision fut prise sur-le-champ. Elle arracha la cassette du magnétoscope tout en déboutonnant rapidement son chemisier ; les mains tremblantes, elle inséra la cassette à l'intérieur du vêtement en remerciant le ciel de porter un corsage ample. Avec soin, elle la coinça dans la ceinture de son pantalon, puis referma son chemisier et lissa ses cheveux. Elle devait être impeccable.

Elle jeta l'enveloppe dans la corbeille, sous la pile de courrier au rebut, et posa sur le plateau l'en-cas auquel elle n'avait pas touché.

Elle se tenait près de la porte, le plateau dans les mains, le visage inexpressif, lorsque le battant s'ouvrit. David pénétra dans la pièce, puis recula d'un pas, l'air surpris.

— Amanda ? J'ignorais que tu étais ici.

— Tu arrives pile ! répondit-elle.

Elle se glissa par l'entrebâillement de la porte, en expliquant :

— J'avais les mains trop prises pour ouvrir. J'allais manger un petit quelque chose quand je t'ai entendu arriver. Le courrier est sur ton bureau. Je vais prendre ma collation dans ma chambre, ainsi je ne te dérangerai pas.

Les yeux rétrécis, David la regarda monter les marches. Elle tenait le plateau en équilibre devant elle, comme si elle transportait les joyaux de la couronne au lieu d'un fichu soda et d'une assiette de biscuits. Depuis quand faisait-elle preuve de tels égards envers lui ?

Cette question ne fit que le traverser. En fait, il s'en fichait totalement. Il avait trop de soucis en tête pour s'amuser à ces petits jeux, surtout aujourd'hui. Pendant le vol du retour, il avait passé en revue une série de moyens pour se débarrasser du cadavre. Mais malgré tous ses efforts, il n'avait pas trouvé de solution qui ne nécessiterait pas l'intervention d'un tiers, ce à quoi il se refusait absolument.

Il se laissa tomber dans un fauteuil et renifla. Subitement incrédule, il se pencha pour suivre l'odeur et découvrit les miettes de biscuit parsemant le sol à côté de son bureau.

Du plat de la main, il pressa brutalement l'interphone.

— Mabel, venez tout de suite avec un balai et une pelle ! Il y a des miettes sur mon Aubusson !

Jefferson Dupree fronça les sourcils. Son adrénaline était montée, puis descendue. Il reposa le combiné du téléphone, pris d'une étrange faiblesse. Ce coup de fil était vraiment bizarre. En général, les cinglés habitués de ce genre d'appel poussaient la blague un peu plus loin avant de raccrocher.

Il prit son stylo et s'efforça de se concentrer sur ses papiers. Mais ce fut peine perdue. Un désespoir absolu émanait de la voix de cette femme. Et surtout, elle avait des accents par trop familiers.

— Bon sang, Dupree, tu travailles vraiment trop ! se gronda-t-il.

— Alors, on parle tout seul, mon garçon ?

Il leva les yeux. Le commissaire Morrell se tenait devant lui. Avant que Dupree ait le temps de lui répondre, l'homme à la carrure imposante laissa tomber une demi-douzaine de dossiers pleins à craquer sur ceux qui se trouvaient déjà là et lui lança un clin d'œil.

— Défoncez-vous, mon petit ! lança-t-il avant de tourner les talons.

Dupree lança son stylo en l'air et roula des yeux. Cela ne se terminerait-il donc jamais ? Il se leva, s'étira, et attrapa une tasse. S'il était condamné à rester derrière son bureau toute la journée, il devait absolument se remonter à la caféine. La paperasse le barbait à mort.

Il rinça sa tasse au distributeur d'eau réfrigérée. Un de ces jours, il allait quand même la laver pour de bon. Elle commençait à être aussi verte à l'intérieur qu'à l'extérieur. Verte ! Subitement, il revit les yeux d'Amanda et la tasse s'écrasa en mille morceaux par terre. La femme au téléphone ! Elle avait la voix d'Amanda Potter !

Il feuilletait l'annuaire du téléphone à toute vitesse pour trouver son numéro lorsqu'il réalisa ce qu'il était en train de faire. Il s'était déjà fait sermonner à ce sujet. Manifestement, cela ne lui avait pas servi à grand-chose.

Il s'affaissa sur sa chaise et enfouit son visage entre ses mains. *Je perds la tête. Ça n'est pas possible.*

Il ferma les yeux pour affirmer de toute sa volonté que cela ne devait plus se reproduire.

— Elle ne m'appartient pas. Elle ne m'appartient pas...

Si, elle m'appartient.

Il avait eu le dernier mot.

Les miettes étaient bien la dernière chose à laquelle pensait Amanda en regagnant sa chambre pratiquement au pas de course. Elle y pénétra et posa brutalement le plateau, sans prêter attention aux éclaboussures de soda ni aux biscuits qui se brisaient.

— Merci, mon Dieu, murmura-t-elle.

Elle fila vers la porte pour en tourner la clé, mais ses doigts tremblaient trop. Une image passait et repassait dans son esprit : la tête de cette pauvre fille qui s'affaissait mollement sur le côté. Quand la clé cliqueta dans la serrure, le bruit la fit sursauter.

— Mon Dieu, chuchota-t-elle.

Pour l'instant elle était à l'abri. Alors, et seulement là, elle extirpa la cassette de sous son chemisier.

Cette boîte de Pandore allait causer la perte de quelqu'un. Amanda était bien décidée à ce que ce ne soit pas la sienne.

Elle ferma les yeux pour se concentrer, essayant de se rappeler la voix au début du film, juste avant que ces images ne lui aient presque fait perdre la raison. Puis elle s'en souvint ! Il devait appeler David à son bureau. C'était ce qu'il avait dit. Mais David n'y était pas. Bon ! Cela signifiait qu'il lui restait au moins vingt-quatre heures de répit.

Mais pour faire quoi ?

Amanda rampa sur son lit, la cassette bien serrée dans les mains. Il fallait qu'elle la remette à la police. Si David n'était pas rentré impromptu, les policiers seraient déjà en route pour la maison.

Brusquement, Amanda se mit à trembler. Cette intrusion de la police dans son raisonnement lui fit réaliser qu'elle avait été près de se confier à un homme qu'elle connaissait à peine. En d'autres temps, David avait commis des illégalités, et il s'en était toujours sorti. En ces occasions où il l'avait battue presque à mort, l'argent avait suffi à faire oublier à un médecin, contre une nouvelle aile à son hôpital, le serment d'Hippocrate.

Sa peur fut décuplée. A qui faire confiance ? Où aller ? Une fois de plus, ses réflexions la ramenèrent à l'inspecteur Dupree. Bizarrement, il avait eu l'air de prendre sa défense devant David et ce, à plusieurs reprises. Mais immédiatement elle se remémora le jeune avocat que David avait mené à la mort. Avait-elle le droit de mettre en danger la vie d'un autre homme ? Et qu'allait-il se passer si David tenait Dupree, comme c'était le cas pour les autres inspecteurs ? Que lui arriverait-il à elle ?

— Mais, se rassura-t-elle, son rôle, c'est de protéger des gens comme moi de personnes comme David. Peut-être que je peux lui faire confiance. Mon Dieu, peut-être que non !

Elle sauta en bas du lit et se mit à rassembler en hâte les affaires qu'elle voulait emporter, se refusant à penser à celles qu'elle devrait laisser. Tout en préparant ses bagages, elle prit sa décision. De toute façon, c'était la seule envisageable.

Elle allait envoyer la vidéo à l'inspecteur Dupree. Quand la bande atterrirait sur son bureau, elle serait déjà loin et depuis longtemps. S'il était digne de confiance, la presse se ferait largement l'écho de l'arrestation de son mari. A ce moment-là, mais pas avant, elle rentrerait à la maison. Mais si Dupree se révélait être acheté lui aussi par David, alors elle disparaîtrait pour toujours.

Elle se mit à trier le contenu de sa penderie. Quand vint l'heure de descendre dîner, elle le fit avec un mal de ventre épouvantable. Mais elle ne devait rien changer à ses habitudes. La routine était la meilleure des complices.

— Monsieur est parti, Madame, annonça Mabel en posant une assiette fumante devant sa maîtresse.

— Dommage, répliqua la jeune femme.

Mabel lui fit un clin d'œil, auquel Amanda répondit par un sourire.

— Une urgence, selon lui. Il a dit qu'il reviendrait après-demain, poursuivit Mabel, tout en faisant signe à la bonne d'apporter le premier plat.

A l'instant où Amanda portait la cuiller de

soupe à ses lèvres, elle aperçut une ombre massive sur le mur d'en face et comprit que Serge se tenait dans le couloir, derrière elle. En service.

— Vous a-t-on déjà dit que vous êtes trop grand pour vous déplacer en douce ? lança-t-elle à mi-voix, sachant parfaitement qu'il ne perdait aucune de ses paroles.

Elle sourit en constatant que l'ombre de Serge se figeait brusquement pour s'éloigner aussi vite qu'elle était apparue.

Lorsqu'elle regagna sa chambre, soulagée d'échapper à l'attention de David, elle décida de mettre en branle son plan d'évasion.

Elle n'avait trouvé qu'un sac de toile bleu marine, plutôt usagé, à subtiliser. Il était même trop grand pour ce qu'elle voulait emporter.

Deux tenues différentes. Des sous-vêtements. Une paire de chaussures de rechange. Une boîte contenant ses économies, lesquelles s'élevaient à un peu plus de sept cents dollars. Elle était sur le point de faire glisser la fermeture Eclair pour le fermer lorsqu'elle se rappela le cueilleur de rêves. Elle l'extirpa de sa cachette.

En dépit du cadre de bois qui le protégeait, il était très fragile, mais elle ne pouvait pas l'abandonner... Elle l'examina plusieurs minutes, à la recherche d'une idée pour l'emballer de façon efficace. Dans le petit secrétaire situé dans un angle de la pièce, elle trouva un rouleau de ruban adhésif et deux magazines.

Elle plaça le cueilleur de rêves entre les journaux puis enveloppa le tout de ruban adhésif, de haut en bas et d'un côté à l'autre, jusqu'à ce que le cadre de bois ait complètement disparu entre les épaisseurs de papier.

Elle éprouva la solidité de l'ensemble d'une

main et, satisfaite de voir que rien ne cédait sous la pression, glissa l'objet dans son sac.

Quelques heures avant l'aube, elle entreprit de s'habiller. D'abord le jean. Il lui fallait un vêtement solide et qui ne se fasse pas remarquer. Tout le monde portait des jeans.

Puis un chemisier sans style particulier. Des rayures bleues et blanches passe-partout.

Ensuite vinrent les chaussures de tennis. Pour courir, courir le plus loin possible.

Elle fit face au miroir pour s'y contempler. Elle s'attendait à voir son visage exprimer son angoisse et fut étonnée d'y lire au contraire une certaine excitation.

— Nous y sommes, lança-t-elle à son reflet.

Elle se regarda encore une fois. Quelque chose n'allait pas. Mais quoi ? Ses cheveux ! Elle devait absolument les dissimuler.

Elle gagna la salle de bains et en ressortit quelques minutes plus tard, sa chevelure tressée en une longue natte dans le dos. A imaginer que le pire survienne, elle pourrait toujours la dissimuler à l'intérieur de son chemisier, en priant pour que personne ne vienne y regarder de trop près.

Elle en arriva à la pièce à conviction — la bande vidéo. Elle prit une enveloppe matelassée dans un tiroir. Son cœur battait si fort que sa gorge en palpitait. Elle commença à rédiger l'adresse de l'inspecteur, et s'aperçut alors qu'elle ne connaissait pas son prénom.

— Bien, marmonna-t-elle en griffonnant *Inspecteur Dupree, Commissariat de Morgantown, Morgantown, Virginie de l'Ouest*.

Il n'existait qu'un commissariat et qu'un Morgantown. Il n'y avait sûrement aussi qu'un seul Dupree.

Elle attrapa une poignée de timbres. Il lui était

difficile de savoir combien elle devait en coller sur le paquet. Quelle ironie mortelle, s'il était retourné parce que insuffisamment affranchi !

Très vite, l'enveloppe fut recouverte de vignettes d'une valeur de plus de quatre dollars. Davantage qu'il n'en fallait.

Et d'un seul coup, ce fut terminé. Il ne lui restait qu'à passer à l'acte. Prendre la fuite représentait une sacrée difficulté. Mais éviter ces maudits chiens relevait pratiquement de l'impossible.

Elle arpenta la pièce pendant un long moment avant de se souvenir de l'incendie qui, quelques années plus tôt, s'était déclaré dans l'appentis du jardinier. On avait immédiatement bouclé les chiens, pour permettre aux pompiers d'accéder à la propriété sans courir le danger d'être attaqués par eux. Cette ruse pouvait peut-être fonctionner !

Mais elle ne pouvait y arriver toute seule. C'était là que la confiance entrait en jeu. Et dans cette maison, elle ne pouvait s'adresser qu'à une seule personne.

Elle décrocha le téléphone intérieur et composa le numéro de la gouvernante, sachant fort bien qu'elle devait être encore en plein sommeil. Mabel répondit à la seconde sonnerie.

— Mabel... Ne prononcez pas mon nom. Etes-vous seule ?

A l'autre bout de la ligne, les yeux de Mabel s'arrondirent comme des soucoupes. Par habitude, elle prit ses lunettes sur la table de chevet, qui, à dire vrai, ne lui serviraient à rien pour écouter. Elle connaissait cette voix. Mais jamais elle ne se serait attendue à une telle requête de sa part.

— Oui, répondit-elle en pressant l'oreiller contre sa poitrine.

— Si je vous demande de m'aider, accepterez-vous de le faire ?

Le menton de Mabel frémit. Son cœur tonnait dans sa poitrine. Elle inspira profondément.

— Oui. N'importe quoi...

Mon Dieu, songea Amanda. *C'est vraiment en train d'arriver*. Et bien que personne ne puisse entendre leur conversation, elle chuchota :

— J'ai besoin d'un incendie. D'un incendie vraiment important... Mais dans un endroit où personne ne risque rien. Vous vous souvenez de l'appentis du jardinier qui a brûlé ? Quelqu'un avait dû boucler les chiens, n'est-ce pas ?

Un large sourire éclaira le visage de la vieille femme.

— Oh, oui ! C'est sûr que oui.

— Maintenant, je vais me coucher, reprit tranquillement Amanda.

— Faites de beaux rêves, murmura Mabel d'une voix douce.

Et bonne chance ! Mabel s'aperçut alors qu'elle pleurait.

10

Beaner, dans son sommeil, entendit les sirènes. Il tira inconsciemment la chaussette qui lui servait de bonnet sur ses oreilles pour étouffer le bruit. Mais leur plainte s'amplifiait et ne cessait de se rapprocher. Dégoûté, il finit par se lever en trébuchant et par traverser, d'une démarche titubante, l'égout pluvial dans lequel il s'était refugié pour dormir.

— Pas moyen de trouver un endroit calme pour passer la nuit, grommela-t-il.

Il entendit le vent bruire dans les arbres, aperçut une vague lueur devant lui et en conclut qu'il était près de l'autre extrémité de l'égout.

Les sirènes paraissaient s'éloigner. Puis elles se turent complètement. Convaincu d'être assez loin pour terminer la nuit sans être trop dérangé, Beaner donna quelques coups de pied dans les brindilles et les feuilles qui tapissaient le sol du conduit d'écoulement et avança à tâtons dans le noir jusqu'au moment où il put dégager un endroit assez confortable pour lui permettre de s'allonger.

A peine sa tête avait-elle touché le métal froid qu'il se détendit, se retourna sur le flanc droit, face à la faible lueur, et se mit à ronfler.

Du coin de la rue où elle se tenait dans l'obscurité, à deux pâtés de maisons de là, Amanda vit passer les camions de pompiers qui se dirigeaient à vive allure vers la propriété. Son cœur tambourinait bruyamment et ses jambes tremblaient encore du sprint qu'elle avait piqué pour franchir le portail. Elle remercia le ciel, car aussitôt après avoir alerté les pompiers, quelqu'un s'était chargé, non seulement de rentrer les chiens, mais d'ouvrir le portail pour permettre l'accès du parc aux camions d'incendie.

Une brise légère souleva une boucle échappée de sa natte qui lui chatouilla le côté du visage. Le long des trottoirs, des lampadaires lui montraient de loin en loin le chemin à suivre, mais elle préférait rester dans l'ombre. Une autre aurait pu être effrayée par la nuit ou par les individus susceptibles d'y rôder, mais Amanda n'avait pas du tout peur. C'était ce qu'elle laissait derrière elle qui était effrayant. Sa vie même dépendait de son évasion.

Un peu plus tard, elle déboucha dans Main Street et, pour la première fois, se rendit compte de la distance qu'elle avait parcourue et de l'heure avancée qu'il était. A en croire la faible lueur rose qui éclairait le ciel, le soleil devait être juste au-dessous de l'horizon, prêt à décoller à la pointe du jour.

Poussée par l'inquiétude, elle accentua son allure. Elle fuyait dans les rues presque désertes, à la recherche d'une boîte aux lettres dans laquelle déposer la vidéo. Elle contourna si vite un coin de rue, dans sa hâte de disparaître avant que la lumière du jour ne la rattrape, qu'elle faillit trébucher contre un dépôt postal. Elle plongea la main dans le sac de toile qu'elle portait en bandoulière, en sortit l'enveloppe d'un geste brusque et la laissa tomber à l'intérieur.

Les dés étaient jetés !

La preuve qui pouvait causer la ruine de David Potter était en route vers la police. Le lendemain à la même heure, au plus tard le surlendemain, l'inspecteur Dupree la recevrait. Ce qu'il déciderait d'en faire restait encore à voir. Mais Amanda avait bien l'intention d'être très loin de Morgantown si jamais une catastrophe survenait.

Elle se dirigea vers la station de bus. Une heure plus tard, elle était à bord du premier véhicule qui devait quitter Morgantown par le sud. Elle ne commença à se détendre qu'aux panneaux indiquant les limites de la ville. Et encore ! Elle se contenta d'inspirer à fond, pour la première fois de la journée.

Des heures plus tard, au troisième arrêt, Amanda descendit du bus et se mêla aux rares piétons qui empruntaient une rue menant vers le centre-ville.

Personne ne prêta attention à cette jeune femme d'apparence banale, coiffée d'une natte descendant jusqu'au milieu du dos. Son jean n'était pas neuf, et si son chemisier était propre, il était également froissé. Avec son sac en bandoulière et ses tennis aux pieds, Amanda n'était en rien différente des personnes qui marchaient dans la rue.

Il aurait fallu la regarder de plus près pour distinguer des signes susceptibles de la trahir — ongles parfaitement manucurés, douceur évidente de la peau et des mains. Et si quelqu'un avait décidé de la fixer au fond des yeux, il n'aurait pas pu ne pas y lire l'horreur et l'angoisse.

Mais personne ne la regardait. Et Amanda ne s'arrêta pas pour s'en assurer. Elle se dirigea vers un magasin, de l'autre côté de la rue, dont l'enseigne se balançait paresseusement dans la brise.

VOITURES A LOUER

La deuxième étape de sa fuite.

Dans cette ville, son visage n'était pas connu, mais laisser une trace de son passage la mettait quand même légèrement mal à l'aise. Il lui était impossible d'utiliser un faux nom, car elle avait besoin d'un permis de conduire valide pour louer une voiture. Et comme elle ne possédait pas de carte de crédit, il lui fallait également laisser un dépôt élevé et en liquide. Ses économies s'amenuisaient rapidement. Néanmoins, en dehors de l'auto-stop, auquel elle ne voulait même pas penser, elle n'avait pas d'autre choix. Il lui fallait mettre une grande distance entre David et elle, et un bus n'était pas le meilleur moyen pour y parvenir. Sans assez d'argent pour voyager en avion, il ne lui restait que cette solution.

D'après ses plans, elle devrait être assez loin lorsqu'on retrouverait sa piste, de par la voiture et les documents qu'elle était obligée de présenter. Ensuite elle pourrait s'enfoncer sans crainte dans les espaces infinis de la partie sud des Etats-Unis... Et là-bas, le statut de député de David ne pèserait pas grand-chose.

Derrière le comptoir de l'agence de location, la fille n'avait même pas l'air d'être en âge de voter. Amanda espérait qu'elle n'avait jamais entendu parler du député David Potter. Et comme Potter était un nom plutôt répandu, c'est assez détendue qu'elle émergea du parking au volant du modèle le moins cher.

La voiture beige avait son plein d'essence. Une carte mise à sa disposition par l'agence était étalée sur le siège passager. Les mains tremblantes, Amanda agrippait le volant, tout en cherchant du regard le panneau de l'autoroute qui menait vers le sud.

Elle fit une seule halte dans une petite station-service pour acheter un soda et faire quelques provisions. Elle mangeait en conduisant, choisissant toujours les routes secondaires pour réduire les risques d'être repérée, au cas où on serait déjà à ses trousses.

Soudain il se produisit quelque chose d'étrange en elle. Les battements de son pouls se régularisèrent. Dans son estomac, le nœud commença à se desserrer. Et le fardeau qui pesait sur ses épaules depuis tant d'années commença à s'alléger. Amanda esquissa un sourire. Et plus elle s'éloignait, plus son sourire s'élargissait.

Les rayons du soleil matinal sur le visage de Beaner réchauffèrent ses joues et firent ressortir les particules de poussière et de duvet coincées dans les broussailles de sa barbe d'une semaine. Il ferma les yeux plus fort, essayant d'ignorer que le jour était levé. Puis il finit par abandonner cette cause perdue d'avance.

Il bâilla, ouvrit les paupières, un peu curieux de voir où il avait passé la nuit, puisqu'il avait plus ou moins fait son « dodo-shopping » dans le noir.

Il eut d'abord la surprise de constater qu'il avait dormi avec une femme. Mais pas pour les raisons habituelles. Ni avec le genre de femme qu'il aurait choisie. Celle-là était morte.

Beaner se leva d'un bond et prit la fuite. L'écho du bruit de ses pas résonnait dans le conduit vide, ricochant contre les parois et dans ses oreilles. Son pouls s'était emballé et son estomac lui brûlait. Finalement, il rejoignit l'extérieur, et constata alors qu'il était pratiquement seul.

— Ça par exemple, ça par exemple, répétait Beaner en passant une main tremblante sur son visage crasseux.

Mais alors qu'un homme moins intègre aurait simplement choisi de disparaître au milieu de la foule et d'ignorer sa macabre découverte, la conscience qui avait poussé le vieil homme à rendre la boucle d'oreille de diamant dirigea ses pas vers le commissariat. Il allait tout raconter à Dupree. Dupree saurait quoi faire.

A la même heure environ que celle où Beaner parvenait à cette conclusion, Serge, chez les Potter, était en train de s'interroger sur l'attitude à prendre. Soit il faisait face et tentait d'expliquer pourquoi Amanda Potter n'était plus dans sa chambre ni dans la propriété, soit il faisait tranquillement sa valise et laissait au député le soin de régler le problème.

Il inclinait de plus en plus vers cette seconde solution lorsque le téléphone sonna. Il décrocha sans réfléchir et la décision lui fut retirée sur-le-champ. C'était David Potter.

— Résidence des Potter.

— Serge ! Ici Potter. Comment ça se passe ?

Serge inspira. Son torse se gonfla comme un ballon de baudruche. Sa voix, qui ressemblait d'ordinaire à un grondement, se mit presque à tonner.

— Il y a eu un incendie cette nuit, répondit-il.

Il écarta le téléphone de son oreille, le temps que se calment les hurlements consternés de son patron.

— Non, Monsieur. Le feu ne s'est pas déclaré dans la maison, mais dans une dépendance. Les camions des pompiers sont arrivés tout de suite et ils en sont vite venus à bout. Rien n'a été endommagé.

— Quelqu'un a-t-il été blessé ? Amanda a-t-elle appelé l'agent d'assurances ? Passez-la-moi, ordonna David.

— Personne n'a été blessé, et je ne peux pas savoir si Mme Potter a contacté les assurances. Elle n'est pas ici...

Alors Potter se tut et, comme si les quelques secondes de panique et de confusion précédentes n'avaient jamais existé, il reprit d'un ton neutre :

— Qu'entendez-vous par « elle n'est pas ici » ?

Dans la voix du député, totalement dénuée d'émotion, perçait cependant une pointe menaçante. Serge, décontenancé, balbutia :

— Je veux dire... Monsieur... que... elle n'est pas venue prendre son petit déjeuner, alors je suis monté voir ce qui se passait. Elle n'était pas dans sa chambre.

— Vous avez cherché partout ?

— Oui, Monsieur.

Le vide se fit dans le cerveau de David. Pendant

un instant, il ne vit et n'entendit rien d'autre qu'un grondement assourdissant dans ses oreilles. Quand il revint à lui, sa première pensée fut pour Mère. Elle allait être furieuse !

— Ça ne me plaît pas, fit-il d'une voix douce. Je vous avais pourtant bien prévenu, lorsque je vous ai engagé, Serge. L'auriez-vous oublié ? Vous m'avez été chaleureusement recommandé. On m'avait assuré que vous étiez capable de remplir ces fonctions à la perfection. Je ne suis pas content. Je tiens à ce que vous le sachiez.

Serge ne répondit rien. Lui non plus n'était pas vraiment satisfait de la situation. David poursuivit :

— Je serai de retour cet après-midi. A mon arrivée, je m'attends à voir ma femme à la maison. Si elle n'y est pas, j'entends que l'on me dise pourquoi, et l'endroit où elle se trouve. Suis-je assez clair ?

— Oui, Monsieur, répondit Serge.

C'était le genre d'ordre auquel il savait obéir. C'était un spécialiste des recherches en tout genre.

Quelques instants plus tard, Serge quittait la maison.

Jefferson Dupree entra dans son bureau. Avant même de s'asseoir, il se versa une tasse de café d'un geste brusque.

La migraine qui le tenaillait était le résultat d'une longue nuit au cours de laquelle il avait très peu dormi. Chaque fois qu'il fermait les yeux, il entendait l'appel au secours de la femme avec qui la communication avait été coupée avant qu'il ne puisse lui demander son nom. Son expérience lui soufflait que c'était une blague. Mais son instinct lui affirmait le contraire.

Lorsqu'il souleva sa tasse, la vapeur du café brûlant flotta jusqu'à son visage. La chaleur irradia ses lèvres. Dupree buvait du café depuis suffisamment longtemps pour savoir que celui-ci était trop chaud pour être ingurgité en l'état. Il souffla dessus à plusieurs reprises avant d'avaler une première gorgée.

— Dupree ! Faut que j'vous parle !

Surpris par cette exclamation qui rompait brutalement un instant de tranquillité, il s'étouffa et le breuvage lui ébouillanta la gorge en y dégringolant.

Clignant des yeux pour refouler des larmes de douleur, il se retourna. Beaner traversait la pièce au pas de charge dans sa direction. Les pans de son manteau flottaient derrière lui et le vieil homme agitait les bras de bas en haut comme un oiseau cloué au sol qui essaierait de prendre son envol.

— Que se passe-t-il, Beaner ?

Il posa sa tasse loin du vieil homme agité, de peur que ses mouvements désordonnés ne provoquent des éclaboussures sur sa chemise.

— Y a un sale truc, hoqueta Beaner entre deux halètements.

Il embrassa la pièce d'un rapide coup d'œil et se glissa près de l'inspecteur.

Dupree retint son souffle, formulant le vœu que cette visite se termine rapidement. Il n'avait pas encore pris son petit déjeuner et le vieux Beaner ne sentait pas davantage la rose que lors de leur dernière rencontre. Puis il eut un remords. Beaner n'avait sans doute rien avalé lui non plus.

— Un peu de café, Beaner ? Si vous avez faim,

je vous trouverai sans mal un ou deux beignets aussi...

Beaner secoua la tête.

— Pas le temps... Pas de temps à perdre en mangeant.

Du coup, Dupree lui prêta véritablement attention. C'était bien la première fois que Beaner refusait de se sustenter.

— Qu'est-ce qui vous tracasse ? demanda-t-il.

Beaner plia les bras sur son ventre et s'inclina jusqu'à ce que sa bouche ne soit plus qu'à un souffle de l'oreille de Dupree. Puis il chuchota :

— J'ai vu un cadavre.

Dupree recula brusquement. Ses yeux se rétrécirent. Il n'était pas dans les habitudes du vieux de mentir. S'il affirmait avoir vu un cadavre, cela signifiait que quelqu'un devait bel et bien être mort.

— Qui était-ce ? demanda Dupree.

Beaner haussa les épaules.

— Sais pas. Une femme. Jeune. Vraiment mignonne, d'après c'que j'en ai vu.

Puis il fronça les sourcils et embrassa la pièce d'un coup d'œil, comme s'il s'attendait qu'on l'accuse d'avoir commis le meurtre.

— Mais j'me suis pas trop approché, ajouta-t-il. J'sais bien qu'y faut rien déranger sur le lieu d'un crime et tout ça...

Dupree fronça les sourcils.

— Attendez-moi, je vais prévenir mon patron, et ensuite, je veux que vous me conduisiez là-bas...

Beaner hocha la tête d'un air important.

— D'accord. D'accord, parce que c'est mon devoir de citoyen.

La réaction de Beaner déclencha un nouvel éclair de culpabilité chez Dupree. Les SDF avaient tendance à se perdre dans les dédales de la bureaucratie. Dupree était stupéfait de constater que Beaner/Dewey était resté un homme intègre, alors que tout le reste l'avait déserté.

— Où se trouve le corps ? questionna Dupree, avant de sortir du bureau.

— Derrière la propriété de ce député, répondit Beaner, tout en glissant un doigt dans son bonnet de fortune pour se gratter la tête.

Dupree se pétrifia, ses doigts agrippèrent le bouton de la porte.

— Vous voulez dire Potter ? Le député Potter ?

De la tête, Beaner fit signe que oui.

— Ouais. Et on ferait mieux de faire vite, parce qu'il va faire chaud aujourd'hui et que cette petite dame, faut qu'on l'enlève de là.

Jefferson Dupree avait la sensation que la seule gorgée de café qu'il avait avalée allait remonter par-dessus bord. Subitement, il se sentit transi. Dans un flash-back, lui revinrent les paroles de la femme qui, la veille, l'avait appelé au secours. Et en même temps, l'image d'Amanda, telle qu'elle était la dernière fois qu'il l'avait vue.

Quand le véhicule de police s'immobilisa dans la rue au-dessus de l'égout pluvial qui se déversait dans le bassin en contrebas, il parvint enfin à se remettre à penser de façon rationnelle.

— Vous dites qu'elle est à l'intérieur... enfin... là-dedans ? demanda-t-il à Beaner qui s'était posté devant l'entrée du conduit d'écoulement.

Le vieil homme acquiesça de la tête.

— Mais faut le traverser de bout en bout. Elle est à l'autre extrémité. Si vous voulez, j'peux vous montrer...

— Non ! Restez ici ! lui ordonna Dupree.

Puis il tapota l'épaule de Beaner pour adoucir son ordre.

— S'il vous plaît.

Beaner s'assit.

— J'avais pas *vraiment* envie d'y retourner. Je pensais juste que j'*devrais*.

Dupree tapota encore l'épaule de Beaner pour lui exprimer sa sympathie et s'efforça de rassembler tout son courage pour pénétrer à l'intérieur.

Le soleil matinal brillait dans le ciel. D'un geste nerveux, il se passa la main dans les cheveux, changea la position de son étui de revolver sous son veston, glissa machinalement un doigt sur la boucle de son ceinturon, envoya promener une brindille du bout de sa botte, puis il se décida à entrer dans le conduit.

Le passage du plein soleil à la réalité sinistre de ce qui avait servi de chambre à Beaner avait un côté ahurissant et déprimant. Dupree avançait lentement. Lorsque les premiers relents lui parvinrent, il s'arrêta net.

— Seigneur !

C'était en quelque sorte une prière. Dupree affrontait maintenant en face une idée qu'il avait jusque-là refusé d'envisager. C'était peut-être le corps d'Amanda qu'il était sur le point de découvrir. Il ne voulait pas penser que l'appel au secours pouvait émaner d'elle et qu'il n'y avait pas prêté assez d'attention.

Il trébucha et s'écorcha les phalanges contre la paroi de métal en essayant de reprendre son équilibre.

— Mon Dieu, chuchota-t-il en avançant pas à pas. Faites que ce ne soit pas elle. Pas Amanda. Pas mon Amanda.

Et il se mit à marcher en direction de la lumière qui brillait à l'autre extrémité.

Elle était étendue sur le dos, les yeux fixes. Dupree chassa un essaim de mouches et jura. Il devait la regarder et en même temps il essayait de ne pas voir comment ce corps autrefois magnifique avait été violenté. C'était la partie de son boulot qu'il détestait le plus. Il ne parvenait pas à se faire à l'idée qu'un être humain puisse être capable d'en massacrer un autre au point de rendre sa victime méconnaissable. Cette perspective l'épouvantait.

Il ne restait presque rien de son collant, en dehors d'un ramassis d'accrocs et de mailles filées. Ses longues jambes étaient couvertes de bleus et d'égratignures, noires et profondes. Le sang avait séché, tout comme la boue qui maculait ses joues. Le collier de meurtrissures, autour de son cou, en apprit autant à Dupree sur la cause de sa mort que l'angle formé par sa tête. Une brise légère se faufila, sous les mèches de cheveux rouges qui n'étaient pas plaquées par la boue. Elle portait ses sous-vêtements, dévoilés par sa robe retroussée autour de la taille.

Dupree contemplait le visage vide de la jeune femme en refoulant ses larmes mais sans parvenir à se sentir coupable de la joie qui alors le submergea. Ce n'était pas Amanda !

— Merci, mon Dieu.

Il ne put rien ajouter. Se détournant de l'horrible spectacle, il repartit, les jambes tremblantes, dans la direction d'où il était venu. Soudain, il s'aperçut qu'il courait. Et quand il déboucha à l'air libre et prit une profonde inspiration, Beaner leva les yeux et hocha la tête.

— J'ai fait la même chose ce matin, remarqua-t-il.

Ensemble, ils regagnèrent le véhicule de patrouille d'où Dupree appela le labo de la crime, puis il s'installa pour attendre l'arrivée de ses collègues. Ce faisant, il commença à noter le récit de Beaner. Ses doigts tremblaient ; il se remettait difficilement du choc qu'il venait de subir.

— Voyons, dit-il. Vous vous appelez... Dewey ?

Beaner réfléchit un moment. S'il révélait sa véritable identité, cela n'irait pas sans implications. On était tellement plus en sécurité dans la rue quand personne ne connaissait votre véritable nom. Et comme il ne lui restait aucun parent, c'était le seul vestige de son passé qu'il pouvait préserver. S'il le prononçait tout haut, cela lui rappellerait durement celui qu'il avait été et ce qu'il avait perdu. Il finit par répondre.

— Exact, inspecteur. Je m'appelle Dewey. Dewey Miller, de Godebo, dans l'Oklahoma. Avant que la FHA[1] saisisse mon exploitation... j'étais fermier.

Dupree commença à noter sa déclaration.

Mabel sursauta en entendant la porte d'entrée s'ouvrir brutalement. Il était de retour. Impossible de tourner autour du pot. Il fallait l'affronter. Elle lissa le devant de son tablier, tapota ses cheveux gris bouffants et murmura une prière.

— Bonjour, Monsieur, dit-elle.

David laissa tomber son sac dans l'entrée. Il semblait sortir d'une page d'un magazine de mode. Son blazer vert pâle, son pantalon couleur avoine et sa chemise à col ouvert s'harmonisaient à la perfection à ses cheveux blonds et à son teint hâlé. Il poussa son sac du bout du pied, en prenant soin toutefois de ne pas égratigner le cuir souple italien. Puis il se tourna vers Mabel. Il affichait un calme mortel.

1. Federal Housing Administration : Administration fédérale du logement.

— Où est-elle ?

Trois mots. Prononcés avec la plus grande malveillance qu'elle ait jamais entendu émettre par la bouche d'un homme. Mabel croisa les mains devant elle et fit face, prête à mentir. Jusqu'à un certain point.

— Je n'en sais rien, Monsieur. La dernière fois que je lui ai parlé, c'était hier soir.

Un sillon se creusa sur le front de la gouvernante.

— J'étais dans ma chambre. Elle m'a appelée pour me demander où j'avais rangé un livre qu'elle était en train de lire...

Mabel vit une veine se gonfler sur la tempe de David et comprit qu'il était suspendu à chacune de ses paroles. Elle devait faire preuve d'une grande prudence.

— Et... la pressa-t-il.

— Et quand je lui ai expliqué que je l'avais rangé dans la bibliothèque, persuadée qu'elle l'avait terminé, elle m'a répondu que c'était sans importance. La dernière chose qu'elle m'a dite, c'est : « Je vais me coucher. » C'est la vérité, je le jure devant Dieu !

Sa sincérité était trop évidente pour être mise en doute. David avait envie de cogner. Envie de hurler. Envie de tuer. Il ne fit rien de tout cela.

— Serge est ici ?

— Non, Monsieur.

— Faites porter mon sac dans ma chambre et prévenez-moi quand il sera rentré.

— Oui, Monsieur, acquiesça Mabel en s'éloignant rapidement, soulagée d'échapper à cette confrontation.

David grimpa l'escalier quatre à quatre, puis se précipita au bout du couloir. La porte de la chambre d'Amanda était entrebâillée. Il se dirigea droit vers la penderie. Ce qu'il découvrit décupla sa fureur. Elle n'avait absolument rien emporté. Il lui était impossible de savoir ce qu'elle avait mis pour fuir.

Il fouilla chaque tiroir et chaque étagère, persuadé de trouver des lettres, des mots doux, des numéros de téléphone suspects. Toutes choses qui serviraient à le convaincre qu'on l'avait aidée... Un complice, voire un amant. La rage le submergea et autour de lui tout s'obscurcit.

Un fracas de verre fit reprendre lentement conscience à David ; des morceaux de glace brisée restaient accrochés au cadre, et un presse-papiers de bronze gisait sur le sol, parmi les débris du miroir.

La seule chose dont il se souvenait était qu'il l'avait tenu dans sa main.

C'est entièrement ta faute, tu sais.

— Mè... è... ère...

Si tu n'avais pas été un vilain garçon, rien de tout cela ne serait arrivé.

— Mère, ne commence pas !

Tu es incapable de faire quoi que ce soit correctement. J'en ai par-dessus la tête de payer pour tes erreurs.

— Je corrige moi-même mes erreurs. Je l'ai toujours fait.

Pas toujours. Tu te souviens ?

— Non... non... non...

Le hurlement résonna au-delà de la chambre, jusque dans le couloir et en bas de l'escalier. Un cri sinistre. Une petite bonne se signa en l'entendant puis se hâta de rejoindre l'aile des domestiques.

Le dernier de ses souhaits était de se retrouver en présence de son patron. Tout le monde savait ce qu'il était capable de faire à une jeune fille, si elle était consentante. Et parfois même si elle ne l'était pas.

— Bon, les gars, on a fini.

Le coroner embrassa la scène du crime d'un dernier regard scrutateur.

— A vous de jouer, Dupree.

De son avant-bras, le coroner essuya son visage mouillé de sueur, tout en ôtant d'un geste machinal ses gants de latex, fins comme du papier à cigarette, pour les fourrer dans sa poche.

Lorsqu'ils quittèrent les lieux, l'endroit retrouva le calme et l'isolement qui y régnaient avant l'arrivée de la police. A une différence près : une bande de papier adhésif jaune délimitait l'endroit précis où on avait découvert le cadavre.

La robe de Destiny Dawn, pour son dernier voyage, n'avait plus rien à voir avec celle qu'elle portait en arrivant. A la place du latex rouge brillant, elle avait hérité d'un sac de plastique noir. Cela ne lui aurait pas plu du tout. Il ne mettait vraiment pas sa silhouette en valeur.

Orvis Morrell s'épongea le front et balaya un essaim de moucherons et de mouches qui avaient refusé de quitter les lieux avec le corps de Destiny.

— Je vais interroger les résidents les plus proches, lança Dupree.

Malgré ses efforts pour le dissimuler, il se rendait bien compte que ses propos sonnaient tel un avertissement.

Morrell le fixa d'un regard sévère.

— Pour faire du bon boulot, ne laissez pas vos sentiments personnels s'immiscer dans votre enquête, mon garçon. Compris ?

Dupree fronça les sourcils.

— Ne me dites pas que vous êtes en train de me suggérer de ne pas interroger les Potter ! Ce foutu crime a été perpétré sur leur propriété, bon sang !

— Je sais bien, répondit Morrell. Et vous avez entendu le coroner. Cette fille est morte depuis environ quarante-huit heures. Cela nous ramène au pique-nique du 4-Juillet. Bon Dieu, mon garçon ! La moitié de l'Etat se baladait ici, vous l'avez oublié ?

Dupree se rembrunit. Bien sûr que non. Il s'en souvenait parfaitement. Il était là, lui aussi. Il se souvint également de la manière dont il avait craqué en voyant Amanda courir vers lui. Il se rappelait même une scène qui n'avait pas existé. Comment diable aurait-il pu l'oublier ?

— J'en suis conscient. Je ferai extrêmement attention. Mais il faut bien commencer quelque part.

Il se retourna pour désigner la maison. Pardessus les frondaisons des grands arbres, le toit blanc de l'élégante bâtisse coloniale de trois étages brillait comme le glaçage d'un gâteau.

— Il se trouve que c'est ici.

Morrell acquiesça de la tête.

— Prévenez-moi si vous avez besoin d'aide. Plus vite ce crime sera résolu, mieux cela vaudra pour nous tous.

Puis il repartit par l'égout pluvial en se préparant à la pile de messages qui allait encombrer son bureau. Il était prêt à parier sa retraite que le maire, le sénateur, voire le Président en personne allaient le contacter.

Dupree jeta un coup d'œil à sa montre. Il était quinze heures trente. Cette histoire avait pris la plus grande partie de sa journée. Son estomac grondait. Il s'aperçut alors qu'il n'avait rien mangé depuis le matin. Un regard à ses mains maculées de poussière et sur l'endroit où on avait retrouvé le corps lui fit réaliser qu'il ne pourrait pas avaler une seule bouchée. Pas aujourd'hui. Mais sa gorge était si sèche qu'il avait l'impression de pouvoir passer le reste de sa vie à boire.

En émergeant du conduit, il s'immobilisa pour contempler le panorama qui s'offrait à lui. Il avait l'impression d'être passé d'une dimension dans une autre. Et il savait que c'était vrai. Son enquête l'avait tellement absorbé qu'il ne s'était même pas rendu compte que Beaner avait disparu. Mais cela n'avait aucune importance. Dupree savait où le retrouver, au cas où il aurait besoin de lui.

Quelques instants plus tard, au volant de sa voiture, il cherchait une station-service sur la route. Une fois le plein fait, il se dirigea vers la propriété des Potter et son petit doigt lui souffla qu'il n'y serait pas le bienvenu.

Chuckie Rigola bouillait. Toute la journée, il avait appelé David Potter à son bureau de Washington. Et sa coincée de secrétaire avait refusé de le lui passer. Du coup, il avait décidé de changer de tactique et de téléphoner chez lui. Il ne pouvait pas laisser passer cette occasion. Plus maintenant. Il était allé trop loin.

Avant d'envoyer la vidéo, il avait mené sa petite enquête, et connaissait tous les numéros où il pourrait contacter le député. Il savait même le nom de la femme qui avait été assassinée et l'endroit où elle travaillait.

Il composa le numéro personnel de Potter et attendit en comptant les sonneries. Une femme répondit, mais quand il demanda qu'on lui passe le député, elle commença par refuser.

— Ecoutez, ma bonne dame, gronda-t-il. C'est une affaire urgente. Allez tout de suite chercher votre patron.

Quelques instants plus tard, Potter était à l'autre bout de la ligne.

— Salut, mon vieux. Le film t'a plu ? ironisa Rigola.

David fronça les sourcils.

— Si c'est une blague, je ne suis pas d'humeur. Puis-je faire quelque chose pour vous ?

Rigola fronça lui aussi les sourcils.

— C'est pas une blague, espèce de crétin. Je parle de la vidéo que j'ai filmée, où la petite Destiny Dawn et toi teniez la vedette. Dernier sujet des potins en ville, ainsi que le ravin derrière ta jolie baraque sur la colline...

L'homme gloussa et David faillit laisser tomber l'appareil. Comment pouvait-il être au courant ? Le corps n'avait toujours pas été découvert... Ou alors... ?

— Je n'ai rien reçu, répondit-il. Je ne vois pas de quoi vous parlez. Maintenant, si vous voulez bien m'excuser, j'ai des choses plus...

Rigola jura.

— T'as rien pigé, sale con ! Hier, quelqu'un du nom de Mabel a pourtant signé l'accusé de réception.

David eut la sensation que la pièce ondulait sous ses pieds. Où pouvait bien être cette vidéo ? La veille, en rentrant, il avait fouillé de fond en comble son bureau...

Oh, merde ! Dans un flash-back, il revit Amanda s'encadrant dans la porte au moment où il entrait. Elle tenait le plateau contre elle à la façon d'un bouclier. Et la dernière chose qu'elle lui avait dite en sortant était : « Le courrier est sur ton bureau. »

Elle l'avait vue ! Il n'y avait pas d'autre explication. Cela explicitait aussi pourquoi elle était partie. Mais le plus choquant, pour David, était de ne pas encore avoir été inquiété. Si Amanda possédait la vidéo, que pouvait-elle bien trafiquer ? Puis il réalisa brusquement. Elle aussi devait avoir ses propres plans pour lui extorquer de l'argent. C'était obligatoirement cela. Il prit sa décision.

— Ecoutez, je vous crois, dit-il, rapidement soucieux pour le moment de calmer l'individu. Mais le problème, c'est que je n'ai pas ce film...

— Ben moi, si ! rétorqua Rigola. J'en ai plein. Jusqu'à la scène où tu fais basculer Destiny Dawn dans le fossé et où tu remontes ta braguette.

Dieu du ciel, il avait effectivement tout vu. Sinon, il ne pouvait absolument pas être au courant de tels détails !

David avait la nausée. Une sueur froide perla sur son front. Il se laissa tomber dans un fauteuil. Maintenant, il entendait distinctement sa mère. Jamais elle ne le laisserait tranquille.

— Que voulez-vous ?

Rigola sourit.

— C'est pas trop tôt ! Un million de dollars, en coupures variées et pas marquées. Pas un billet de plus de cinquante dollars. Je les veux demain matin. Voici l'endroit où tu vas m'apporter l'argent.

David prit des notes rapidement, réalisant tout en écrivant que son interlocuteur l'appelait sûrement de Washington, puisqu'il lui indiquait qu'il devait déposer la somme réclamée là-bas. En guise de conclusion, l'homme lui lança un avertissement.

— Je ne rappellerai pas. Je ne négocierai pas. Affaire conclue. Telle quelle. Tu casques, ou alors tu liras la suite dans ton canard.

— Je paierai, je paierai, assura David. Mais je veux toutes les copies, compris ? Sinon, je vous retrouverai. N'essayez pas de me baiser. Vous n'y arriverez pas. Je suis un maître en la matière.

Rigola fronça les sourcils. L'idée qu'il était peut-être dans le pétrin jusqu'au cou lui traversa l'esprit. Un million de dollars. Le risque valait d'être couru. Il raccrocha.

David gardait les yeux fixés sur le combiné en essayant de ne pas craquer. Mais il entendait sa voix... Elle geignait... Elle le critiquait... Exactement comme d'habitude. Comme d'habitude, il était un total incapable.

D'un brusque hochement de tête, il expulsa cette sensation pénible et composa le numéro de son banquier à Washington. L'heure de la fermeture était dépassée, mais il le connaissait bien. Ils avaient beaucoup de goûts en commun. En fait, si sa mémoire ne lui faisait pas défaut, son banquier avait lui aussi goûté à Destiny Dawn.

— Marley ? C'est David. Ecoutez-moi. Voici ce dont j'ai besoin.

Il se lança. La chose réglée, il se servit un scotch et sortit sur le patio pour profiter des derniers rayons du soleil. Ce fut alors qu'il aperçut des hommes en train de se déplacer à quatre pattes au fond de la propriété.

— Zut !

Il envoya valser le scotch dans les buissons et rentra au pas de charge dans la maison.

— Mabel, rappliquez tout de suite !

Il regarda par-dessus son épaule et, incapable d'en croire ses yeux, il marmonna :

— Et où est passé ce malabar que j'ai engagé ?

On ne peut vraiment pas faire confiance aux domestiques.

Mabel se précipita vers lui comme une souris grise. Son radar était déployé. Elle avait une idée fixe : prendre la fuite. Il avait sans doute découvert sa duplicité. Quelqu'un l'avait certainement aperçue dans le voisinage du hangar lorsqu'il avait pris feu. Elle ne parvenait à penser à rien d'autre.

— Que se passe-t-il là-bas ? demanda-t-il en désignant les hommes dans le lointain.

Le soulagement envahit Mabel.

— Oh, ça ! C'est la police, Monsieur. Je croyais que vous étiez au courant. Ils fouillent.

L'estomac de David se noua. Il redoutait de poser la question.

— Pourquoi fouillent-ils ? demanda-t-il en fronçant les sourcils. A cause de l'incendie ? Je croyais que c'étaient les pompiers qui s'occupaient de ce genre de choses.

— Non, Monsieur. Ils enquêtent sur un crime. Quelqu'un a trouvé un cadavre là-bas, au bout de l'égout pluvial.

Elle croisa les mains.

— Ce sera tout, Monsieur ?

Tout ? Oui, nom de Dieu. Ça ne suffit pas ?

— La connaissent-ils ?

— Je n'en sais rien, Monsieur. Tout ce que je sais... c'est que quelqu'un est venu nous avertir qu'ils allaient rester sur les lieux un bon moment.

— Bon. Prévenez-moi quand le dîner sera prêt. Je meurs de faim.

— Oui, Monsieur, balbutia Mabel.

Et elle se hâta de quitter la pièce avant qu'il ne pense à faire d'autres histoires.

Ce n'est qu'une fois dans la cuisine qu'elle réalisa ce qu'il venait de dire. Comment pouvait-il savoir que c'était un corps de femme qui avait été découvert ? Elle se figea sur place et se mit à trembler. Comment pouvait-il être au courant de ce détail ?

11

Le martini était idéal. David Potter fourra l'olive dans sa bouche. Au même instant, la sonnette retentit. Il fit une grimace. Quelques secondes plus tard, l'entrée de Mabel dans la bibliothèque gâcha définitivement son apéritif.

— L'inspecteur Dupree demande à vous voir, Monsieur. Il dit que c'est à propos du crime.

David s'étouffa en essayant d'avaler l'olive. Gêné, il désigna le martini du doigt.

— Le noyau d'olive...

Puis il commença à marmonner, davantage dans sa barbe que pour houspiller Mabel.

— Ce type n'a donc aucune éducation ? Déranger ainsi les gens à l'heure du dîner ! Il n'aurait pas pu attendre un peu ?

— La mort n'attend personne, répliqua Dupree en se matérialisant près de Mabel, qui s'empressa de filer.

David haussa les sourcils. Un inspecteur des homicides qui se permettait de faire des citations littéraires ? Cela avait un côté surprenant. Il se força à sourire et fit signe à Dupree de s'asseoir.

— Merci, accepta l'inspecteur. Je suis resté debout toute la journée. Ça va me faire du bien.

Il prit un siège et étira ses jambes devant lui. Baissant les yeux, il nota que les bouts de ses bottes étaient poussiéreux et les frotta machinalement contre son jean.

David Potter avait surpris son geste. Dupree s'en aperçut et sourit de toutes ses dents, puis il haussa les épaules. David Potter et lui n'étaient pas taillés sur le même modèle. Potter n'aurait jamais fait une chose pareille, alors que chez lui c'était un geste spontané.

David fit semblant de ne pas s'apercevoir de l'attitude ouverte de l'inspecteur. Il se détourna pour se resservir un martini, persuadé que ses tourments intérieurs se lisaient sur son visage.

— Puis-je vous offrir un apéritif ? proposa-t-il.

— Non, merci, répondit Dupree. Je suis en service.

Il se carra plus profondément dans le fauteuil.

L'estomac de David se noua. *Est-il venu m'arrêter ?* L'inspecteur paraissait plutôt à l'aise dans ses baskets. Tout comme dans sa peau. L'idée que ce grand type plaisait sans doute beaucoup aux femmes traversa son esprit. Il se demanda si Amanda le trouvait séduisant. Il se rappelait l'intérêt déplacé que lui avait manifesté ce flic à l'hôpital, ainsi que le jour de l'hommage rendu à sa mère au foyer des SDF. Avait-il aidé Amanda à s'enfuir ?

— J'imagine que vous savez qu'on a trouvé un cadavre sur votre propriété, commença Dupree.

Le pouls de David s'accéléra. Tout en sirotant son cocktail, il acquiesça de la tête.

— Ma gouvernante me l'a appris. Quelle tragédie pour un être si jeune !

Le stylo de Dupree s'immobilisa au-dessus de son bloc-notes. Il se força à garder un visage neutre, mais le ton de sa voix baissa de deux octaves.

— Comment connaissez-vous son âge ?

David rougit et se mit à bégayer.

— Eh bien... ma gouvernante m'a raconté qu'on avait trouvé une femme. J'en ai conclu qu'elle était jeune. Je me trompe ?

— Non.

Au ton de Dupree, David comprit qu'il venait de commettre une gaffe. La première. Qui avait intérêt à être la dernière. Il décida de prendre l'initiative et d'en terminer avec cette histoire au plus vite.

— Ecoutez, inspecteur, j'apprécie le boulot que vous faites. Vraiment. Mais je n'ai pas grand-chose à vous dire.

— Elle est morte le jour du pique-nique.

Le martini se renversa sur la main de David. Il lança un juron.

— Il y avait plus de cinq cents personnes ici ce jour-là. Je connaissais à peine un quart d'entre elles de vue, et encore moins de nom. Vous savez comment c'est. Un homme politique rencontre tellement de gens...

Dupree sourit. Un sourire qui n'avait rien d'amical.

— Exact. Et après les élections, il ne se souvient pratiquement de personne.

Le député rougit. Dupree comprit qu'il venait de marquer un point dont il aurait pu se passer. Il en revint aux faits.

— Très bien. Vous dites ne pas connaître cette femme. Je vais vous montrer sa photo et vous me le confirmerez.

David sentit la bile remonter dans sa bouche. Un tic agita sa paupière gauche. *Je t'avais bien dit que ça ne marcherait pas !* gémit la voix intérieure qui reprenait du poil de la bête.

— Qu'on en finisse ! grogna-t-il.

Dupree sortit un Polaroid de sa poche. Il ne représentait franchement pas Destiny Dawn à son avantage. Il le plaça sur le bureau, devant Potter, et attendit sa réaction.

Pour prendre le cliché, on avait dû balayer les fourmis qui grouillaient sur son visage. Mais il en restait une. Elle émergeait du nez de Destiny Dawn et se dirigeait vers sa lèvre supérieure. David gardait des souvenirs précis d'autres moments... de cette bouche sur son corps...

— Ô mon Dieu !

La photo lui échappa et voltigea à ses pieds. Il se pencha en avant et inspira longuement, à plusieurs reprises. Il ne voulait pas vomir sur son tapis d'Aubusson. Quand il fut de nouveau en état de parler, il passa à l'attaque.

— Comment osez-vous mettre les pieds ici pour me montrer une chose aussi répugnante ?

De la pointe de sa chaussure, il poussa la photo en direction de l'inspecteur. Ses yeux étincelaient de colère.

— Non, je ne connais pas cette pauvre malheureuse. Maintenant, je vous prie de bien vouloir m'excuser, mais j'ai d'autres choses à faire.

Dupree se pencha pour ramasser le cliché. Il le glissa dans sa poche et fixa Potter d'un regard froid. Il voulait formuler sa requête suivante en bonne et due forme :

— J'aimerais aussi montrer la photo à Mme Potter. Elle connaissait peut-être cette femme.

David rougit.

— Impossible. Elle est absente. Et il est peu probable qu'elle connaisse ce genre de personne. Navré, mais je suis obligé de vous demander de partir.

Ce genre de personne... La remarque fit tiquer Dupree. Potter prétendait ne pas connaître la victime. Qu'est-ce qui pouvait bien le pousser à la définir ainsi ?

— Pardonnez-moi d'insister, mais son témoignage est indispensable. De même que pour les membres de votre personnel. Quand rentrera-t-elle ?

— Je n'en ai aucune idée.

Sa réponse ressemblait plutôt à un cri. Il s'en aperçut et s'empressa d'ajouter :

— Mais surtout, n'hésitez pas à questionner les domestiques.

Dupree acquiesça. Pourtant la réponse de Potter le tracassait. Il les avait vus ensemble. Et avait remarqué que le député surveillait son épouse de très près. Quelque chose clochait.

— Au fait, où se trouve exactement votre épouse ? demanda-t-il à brûle-pourpoint.

Potter semblait très nerveux. Comme s'il réfléchissait à la réponse qu'il allait donner.

— Ecoutez, monsieur l'inspecteur, finit-il par laisser tomber, je l'ignore. Purement et simplement. Disons que nous avons eu... un petit différend. Il n'est pas facile de vivre constamment sous les feux de l'actualité. C'est très stressant. Amanda a décidé de s'éloigner un peu pour faire le point. Je vais avoir de ses nouvelles d'un jour à l'autre. Dès qu'elle me contactera, je lui ferai part de votre requête. Ça vous convient ?

Elle était partie ?

Dupree eut la sensation que le monde s'en allait à vau-l'eau. Il lui fallut quelques secondes pour se ressaisir. Il y parvint, mais n'en éprouva pas la moindre satisfaction.

A l'université, Jefferson Dupree avait été un assez bon arrière. Lorsque quelqu'un était sur la défensive, il s'en apercevait sur-le-champ. Le député se cachait derrière une montagne d'indignation injustifiée. On avait découvert un cadavre sur sa propriété. Il prétendait ne pas connaître la victime. Son épouse avait disparu. En fait, elle l'avait sans doute quitté. Et il n'avait qu'une seule réponse à son répertoire : « Je ne sais pas. »

Dupree n'était plus novice depuis longtemps. Lorsqu'on lui mentait, il s'en apercevait immédiatement. Quand un homme avait peur, il le sentait tout de suite. Et il savait d'instinct quand effectuer sa sortie.

— Pardon pour le dérangement, dit-il. Passez une bonne soirée... Et bon appétit.

Au moment de quitter la pièce, il entendit Potter hoqueter.

Amanda était épuisée. Le manque de sommeil, dû au temps qu'il lui avait fallu la veille pour s'organiser et faire ses bagages, se faisait cruellement sentir. Prendre la fuite n'avait rien d'une sinécure.

Elle jeta un coup d'œil à sa montre. Presque seize heures. Le soleil continuait à taper. Devait-elle prendre le risque de faire une halte pour se reposer un peu ou poursuivre sa route ?

Elle essayait de prendre une décision quand la bande jaune se mit à vaciller devant elle. En un éclair, elle se retrouva de l'autre côté de la chaussée. Sa voiture dérapa et s'immobilisa à quelques centimètres d'un talus pentu.

Elle venait d'échapper de peu à une catastrophe. Mais son épuisement était tel que cela ne lui fit pratiquement ni chaud ni froid. Et personne ne vint remettre sa décision en question. Elle allait s'arrêter et dormir. La liberté de faire un choix, si simple soit-il, lui donnait le vertige. Prudemment, elle regagna le côté droit de la petite route à deux voies et commença à chercher des signes de civilisation.

Des collines aux pentes raides, piquées d'arbres gigantesques et couvertes de buissons d'espèces variées, s'élevaient de chaque côté de la route. Il n'y avait pratiquement aucun dégagement pour se garer. Aurait-elle trouvé une aire de repos qu'elle s'y serait peut-être arrêtée pour dormir dans la voiture. Mais ce ne fut pas le cas, et elle poursuivit son chemin.

En haut d'une côte, apparut l'oasis dont elle rêvait. Un petit groupe de bâtisses qui semblaient jaillir de nulle part. Au fur et à mesure qu'elle s'en approchait, Amanda constata qu'il s'agissait d'une espèce de halte-campement. L'endroit offrait tous les services recherchés par un voyageur fatigué : un grand parking, un petit restaurant dont l'enseigne signalait ICI, ON MANGE, et un bâtiment qualifié de BLANCHISSERIE. Pour la première fois de sa vie, il lui vint à l'esprit que les camionneurs avaient besoin de ce genre d'équipements. Et en même temps, elle comprit combien l'existence qu'elle avait menée jusque-là était fausse et protégée.

CHAMBRES À LOUER. Enfin le panneau qu'elle cherchait ! A y regarder de plus près, il s'agissait en fait d'un motel miteux. Mais au stade où elle en était, Amanda n'avait pas les moyens de faire la difficile.

Elle descendit tant bien que mal de la voiture et s'étira. Elle avait les jambes raides et les pieds tellement gonflés que ses tennis la serraient douloureusement. Elle était restée assise trop longtemps. En titubant, elle se dirigea vers l'écriteau BUREAU. Son estomac gargouilla.

Première étape : réserver une chambre. Ensuite, se restaurer et dormir. Après quoi, reprendre la route.

Lorsque Amanda pénétra dans le restaurant, elle fut assaillie par une odeur de fumée de cigarettes et de graisse, mélangée à des relents qu'elle se garda bien d'essayer d'identifier. Les clients lui lancèrent un regard curieux. Elle les ignora et se glissa dans un box vide. Le menu était placé derrière le porte-serviettes. Elle le consulta. Les mots dansaient devant ses yeux.

— Vous prendrez quoi ?

La voix de la serveuse la fit sursauter. Amanda leva les yeux. La quantité de cheveux que la jeune femme avait réussi à monter en choucroute et à faire tenir en les laquant à mort présentait un aspect sidérant. Stupéfaite, elle essaya de ne pas trop fixer cette étonnante coiffure.

— Quel est le plat du jour ?

— Assiette bleue spéciale.

Amanda remit le menu à sa place.

— Je prends. Et du thé glacé. Une grande tasse.

— Très bien, dit la serveuse. Je reviens tout de suite.

Elle s'y connaissait en matière de voyageurs près de s'écrouler et cette petite dame en faisait clairement partie. Elle n'avait pas intérêt à lambiner.

Quelques secondes plus tard, une traînée humide se dessina sur la table sous le verre de thé glacé que la serveuse poussait vers Amanda. D'un geste vif, la jeune femme l'arrêta dans sa glissade et le porta à ses lèvres. Quand elle le reposa, il était vide. La serveuse le remplit une seconde fois en silence. Puis elle lui adressa un sourire avant de s'éloigner. Deux minutes plus tard, elle était de retour, une assiette fumante dans une main et un panier de petits pains chauds dans l'autre.

— Assiette bleue spéciale, annonça-t-elle. Plongez dedans, mon chou. Défoncez-vous.

Sidérée, Amanda contemplait le contenu de l'assiette. Si elle arrivait à tout avaler, elle parviendrait peut-être à se défoncer. Elle avait sous les yeux plusieurs tranches de rôti juteuses, accompagnées d'un volcan de purée d'où sortait une sauce brune. De quoi vous faire venir l'eau à la bouche. Et ce festin était accompagné de petits pains chauds, d'une pile de maïs fumant et de la salade du jour. Que lui avait dit la serveuse ? *Ah oui ! « Plongez dedans »...*

Amanda attrapa sa fourchette et plongea.

Une heure plus tard, elle se glissait sous le pommeau de la douche, dans la cabine moisie de sa salle de bains. Au comble de la béatitude, elle ne prêta aucune attention à la moisissure et à la crasse enracinées entre les carreaux de céramique blancs et noirs. Une seule chose lui importait : le flot constant d'eau chaude qui ruisselait sur son visage et sur son corps.

L'eau finit par se refroidir. Amanda parvint tout juste à s'essuyer avant de s'écrouler nue sur le lit ; elle se releva en titubant pour coincer une chaise sous la poignée de la porte. Celle-ci ne comportait qu'un verrou, et une chaîne minuscule pour en réduire l'ouverture. De bien piètres protections contre une éventuelle intrusion.

Quelques minutes plus tard, elle dormait à poings fermés. Ce problème n'était plus à l'ordre du jour.

La voix de David hurlait dans son oreille. Amanda sursauta pour essayer d'échapper au cauchemar. Mais aucune fuite n'était possible.

Le souvenir du meurtre était bien trop récent et sa terreur bien trop profonde.

Il crispa les doigts sur ses épaules pour la tourner brutalement vers lui. Elle voulut hurler, mais s'aperçut qu'elle ne pouvait même plus respirer. Ses mains se resserraient autour de sa gorge. Elle se sentit mourir. Elle ferma les yeux et murmura une prière pour l'immortalité de son âme ; elle allait perdre la vie de la même manière que la femme sur la vidéo avait perdu la sienne.

Bats-toi, Amanda ! Ne cède pas.

Elle tressaillit et se secoua pour rejeter les images atroces et les remplacer par celles auxquelles tout son être aspirait. La voix de son amant imaginaire chuchota de nouveau à son oreille... une voix si bienvenue... Une grande paix l'envahit et chassa sa peur. Elle se retourna vers la lumière.

Il avançait vers elle, silhouette sombre qui se détachait dans un cercle lumineux, les bras tendus.

Elle fut balayée d'un soulagement d'une telle intensité que des larmes perlèrent sous ses paupières.

Amanda. Je viens.

Et soudain, il fut là. Un désir ardent l'habitait, de toucher l'intangible, de saisir l'impossible. Et dans son sommeil, elle se jeta dans ses bras en sanglotant.

Je suis ici. Je suis ici. Tu ne dois pas avoir peur.

Tu ne comprends pas, lorsque tu es loin de moi, la peur ne me quitte jamais.

Il exhala un soupir. Son haleine effleura sa joue ; de ses mains, il lui caressa le corps. Elle s'ouvrit pour le laisser entrer. A l'instant où ils s'unirent, elle cessa tout simplement de respirer. Puis sa respiration se ranima, mais ce n'était plus d'elle qu'elle semblait émaner, c'était d'une autre source.

Des frémissements la parcoururent de la pointe des pieds au sommet du crâne. Elle avait la sensation que chaque molécule de son corps s'écartait pour en accueillir une autre. Que deux cœurs séparés se mélangeaient pour battre au même rythme.

Chaque parcelle de son corps la brûlait, mais d'un feu bienfaisant. Tout son être avait soif d'étreindre, de toucher. Mais elle n'arrivait pas à émettre un seul mot, esclave de l'effet trop puissant que cet homme exerçait sur elle.

L'air vibrait autour d'elle, et soudain elle atteignit l'extase. Un embrasement inouï de chaleur et d'amour, avec la force d'un barrage qui cède sous la pression des eaux.

Elle n'était plus seule. Certaine d'être aimée et chérie, Amanda, enfin apaisée et comblée, s'enfonça encore plus profondément dans le sommeil. La peur l'avait désertée. David ne pouvait lui faire aucun mal. Pas même dans ses rêves.

Et la nuit se termina sans le moindre incident.

A la fenêtre, le rideau pendait de guingois à l'endroit où les deux pans auraient dû se rejoindre. Le jour se leva. Amanda dormait, le visage baigné par le soleil qui s'infiltrait par la fente. Ce ne fut pas la chaleur de ses rayons qui la réveilla. Mais une voix pressante :

Lève-toi, Amanda ! Tu dois t'enfuir.

Elle n'eut même pas le temps de réaliser que la voix émanait de son rêve. Déjà, elle était debout et s'emparait de ses vêtements. Tout en enfilant son jean, elle songea que, jusque-là, son instinct ne l'avait jamais trompée. Les mains tremblantes, elle s'assit sur le lit pour nouer ses lacets. Cette fois, il ne s'agissait peut-être pas uniquement d'une prescience. Et si David était effectivement sur ses traces ? Elle en avait des sueurs froides. Il attendait peut-être derrière la porte, le visage éclairé d'un beau sourire, alors qu'il avait complètement sombré dans la folie.

Elle fut prête en un temps trois mouvements. Un coup de brosse dans les cheveux, et ses affaires de toilette fourrées dans son sac de voyage. Elle se hasarda alors à jeter un coup d'œil par l'interstice des rideaux. Elle s'attendait presque à voir surgir le visage de Serge. Mais il n'y avait personne.

Elle fut prise d'un petit rire nerveux. Son imagination lui jouait des tours. Elle jeta la clé de la chambre sur le lit et regagna sa voiture. Un quart d'heure plus tard, elle filait sur la route, après avoir fait le plein d'essence et s'être acheté un petit déjeuner. Et pourtant ses craintes n'étaient pas très éloignées de la réalité, car à l'instant même où elle mordait dans son sandwich, Serge se tenait dans une cabine téléphonique située en face de l'agence où elle avait loué sa voiture. Il faisait son rapport à David, lequel venait juste de débarquer à Washington.

— Elle a quitté la ville en bus jusqu'à Crawley. Et là, elle a loué une voiture.

— Putain !

Crawley était à plus de cent cinquante kilomètres au sud de Morgantown. Il était impossible de savoir quelle direction elle avait prise ensuite.

Soudain, David s'aperçut qu'il hurlait. Il piqua un fard et jeta un coup d'œil autour de lui en priant le ciel pour que personne ne l'ait entendu. Il n'avait franchement pas intérêt à se faire remarquer dans un aéroport, c'était plutôt risqué. Mais cette nouvelle acheva de le mettre hors de lui.

— Suivez-la, ordonna-t-il.

Serge leva les yeux au ciel.

— La suivre, Monsieur ? Je ne sais même pas quelle direction elle a prise. Sept routes partent de Crawley et après elles se subdivisent dans toutes les directions.

— Dans ce cas, faites-vous aider !

— Oui, Monsieur.

Cette fois-ci, quelqu'un entendit effectivement son hurlement : une femme, tirant un petit enfant par la main, qui fronça les sourcils en passant près de lui. Il haussa les épaules et lui offrit son sourire le plus charmeur, puis tourna le dos à la foule qui déambulait dans le hall de l'aéroport.

— Mettez-les sur sa piste. Ensuite, rentrez à la maison. Je veux absolument que vous surveilliez ce qui se passe là-bas. Et attendez mon appel, conclut-il.

— Oui, Monsieur.

— Et puis, Serge...

— Oui, Monsieur ?

— S'il arrive quelque chose... disons, d'inhabituel... à la maison, je veux que vous me préveniez tout de suite. C'est compris ?

Serge capta parfaitement le message. On ne lui en transmettait que de cet ordre-là.

— Compris.

David raccrocha, puis il quitta l'aéroport pour se rendre à son rendez-vous avec Marley. L'argent devait être prêt. Cette question ne souffrait aucun délai.

Il lança l'adresse au chauffeur de taxi, s'appuya contre le dossier de son siège et sourit. Oh, il paierait. Il n'avait pas le choix. S'il ne s'exécutait pas, tous les journaux s'empareraient de cette affaire. Il n'en doutait pas une seconde. Son sourire s'élargit. Les journalistes pouvaient aller se faire voir. Quant à son maître chanteur, une échéance l'attendait, lui aussi. Simplement, il l'ignorait.

— Le courrier, Dupree. Vous avez une lettre.

La femme en uniforme agitait l'enveloppe sous le nez de Jefferson Dupree.

— C'est pas trop tôt ! s'exclama l'inspecteur avec un coup d'œil sur sa montre pour marquer sa désapprobation. Il est plus de midi ! Qu'est-ce que vous trafiquiez ? Vous essayiez de l'ouvrir à la vapeur avant de la distribuer ?

Avec un grand sourire, l'inspecteur Travillo fit mine de faire bouffer ses cheveux. Un geste inutile. Elle les portait lisses et tirés en un petit chignon bien serré sur la nuque. Elle tâta l'enveloppe comme un enfant palpe un cadeau, et lança d'une voix railleuse :

— On dirait une cassette vidéo. Dites donc, Dupree, vous ne vous êtes quand même pas mis au porno ?

Elle se pencha vers lui, taquine.

— Mon beau gars, si ça vous branche, il faut m'appeler ! Quelquefois, ça me titille, moi aussi.

Dupree lui arracha l'enveloppe des mains et, souriant, rétorqua :

— Je vais en parler à Barney.

Elle lui rendit son sourire. Barney était l'inspecteur de service. Et aussi son mari. Travillo, quant à elle, était le clown du commissariat. Pour prendre connaissance de l'envoi, Dupree se cala au fond de son fauteuil. Elle avait deviné juste. Une vidéo. Il secoua l'enveloppe et plongea la main à l'intérieur, s'attendant à y trouver un mot d'accompagnement. Mais il n'y avait rien. Il ne lui restait plus qu'une solution.

— Dites-moi, chef ! Votre magnétoscope fonctionne toujours ?

Morrell était en train de se servir une tasse de café.

— Si on doit regarder un film, je veux du popcorn, répondit-il gaiement. Quelqu'un a-t-il du pop-corn ?

Sans prêter attention aux sifflets moqueurs de ses collègues, Dupree entra dans le bureau du commissaire et se dirigea vers le magnétoscope. Tout en sifflotant, il y inséra la cassette et, ce faisant, s'aperçut qu'il fallait la rembobiner. Il attrapa la télécommande et pressa le bouton adéquat avant d'attirer un siège vers lui.

— Pas cher la place, ironisa-t-il en enfourchant la chaise.

Orvis avala une gorgée de café.

— Allez, on regarde ? proposa-t-il.

La bande était prête. Dupree appuya sur *Play*.

Tout d'abord s'éleva une voix. Dupree nota ce qu'elle disait. Dès les premières images, il sentit son estomac se soulever. Lorsque le film fut terminé, il était au bord de la nausée. Les yeux clos pour effacer l'horreur de la scène à laquelle ils venaient d'assister, l'inspecteur se mit à jurer.

— Mais d'où sort ce truc ? lança Morrell lorsqu'il fut en état de parler.

— C'est arrivé par le courrier.

Dupree se précipita pour examiner l'enveloppe dans laquelle la cassette avait été expédiée et la glissa dans un sac de plastique. C'était une pièce à conviction, la preuve qui servirait à accuser David Potter de meurtre.

En dehors de cette vidéo, il ne disposait d'aucune autre information. Son cerveau s'emballa. Il avait le plus grand mal à respirer. Une terreur monstrueuse s'empara de lui. Cette femme qui lui avait téléphoné. Il avait eu l'impression de connaître sa voix. Et tout son être lui clamait maintenant que c'était celle d'Amanda Potter.

Elle avait dû visionner le film et avoir un choc terrible, tout comme la femme qu'il avait eue au bout du fil. Une autre éventualité lui traversa l'esprit. La date d'affranchissement était d'une importance primordiale. La sueur perla sur son front.

— Mon Dieu !

Morrell y perdait son latin. Une seule chose lui paraissait claire : son inspecteur était en train de déjanter.

— Mais qu'avez-vous ? s'exclama-t-il.

Dupree, tout en arpentant la pièce, fit un décompte du temps qui s'était écoulé entre le moment où la cassette lui était parvenue et celui où elle avait été postée. Au plus tôt, cela avait été fait le même jour que celui où l'inconnue l'avait appelé à son secours. Mais où pouvait-elle bien être maintenant ? Que lui était-il arrivé pendant tout ce temps ?

— Bon, regardons les faits en face, marmonna-t-il.

— Très bonne idée, commenta Morrell.

Cette remarque lui valut d'être fusillé du regard.

— A mon avis, le fait que cette vidéo n'ait pas été rembobinée signifie plusieurs choses, continua Dupree.

— Telles que ? fit Morris.

— Primo, quelqu'un l'a visionnée. Et ce quelqu'un aurait dû en principe la rembobiner, à moins d'avoir été complètement bouleversé par ce film.

Dans ses yeux jaillit une étincelle de frustration et de désespoir.

— Ou alors... il a été interrompu. Ce qui expliquerait pourquoi nous avons reçu la cassette en l'état. Imaginons que ce soit Amanda Potter et qu'elle ait paniqué. C'est elle qui l'a postée et cela expliquerait aussi pourquoi elle a disparu. Pour fuir son mari avant qu'il n'en fasse sa prochaine victime...

— Bon, dit Morrell, faites préparer un mandat d'arrêt contre Potter. Tout de suite. Quand vous aurez retrouvé Amanda Potter, amenez-la-moi. Je veux l'interroger. Je veux savoir si elle porte ou non une part de responsabilité dans cette histoire.

Dupree se figea sur place. Un fait venait de lui revenir à l'esprit. Une expression féroce se peignit sur son visage.

— Potter m'a affirmé qu'ils s'étaient disputés.

Morrell se rembrunit.

— Zut ! Ça jette un éclairage complètement différent sur ce meurtre. Imaginons qu'elle ait vu le film et que Potter le sache. Dans ce cas, je ne donnerais pas cher de sa vie.

— Hors de question ! tonna Dupree en sortant de la pièce d'un pas lourd.

— Mais où allez-vous ? hurla Morrell.

— Chercher ce fichu mandat d'arrêt. Et dès que ce fils de pute sera sous les verrous, j'irai à la recherche de mon Amanda.

Morrell pâlit, puis son visage se congestionna.

— Espèce d'idiot. Elle ne vous appartient pas ! Et rien ne nous garantit qu'elle n'est pas impliquée d'une façon ou d'une autre dans ce crime.

— Evidemment qu'elle est impliquée ! hurla Dupree. Sinon, pourquoi ce truc aurait-il abouti ici ? ajouta-t-il en désignant le magnétoscope.

— Comment pouvez-vous être si certain que c'est bien *elle* qui a envoyé cette cassette ?

Parce que mon cœur me l'affirme.

— D'instinct.

— Pourquoi n'est-elle pas venue nous la remettre en mains propres ? argumenta Morrell.

Leurs invectives s'étaient transformées en hurlements. Certains policiers prétendaient ne rien entendre. D'autres s'arrêtaient pour suivre le pugilat.

— Pourquoi ? Comment voulez-vous que je le sache ? tonna Dupree. Peut-être pour la même raison qu'elle se retrouvait régulièrement à l'hôpital pour de prétendues chutes dans l'escalier, alors que nous savons pertinemment tous les deux qu'elle se faisait battre comme plâtre. Et personne n'a levé le petit doigt pour lui venir en aide. Et lorsque quelqu'un essayait de s'interposer pour la défendre, il lui était rétorqué de s'occuper de ce qui le regardait.

Il évoquait bien sûr le jour où son patron lui avait intimé l'ordre de ne pas se mêler des histoires des Potter.

— Que voulez-vous que je vous dise ? poursuivit-il. Peut-être ne sait-elle plus à qui faire confiance. Mais dès que je l'aurai retrouvée, je ne manquerai pas de lui dire que vous avez posé la question.

La culpabilité submergea Morrell. Il avait reçu le message dix sur dix, comme tous les membres du service. L'accusation de Dupree lui serra le cœur. D'autant plus qu'elle était fondée. A maintes reprises il s'était douté qu'Amanda Potter était victime de sévices conjugaux. Mais comme les autres, il n'avait rien fait, rien dit.

Si Amanda Potter était morte, il n'oserait plus jamais se regarder dans une glace.

A Washington, Chuckie Rigola était aussi agité qu'un drogué en manque qui verrait un copain se piquer devant lui. D'un œil, il surveillait la foule qui se pressait devant le kiosque à journaux, et de l'autre, le flot constant des voitures qui circulaient dans les deux sens. D'ici peu, il allait péter les plombs.

Toute sa vie, il avait essayé de se conduire correctement et voilà où cela l'avait mené ! A un boulot de correspondant de presse de troisième zone, pour un torchon dont la réputation était aussi minable que celle de la femme qui avait été assassinée.

Mais sa situation allait changer du tout au tout. Dès qu'il aurait mis la main sur l'argent, il s'achèterait une conduite. Il donnerait une belle somme à des organisations de bienfaisance. Il irait plus souvent voir sa mère. Et cela lui permettrait de fonder sa propre agence de presse. L'époque où les journalistes de sa connaissance le toisaient de haut ne serait plus qu'un lointain souvenir.

Il était tellement occupé à s'autojustifier qu'il faillit rater l'arrivée de Potter. Mais quand il posa les yeux sur le grand homme blond aux vêtements de coupe simple mais élégante, il comprit que son heure était enfin arrivée.

Chuckie tira sur son pantalon, rajusta son chapeau mou, saisit sa mallette et se dirigea vers le kiosque.

— Bonjour, Emory, lança David en déposant la mallette près de lui.

Il tendit un billet de dix dollars au petit vendeur.

— *Playboy*, s'il vous plaît. Et gardez la monnaie.

David se mit à feuilleter nerveusement le magazine. Il attendait avec inquiétude l'apparition du maître chanteur. Une minute s'écoula, durant laquelle sa lecture l'absorba à tel point qu'il faillit en oublier la raison pour laquelle il était là.

— Le *Wall Street Journal*, s'il vous plaît.

Chuckie posa sa mallette pour chercher la monnaie nécessaire au fond de sa poche.

David se figea. C'était le mot de passe qu'il attendait. Il jeta un coup d'œil pour vérifier si l'argent était toujours là. Côte à côte, se trouvaient maintenant deux mallettes identiques. Ce qu'il voulait récupérer se trouvait dans celle du maître chanteur. Il voulut se retourner.

— Hum, hum... l'avertit l'homme à mi-voix. Ne bougez pas.

David se pétrifia, les yeux rivés sur le delta sombre qui s'ouvrait entre les jambes du modèle nu, en page centrale du magazine.

— Continuez à lire votre journal, reprit Chuckie. Je vais juste procéder à un petit échange. Ensuite, vous pourrez partir.

— Espèce de sale con, siffla David.

— Erreur, le sale con, c'est vous, répliqua Chuckie en attrapant la mallette. Je n'ai pas tué ; je n'ai pas menti.

Puis il s'élança comme une flèche au milieu de la circulation. Lorsqu'il réalisa qu'il était parvenu à traverser la rue et à rejoindre sa voiture sans avoir reçu une balle dans le dos, il éclata de rire.

— J'ai réussi ! J'ai réussi ! cria-t-il.

Il démarra gaiement. Son allégresse était telle qu'il s'engagea par erreur dans la rue qui menait à la Maison Blanche.

David se retrouva seul avant même d'avoir pu penser à lui lancer une réplique qui ferait mouche. Il attrapa la mallette et dut se retenir pour ne pas courir jusqu'au banc le plus proche. Les mains tremblantes, il fit sauter la serrure. Il souleva le couvercle pour regarder à l'intérieur ;

alors il posa *Playboy* sur les cassettes et un large sourire s'afficha sur son visage.

Ensuite, il se risqua à aventurer un regard dans la direction que le maître chanteur avait prise, s'il ne se trompait pas. Après un coup d'œil à sa montre, il se mit à compter. Au bout de trente secondes, il plongea la main dans sa poche. Puis se leva. Dans sa main, il tenait une commande à distance, petite et froide. Il se dirigea vers le trottoir.

— Taxi !

A l'instant où un taxi jaune s'approchait en zigzaguant vers lui, il effleura la commande à distance, puis appuya sur le bouton.

La vraie jouissance survint avec l'explosion qui fit trembler le sol sous ses pieds. Comme tous ceux qui se trouvaient dans le quartier, David se baissa d'instinct. Un mouvement de panique se déclencha, suivi quelques instants plus tard de la plainte des sirènes des voitures de pompiers qui se dirigeaient vers la colonne de fumée que l'on voyait maintenant s'élever au-dessus de la cime des arbres.

— Ça alors, marmonna David en aidant une femme à se relever. Qu'est-ce qui a bien pu se passer, à votre avis ?

La femme se signa, puis jeta un coup d'œil vers l'endroit d'où montait la fumée.

— Mon Dieu ! En pleine heure de pointe !

Elle porta une main à sa gorge.

— Ça ressemble à l'explosion de la bombe du New York Trade Center. Nous ne sommes pas loin du tout de la Maison Blanche, vous savez.

David ne répondit pas. Ce n'était pas la peine. La rumeur était lancée. Il monta dans le taxi. Direction : son appartement.

Dupree frappa à la porte des Potter. Accompagné d'une équipe de policiers, il s'apprêtait à mettre David Potter en état d'arrestation. Le mandat qui crissait dans sa poche lui rappelait que, une fois la chose faite, les rouages de la justice se mettraient inéluctablement à tourner.

Mabel vint ouvrir.

— Je veux parler à David Potter, dit Dupree.

La gouvernante écarquilla des yeux ronds en découvrant l'escouade d'hommes qui se tenait derrière lui. Il était clair qu'il ne s'agissait pas d'une visite de courtoisie.

Sa voix grimpa de deux octaves et se mit à trembler.

— Il n'est pas là.

Serge apparut à son tour.

— Que se passe-t-il ? demanda-t-il.

Il s'appuya au chambranle de la porte, persuadé que seule sa carrure suffisait à barrer le chemin à quiconque voulait entrer.

A la vue de ce malabar qui venait de propulser la gouvernante hors du champ, Dupree fronça les sourcils. *Tiens, tiens ! Un homme de main. On y arrive,* songea-t-il.

— Inspecteur Dupree, de la police de Morgantown. Je veux parler à David Potter.

— Votre plaque d'identité, s'il vous plaît, répliqua Serge.

Il attendit patiemment que Dupree lui montre sa carte et répondit :

— Comme vous l'a dit Mabel, M. Potter est absent.

— Nous avons des raisons de penser que c'est faux, répliqua Dupree. Toutes les voitures sont au garage.

— Il n'aime pas conduire lui-même. Et en ce moment il est à Washington.

— Nous aimerions entrer pour vérifier, si cela ne vous dérange pas... Juste au cas où vous vous tromperiez, rétorqua Dupree.

En fait de requête, c'était plutôt un ordre, et les deux hommes le savaient parfaitement.

— Avez-vous un mandat ? s'enquit Serge.

Le visage de Dupree se fendit d'un large sourire. Il n'était pas vraiment surpris qu'un tel individu connaisse parfaitement les questions qu'il était opportun de poser.

— En fait, oui.

Il le lui présenta aussi.

— Ce n'est pas un mandat de perquisition. C'est un mandat de...

— Exact, fit Dupree. Un mandat d'arrêt. Maintenant, écartez-vous, s'il vous plaît.

Serge fit ce qu'on lui demandait.

— Si vous n'avez plus besoin de moi, ajouta-t-il, je vais aller au garage... pour laver les voitures.

Il sortit d'une démarche nonchalante, comme s'il était le propriétaire des lieux, tandis qu'un essaim de policiers envahissait la maison pour la fouiller de fond en comble. Ils visitèrent pièce après pièce, avant d'acquérir la certitude que l'homme qu'ils cherchaient n'était pas là.

Dupree se dirigea vers la bibliothèque, Mabel sur les talons.

Dans le garage, Serge décrocha le téléphone. Selon son estimation, cette visite relevait de « l'inhabituel », selon la terminologie de son employeur, qui voulait alors être prévenu.

David était en pleine partie fine lorsqu'il répondit. Quelques instants plus tard, son visage se ferma et il poussa la femme assise sur ses genoux, laquelle glissa par terre.

— Fiche le camp, grogna-t-il.

Elle ne se le fit pas dire deux fois. Trois minutes lui suffirent pour se rhabiller et se retrouver dans l'ascenseur.

David ferma les yeux pour essayer de se concentrer. Les hurlements et les cris de sa mère à l'intérieur de sa tête l'empêchaient d'entendre Serge. Si seulement elle voulait bien la boucler, il arriverait à régler ce problème. Il pouvait tout régler. Il était un Potter.

Puis la lumière se fit dans sa tête et il esquissa un sourire.

— Je serai sorti de cette maison d'ici cinq minutes. Gardez votre bip d'appel sur vous, je vous rappelle un peu plus tard. Si vous avez besoin de me parler, faites-le d'une cabine publique, ou utilisez un des téléphones de voiture. La police risque de mettre ceux de la maison sur écoute.

Serge prit note et fit ce qu'on lui ordonnait. Tout en se demandant si Potter n'aurait pas mieux fait de quitter le pays pendant qu'il en était encore temps, au lieu de vouloir à tout prix se venger de sa femme.

Pendant ce temps-là, Dupree, secondé par son équipe de policiers, continuait la fouille, pièce après pièce, étage après étage. A chaque intrusion, un filet de larmes coulait le long des joues de la vieille gouvernante. Quand ils attaquèrent l'aile des chambres du deuxième étage, il s'était transformé en une véritable rivière.

Dupree interrompit ses recherches un instant et la prit par le bras.

— Madame, si tout cela vous fait trop de peine, vous n'êtes pas obligée d'y assister.

Il était navré pour elle. A chacune de ses visites, elle l'avait accueilli avec beaucoup de gentillesse.

— Ce n'est pas ça, répondit Mabel en éclatant en sanglots. Je suis bouleversée, c'est tout. C'est si déprimant. Pouvez-vous me dire pourquoi on veut arrêter M. Potter ? Enfin... si ce n'est pas un secret.

— Ce n'en est pas un, madame. Il a commis un meurtre, celui de la jeune femme retrouvée au fond de la propriété.

Les sanglots de la gouvernante redoublèrent.

— Mon Dieu ! Ça aurait pu être si facilement ma dame à moi.

Dupree eut subitement froid dans le dos. Elle évoquait Amanda, c'était clair.

— Est-ce que vous me cachez quelque chose ? demanda-t-il.

Mabel essuya ses larmes. Puis elle secoua la tête et s'écarta pour le laisser poursuivre ses recherches.

Dupree se rembrunit. Mais il ne voulut pas insister davantage. En entrant dans la pièce suivante, il s'immobilisa net. Muet, il contempla le grand lit. Il en était tout retourné, mais en même temps, sa conscience lui soufflait qu'il pensait à des choses qui ne le regardaient absolument pas.

— C'est la chambre du maître, annonça Mabel.

Puis elle se moucha bruyamment.

Dupree acquiesça de la tête et se dirigea vers la penderie. Il ouvrit les portes et en détailla l'intérieur. Quelque chose clochait.

— Il n'y a aucun vêtement de femme là-dedans. Mme Potter a-t-elle tout emporté avec elle ?

— Oh, non ! haleta Mabel.

Elle s'avança vers lui dans un état de grande agitation, s'essuyant les yeux et se mouchant à chaque pas.

— Elle ne dormait pas ici. Plus ici. Un jour, elle a relevé la tête et a demandé qu'on déménage ses affaires. A mon avis, elle n'en pouvait plus, ajouta-t-elle tout bas.

Mais Dupree l'avait entendue. Son cœur s'emballa. Il ignorait ce que lui inspirait exactement cette nouvelle, mais l'émotion qu'il ressentait était de l'allégresse.

— Montrez-moi sa chambre, ordonna-t-il.

Au moment de pénétrer dans la pièce, Dupree remarqua un détail au-dessus de la poignée de la porte qui lui fit froncer les sourcils. D'un doigt, il effleura le bois et tâta les trous qui n'avaient pas encore été comblés ainsi que les égratignures apparentes, de l'autre côté du battant.

— On a enlevé quelque chose, remarqua-t-il.

— Un verrou, répondit Mabel sans réfléchir.

Dès que les mots furent sortis de sa bouche, elle sut ce que l'inspecteur allait en conclure. Et elle ne se trompait pas. En voyant son expression stupéfaite, elle se remit à pleurer.

— Elle était enfermée dans sa chambre ? s'exclama-t-il, horrifié.

Il se rappela avoir pensé qu'Amanda Potter était une femme comblée qui menait une vie de rêve. Il s'était complètement fourvoyé.

Les sanglots de Mabel étaient de plus en plus bruyants.

— Vous ne comprenez pas. *Nous* ne pouvions absolument rien faire. Chaque fois que quelqu'un essayait de l'aider, il lui arrivait une chose terrible. Vraiment terrible.

— Seigneur ! grogna-t-il. Est-ce qu'elle était nourrie convenablement ? Y avait-il quelqu'un pour s'occuper d'elle ?

Sous le choc, il ne parvenait plus à contrôler sa voix, qui grimpait de plus en plus haut.

Il n'attendit pas la réponse de la gouvernante, et pénétra à l'intérieur, s'attendant presque à trouver une chambre de torture. Mais c'était en réalité une petite pièce sans caractère, meublée d'un lit à une place. Et subitement, un sentiment obscur l'envahit, celui qu'il lui suffirait de fermer les yeux pour sentir l'immense désespoir dans lequel avait vécu Amanda.

— Elle n'a rien emporté, dit Mabel. Elle a presque tout laissé.

Y compris son désespoir, songea Dupree. Il le sentait dans sa chair.

— Ça par exemple ! fit Mabel, interloquée. Le miroir est brisé. Il va falloir que je le fasse réparer.

— Il n'y a pas que le miroir qui soit brisé, ici, remarqua Dupree. Loin de là !

Et il quitta la pièce d'un pas lourd.

Quelques minutes plus tard, les policiers repartirent, certains que David Potter ne se trouvait effectivement pas chez lui. Un mandat d'arrêt avait été lancé contre lui, et un autre contre Amanda Potter, en qualité de principal témoin.

Dupree retourna à son bureau pour digérer ce qu'il venait d'apprendre. Cela se résumait en fait à peu de choses : il y avait de fortes chances pour que la femme qu'il s'était mis à aimer, sans même la connaître, porte une haine mortelle et définitive aux hommes. Entre les mains d'un individu qui avait fait le serment de l'honorer et de l'aimer, elle avait subi d'horribles sévices. Et tous l'avaient laissée tomber. Il se sentait affreusement mal. S'il la retrouvait, son rêve ne se concrétiserait jamais. Comment se faire aimer d'une femme qui avait autant souffert ?

12

Tout en conduisant, Amanda chercha une station de radio. Elle tomba sur un bulletin d'information qu'elle écouta attentivement. Une nouvelle lui fit dresser l'oreille, car elle avait du mal à y croire. Une bombe venait d'exploser dans la capitale, tout près de la Maison Blanche. Toutes sortes de suppositions circulaient déjà. Dont la principale était qu'il s'agissait d'un attentat terroriste.

— La mort est trop présente dans ce monde, marmonna-t-elle.

Elle faillit rire de sa remarque un peu simplette, mais son aspect douloureux l'en empêcha. C'était la mort qui l'avait poussée à fuir. Et l'horreur était d'autant plus absolue qu'elle avait été donnée par les mains de son propre mari.

Elle prit ponctuellement les nouvelles toutes les heures, avec l'espoir de tomber enfin sur l'information qui révélerait qu'un membre très en vue du congrès avait été arrêté pour meurtre. Alors seulement elle se sentirait en sécurité, et pourrait enfin retourner chez elle.

Mais aucun bulletin n'annonça rien de tel. Ses espoirs s'amenuisaient. S'était-elle fait des illusions concernant Dupree ? Elle ne voulait pas y penser. Si l'inspecteur ne venait pas à sa rescousse, David s'en sortirait blanc comme neige.

Le soleil commençait à décliner quand elle aborda une partie de la route particulièrement pentue. La voiture avait gravi la moitié de la côte lorsque le moteur se mit à crachoter. Puis il cala. Et pour finir, il tomba carrément en panne.

L'incident prit la jeune femme totalement au dépourvu. Elle parvint à rouler jusqu'au bas-côté très étroit de la route. Là, elle essaya de redémarrer. Mais sans résultat. Le moteur ne fit pas le moindre effort pour repartir.

— Oh, non ! s'exclama-t-elle d'une voix désespérée.

De ses poings serrés, elle lança des coups sur le volant pour exprimer sa rage impuissante. Et brusquement la panique s'empara d'elle.

Le bilan était sombre. Elle était au beau milieu de nulle part, un meurtrier à ses trousses. Vaincue, elle contempla les petites lumières qui clignotaient sur le tableau de bord, comme pour lui faire la nique. Des rouges. Des oranges. Des couleurs qui symbolisaient son existence tout entière. Lumière orange : Attention ! Lumière rouge : Stop ! Elle avait l'impression que la voiture elle-même essayait de lui prédire son avenir.

Elle consulta la carte pour vérifier sa position, puis procéda à une seconde estimation dans l'espoir qu'elle avait fait une erreur. Mais elle ne s'était pas trompée. Au mieux, elle ne trouverait de l'aide que dans une vingtaine de kilomètres.

Soudain elle se rappela la voix qui l'avait incitée à sauter à bas de son lit, le matin même.

Cette voix lui avait soufflé de fuir et elle avait obéi. Mais maintenant, tout indiquait qu'elle allait devoir continuer à pied. Sans la moindre hésitation, Amanda entreprit de rassembler ses affaires.

Après avoir rangé les provisions qui lui restaient dans son sac, elle descendit de la voiture et la verrouilla. Lentement, elle grimpa au sommet de la côte, sans jeter un regard derrière elle.

Cela ne servirait à rien. De deux choses l'une : soit elle s'en sortait, soit elle était rattrapée. Et elle ne pouvait plus véritablement en décider.

Aucun véhicule ne passait sur la route, dans un sens ou dans l'autre. Elle était seule et abandonnée. Soudain elle entendit un bruit de moteur. Une automobile approchait. Sa frustration se mua en soulagement.

— Ce n'est pas trop tôt ! murmura-t-elle en se plaçant sur le bord de la chaussée et en se demandant quel pouce elle devait lever pour faire de l'auto-stop.

Amanda ne comprit pas ce qui avait provoqué son geste. Plus tard, elle se rappellerait qu'elle avait eu l'impression que quelqu'un la poussait. En tout cas, ce fut d'un taillis en lisière d'une forêt qu'elle regarda la voiture passer à vive allure sous son nez !

— Zut et zut ! s'écria-t-elle.

Elle tapa rageusement du poing le sol poussiéreux, et sortit du fourré à quatre pattes. Pourquoi avait-elle fait une chose pareille ? Et la nuit allait bientôt tomber.

Son estomac criait famine alors, tant qu'à faire, autant profiter des provisions qu'elle avait emportées.

Elle ne parvenait pas à se projeter plus loin que l'instant présent. Elle fouilla dans son sac et en sortit une pomme. Deux bouchées plus tard, elle se mit à scruter d'un regard inquiet la forêt dense des Appalaches. Quel animal inconnu pouvait bien rôder derrière son dos ?

Puis un autre genre de bête apparut et Amanda se retrouva tapie dans les buissons. Le cœur au bord des lèvres, elle vit une voiture approcher. Mais cette fois dans la direction opposée à la précédente et beaucoup plus lentement.

— Mon Dieu ! chuchota-t-elle.

Sa pomme roula dans la poussière. C'était la même voiture !

Deux hommes à l'intérieur avaient l'air de fouiller des yeux le bas-côté et la forêt. *Pour quelle raison ?* Amanda comprit subitement. *Pour moi ! Mon Dieu, David a repéré ma voiture. Il sait que je suis à pied.*

Il pouvait y avoir une autre explication aux va-et-vient de ce véhicule. Mais son instinct de survie, ajouté à la conscience qu'elle avait du pouvoir détenu par David, soufflait à Amanda qu'elle ne se trompait pas. Dès que l'automobile eut disparu sur l'autre versant de la colline, Amanda se releva et se mit à courir. Loin de la route. Au plus profond de la forêt. Plus égarée que jamais.

Le camion pénétra dans l'entrepôt de location. Le mécanicien qui le conduisait avança lentement dans la ruelle, jusqu'à ce que sa passagère lui désigne un local précis. Les feux de stop s'éclairèrent. Le moteur se tut. La femme descendit du camion avec des gestes maniérés. Son sac à main se balançait à chacun de ses mouvements. De sa bouche mauve, elle fit une moue en constatant que la chaussée était mouillée.

— Tant pis, dit-elle.

Elle tapota ses cheveux et se dirigea rapidement vers le local. Comme elle ne pouvait éviter les flaques, elle s'efforça de ne pas y penser.

Ses chaussures solides et souples faisaient flic flac dans l'eau, projetant des gouttes minuscules sur le bas de son pantalon sur lequel elle portait une longue chemise coordonnée.

Un sourire de satisfaction éclaira son visage lorsqu'elle atteignit la porte. Elle plongea la main dans son sac et en retira une clé, qu'elle enfonça dans la serrure, laquelle résista un peu avant de céder.

Il fallut plusieurs secousses et grincements pour que le rideau de fer se relève en glissant sur ses gonds. La femme eut un nouveau sourire satisfait et s'épousseta les mains.

— Vous voyez bien. Exactement ce que je vous avais dit. Elle est pratiquement neuve. Bon, si ce gentil monsieur veut bien y mettre du sien, nous serons bientôt partis.

Du regard, le mécanicien détailla sa passagère, et se retint de cracher. On était dans un pays libre. Sans doute fallait-il toutes sortes d'individus pour le peupler. Mais il voulait bien être maudit s'il parvenait à comprendre pourquoi on tolérait des types comme celui-ci. Outre le fait que cet homme — il était persuadé qu'il s'agissait d'un homme travesti en femme — était un peu fluet, il portait une des perruques les plus ridicules qu'il ait jamais vues. A son avis, ce type était cinglé, car il n'avait pas arrêté de parler tout seul pendant toute la durée du voyage.

— La batterie est là, dit le mécanicien.

Autant effectuer le boulot pour lequel on l'avait engagé.

— Et l'essence ? On a besoin d'essence. Ma petite maison sur pattes roulera pas sans carburant, hein, trésor ?

Le mécanicien resta interdit. L'espace d'une seconde, il crut que le type s'adressait à lui. Batterie ou non, il était hors de question qu'il s'approche, de près ou de loin, du local, en compagnie d'un homme qui l'appelait trésor. Mais plus il réfléchissait, plus il lui paraissait évident que ce malade continuait à parler tout seul. Se donnant prudemment la place pour prendre ses jambes à son cou, si d'aventure cela s'avérait nécessaire, le mécanicien sortit ses outils et se mit au travail.

Il ne lui fallut pas longtemps pour se retrouver truandé de deux cents dollars ; la maison sur pattes démarra brutalement et quitta l'entrepôt avant de s'engager sur la route, avec au volant l'homme emperruqué qui continuait à se parler à lui-même. Le mécanicien tressaillit et son instinct lui souffla qu'il avait probablement échappé de peu au pire.

Sur l'autoroute, le mobile home ne cessait de se déporter brutalement. Pour l'éviter, un camionneur fut obligé de faire une manœuvre désespérée.

Le hurlement du klaxon provoqua une autre embardée du mobile home. David s'inséra précautionneusement sur la voie réservée aux véhicules lents, puis jeta un coup d'œil dans le rétroviseur et fronça les sourcils.

— Qu'est-ce que tu fiches ici ?

D'un geste brusque, il arracha sa perruque et la jeta par terre, inconscient de la réaction bizarre que lui inspirait son image dans le rétroviseur.

Il fallait bien te faire sortir de la ville sans danger. Qui aurait pu t'aider, à part ta mère ?

— Eh bien, j'en suis sorti, dit-il. Et j'aimerais sacrément que tu me fiches la paix.

Je suis là où je dois être, mon chéri. Avec toi. A jamais.

David sortit des mouchoirs en papier de la boîte à gants et frotta vigoureusement sa bouche. Le rouge à lèvres laissait d'épaisses traînées mauves sur le papier délicat. Quand le goût de sa mère eut complètement disparu, il jeta les mouchoirs derrière lui. Ils retombèrent tranquillement sur la perruque dont il venait de se débarrasser. Malheureusement pour David Potter, il ne lui était pas aussi facile de se débarrasser de sa mère.

Il avait pris la route vers le sud, en direction de la ville où Amanda avait loué une voiture. Mais ce n'était qu'un point de départ. Il n'avait aucune idée de l'endroit où elle pouvait être. Il se demanda où Serge en était de ses recherches. Sans quitter de l'œil la circulation, il fouilla dans le sac posé sur le siège passager pour prendre son portable. Puis il composa un numéro, laissa un message et attendit.

Quelques minutes plus tard, son téléphone sonna. En écoutant son interlocuteur, David esquissa un sourire.

— Parfait, dit-il. Bien joué, Serge. Maintenant, trouvez-moi quelques hommes. Et des chiens, aussi. Je veux qu'elle soit retrouvée avant la tombée de la nuit. Vous m'entendez ? Elle me paiera le tour qu'elle m'a joué avant que je ne quitte ce pays.

Il raccrocha et changea de direction. Il imaginait déjà les retrouvailles avec sa femme, car il était certain d'arriver à mettre la main sur elle d'ici peu. Et quand ce serait chose faite, elle réglerait la facture. Car à dire vrai, tout était sa faute.

Un chien aboya, suivi, quelques instants plus tard, d'un autre. Sinistre avertissement, claironné à leur proie, signifiant qu'ils avaient retrouvé sa trace.

Amanda roula sur elle-même et se redressa. L'esprit embrumé par le sommeil, elle promena un regard fixe sur les bois plongés dans l'obscurité. L'espace d'une seconde, elle fut incapable de se rappeler où elle était et comment elle était arrivée là. Puis la mémoire lui revint et un long frisson la parcourut. Mais qui n'était provoqué ni par la nuit sans lune ni par le froid. Ce furent les chiens qui la poussèrent à se lever d'un bond.

Peu de temps après leur mariage, David et elle avaient rendu visite à un membre de seconde zone de la famille royale d'Angleterre. On les avait conviés à une chasse à courre. Elle se souvenait encore des aboiements de la meute lancée sur les traces du renard. Et des hurlements quand les chiens avaient traqué leur proie. C'étaient ces mêmes hurlements qui lui parvenaient maintenant.

Tout en sachant fort bien que la chasse à courre se pratiquait régulièrement dans certaines régions de la Virginie de l'Ouest, Amanda comprit que, cette nuit-ci, les chiens étaient sur les traces d'un plus gros gibier.

Elle !

Son instinct tout court lui lança cet avertissement. Quant à son instinct de conservation, il la poussa à reprendre la fuite. Vers le sommet de la montagne. Loin des chiens et des hommes.

Elle courait. Vers l'avant. Vers le haut. Poussée par une frayeur constante, car indépendamment de la vitesse à laquelle elle se déplaçait au milieu des arbres, il était clair que la distance, entre elle et ses poursuivants, ne cessait de se réduire.

Les aboiements sinistres se rapprochaient. Et maintenant, lui parvenaient également des voix d'hommes. Ils pressaient les chiens. Ils hurlaient son nom.

Ses jambes tremblaient. Son sac de toile bondissait contre sa poitrine, en alternance avec le martèlement de ses pieds sur le sol. Elle respirait par petits halètements saccadés qui lui brûlaient la gorge. Un filet humide coulait de la racine de ses cheveux à l'encolure de son chemisier. Un mélange de sueur et de sang. Les branches basses et les sous-bois épais entravaient fortement sa fuite.

— AAA... MAN... DA !

La voix de David, son prénom qu'il hurlait la firent sursauter. Ses ennemis étaient assez proches pour qu'elle puisse reconnaître la voix de celui qui lançait son prénom. Cette certitude lui insuffla une bouffée d'énergie qui lui permit d'accélérer l'allure. Mais ce regain de vitalité n'allait pas durer longtemps. Elle était pratiquement à bout de forces.

Ô mon Dieu ! Ô mon Dieu ! Je n'y arriverai jamais toute seule.

A quelques centaines de mètres derrière elle, un chien aboya à la mort. Signe indubitable qu'il avait repéré sa trace et qu'il allait bientôt attaquer. Un sanglot lui coupa le souffle et une vive douleur dans la poitrine la fit tituber et tomber contre l'homme qui venait de surgir de derrière les arbres, juste devant elle.

Avant qu'elle ait le temps de l'esquiver ou de penser à lui résister, le bras de l'homme jaillit comme un serpent et s'enroula autour de son cou. Il la releva et la pressa contre son large torse dénudé d'un geste brusque et inquiétant. Au moment où Amanda croyait sa dernière heure arrivée, il la saisit par le poignet, l'attira plus près de lui et pressa sa bouche contre son oreille. Un chuchotement rauque. Un encouragement, doublé d'une promesse de délivrance.

— Ne crains rien, mon Amanda. Je suis ici pour toi. Maintenant, cours !

Un millième de seconde lui suffit pour reconnaître la voix pressante, les mains, et même le bruissement des longs cheveux qui lui caressaient le visage. Elle comprit que c'était arrivé. Elle était folle... ou bien morte. Dans les deux cas, rien n'avait plus d'importance. Car le son de sa voix et le contact de ses mains lui étaient aussi familiers que son propre visage.

Subitement, Amanda eut l'impression de s'envoler. Il la guidait dans sa fuite éperdue, et ses pieds effleuraient à peine le sol. Comme par miracle, au lieu de buter contre les arbres, elle les évitait. Elle suivait un chemin sûr, au lieu de s'égarer. Sans faire de bruit et avec assurance. Et quand elle crut que ses jambes ne pouvaient plus la porter, ils passèrent subitement de la faible lueur d'une nuit sans lune à des ténèbres denses et opaques.

Amanda en eut le souffle coupé. L'homme avait beau ne pas l'avoir lâchée et suivre une espèce de sentier, elle tendit d'instinct le bras en avant à la manière d'une aveugle. Elle se sentait incapable de faire entièrement confiance à cet inconnu qui pourtant la soutenait... ou à sa santé mentale. A tout instant, elle s'attendait à le voir disparaître aussi brusquement qu'il avait surgi. Et quand cela se produirait, elle se retrouverait face au diable. Face à David et à sa meute infernale.

Puis il s'immobilisa. Soudainement. De manière inattendue. En se cognant à son dos, elle émit un grognement de surprise. Il se retourna vers elle et la débarrassa de son sac qui tomba sur le sol avec un petit « floc ».

— Mon sac ! s'exclama-t-elle. J'ai toutes mes affaires dedans.

Elle sentit la main de l'homme glisser sur son épaule et envelopper sa joue.

— Il ne contient rien qui te soit nécessaire, affirma-t-il d'une voix douce. Viens. Suis-moi.

Une fois de plus, sans le questionner ni lui opposer d'objection, Amanda obéit. Elle le vit glisser la main sur un rocher. Sans doute cherchait-il l'entrée ou la sortie de quelque chose. Elle ne s'attendait pas du tout à l'endroit où ils pénétrèrent.

C'était un espace vide, sans air, sans bruit, sans substance. Amanda se pétrifia et se prépara à mourir. Une forte pression s'exerçait sur son corps. Un bourdonnement intense la pénétrait jusqu'aux os. Puis elle sentit la main de l'homme se resserrer autour de son poignet, et l'entendit grogner, comme s'il faisait un énorme effort ; puis il l'arracha de ce lieu pour la faire passer dans un autre.

Les ténèbres absolues furent remplacées par la plus intense des lumières. Le rayonnement du soleil dans toute sa splendeur. Des arbres. Des oiseaux. Des nuages disséminés dans un ciel si bleu que ses yeux en furent aveuglés. Elle porta d'instinct les mains sur son visage, car après l'obscurité, cette clarté était insoutenable.

Puis, Amanda commença à se calmer. Les battements de son cœur se ralentirent.

Elle se souvint d'avoir pensé qu'elle était plongée dans un rêve dont elle ne voudrait plus jamais sortir. Lentement, lentement, elle écarta ses doigts. Pour laisser pénétrer la lumière... et pour regarder l'homme.

Elle n'était absolument pas prête à ce spectacle. Ni à lui. Ses mains retombèrent mollement le long de son corps. Ses lèvres s'entrouvrirent et ses pupilles se dilatèrent, élargies par l'émotion.

— Qui êtes-vous ?

— C'est moi, Amanda. Tu m'as appelé et je suis venu.

Ses yeux se révulsèrent. La dernière chose qu'elle aperçut fut le ciel azur au-dessus de sa tête, et le visage sombre qui se penchait sur elle. Le destin se montra clément. Elle s'évanouit.

— Fils de pute ! Mais qu'est-ce qui leur arrive, à vos cabots ?

David écumait de rage. Les chiens de chasse, lancés à fond de train, les précédaient de peu, le museau collé au sol, la queue battant pavillon. Et d'un seul coup, ils avaient pilé net. Sans le moindre avertissement. Comme s'ils avaient buté contre un mur de brique.

Les bêtes gémirent. Puis elles se roulèrent par terre en signe de soumission. Avant qu'on puisse les arrêter, elles bondirent sur leurs pattes et s'enfuirent dare-dare par le chemin d'où elles étaient venues.

— Ça alors ! s'exclama leur propriétaire.

Se grattant le crâne, il embrassa les lieux d'un regard nerveux. N'était-ce pas plutôt à eux de prendre leurs jambes à leur cou ?

— J'ai encore jamais vu les chiens réagir comme ça. On dirait qu'ils ont vu un fantôme !

— Les fantômes, ça n'existe pas ! Mais les chiens complètement idiots, si ! hurla David.

Pour bien souligner sa colère, il tira deux ou trois fois en l'air.

Serge se rembrunit. Son patron avait pété les plombs. Il venait de signaler, à qui se trouvait à portée de fusil, l'endroit exact où ils étaient. Un geste d'une stupidité inouïe, de la part d'un homme en cavale. Serge comprenait parfaitement qu'on puisse avoir envie de se venger. A un moment donné ou à un autre, la plupart de ceux qui l'avaient employé avaient agi de la sorte. Mais cet individu était recherché pour meurtre. Il aurait dû être en train de s'évertuer à trouver une planque, ou de fuir, au lieu de gravir une montagne en pleine obscurité, à la poursuite de sa femme, expulsant une mitraille de mots aussi souvent qu'il pressait la détente de son revolver.

Le propriétaire de la meute scruta de nouveau les lieux d'un œil inquiet, puis il prit sa décision.

— Faut que je récupère mes bêtes, annonça-t-il, avant de disparaître subrepticement sous les arbres.

Serge s'empressa de mettre son grain de sel.

— Patron, à mon avis, on devrait rebrousser chemin. Le jour va bientôt se lever.

— Tant mieux, répondit David. Cela nous permettra de repérer la trace d'Amanda plus facilement.

Serge soupesa cette réponse. Pour lui, il était clair que le moment de prendre sa propre décision était arrivé. Allait-il rester avec son patron ? Ou mettre les voiles, avant de se retrouver impliqué dans un assassinat dont il n'était pas, pour une fois, l'auteur ? Il pesa le pour et le contre.

— Amanda ! Tu ne peux pas m'échapper. Je te tuerai ! hurla David.

Et il se remit à tirer en l'air jusqu'à ce que, faute de balles, son revolver cliquette dans le vide.

Serge poussa un soupir. Les éléments venaient de se retourner contre David Potter.

— Vous venez, patron ?

— Non ! Vous pouvez toujours courir ! Non ! hurla David.

Il éjecta la cartouche vide et se mit à fouiller la poche de sa veste pour en prendre une neuve.

Pour tout avertissement, il n'entendit que le craquement d'une brindille. Il fit volte-face et braqua son revolver en direction de l'endroit où aurait dû se tenir le chauffeur. Il n'y avait plus personne.

— Serge !

L'écho de son cri résonna de haut en bas de la montagne, mais il n'obtint aucune réponse.

— Espèce de trouillard ! Revenez ici, pleurnicheur ! Revenez, bon sang ! Vous ne pouvez pas me laisser tout seul. Vous m'appartenez.

Tu n'es pas seul, David. Tu m'as encore. Tu m'auras toujours.

Pour occulter cette voix, David ferma les yeux. Mais elle revenait sans cesse, toujours plus insistante.

— Bon sang, Mère, je n'ai pas besoin de toi ! cria-t-il en tombant à genoux sur le sol. Je peux régler ça tout seul.

Il gémit tout bas, puis il enroula ses bras autour de lui et se balança d'avant en arrière.

— Je suis un grand garçon. Je suis vraiment un grand garçon.

Nokose souleva doucement Amanda. Sa réaction n'avait rien d'étonnant, et pourtant, il se sentait trahi par le choc qu'elle venait de ressentir. Et la frayeur qu'il avait lue dans son regard le peinait. Comment pouvait-elle douter alors qu'ils n'avaient formé qu'un seul être ?

Il la changea de position avec douceur. La multitude d'égratignures minuscules, sur sa peau délicate, et les meurtrissures sous ses yeux lui arrachèrent une grimace. Elle avait tellement souffert ! Et il avait failli arriver trop tard.

Il examina avec soin la clairière d'un regard

aiguisé. Il sondait la profondeur des bois qu'ils devaient traverser pour ramener la jeune femme jusqu'à sa maison... saine et sauve.

Des coups de revolver successifs grondèrent, pareils à des nuages d'orage s'accumulant à l'horizon. Nokose se rembrunit. Il se rappelait l'époque où des étrangers s'étaient engagés sur leur terre, sans songer à la voler à ceux qui y vivaient, ni à les en chasser.

Mais maintenant, les Anglais étaient là. Ils exhibaient en permanence leurs habits rouges et leur accoutrement de métal bruyant qui juraient de façon criante avec le mode de vie spartiate des occupants de cette terre aussi aride qu'elle pouvait être généreuse. Et les Français étaient sur leurs talons. Ils étaient entrés en guerre parce qu'ils voulaient déterminer qui possédait quoi, et Nokose, comme tous ses frères indiens, estimait qu'il s'agissait d'un jeu d'homme blanc, dangereux et stupide. La terre n'appartenait à personne... et à tous.

Il songea à la tribu de sa mère, les Muskogees, qui vivait loin dans le Sud. Avait-il eu raison de rester ici, après la mort de son père Jacques Leclerc ? N'aurait-il pas mieux fait de retourner sur les rives de la rivière Chattahoochee, très loin de l'écho des fusils... et des étrangers aux habits raides, qui n'avaient aucun respect pour leur terre ? Des hommes qui essayaient de faire plier cette terre à leur propre volonté.

Et pourtant, il savait que son choix avait été fait le jour où il avait vu Amanda. Il ne pouvait plus partir. En fabriquant le cueilleur de rêves, il avait forgé l'instrument qui les liait l'un à l'autre. Ensuite, il l'avait attendue.

Le grondement avait repris, très loin derrière les montagnes. Mais ce n'était pas une tempête déclenchée par les éléments naturels qui approchait. Sur le continent nord-américain, l'agitation était arrivée à son point d'ébullition. L'explosion était imminente. D'ici un an, un officier anglais du nom de Braddock allait mener ses hommes au combat. Il affronterait des tactiques guerrières dont il ignorait tout. Fort Duquesne et les Français qui en étaient les maîtres, aidés de leurs alliés indiens, seraient l'instrument de sa vengeance, puis ils finiraient par causer sa défaite.

Les narines dilatées, Nokose huma l'air. Aux aguets, il attendait. Lorsqu'il eut la certitude de pouvoir s'aventurer sans danger dans la forêt, il y entra. Amanda dans les bras.

Quand il atteignit la clairière au milieu de laquelle se dressait la cabane de son père, il connaissait par cœur le moindre détail du visage de la jeune femme. De la courbe de son menton à celle de son nez légèrement retroussé. De l'ombre projetée par ses cils, longs et épais, sur ses joues, à la forme de ses lèvres généreuses, dont les commissures se relevaient légèrement, même dans son sommeil. Il savait la manière dont son corps se modelait au sien, comme si elle avait été faite uniquement pour lui.

Il pénétra à contrecœur dans la cabane de son père et la déposa à regret sur la couche recouverte d'une peau de bête, dans un angle de la pièce. L'amour qu'il portait à cette étrangère qui venait d'entrer dans sa vie était si grand qu'il l'aurait volontiers gardée contre lui jusqu'à la fin de ses jours.

Elle remua, puis fit une grimace. Même en cet état de semi-conscience, elle continuait à souffrir. Nokose examina ses vêtements avec attention. Comment allait-il faire pour les lui enlever ?

Ils étaient maculés de boue et de sang, et il devait soigner ses blessures.

Elle inspira profondément et un bouton glissa soudain hors de sa boutonnière. Alors Nokose sut de quelle manière il devait s'y prendre.

D'une main tremblante qui l'effleurait à peine, il la déshabilla entièrement. Elle était maintenant allongée nue, sur la peau de l'ours dont il portait le nom. Il admirait sa beauté, mais en même temps, la rage montait en lui. Partout où se posait son regard, le corps d'Amanda portait des marques faites par un autre homme. Mais ce n'étaient pas des marques d'amour, elles étaient l'œuvre d'une bête.

Une petite cicatrice suivait la courbe de son genou gauche, et une autre l'intérieur de sa cuisse droite. Elle était presque trop mince. Seule sa poitrine généreuse lui donnait de l'épaisseur.

Nokose effleura son torse fragile. En plus, à quatre endroits différents, il sentit que ses côtes avaient été brisées. Elles s'étaient ressoudées. Tout cela était invisible à l'œil nu, mais l'âme de Nokose les voyait.

Ses yeux se rétrécirent. Sous ses paupières étincela un feu ambré. Ses lèvres se pincèrent et son cœur cogna contre la paroi de son torse tels les tambours de guerre. Il se releva brusquement. Il ne parvenait pas à regarder en face la preuve des souffrances infligées à cette femme. Sur une étagère, s'alignaient des poches et des pots contenant un assortiment d'herbes médicinales. Un peu plus tard, quand il eut appliqué avec douceur le baume de sa composition sur ses blessures, il s'installa dans un coin pour monter la garde.

Plusieurs heures s'écoulèrent. Un feu brûlait dans l'âtre. Un lapin, tué et dépiauté le matin même, cuisait à la broche.

Nokose s'agenouilla pour vérifier où en était la cuisson. Ses cheveux lui recouvraient les épaules comme un manteau. Ses cuisses saillaient sous ses leggings en peau de daim souple, et son pagne retombait entre ses jambes et sur ses fesses. Pendant qu'il était absorbé par sa tâche, Amanda se réveilla.

Ses membres étaient rigides. Son corps endolori. Elle ne pouvait bouger que les yeux sans souffrir. Et ils n'étaient pas assez ouverts pour apporter une réponse à sa surprise, ni à ses questions.

Elle était allongée dans une pièce sombre et dénuée de fenêtre. Une seule porte, légèrement entrebâillée, laissait filtrer un rai de soleil et entrer la plus faible des brises. Au-dessus de sa tête, il y avait un toit en rondins. D'après ce qu'elle distinguait des murs, ils étaient fabriqués dans le même matériau. Sciés grossièrement, avec, par endroits, des restes d'écorce. Dans l'air flottait l'odeur distincte de la fumée, mêlée à celle d'herbes aromatisées, suspendues à une poutre au-dessus de sa tête, qu'elle n'arrivait pas à identifier.

Une cheminée occupait la plus grande partie d'un mur. Du feu qui brûlait à l'intérieur émanait une lumière intense qui éclairait une partie de la pièce et faisait danser les ombres à la périphérie de son champ de vision. Au-dessus de la cheminée, un manteau recouvert d'objets courait le long du mur. Parmi eux, Amanda reconnut un fusil, au barillet si long qu'elle eut du mal à croire qu'un homme pouvait le soulever seul, et encore moins viser et tirer avec.

Un peu partout dans la pièce, des poches de cuir pendaient à des chevilles. Il n'y avait qu'une seule table, placée près du feu, avec des bancs de chaque côté.

Mon Dieu ! Ou j'ai perdu l'esprit, ou le paradis n'est pas comme je l'imaginais.

Nokose sentit un mouvement sur le lit derrière lui. Mais au lieu de se précipiter vers la jeune femme, il continua de fixer le feu. Il cherchait le moyen adéquat pour aborder la femme de son cœur. Et il conclut qu'il n'en existait qu'un. Celui dont il s'était déjà servi pour l'approcher. La lumière.

Il se releva, ombre sombre entre le feu et Amanda, puis se tourna vers elle. Elle poussa un cri de surprise et se réfugia sous la fourrure. Sa peau, qui portait les traces douloureuses de sa fuite dans la forêt, glissa le long de la peau d'ours aussi facilement que la soie contre le satin. Cela lui procura une sensation aussi agréable qu'inconnue. Puis elle comprit pourquoi. Elle était nue !

— Ne me faites pas de mal.

La supplique fusa avant qu'elle ait le temps de réfléchir. Mais même si Amanda avait passé une vie entière à chercher, elle n'aurait pas pu trouver de mots plus susceptibles d'arrêter Nokose.

Tremblant de tous ses membres, il expira longuement. Ses bras pendaient le long de son corps, son dos était d'une raideur absolue. Il était prêt à tout supporter, sauf sa peur. Il secoua la tête et se détourna.

Pour la première fois, Amanda fut en mesure de voir distinctement celui à qui appartenait cette silhouette. C'était l'homme de la forêt ! Il était réel. Ce n'était pas un rêve !

La situation la dépassait complètement. Elle se replia sur elle-même et roula sur le ventre pour enfouir son visage entre ses mains. Submergée par le désespoir et le chagrin, elle éclata en sanglots. Elle n'avait pas la force de supporter un choc supplémentaire.

Nokose fit volte-face. Son désespoir lui déchirait les entrailles, comme les griffes de l'ours qui l'avaient arraché au ventre de sa mère. Il ne mit pas plus d'une seconde à atteindre la couche de fourrure et à s'allonger près de la jeune femme. Avec une seule idée en tête : la réconforter et l'apaiser.

Il glissa un bras sur ses épaules. De pouvoir enfin la toucher lui procura la plus pure des joies. Ce qu'il avait fait chaque nuit en esprit, il pouvait désormais le faire avec sa chair. Il retourna sa femme pour l'étreindre plus étroitement contre son cœur. Pour absorber sa peur et son chagrin. Elle était trop fragile pour supporter cela toute seule.

Amanda était plongée dans une telle désolation qu'il lui fallut un certain temps pour sentir sa présence. Puis des sensations lui revinrent, ainsi que la mémoire. Elle connaissait l'homme dans les bras duquel elle reposait. Elle connaissait sa silhouette. La manière dont leurs deux corps s'épousaient. Elle connaissait même son odeur et sa tendresse. Il se rapprocha pour resserrer encore son étreinte. Son long voile de cheveux effleura les épaules d'Amanda dont les sanglots redoublèrent. Mais c'étaient des sanglots de soulagement et elle leva les bras pour lui enlacer le cou.

Nokose sentit l'allégresse monter en lui. Amanda glissa les bras autour de lui aussi facilement qu'il s'était glissé en elle par le passé. Il ferma les yeux, pour adresser une prière de remerciement au Grand Esprit qui l'avait guidé jusqu'à elle.

— Amanda, chuchota-t-il. Mon Amanda.

Il l'étreignait si fort qu'elle ne pouvait plus bouger. Mais cela n'était pas nécessaire. Amanda se tenait exactement à la place qui était la sienne.

13

Jefferson Dupree vivait un enfer. Les résultats de l'autopsie de la victime dont le cadavre avait été retrouvé chez les Potter indiquaient que Destiny Dawn, alias Sylvia Myers, était enceinte. Jefferson fixait le rapport, et des détails de la vidéo lui revinrent en mémoire.

L'ensemble prenait un sens abominable. Il enfouit son visage dans ses mains pour essayer d'effacer l'image où, telle une marionnette, la jeune femme, littéralement suspendue entre les mains de David Potter qui serraient son cou, sentait la vie la déserter. A sa terreur avait dû s'ajouter l'horrible sensation qu'avec la sienne une autre vie s'échappait. David Potter avait supprimé l'existence d'un enfant à naître. Et Dupree aurait parié tout ce qu'il possédait que le meurtrier était également le père de cet enfant.

Le téléphone sonna, l'arrachant à ses pensées morbides. Content de la diversion, il décrocha puis, par réflexe, saisit un crayon et un bloc de papier.

— Dupree, des Homicides.

— Inspecteur Dupree, on m'a dit que vous étiez chargé de l'enquête sur le meurtre commis sur la propriété du député Potter.

— Exact, répondit Dupree.

Il lui sembla que son interlocuteur prenait une profonde inspiration.

— Que puis-je faire pour vous ?

— Je m'appelle Marcus Havasute. J'ai travaillé pour David Potter, en qualité de chauffeur. J'ai entendu, aux informations, qu'on recherchait M. Potter et que l'on n'avait pas réussi à joindre Mme Potter pour l'interroger. Je voudrais savoir si... si Amanda Potter a, elle aussi, été assassinée.

Dupree essaya de refréner l'angoisse qui lui tordait le ventre, mais ce fut peine perdue.

— Nous ne le pensons pas, dit-il d'une voix cassée. Pourquoi ? Vous avez la preuve du contraire ?

A l'autre bout du fil, il entendit la respiration saccadée de l'homme.

— Monsieur Havasute, si vous me donniez exactement la raison de votre appel ?

— Si Amanda Potter est morte, je témoignerai contre son mari. Je raconterai ce que j'ai vu lorsque j'étais à son service. Il abusait d'elle, mentalement et physiquement.

Le crayon se cassa net entre les mains de Dupree. Des gouttes de transpiration perlèrent à sa lèvre supérieure. Il eut du mal à conserver une voix normale.

— Monsieur Havasute, veuillez me donner votre adresse et un numéro où je puisse vous joindre.

Il nota le tout rapidement et, avant même de pouvoir s'en dissuader, posa à son interlocuteur une question de son cru :

— J'aimerais comprendre quelque chose. Si vous étiez au courant des sévices qu'elle subissait... de ses souffrances... pourquoi ne l'avez-vous pas aidée ? Pourquoi n'avez-vous pas averti la police ? Pourquoi avoir attendu jusqu'à aujourd'hui alors que vous croyez qu'elle est peut-être morte ?

— Je n'en sais rien, répondit doucement Marcus. Mais si elle est morte... si M. Potter lui a fait cela... le remords me hantera jusqu'à la fin de ma vie. Par conséquent, monsieur l'inspecteur, je paierai pour ma lâcheté.

— Merci d'avoir téléphoné, murmura Dupree qui ne se sentait plus en état de poursuivre la conversation. Si j'ai besoin de vous, je vous appellerai.

L'homme raccrocha et Dupree tressaillit. L'image d'Amanda venait de ressurgir dans sa tête. Et il espérait qu'il ne s'agissait pas d'un présage funeste.

Un dossier atterrit sur son bureau.

— J'en ai un autre pour vous, lança le commissaire Morrell avant de tourner les talons.

Dupree leva la tête. Son visage était sans expression. Son regard terne et flou. *Un autre quoi ?* Pour l'instant, il ne parvenait qu'à se concentrer sur une seule chose : retrouver Amanda Potter à tout prix.

— Je travaille toujours sur l'affaire Potter, répondit-il.

Son ton brusque tout comme son expression hagarde traduisaient le manque de sommeil qui caractérisait ses nuits et l'inquiétude qui le rongeait tout au long des journées. Morrell était furieux de voir qu'un de ses hommes s'était attaché à une femme impliquée dans un assassinat.

— Mais non ! répliqua-t-il sèchement. Grâce à cette vidéo, l'affaire est réglée. Simplement, on n'a pas encore arrêté le coupable. Ce n'est pas parce que vous avez le cœur en dessous de la ceinture en ce moment que les assassins ont pris leur retraite. Mettez-vous au travail, mon garçon. C'est la seule façon de vous sortir de ce marasme.

Dupree fixa le dossier que Morrell désignait du doigt sans arriver à se focaliser dessus. Pour l'instant rien d'autre ne comptait que la femme de ses rêves.

— On n'a toujours pas retrouvé Amanda Potter, lança-t-il d'un ton accusateur.

Morrell poussa un soupir.

— Dans ce cas, passez le dossier aux Personnes disparues. Sacré nom de nom, Dupree ! Tant qu'on n'a pas de corps, nous ne pouvons rien faire. Nous nous occupons des homicides, l'auriez-vous oublié ?

Dupree serra les poings.

— Je voudrais prendre un congé.

— Vous dépassez les bornes, Dupree. Vous n'avez pas le droit de vous mêler d'affaires qui ne sont pas de votre ressort.

— Je n'arrive plus à dormir. Je suis obsédé par sa voix. Elle a imploré mon aide et je n'ai pas réagi.

La sueur qui coulait de son corps imprégnait ses vêtements. Il éprouvait une lassitude dont il ne parvenait plus à se défaire.

Morrell l'observait, la conscience tiraillée devant l'intensité de ses tourments.

— Vous n'êtes pas responsable, dit-il. Et vous ne savez absolument pas si c'est bien Amanda Potter qui vous a appelé. C'était peut-être tout simplement une blague. Ce ne serait pas la première fois.

— Je suis sûr que c'était elle.

Dupree lança un regard furibond à son chef. Ses prunelles couleur whisky se rétrécirent jusqu'à n'être plus que deux fentes à l'éclat dur.

— Mon instinct... mon cœur... le sentent.

Enfonçant les mains dans ses poches, Morrell grommela quelque chose à propos de l'obstination dont faisaient preuve certaines personnes.

Lorsqu'il se frotta le visage, Dupree, abasourdi, constata que des poils drus lui raclaient la paume. Il avait oublié de se raser ! La dernière fois qu'il était venu travailler dans cet état était le jour où son équipier avait été abattu par la balle d'un tireur embusqué. Il passa la main dans ses cheveux en se disant qu'il ne pourrait supporter encore une fois de perdre une personne qui lui tenait à cœur.

Une seule idée l'obsédait : retrouver Amanda. Elle lui appartenait. Même si elle ne le savait pas encore.

Subitement, Dupree comprit qu'il venait de prendre une décision qu'il n'avait pas été capable de formuler tout haut. Il repoussa sa chaise loin de son bureau et ramassa le dossier que Morrell venait d'y déposer.

— Confiez-le à un autre, patron. Je ne ferais pas du bon boulot... Ni pour vous, ni pour moi, tant que cette affaire ne sera pas réglée. Tant que je ne l'aurai pas retrouvée, je ne pourrai plus travailler ni me reposer. Je ne pourrai pas me concentrer sur autre chose...

Sa voix se brisa.

— Tant que je ne l'aurai pas ramenée à la maison.

— Et si elle est morte ?

Dupree attrapa son veston et, sans répondre, sortit de la pièce à grands pas.

— Je prierai pour vous, mon garçon, murmura le commissaire. Mais à mon avis, vous avez besoin d'autre chose que de prières. Je crois que vous devriez vous faire examiner la tête.

Il laissa tomber le dossier sur un autre bureau

et tourna les talons. Cette affaire avait intérêt à se résoudre vite. Car Dupree était le genre d'homme qui n'abandonnait jamais ce qu'il avait commencé. Dans l'antichambre, l'ombre d'une silhouette se profila dans son champ de vision. Morrell tressaillit. A la lumière des récents événements, cela lui apparaissait comme un présage de mauvais augure. Mais il espéra qu'il se trompait.

L'appartement de Dupree était sommaire. Une tanière de célibataire. Tout le confort, mais aucune décoration.

Il n'y avait que peu de provisions dans les placards, et encore moins dans le réfrigérateur.

Sur le manteau de la fausse cheminée était posé un ballon de football dédicacé, datant de sa dernière année d'université, à côté d'une jarretière noire qu'il avait récupérée au mariage de son frère. Une photo encadrée de ses parents, prise pendant la réception de leur vingt-cinquième anniversaire de mariage, trônait sur une table. A côté, un exemplaire des quatrains d'Omar Khayyām, dans lequel il avait placé un reçu d'épicerie en guise de marque-page.

La pièce était dominée par un tableau massif, suspendu face à la porte. Dupree l'appelait son « ours de garde » en prétendant qu'il était trop souvent absent pour se charger d'un chien.

Les plantes qu'il achetait de-ci de-là ne résistaient pas à ses arrosages erratiques. Le tableau à l'huile, quant à lui, n'avait besoin d'aucun entretien. Tous cependant n'appréciaient pas ce portrait d'un ours en train d'attaquer, le sang ruisselant de ses mâchoires, dressé sur ses pattes puissantes, ses petits yeux noirs de prédateur dénués d'expression. Jefferson lui-même se sentait incapable d'expliquer pourquoi il tenait à cette toile. Il la possédait depuis trois ans. Elle l'avait suivi dans trois déménagements et avait acquis une place définitive dans sa vie.

Il lança ses clés sur la table basse encombrée de tasses sales et de canettes vides.

Puis il saisit la télécommande. Tout en déboutonnant sa chemise d'un geste machinal, il extirpa les pans de son jean et se dirigea vers sa chambre en martelant furieusement le sol du talon de ses bottes. Il braqua la télécommande par-dessus son épaule et pressa un bouton. Le téléviseur se mit en marche.

— Bien visé, Dupree ! se félicita-t-il en lançant le petit rectangle noir sur le lit.

Son revolver et son étui suivirent le même chemin. Ses vêtements aussi. Bottes. Jean. Chemise. Il éprouvait un besoin pressant de se laver. De fond en comble. La laideur de son travail l'obsédait. Il ne pouvait pas s'y soustraire, mais il lui était possible de se débarrasser de ses miasmes.

Il se glissa sous la douche. Mais ni le savon ni le gant de crin ne purent éradiquer la douleur qui lui vrillait le ventre. Elle refusait de s'atténuer. Une tache sur son âme que rien ne pouvait faire disparaître.

— Seigneur... marmonna-t-il en s'inclinant pour laisser l'eau ruisseler sur son dos.

Il lui suffisait de fermer les yeux pour se remémorer la première fois où il avait vu Amanda Potter. Elle effectuait un vol plané, et sur son visage se lisait une peur intense. Il tressaillit au souvenir de la dernière fois qu'il avait entendu sa voix. Là encore, elle paraissait terrorisée... et à bout de souffle.

Laissant enfin libre cours à sa douleur, il se

laissa tomber sur la faïence et enfouit son visage dans ses mains, incapable d'affronter l'idée qu'il puisse perdre cette femme qu'il n'avait pourtant jamais possédée. L'eau se déversait sur son dos. Brûlante, puis glacée. Comme les larmes amères qu'il ravalait.

Mais ses remords cédèrent la place à une résolution farouche. Il ne l'avait pas encore perdue. Il ne tenait qu'à lui de la retrouver.

La télévision continuait à beugler. Pour un homme qui n'aimait pas parler, elle était de bonne compagnie. Une serviette autour de la taille, Dupree fouilla dans son placard avec des gestes calmes qui ne correspondaient guère à son état d'esprit. Il opta pour des vêtements adaptés à une traque en plein air. Le genre de vêtements dans lesquels on pouvait dormir et qu'on pouvait porter le jour sans se faire mettre à la porte des restaurants.

Habillé et bagages prêts, il contempla son revolver et son sac de voyage, et lança tout haut :

— Et maintenant, je vais où ?

La réponse lui vint plus vite qu'il ne s'y attendait. La diffusion normale des programmes télévisés venait en effet d'être interrompue.

Une dépêche vient de tomber, annonça le présentateur. *L'explosion d'une bombe hier dans la capitale, suspectée d'être un attentat terroriste, semble en réalité relever des affaires criminelles. On a le sentiment que l'homme qui conduisait le véhicule était un vulgaire extorqueur de fonds.*

Dupree se laissa tomber dans un fauteuil face au téléviseur pour écouter la suite.

En fouillant dans les décombres de la voiture, les experts ont découvert les débris d'une forte somme d'argent, ainsi que ceux d'une mallette qui paraît avoir servi à récolter des fonds ou à les transporter dans quelque dépôt clandestin.

Dupree fronça les sourcils. Les importantes sommes retrouvées à côté d'un cadavre éveillaient immanquablement les soupçons des policiers.

Le chauffeur de la voiture a été identifié. Il s'agit d'un certain Charles Rigola, plus connu sous le nom de Chuckie, mi-arnaqueur, mi-paparazzo. Les spéculations vont bon train, mais la police fédérale n'a fait aucune déclaration quant au fait qu'il aurait commis un acte illégal.

Dupree se redressa. Paparazzo ? Un type qui furète partout et photographie des célébrités à leur insu ? Ou même filme une scène de meurtre, qu'il peut ensuite essayer de monnayer à prix d'or ?

La tête en feu, il se précipita pour composer le numéro de son supérieur. Morrell décrocha à la seconde sonnerie.

— Patron... commença Dupree.

— Je croyais que vous étiez en congé ? grommela Morrell, tout en se réjouissant de constater que son inspecteur paraissait avoir retrouvé son bon sens.

— J'écoutais les nouvelles, commença Dupree.

— Occupation agréable, rétorqua Morrell. Moi, je travaillais.

— Moi aussi. Imaginez le tableau. La vidéo d'un meurtre nous parvient par courrier, et ce, anonymement. Le même jour, dans la capitale, à deux Etats d'ici, un reporter-photographe pas très futé meurt dans l'explosion de sa voiture, avec une valise pleine de fric. Qu'est-ce que ça vous inspire ?

— Coïncidence, rétorqua Morrell. Mais ça peut aussi ressembler à un indice intéressant.

— J'appelle Washington, déclara Dupree. Et je vais m'absenter plusieurs jours.

— Cela ne me surprend pas, répondit Morrell. Donnez-moi de vos nouvelles.

Quelques heures plus tard, Jefferson Dupree raccrochait, l'air abasourdi. Il resta un long moment à regarder fixement un point à l'horizon.

A Washington, l'inspecteur chargé d'enquêter sur l'explosion avait montré un vif intérêt à l'histoire que lui avait racontée Dupree. Il lui avait promis de chercher des indices susceptibles de prouver qu'il existait un lien entre David Potter et l'explosion.

Deux heures plus tard, il rappelait en jubilant. Dupree avait vu juste. Plusieurs copies de la vidéo avait été découvertes bien cachées dans l'appartement de Chuckie Rigola. Dans le même temps, les comptes bancaires de David Potter faisaient l'objet d'une enquête judiciaire.

Et, avait poursuivi l'inspecteur, moins de six heures avant le drame, David Potter avait retiré une somme extrêmement importante d'un compte secret. Des faits trop troublants pour n'être que des coïncidences. Le mystère du pseudo-attentat semblait pratiquement levé, tout comme l'assassinat de Destiny Dawn. Il ne restait qu'à débusquer David Potter pour mettre en place toutes les pièces du puzzle.

En pensant à la preuve filmée et démultipliée, Dupree ne put s'empêcher de sourire intérieurement. En dépit de la somme déboursée, Potter n'en avait pas eu pour son argent.

Il raccrocha avec la sensation d'avoir accompli, avec succès, une partie de sa mission, mais la plus importante restait entièrement à mettre en œuvre.

Le moment était venu de se remuer. Amanda présente à son esprit et dans son cœur, il mit son étui de revolver en bandoulière, le boucla, et cacha le tout sous sa veste en jean.

Sur le seuil, il embrassa l'appartement du regard pour s'assurer qu'il n'avait rien oublié. De l'autre côté de la pièce, le portrait de l'ours lui montrait férocement les dents.

— A bientôt, mon vieux, lança Dupree en claquant la porte.

Il poursuivait son chemin en trébuchant au milieu des arbres de l'épaisse forêt. Il grimpait dans la direction où les bruits suspects les avaient entraînés, car David Potter ne doutait pas une seule seconde que la personne talonnée par les chiens était sa propre femme. La manière dont elle lui avait filé entre les doigts le rendait fou. Une fois de plus, c'était à cause d'elle que ses plans avaient capoté.

Le propriétaire des chiens l'avait abandonné pour se lancer à la poursuite de sa meute stupide. Serge était parti lui aussi. Il l'avait laissé tomber alors qu'il était à son service ! Un homme plus avisé que David lui aurait emboîté le pas, mais personne ne pouvait prétendre que David Potter était un homme avisé. Il n'était qu'un homme riche.

— Je te retrouverai, grommela-t-il en se débattant avec les branches qui, au passage, lui cinglaient le cou et le visage. Et quand j'aurai mis la main sur toi, tu t'en repentiras.

En montagne, les journées sont plus courtes. Avant que David n'ait eu le temps de s'y préparer, la nuit tomba. Pour toute lumière, il ne disposait que de sa lampe torche.

Une brise nocturne, porteuse de fraîcheur, faisait bruire les feuilles des arbres et des buissons autour de lui. Pour juguler sa peur, il lança un chapelet de jurons.

— Les grands garçons n'ont pas peur du noir, marmonna-t-il.

Au fur et à mesure qu'il grimpait, la phrase se transforma en litanie.

La chose se produisit par hasard. Si le petit animal n'avait pas fui par l'échancrure, il ne l'aurait même pas remarquée. Mais là, soigneusement dissimulée entre deux rochers massifs et d'épais fourrés, se trouvait, apparemment, l'entrée d'une grotte.

— C'est donc là que tu te caches.

Puis il plongea en avant et écarta les branches pour s'insinuer à l'intérieur.

Une chose volante et duveteuse le frôla, ses ailes battant doucement l'air comme les mains d'un enfant en train d'applaudir. David suffoqua, et agita sa lampe torche comme un bâton. Puis il l'aperçut.

Un sac de toile, posé sur le sol, contre un mur de la caverne. David esquissa un sourire et se précipita sur lui. La fermeture Eclair s'ouvrit dans un crissement, dévoilant quelques provisions et les maigres effets d'Amanda.

— De la nourriture. Merci, ma chère, de m'offrir ce repas. Quelle prévenance de ta part d'y avoir pensé !

Satisfait de son humour, David mordit dans une pomme. Adossé à la paroi de la caverne, il entreprit de compter le pécule d'Amanda. Il haussa les sourcils, surpris. Comment avait-elle pu lui dissimuler sournoisement de tels secrets ?

Il continua de croquer dans sa pomme en se gargarisant de l'habileté avec laquelle il avait réussi à échapper à la justice. Dès qu'il aurait puni Amanda, il quitterait le pays, ni vu ni connu. Il était en possession de son sac. Tout indiquait qu'elle n'était pas très loin et qu'elle ne tarderait pas à revenir.

Pour la première fois depuis bien longtemps, David Potter était satisfait. Il roula sur le côté et s'endormit.

De l'effondrement qu'avait ressenti Amanda, ne subsistaient dans son sommeil que quelques tressaillements et parfois un sanglot. Chaque courbe de son corps épousait celui de Nokose. Elle s'était abandonnée dans ses bras. Cette confiance n'échappa pas à Nokose. Il ne l'en chérissait que davantage.

— Je rêve. Tu ne peux pas être réel.

Nokose sourit intérieurement. Il enfouit le nez dans la magnifique chevelure d'Amanda qui fleurait bon le pin, la fumée et son odeur musquée.

— Pourtant, tu peux me toucher, dit-il en lui prenant les mains pour les poser sur son torse.

Amanda eut une réaction involontaire. Ses doigts instinctivement se rétractèrent. Nokose perçut sa panique, mais il ne savait pas comment y remédier. Il souffrait à la pensée qu'elle risquait de le rejeter parce qu'elle ne pouvait oublier les sévices que lui avait fait subir son mari. Mais il n'essaya pas de la forcer ni de la convaincre de lui faire confiance. Alors, lentement, les doigts de la jeune femme se détendirent.

Le cœur de Nokose battait sauvagement. Doucement son haleine effleurait le visage d'Amanda. Lentement... lentement se creusa l'espace entre leurs corps, ce qui permit à la jeune femme de relever la tête pour enfin le regarder.

Si fort !

Sous ses mains, elle sentait ses muscles tendus. Il la laissa poursuivre son investigation sans prononcer un mot, ni bouger. Seules ses narines légèrement dilatées et la lumière plus vive de ses prunelles ambrées montraient l'effet qu'elle exerçait sur lui.

Si grand !

Elle n'avait pas imaginé ses épaules aussi larges, ni ses jambes aussi longues. Ils étaient couchés face contre face, sur la fourrure. Sa taille à elle seule aurait dû suffire à la terroriser. Mais il n'en fut rien. Au contraire. L'idée qu'un homme aussi vigoureux ait pu s'interposer entre elle et le danger la réconfortait.

Sa peau, entre le brunâtre et le basané, à la lueur des flammes, prenait une chaude couleur café. Fascinante... Tentante... Amanda l'effleura ; un muscle tressaillit sous la peau de Nokose. Etait-ce maintenant que son rêve allait se muer en cauchemar ? Paniquée, elle leva les yeux vers lui.

Si sauvage !

Les yeux de Nokose reflétaient ses tourments intérieurs. Il perçut la crainte d'Amanda et en comprit la raison. Cela l'indigna, et il lui en voulut de douter de lui.

Il bougea et elle retint son souffle. Puis elle expira en un long soupir silencieux, tandis que les doigts de Nokose se mêlaient à ses cheveux pour l'attirer à lui.

Des lèvres, il lui caressa le front, puis posa sa tête contre sa poitrine. Et des larmes, inattendues, se pressèrent derrière les paupières d'Amanda. Elle n'était pas préparée à autant de tendresse. Ce fut son salut et sa perte.

— Je me moque que tu sois réel, chuchota-t-elle en se laissant étreindre plus étroitement. Je vais me réveiller. Et tu auras disparu. Je ne veux pas te perdre. Si cela devait arriver, alors je préfère dormir à jamais.

Nokose soupira.

— Tu ne dors pas, Amanda. Je ne suis pas un esprit. Tu ne pourras plus jamais me perdre. Je suis ici, dit-il en posant la main sur sa poitrine, à l'endroit où battait sauvagement son cœur.

Il la sentit frémir.

— Je ne pourrai jamais te faire aucun mal. Ce serait comme tuer une partie de moi-même.

Amanda se mit à trembler. *Pas un esprit ?* De quoi donc cet homme parlait-il ?

La situation devenait absolument incroyable. Si elle ne dormait pas, elle devait obtenir des réponses. Qui ne proviendraient ni de ses rêves, ni de son imagination.

— Si tu es réel, tu n'es pas celui que je croyais. Tu ne comprends pas. Je ne peux pas rester éternellement dans cette cabane. David va me retrouver.

Nokose, d'un mouvement souple, se dégagea de ses bras et gagna la porte. Puis il l'ouvrit largement et, d'un geste, désigna les grands espaces s'étendant au-dehors.

— Tu es dans la montagne. La colonie la plus proche s'appelle Fort Duquesne. Mon père est... était... *français*. Et trappeur.

En hésitant sur les mots, il fronça les sourcils. Le terme « français » qu'il venait d'employer ajouta un peu plus à la confusion d'Amanda.

— Français ?

— *Oui*, répondit Nokose avec un sourire de soulagement parce qu'elle semblait bien comprendre la langue de son père. Et ton mari ne peut pas venir jusqu'ici, ajouta-t-il.

Amanda n'en était pas aussi convaincue que lui, mais elle ne releva pas son affirmation. En tout cas, pas pour le moment. Ce qu'il venait de lui révéler la sidérait par trop.

— Ton père est mort ?

Malgré les difficultés qu'il avait pour s'exprimer en anglais, Amanda avait senti la tristesse qui perçait dans sa voix. Elle essaya de ne pas scruter son bizarre accoutrement, ni ses cheveux raides, d'un noir corbeau, beaucoup plus longs que les siens.

Nokose acquiesça de la tête.

— Il est mort... il y a deux hivers de cela.

Là encore, la formulation bizarre la décontenança.

— Pourquoi vis-tu ici, seul dans la montagne ? Pourquoi ne vas-tu pas habiter en ville ?

Nokose fronça les sourcils. Il ne comprenait pas le mot « ville », mais il savait qu'entre eux il y aurait une foule de choses que ni l'un ni l'autre ne saisirait. Il était clair comme de l'eau de roche qu'Amanda ne percevait absolument pas ce qui lui était arrivé.

— Je ne pouvais pas retourner vers le peuple de ma mère car je t'attendais.

Amanda nageait en plein brouillard. Ses parents avaient sûrement été des espèces de hippies attardés, voire des survivalistes[1].

— Où vit le peuple de ta mère ? Et comment as-tu deviné que je viendrais jusqu'ici ? Je l'ignorais moi-même.

— Je m'appelle Nokose... Je suis indien. Fils de Petit Oiseau, une fille de la tribu des Muskogees. Ils sont très nombreux, et sont installés sur

1. Personnes se cachant par crainte d'une explosion nucléaire.

les rives de la Chattahoochee. Cette grande rivière a beaucoup de petits affluents. Mon peuple, les Muskogees, vit là.

Amanda remonta la fourrure sur son corps, comme pour se protéger. Cet homme était beau. Et vigoureux. Et, à moins qu'elle ne fasse fausse route, complètement dingue. Pour qui se prenait-il ? Un Indien sauvage ? Si cela n'avait pas été d'une infinie tristesse, elle aurait éclaté de rire. Elle détourna la tête, incapable d'affronter en face le fait que l'homme qui l'avait sauvée des griffes de David était aussi dérangé que son mari.

— Ne te détourne pas de moi.

Ce cri du cœur déchira le sien. Elle ne put résister à sa supplique.

— Il faut que tu comprennes, dit Amanda d'une voix douce. Je te suis très reconnaissante de m'avoir sauvée hier soir, ou aujourd'hui, je ne sais plus... J'ai perdu tous mes repères.

Elle haussa les épaules.

— Mais tu n'avais aucun moyen de savoir que je viendrais.

Il y avait un fait dont elle préférait ne pas tenir compte : au matin, en l'apercevant, elle avait cru qu'il était l'homme de ses rêves. Maintenant, elle était parfaitement réveillée, et tout à fait consciente que c'était impossible.

— Je le savais, parce que je t'ai appelée. Je suis venu vers toi dans la lumière.

— Ô mon Dieu !

Amanda s'agenouilla et se mit à tirer frénétiquement sur la fourrure.

— Il est impossible que tu saches cela ! Comment as-tu...

Puis une idée l'illumina.

— Je comprends. J'ai dû parler dans mon sommeil. C'est cela, n'est-ce pas ?

Elle attendait sa réponse, ses yeux verts écarquillés, la bouche frémissante. De la main, il lui désigna le mur derrière elle.

Amanda se retourna et leva les yeux en direction du cueilleur de rêves suspendu au-dessus du lit.

— C'est mon... Comment as-tu... Mais ce n'est pas...

— J'ai eu une vision. Tu m'as appelé de loin, de très loin, mon Amanda. Je n'avais aucun moyen d'aller vers toi... Alors j'en ai créé un pour que toi, tu viennes à moi.

La jeune femme fut prise de tremblements. Elle se leva pour effleurer le petit cadre et ressentit un tel choc qu'elle ne s'aperçut même pas que la fourrure, tombant de ses mains, la laissait nue et vulnérable, face à lui.

C'était son cueilleur de rêves. Et en même temps, ce n'était pas lui. Celui-ci était neuf. Le bois lui-même avait l'air vert ; le cuir était souple et doux. La plume accrochée à la tapisserie était superbe. Une merveille blanc et marron, qui se détachait de la lanière de cuir, au lieu de parer l'oiseau à qui elle avait appartenu. Il y avait aussi la griffe, ainsi que le médaillon de perles. Il n'existait aucune différence entre eux — à part deux siècles et la magie de l'amour.

— Je ne comprends pas, dit Amanda. Je l'ai laissé dans la grotte. Il était dans mon sac. Vous avez dit que je n'en aurais pas besoin.

Nokose poussa un soupir. C'était si difficile ! Cependant, il fallait qu'elle comprenne. Si elle n'y parvenait pas, tout cela n'aurait servi à rien.

— Dans ce monde, il m'appartient. Dans ton monde, il t'appartient. Nous n'étions séparés que par le temps.

Elle tremblait de plus en plus. *Mon monde ? Ton monde ?*

— J'ignore où vous voulez en venir, rétorqua Amanda.

Elle se lança à la recherche de quelque chose à se mettre sur le dos.

— Et où sont passés mes vêtements, pour l'amour du ciel ?

Un grand sourire éclaira le visage de Nokose. Elle était si belle quand elle se fâchait !

— Ne riez pas ! s'énerva-t-elle. Contentez-vous de me dire où vous les avez mis.

Il traversa la pièce et se pencha sur une malle, dans un coin. Puis il revint, une tunique en peau de daim souple à la main.

— Ils étaient déchirés et couverts de sang. Cette tunique appartenait à ma mère. Elle aimerait que tu la portes.

Il dut faire appel à toute son intégrité pour essayer d'ignorer le grain de beauté posé sur son sein droit. Il choisit de se concentrer sur ses grands yeux verts.

Amanda resta bouche bée. La peau de daim était d'une extrême blancheur et aussi douce, sous ses doigts, que la plus fine des peaux traitées.

— Je ne suis pas certaine que votre mère aimerait cela, répliqua Amanda.

Elle éprouvait un besoin pressant de couvrir sa nudité, mais elle lui tendit pourtant, à contrecœur, la tunique.

— Donnez-moi simplement mes habits, je vous en prie...

— Elle n'en a plus besoin, argua Nokose en repoussant sa main.

Amanda se refusait à enfiler la tunique. Une petite voix lui soufflait que, la chose faite, elle entrerait un peu trop profondément dans le royaume de l'irréel.

— Elle n'en a plus besoin. Elle n'est plus de ce monde.

Les yeux d'Amanda s'emplirent de larmes. Il était peut-être un peu dérangé, mais elle savait combien il était douloureux de perdre ses parents.

— Je suis désolée, dit-elle. Je comprends votre chagrin. J'ai moi aussi perdu mon père et ma mère.

— Sa disparition ne me peine pas. Je n'éprouve que des regrets, parce que je ne l'ai pas connue. Le nokose l'a tuée. Sa magie était puissante. Mais celle de *mon père* l'était encore plus. Nous avons survécu.

Amanda laissa alors la peau de daim glisser sur son corps. La tunique lui arrivait en dessous des genoux. La petite bande effrangée qui la terminait lui chatouillait l'arrière des jambes. Bizarrement, c'était une sensation agréable, voire confortable.

— Qui est No-ko-se ?

Elle buta sur le nom inconnu, croyant qu'il s'agissait de l'homme qui avait provoqué la mort de sa mère.

Il désigna les fourrures.

— Tu as dormi sur sa peau. La griffe suspendue au cueilleur de rêves lui appartenait. Désormais, son esprit t'habite, tout comme il vit en moi. Je porte son nom et je possède sa force.

Amanda examina la fourrure. Effectivement, elle distingua les contours d'une peau d'ours.

— Un ours ? No-ko-se est un ours ? Et vous dites que c'est lui qui a tué votre mère ?

Il acquiesça de la tête.

— Et vous avez survécu ? Comment ?

Elle scruta son corps, à la recherche de cicatrices.

Il haussa les épaules.

— Parce que le destin voulait qu'un jour je puisse te sauver. C'est ce que je crois.

Amanda tremblait. Les murs de la cabane lui donnaient l'impression de se refermer sur elle. Le cueilleur de rêves semblait se moquer d'elle. L'homme qui se tenait entre elle et la porte lui rappelait David et la manière dont il l'avait assujettie.

Prise de panique, elle se précipita à l'extérieur, persuadée qu'il allait l'empêcher de partir. Lorsqu'elle se retrouva brutalement sous le chaud soleil de cette fin d'après-midi, elle tituba et s'immobilisa.

Pareille à une fillette apeurée, elle se tenait au milieu de la clairière. Son corps était un peu perdu dans l'ample tunique, tout comme son âme était égarée dans ce monde inconnu où elle venait d'être projetée. Comme elle n'avait aucune idée de la direction qu'elle devait prendre, elle se retourna, impuissante, vers la cabane. Et elle eut la surprise de constater que le grand homme n'avait pas esquissé le moindre geste pour la poursuivre ou l'arrêter.

Il s'encadrait, immobile, dans l'embrasure de la porte. Son visage était impassible. Et pourtant, Amanda sentit qu'il était la proie d'un profond tourment.

Il croisa son regard. Sa tête se renversa en arrière. Son menton se releva. Il prononça son nom. D'une voix douce. Amanda ferma les yeux. Il répéta son nom. Et elle sut alors qui il était. Tout cela n'avait aucun sens. Mais sa voix, ses mains, sa silhouette étaient identiques. Cet

Indien qui prétendait être un ours était l'homme de ses rêves...

Ses larmes jaillirent. Des larmes de défaite. Elle sentit ses mains sur ses joues et son souffle sur son front.

— Fais-moi confiance, Amanda. Tu es venue vers moi. Viens avec moi maintenant.

— No-ko-se ?

Il lui sourit.

— Si tu n'arrives pas à prononcer mon nom, j'en ai un autre, dit-il en lui caressant la joue. Je suis Nokose, mais mon père m'appelait Seth.

— Seth ?

Il lui tendit la main, espérant qu'elle allait la prendre. Et c'est ce que fit Amanda.

14

Ils marchaient dans la forêt. Amanda s'émerveillait de la hauteur autant que de la variété et de l'abondance des arbres et des buissons. Certaines des plantes qu'ils foulaient lui étaient totalement inconnues. Lorsqu'ils traversaient un petit cours d'eau ou gravissaient une colline, ils croisaient des animaux sauvages qui ne leur prêtaient aucune attention. Dans la tête d'Amanda, c'était ainsi qu'avait dû être le jardin d'Eden.

Le grand Indien se déplaçait dans les bois telle une ombre, sans déranger une feuille ou un buisson. Amanda essayait de ne pas se laisser fasciner par sa démarche, débordante de sensualité. Elle mit un certain temps à saisir la raison de cette fascination. Puis elle parvint à la conclusion qu'elle émanait sans doute du fait que Nokose était parfaitement à l'aise dans sa peau. Nokose était un homme, et il le savait.

Sa rêverie fut brutalement interrompue. Nokose s'était arrêté. Elle jeta un coup d'œil sur son visage et s'aperçut qu'une lueur d'excitation dansait dans ses yeux.

— Qu'y a-t-il ? demanda-t-elle.

Il pressa un doigt sur ses lèvres pour lui intimer l'ordre de garder le silence. Amanda suivit la direction qu'avait prise son regard. Un sourire ravi éclaira son visage quand elle repéra le petit bandit à fourrure qui lavait ses provisions dans le ruisseau au cours tranquille.

— *Wokto*, expliqua Nokose dont les yeux exprimèrent soudain une infinie tristesse. Mon père l'appelait *raton*.

— C'est ça, dit Amanda, raton laveur.

Elle s'efforçait d'ignorer l'étincelle de désir qui l'embrasait lorsqu'un sourire éclairait le visage de Nokose.

— Raton laveur, répéta-t-il.

Du bout du doigt, il traça une ligne de l'œil d'Amanda au coin de sa bouche. Puis agaça sa lèvre, pour qu'elle lui fasse la grâce de le regarder.

Amanda fut incapable de résister. Elle sourit. Le souffle lui manqua en découvrant la flamme ardente qui brillait dans les yeux de Nokose. Mais à l'instant où elle crut qu'il allait faire un geste vers elle, il s'écarta tranquillement. Sans lui lâcher la main, il l'entraîna plus profondément dans la forêt, plus haut dans la montagne.

De toutes parts, des signes lui indiquaient qu'elle avait fait bien davantage que s'égarer, mais Amanda préféra ne pas en tenir compte. Sa raison lui soufflait que, d'ici peu, elle saisirait enfin ce qui lui arrivait et ce que Nokose voulait lui faire comprendre.

Je serais folle de croire ce que prétend cet homme. Il est absolument impossible qu'il soit réellement venu à moi dans mes rêves.

A peine ce doute l'avait-il effleurée que Nokose, doucement, l'obligea à s'arrêter.

— Tu fronces les sourcils, remarqua-t-il d'une voix douce, en caressant d'un doigt le sillon creusé sur son front.

Son geste fit jaillir des souvenirs dont elle essayait de se persuader qu'ils n'existaient pas. Le rappel d'une époque où il ne s'était pas contenté de la toucher. Mais où il l'avait pénétrée, corps et âme, comme la foudre jaillit des cieux. Subitement ses joues s'enflammèrent.

Nokose souriait intérieurement. Elle était si expressive ! Il n'avait pas besoin de l'interroger pour connaître ses pensées. Il sentit son regard scrutateur se déplacer sur son corps, s'attarder sur son torse et sur le pagne qui recouvrait sa virilité.

— Pardon, je réfléchissais, se hâta-t-elle de répliquer.

Elle s'en voulut terriblement de lui avoir donné cette réponse conditionnée. David l'avait tellement traumatisée que, coupable ou non, elle s'excusait automatiquement.

Ce fut au tour de Nokose de froncer les sourcils.

— Tu n'as rien fait de mal, Amanda. Je suis simplement inquiet. Viens, avançons un peu. Il y a un endroit que je veux te montrer.

Il continua de la guider vers le sommet de la montagne, au milieu des arbres.

La clairière était petite. Ici et là, y subsistaient encore les vestiges d'anciens feux de camp. Mais leur présence n'inquiétait pas Nokose. C'était lui qui, à un moment ou à un autre, les avait allumés.

Au fil des années, lorsqu'il n'en pouvait plus de rester confiné dans la cabane de son père, il venait dormir ici, sous la voûte céleste et les étoiles.

Nokose, tout comme ses frères indiens, se sentait des affinités avec la terre que peu d'hommes blancs comprenaient. Son père avait exercé une grande influence sur lui, mais au fond de son cœur, il communiait avec le mode de vie de sa mère. Il était indien. Il était Nokose, fils des Muskogees, et il vivait au bord des rivières.

Le panorama qui s'étendait à perte de vue éblouit Amanda. Ils se tenaient sur un surplomb si élevé qu'elle pouvait, rien qu'en baissant les yeux, apercevoir les oiseaux voler en contrebas.

— Oh, regardez ! Là-bas. On dirait un aigle. Et là ! Je crois que j'en ai vu un autre ! Et encore un autre ! Ils sont si rares que je ne pensais pas qu'ils...

Soudain elle oscilla au bord du précipice, accablée par une révélation inouïe.

— Non ! Non !

De l'incrédulité, elle glissa lentement vers l'acceptation, car il ne lui était plus possible d'ignorer ce qu'elle avait sous les yeux.

— Ô... mon Dieu !

Nokose la retint pour l'empêcher de trop se rapprocher du bord. Prise d'une faiblesse subite, Amanda tomba à genoux.

— Qu'y a-t-il ? Qu'est-ce qui t'a effrayée, *ma chérie* ?

Il fallut plusieurs secondes à la jeune femme pour réaliser que le grondement de tonnerre n'était autre que les pulsations de son pouls qui résonnaient sauvagement dans ses oreilles. A deux reprises, elle essaya de parler, mais les mots refusaient de sortir. Elle ne parvenait qu'à contempler le précipice d'un regard vide, vers les vallées lointaines, au-delà du sommet de la colline devant elle, et de celles qui se dressaient encore derrière.

L'épais tapis d'arbres verdoyants s'étendait à perte de vue. Et quelle que soit la direction où le regard d'Amanda se portait, l'absence totale de traces de civilisation la mettait devant une évidence qu'il ne lui était plus possible de nier.

Tout ce qu'elle considérait comme habituel était inexistant. Les arbres étaient luxuriants. Le ciel limpide. Loin en contrebas, un miroitement intermittent révélait le cours d'une rivière qui serpentait dans la vallée.

Il n'y avait pas la moindre trace des tours en métal de ce XXe siècle, lesquelles enjambaient collines et vallons et se dressaient vers le ciel, reliées par un réseau de fils qui acheminaient l'électricité, des villes aux Etats, et des Etats au monde. Le flanc des montagnes n'était pas creusé de tunnels pour faire passer les autoroutes. Aucun panneau publicitaire. Nul nuage de fumée dans le lointain, dénotant la présence d'une vaste métropole. Et dans le ciel, au-dessus de leurs têtes, aucune ligne tracée par les jets. Pas de klaxons. Pas de brume de pollution. Pas le moindre signe d'une présence humaine ; en dehors de l'homme qui se tenait à ses côtés. Pas le moindre bruit, en dehors du vent qui bruissait dans les feuilles des arbres, et du pépiement d'un oiseau qui chantait sa joie de vivre.

— Où est donc passé le monde dans lequel je vis ?

Son cri perça le cœur de Nokose. Il la saisit

par les épaules pour la détourner en douceur du paysage. Il l'y forçait, et elle ne put que regarder en face son visage et ses yeux. Des yeux d'ambre brillants, tellement déplacés dans un visage de guerrier.

— Il n'est pas né, mon Amanda. C'est le mien que tu contemples. Ton monde à toi n'est pas encore advenu.

— Mon Dieu... je suis folle ! Et si je ne le suis pas, comment et pour quelle raison suis-je ici ?

Des étincelles brûlantes jaillirent des prunelles de Nokose ; elles formèrent une spirale qui se mua en brasier, et Amanda eut la sensation d'être aspirée à l'intérieur. Elle tendit la main pour reprendre l'équilibre, et s'aperçut qu'en fait un tourbillon l'avait emportée.

— Tu n'es pas folle, Amanda. Ni ici — il lui toucha la tête — ni là — il lui toucha le cœur. Et tu es ici, parce que je t'y ai fait venir.

— Mais pourquoi ? chuchota-t-elle.

— Parce que tu étais seule et que la peur te rongeait. Parce que tu as besoin que je guérisse ton âme. Parce que tu as besoin de mon amour. Notre *destin*, à tous les deux, est d'être réunis.

Le destin... Amanda soupira. Souvent, il employait un terme français quand son anglais lui faisait défaut. Sans doute avait-il décidé qu'elle n'était pas douée pour parler le muskogee, sa langue maternelle, puisqu'elle n'était même pas parvenue à prononcer son prénom, si simple, sans bégayer.

Bouleversée, elle leva le visage vers lui. Les larmes brillaient dans ses yeux, et sous l'impact de l'émotion, son menton tremblait.

— Alors, guéris-moi et aime-moi.

En la prenant dans ses bras, Nokose sentit son cœur éclater de bonheur.

— Amanda, murmura-t-il.

Il l'enlaça et, avec une infinie douceur, l'allongea sur l'herbe. Ses gestes étaient pleins de tendresse. Ils allaient s'unir pour la première fois autrement qu'en rêve.

Amanda ne bougeait pas, et ne parlait pas davantage. Mais sa résistance se dissipa peu à peu et en même temps ses craintes s'effacèrent, car elle reconnaissait le moindre de ses gestes, comme dans ses songes. Elle leva les yeux sur la silhouette sombre nimbée d'un halo de lumière. C'était bien lui. Elle se rendit compte qu'il tremblait légèrement et semblait attendre qu'elle prenne sa décision. Alors elle lui tendit les bras.

Une petite brise rafraîchissante souleva les mèches de cheveux sur son front brûlant et emmêla les boucles auburn qu'il adorait sentir sous ses doigts. Il plongea ses yeux dans les siens et sourit. Ils étaient verts comme la forêt qu'il aimait, verts comme le paysage qui les entourait.

— Je voudrais te voir, *ma chérie*.

Avec une immense douceur, il lui ôta sa tunique.

— J'ai tellement soif de te toucher.

Il prit son visage entre ses paumes et, avec une infinie délicatesse, il en suivit de ses pouces le contour et caressa son corps.

Amanda gémit et lui saisit les mains. Elle éprouvait à la fois une grande peur et une immense joie.

Nokose s'immobilisa, le temps de lui permettre d'accepter sa présence. Quand il sentit que l'angoisse enfin refluait, il se mit à lui prodiguer des caresses. Sur la plante des pieds. Le long des jambes. Sur son ventre plat. Et plus bas, jusqu'à sa féminité. Ses mains effleurèrent, puis palpèrent le plus secret des lieux, masqué par les doigts de la jeune femme. Elle soupira puis gémit lorsque son pouce titilla le bouton qui se dissimulait sous sa toison bouclée.

— Lorsque tu rêvais, j'éprouvais une grande joie à m'unir à toi. Mais aussi un grand tourment, car je ne pouvais pas sentir ton corps contre le mien. Nos cœurs se sont unis merveilleusement, mais jamais nos chairs. Le moment est venu de le faire.

— No-ko...

Il baissa la tête et souffla légèrement sur les pointes érigées de ses seins. Sa virilité se gonflait doucement. Alors il écarta son pagne et elle jaillit vers Amanda. Dure. Douloureuse. Libre.

Ses cheveux formaient un rideau qui protégeait le visage de la jeune femme du soleil brûlant. Il posa sa joue contre la sienne pour lui chuchoter qu'elle n'avait pas à se battre avec son prénom indien.

— Souviens-toi simplement de celui qu'utilisait mon père.

— Seth ?

— *Oui, ma chérie,* Seth.

Des lèvres, il effleura la pointe des seins qui se dressaient vers lui. De la langue, il traça des cercles autour des mamelons puis il goûta sa peau. Il tressaillit et étouffa un grognement. C'était elle qui devait éprouver du plaisir. Il prendrait le sien plus tard.

— Oh, Seth...

Il saisit le sens de son chuchotement, et comprit qu'elle le suppliait de continuer. C'était le plus cher de ses désirs.

Ses mains glissèrent entre l'herbe et ses hanches, et inclinèrent son corps pour qu'elle puisse le recevoir.

Elle se mordit la lèvre, dans l'attente d'une

douleur qui ne vint pas. Le point qui palpitait entre ses jambes se mit à battre au rythme du sang qui coulait sauvagement dans ses veines. L'espace d'un court instant, elle se raidit, car la brutalité de son mari lui revint en mémoire. Mais tout aussi vite, elle entendit sa voix qui la rassurait, sentit les tendres caresses, et comprit qu'en définitive elle mourrait peut-être entre les mains d'un homme. Mais pas parce qu'il était brutal. A cause de son amour.

Nokose s'arc-bouta au-dessus d'elle, et se glissa à l'intérieur de sa femme comme il l'avait déjà fait à d'innombrables reprises. Son corps brûlait d'une passion ardente et douloureuse. Enveloppé dans sa chaleur, il s'efforçait, en guerrier, de maîtriser ses émotions.

Il s'enfonça en elle, dans un va-et-vient fluide et rythmé.

Amanda perdit tous ses repères. Elle ne se dominait plus et n'était plus consciente de rien. Elle avait perdu toute notion de lieu et de temps. Ne restaient que cet homme, au-dessus d'elle, et lui, en elle. Qui remplissait ce qui était si longtemps resté vide. Qui ne comblait pas seulement son corps, mais également son cœur.

Caresse après caresse, il lui donnait du plaisir sans se soucier de sa propre soif amoureuse. Il résista au désir de se déverser dans la femme allongée sous lui, et se concentra sur les sentiments qu'exprimait son visage.

La peur s'était effacée de ses traits. Le choc avait cédé la place au désir. Quand il vit ses lèvres s'écarter et ses paupières se baisser, il sentit que le moment était venu.

A l'instant même où il crut mourir de s'être ainsi retenu, elle se cambra vers lui. Ses bras enlacèrent étroitement son corps tandis qu'elle agrippait des mains sa longue chevelure, telles des rênes pour aller jusqu'au bout de leur longue chevauchée.

Tout tourbillonnait dans la tête de Nokose. Rien d'autre n'existait que ce feu qui les consumait. Une dernière fois il plongea profondément, puis il explosa, et se déversa longuement en elle... Alors ses bras cédèrent et il s'écroula sur son corps frémissant.

Lorsque les battements de son cœur s'apaisèrent et que la lassitude fondit sur chacun de ses membres, il se souleva sur les coudes et roula sur le côté, l'entraînant dans son mouvement. Ils se retrouvèrent allongés face à face.

Le visage d'Amanda était baigné de larmes. A l'instant où il aurait pu s'en inquiéter, le doux sourire qui écarta ses lèvres lui apprit qu'il ne s'agissait ni de douleur ni de regret. Il lui avait donné du plaisir. Elle lui avait offert une immense joie.

— Amanda... Mon Amanda... *Mon cœur*.

Du bout du doigt, elle traça le contour de son visage et sourit à travers ses larmes.

— Seth ?

Il épiait ses yeux. Cette fenêtre de l'âme qui révèle l'essentiel. Et Nokose avait besoin de savoir tout ce qu'il y avait à connaître de sa femme.

— *Oui*, Amanda ?

— J'ai tellement souffert par la faute de David.

Un éclair douloureux le transperça. Il prit son visage entre ses mains, pour goûter les mots sur ses lèvres.

— Je sais, dit-il avec un soupir de regret. Si cela avait été en mon pouvoir, j'aurais changé ta vie il y a des années.

Elle se tortilla légèrement sous sa caresse, un peu timide, tout en osant oser.

— Alors, pour me guérir, je crois que tu vas devoir m'appliquer ce traitement bien davantage qu'une seule fois. Qu'en penses-tu ?

La lumière jaillit dans l'esprit de Nokose. Elle en redemandait. A la fois surpris et ravi par sa naïveté, et par sa requête, il éclata d'un rire qui résonna dans toute la forêt.

Un geai s'envola de la cime d'un arbre, grondant contre ces étrangers et leur bruyante intrusion dans son domaine. Un écureuil, tout affairé à décortiquer un gland, détala comme une flèche pour grimper au tronc d'un arbre, son butin serré entre les dents.

Bien avant la tombée du soir, ils s'étaient aimés encore et encore. Toute la nuit et jusqu'à une heure avancée de la matinée, Nokose resta allongé sur la couche de fourrure dans la cabane, Amanda pelotonnée dans ses bras. La plume du cueilleur de rêves, agitée par la brise qui pénétrait par la porte entrouverte, se balançait mollement contre la tapisserie.

Nokose ferma les yeux pour essayer de dormir. Amanda soupira et se serra plus étroitement contre lui. Dans son geste, ses seins doux et nus s'aplatirent légèrement contre son torse massif. Un muscle de sa jambe frémit. Il comprit immédiatement qu'elle fuyait dans son rêve et s'empressa de la calmer d'une caresse sur la cuisse. Son cœur se gonfla dans sa poitrine. Il se sentait mourir d'amour pour cette femme qui dormait dans ses bras et attendait une réponse qui ne venait pas.

Il avait l'impression d'être semblable à la plume, pris à un piège qu'il avait lui-même fabriqué. Il avait souhaité de toutes ses forces qu'Amanda vienne à lui. Mais lorsque arriverait le moment de son départ, il n'était pas sûr de pouvoir y survivre.

Le restaurant, dans la banlieue de Miller's Crossing, était petit, bruyant et encombré. Niché au bord d'une route à deux voies surplombant une petite vallée verdoyante, dominé par un pic des Appalaches en toile de fond, l'endroit avait la réputation d'être spécial et pittoresque.

Jefferson Dupree se moquait totalement du cadre. Tout ce qu'il demandait à l'établissement, c'était un café chaud et une place pour s'asseoir.

Mais quand il aperçut le coin-repas prêt à déborder, il fit la grimace. Après deux journées entières de recherches, son enquête se résumait à un seul indice : Amanda Potter avait quitté Morgantown en bus et, à cent cinquante kilomètres au sud, elle avait loué une voiture.

Le matin, lorsqu'il avait découvert que le véhicule en question avait été retrouvé, abandonné dans la montagne à plusieurs kilomètres de là, ses espoirs s'étaient brusquement effondrés. Elle avait pu emprunter n'importe quel mode de locomotion et être, à l'heure actuelle, à n'importe quel point du globe. Ou... égarée dans la montagne.

Ce n'était certainement pas David Potter qui signalerait sa disparition. Ainsi que sa femme, il s'était évanoui dans la nature. Des patrouilles avaient été lancées à leurs trousses et, en dépit des recherches menées à l'échelon national, on n'avait retrouvé trace ni de l'un ni de l'autre. Comme s'ils s'étaient évanouis de la surface de la Terre. Dupree frissonna. Il ne voulait pas réfléchir à ce que cela pouvait signifier.

L'enquête menée sur le passé d'Amanda lui avait appris que tous les membres de sa famille étaient décédés. Une bouffée de panique le submergea à nouveau. Et s'il ne la retrouvait jamais ? Ou pire encore... S'il la retrouvait, et que ce soit pour l'enterrer ?

— Bon sang de bon sang ! grommela-t-il, incapable d'affronter cette possibilité.

— Une seconde, monsieur, s'agaça une serveuse qui passait près de lui en portant un plateau d'assiettes sales. Ne vous énervez pas. Je vous libère une place dès que je peux.

Honteux contre lui-même, tout comme du fait que la femme avait cru qu'il ronchonnait contre elle, Dupree essaya d'esquisser un sourire. Mais il aperçut son reflet dans le miroir poussiéreux suspendu au-dessus de la caisse enregistreuse et s'arrêta net. Manifestement, il n'était pas d'humeur gaie.

Un tabouret se libéra au comptoir. Battant tous les autres de vitesse, Dupree se glissa sur le siège.

— Un café, commanda-t-il, puis il ajouta : s'il vous plaît.

Ensuite, il examina le menu et passa sa commande. Peu à peu, il se détendit, et se brancha sur les conversations qui allaient bon train autour de lui. Certaines étaient drôles. D'autres trop intimes pour être tenues dans un endroit aussi public. Puis il se focalisa sur une autre et ce qu'il surprit lui fit oublier ses pieds las et son cœur vide.

— ... complètement zinzin, disait l'homme.

— Ça, tu peux le dire ! répondit l'autre. Mais est-ce qu'il t'a payé ?

— Ben non. Mais je m'estime heureux de m'en être sorti avec mes chiens. Jamais rien vu d'pareil. Un type qu'avait l'air d'avoir plein de fric. Tu vois l'genre. Mobile home de luxe. Il s'était même attaché les services d'un grand blond avec une queue-de-cheval.

L'homme s'exclama :

— Mince ! Ils étaient peut-être de la jaquette flottante. J'y crois toujours pas, à son histoire de louer ma meute pour retrouver sa femme soi-disant disparue. Si j'avais perdu la mienne — et crois-moi, il m'est arrivé plus d'une fois de m'dire que j'essaierais bien d'la perdre —, tu peux être sûr que j'irais pas la chercher dans les Appalaches. Je foncerais au centre commercial le plus proche. C'est moi qui te l'dis !

Le cœur de Dupree fit un bond. *Mon Dieu, il est impossible que j'aie autant de veine.*

— Tu m'en diras tant ! enchaîna son copain. Quant aux lieux hantés que tes chiens ont reniflés, j'ai entendu dire qu'autrefois...

Dupree pivota sur son tabouret pour regarder les deux hommes installés dans un box un peu plus loin. Sans prêter attention au plat que la serveuse venait de déposer devant lui, il ramassa sa tasse de café et les rejoignit.

Il leur présenta sa carte d'un geste rapide.

— Messieurs, dit-il, pardonnez-moi d'avoir écouté votre conversation.

Les yeux écarquillés, ils contemplaient l'insigne officiel. Avant qu'ils n'aient le temps de sombrer dans le mutisme ou de s'offusquer, Dupree les mit au fait de ses recherches.

Les deux hommes l'écoutèrent volontiers, prêts à ajouter des détails sur l'aventure vécue par le propriétaire des chiens. Mais lorsque Dupree lui demanda s'il avait vu la femme qu'ils étaient censés rattraper, il fit une moue dubitative.

— Non... reconnut l'homme. Le mari... ce type

a pas arrêté de hurler pendant qu'on grimpait cette montagne. Mais personne n'a répondu. Et quand mes chiens ont repéré cette piste à vous donner le frisson et qu'ils se sont enfuis dare-dare, j'ai pas demandé mon reste ! J'ai fait comme eux. J'avais pas du tout envie de rester planté là-haut à attendre que ce dingue recommence à tirer.

Zut, songea Dupree. Il aurait évidemment dû se douter que Potter était armé.

— Sur quoi tirait-il ?

L'homme renifla.

— Sur rien. Sur tout. J'ai jamais vu un type aussi perturbé. J'étais certain qu'on n'était pas loin de toucher au but, parce que mes bêtes sont parties très vite sur une piste. Et j'les connais, mes chiens. Je sais comment ils s'appellent les uns les autres quand ils suivent une trace. Ils reniflaient quelqu'un, mais je saurais pas dire qui... Et si c'était cette Amanda, elle était pas d'humeur à se faire rattraper.

Dupree sentit son pouls s'emballer. Il saisit la main de l'homme.

— Elle s'appelait comment ? lança-t-il d'une voix rauque.

— Ah, mais c'est vrai ! Je vous l'avais pas encore dit. Mince alors ! Ce crétin l'a hurlé tellement de fois que je l'entends encore dans mon sommeil : Amanda. Et chaque fois qu'il hurlait son nom et qu'elle répondait pas, il tirait un coup de revolver.

— Où ? demanda Dupree.

— Oh, en l'air, marmonna l'homme. N'importe comment.

— Non, reprit Dupree. Ce que je veux savoir, c'est où c'était. Loin d'ici ? Pourriez-vous retrouver l'endroit ?

L'homme renifla.

— J'connais ces montagnes comme ma poche. Bien sûr que oui que je le peux. Vous voulez partir quand ? Mais faut que vous sachiez que j'irai pas plus loin. Mes chiens, ils ont reniflé quelque chose dont j'veux pas me mêler. Peut-être un gros ours ou un truc dans ce genre.

— Peut-être bien que c'est les fantômes dont j'allais te causer, insinua son copain.

Dupree l'interrompit avant qu'il ne se lance dans d'autres histoires démentes de revenants. Les récits sur les lieux hantés abondaient dans ces montagnes. C'était difficile à admettre, mais se lancer à la poursuite d'Amanda se révélait aussi vain qu'une chasse aux fantômes.

David Potter dormait, roulé en boule. Il se balançait sur l'air d'une berceuse qu'il était seul à entendre. Sa veste lui servait d'oreiller et le sac de toile d'Amanda, d'ours en peluche. Il le serrait étroitement contre lui.

Il passa le premier jour dans un état d'excitation exacerbée. Amanda allait venir reprendre ses affaires. Il s'attendait à la voir apparaître à chaque instant. Il avait inventé toutes sortes de rétorsions, qui s'évaporèrent avec la tombée de la nuit.

A la fin de la deuxième journée, il commença à paniquer. S'il abandonnait maintenant, elle s'en sortirait sans être punie. C'était impossible. Elle s'était vraiment mal conduite.

D'un autre côté, s'il n'avait plus rien à manger, il fallait bien prendre une décision. Soit il attendait en mourant de faim, soit il redescendait dans la vallée en courant le risque de buter contre la police. L'alternative lui déplaisait horriblement. La déprime s'insinua en lui, car il ne voyait aucune autre solution. Du coup, il avait décidé de dormir. Ainsi, sa mère ne viendrait pas l'asticoter. Il ne voulait pas qu'elle découvre ses ennuis. Car une fois de plus, elle serait extrêmement fâchée contre lui.

Le soleil se leva puis se coucha sur les troisième et quatrième jours qui suivirent l'évasion d'Amanda. A part se soulager, mordre une ou deux bouchées dans les maigres provisions qui lui restaient, puis retourner se pelotonner dans son nid poussiéreux, au fond de la caverne, David ne faisait presque rien.

S'il avait pu voir son visage, il en aurait été abasourdi et rempli de désarroi. Il n'était plus possible de discerner chez lui le député tiré à quatre épingles, au style vestimentaire impeccable, enfant d'une vieille famille ultra-conservatrice. David Potter était désormais le parfait reflet du clochard crasseux qu'il avait autrefois ignoré. Sa cavale, pour échapper à la justice, et sa traque à travers bois l'avaient transformé en une pauvre réplique de Beaner.

Une barbe hirsute commençait à recouvrir ses traits parfaits. Le député David Potter était sur le point de disparaître, mais d'une manière bien différente de celle qu'il avait projetée. S'il quittait les bois dans cet état pour rejoindre la ville et se fondre dans la foule des vagabonds qu'il avait si longtemps toisés de haut, il aurait pu se tirer à bon compte de ses ennuis.

Mais il avait trop soif de vengeance. Amanda, il en avait la conviction, avait envoyé la vidéo à l'inspecteur Dupree. A cause d'elle, on savait désormais qu'il avait assassiné Destiny Dawn. Elle avait saccagé leur monde idéal. Tout était sa faute. Et elle allait payer, malgré vents et marées.

Il continuait donc à dormir, fort de la conviction que le destin lui ramènerait sa femme sur un plateau d'argent. Il trouvait parfaitement normal d'attendre tranquillement sur place que sa volonté se concrétise. Après tout, c'était exactement ce qu'il avait toujours fait. Et ses moindres désirs avaient toujours été exaucés.

A mi-sommet, Dupree s'arrêta près d'un arbre pour souffler un peu. Subitement, la vision du visage d'Amanda le fit tituber.

Surgie de nulle part, une bouffée de panique l'envahit. Elle l'étouffait, elle l'aveuglait. Il était la proie d'une sensation étrange : celle d'avoir franchi des miasmes de terreur et la conviction qu'Amanda était passée par là. Sa tête lui disait que c'était impossible, mais son instinct lui affirmait le contraire.

— Reprends-toi, marmonna-t-il en se secouant pour se débarrasser de cette impression.

Il jeta un regard aux deux hommes qui l'accompagnaient, en se demandant qui, depuis une heure, dirigeait qui. La plupart du temps, les deux prétendues grosses têtes, Stanley et Curtis, n'avaient cessé de se raconter des histoires, pendant que lui ouvrait la voie.

Dupree, d'une tape, écrasa un moucheron et demanda :

— Sommes-nous toujours sur la bonne piste ?

Les deux hommes acquiescèrent de la tête.

Il essaya d'imaginer Amanda, perdue dans cette région inhabitée. Dès que cette pensée s'insinua dans son esprit, il voulut l'effacer. Si elle ne s'était pas égarée, elle gisait peut-être impuissante dans un des innombrables canyons de cette montagne, ou était en train d'agoniser. Ou encore David Potter avait retrouvé sa trace et l'avait assassinée à son tour.

— Je refuse d'y croire.

— Qu'est-ce que vous dites ? demanda Stanley en essuyant son front, humide de transpiration, du revers de sa manche.

— Rien, répondit Dupree. Je pensais tout haut, c'est tout.

Stanley frissonna.

— Bon sang, inspecteur, dites pas ça ! Le dernier type que j'ai guidé là-haut arrêtait pas de parler tout seul, lui aussi.

Dupree soupira profondément.

— Je ne suis pas cinglé. J'en ai ras le bol, c'est tout. Je suis flic, pour l'amour du ciel. Une femme court un grave danger, et apparemment, je n'arrive pas à la secourir. Pigé ?

Stanley hocha la tête.

— Dommage que j'aie pas su avant le genre de type que c'était. J'aurais jamais accepté ce boulot. J'arrive pas à croire qu'il voulait la tuer. Vous vous rendez compte, on aurait pu tout aussi bien raconter que c'était ma faute.

— Si Potter avait retrouvé sa femme, je doute fort que vous ayez pu repartir sain et sauf, observa Dupree d'une voix sombre.

Stanley pâlit.

— Ça alors ! J'y avais jamais pensé ! Hé, Curtis, t'as entendu ? J'étais sa prochaine victime.

— Peut-être. Pas sûr, répliqua Dupree. Maintenant, allons-y. Il fait encore jour. Profitons-en. Montrez-moi l'endroit où les chiens se sont arrêtés.

Cinq minutes plus tard, Stanley s'immobilisa.

— C'était à peu près ici, dit-il en scrutant le ciel à travers les arbres. Je m'en souviens bien, parce que, de là, j'apercevais le sommet de Rainey Ridge, expliqua-t-il en le désignant du doigt. Vous voyez ? C'est celui-là.

La crête en forme d'enclume de la montagne voisine se détachait nettement sur le ciel.

— Il y a deux ou trois jours, le clair de lune n'était pas très puissant, observa Dupree. Comment pouvez-vous en être certain ?

— On avait suffisamment de lumière pour monter jusqu'ici. Et y en a toujours assez pour rebrousser chemin. Je sais ce que j'ai vu, insista Stanley. C'est pile ici qu'il s'est remis à tirer.

Dupree entreprit d'arpenter le site en quête d'un indice susceptible de lui confirmer qu'il était bien sur la bonne piste.

Les rayons du soleil filtraient à travers les branches des arbres, projetant des taches de lumière et d'ombre alternées sur le sol.

Le soleil dardait sur le crâne de l'inspecteur un halo brûlant qui faisait ressortir les reflets noirs de ses cheveux. Il se déplaçait sans bruit, à la fois rigide et aux aguets. Une forte brise se leva et fit tourbillonner les feuilles à ses pieds. Sans elle, Dupree sut qu'il serait passé à côté de l'objet sans le voir. Il se pencha pour le ramasser.

Une cartouche.

— Quelle était son arme ? questionna-t-il.

— Une espèce de pistolet. J'en suis pas tout à fait sûr, parce que je ne me suis pas aperçu qu'il en trimbalait un, avant d'entrer dans les bois. Et après, il faisait trop sombre pour que je puisse le vérifier.

Dupree sourit dans sa barbe. Potter se laissait aller. Il mit la cartouche dans un sac de plastique qu'il enfonça dans sa poche. La situation s'améliorait peut-être.

— Hé, regardez-moi ça !

Le copain de Stanley, Curtis, brandissait sa trouvaille.

— Un trousseau de clés, avec une plaque d'identité.

— Montrez.

Les clés prirent le chemin des airs. Dupree les rattrapa au vol. Il les détailla avec soin, puis sourit : les choses prenaient un tour intéressant.

— En cas de perte, retourner ceci à M. Potter, Morgantown, Virginie de l'Ouest, lut-il. Eh oui !

— Et maintenant, qu'est-ce qu'on fait ? questionna Stanley. On continue à chercher, ou quoi ?

Dupree hocha la tête.

— Pas question, mon vieux. On va redescendre. Et je vais demander qu'on envoie une équipe de recherches ici. Un mandat d'arrêt a été lancé contre ce type. Il a tué une fois et, à mon avis, il n'hésitera pas à recommencer.

Les deux hommes tressaillirent et acquiescèrent de la tête. Ils avaient hâte de se retrouver à l'abri de leur petite vie provinciale, bien au chaud dans leur maison.

Quelques heures plus tard, Jefferson Dupree laissa tomber la clé de sa chambre à côté du téléphone, avant de s'effondrer sur son lit. Il attrapa le combiné, composa un numéro, et passa en revue son jean bleu déchiré et ses bottes égratignées en attendant que Morrell décroche.

— Patron...

— Dupree ? Bon sang, où étiez-vous passé ? Ça fait deux jours que j'attends votre appel.

Dupree sentit son ventre se nouer.

— Il y a un problème ?

— Un problème ? grogna Morrell. Non. Pas du tout. En fait, j'ai plutôt de bonnes nouvelles.

— Amanda est rentrée ?

Morrell soupira et fit craquer ses phalanges d'un geste machinal. Il aurait dû prévoir que la nouvelle était loin de correspondre à l'attente de son inspecteur.

— Non, mon garçon. Pas si bonne que cela. Mais un véritable indice malgré tout.

Dupree soupira. Son corps s'enfonça dans le matelas sur lequel il se laissa retomber doucement. Il ferma ses yeux las.

— J'attends.

— Le gangster engagé par Potter, un certain Serge Marcovic, a été arrêté au volant du mobile home de Delia Potter, à la sortie de Richmond.

— Delia Potter est morte, grommela Dupree.

— Ouais, je sais. Et vous le savez. Serge Marcovic lui-même le sait. Mais il prétend ne pas être persuadé que David Potter le sache aussi. Ecoutez-moi, Dupree. Selon Marcovic, Potter a complètement perdu les pédales. Il se parle à lui-même, et à sa mère, sans arrêt. Marcovic prétend même qu'ils se disputaient !

— Génial ! s'exclama Dupree, qui imaginait le sort d'Amanda entre les mains d'un dément de ce calibre. Et moi qui croyais que nous n'avions sur les bras qu'un crétin de rupin !

Il gémit doucement.

— Comment se fait-il que personne ne nous ait prévenus que ce salaud avait un écrou dévissé ?

— Comment voulez-vous que je le sache ? Peut-être qu'il a basculé à cause de tous ces événements. Peut-être qu'il est plus futé que nous ne le croyons. Peut-être même joue-t-il la comédie, au cas où il serait arrêté. Il pourrait alors plaider la folie, non ?

Dupree ravala la boule qui l'étouffait.

— Est-ce que ce Marcovic a raconté autre chose ?

— Juste que, la dernière fois qu'il a vu Potter, il était en haut d'une montagne et refusait d'en descendre. Ce malabar jure qu'il ignorait tout du meurtre. Il prétend ne pas savoir que Potter voulait faire du mal à sa femme. Qu'il n'a compris qu'en le voyant se mettre à tirer tous azimuts lorsqu'ils étaient à la poursuite d'Amanda.

— Ça correspond.

Morrell changea le combiné d'oreille.

— Que voulez-vous dire ?

— J'ai débusqué l'endroit en question, patron. J'y ai trouvé une cartouche vide et un trousseau de clés appartenant à Potter. J'ai aussi mis la main sur l'homme qu'il avait engagé pour le guider. Par contre, Potter et Amanda sont toujours introuvables. Pour moi, ils sont un peu plus haut, probablement terrés dans un abri naturel. Mais impossible de savoir où exactement. Car ici on se croirait dans la jungle.

— Qu'attendez-vous de moi ?

Il fallut un moment à Dupree pour enregistrer le fait que son supérieur acceptait sans discussion son évaluation de la situation. Le visage d'Amanda lui apparut brusquement et il ne fut pas long à prendre sa décision.

— Je veux que vous appeliez la police locale pour la mettre sur cette enquête, et que vous me donniez l'autorisation de participer aux recherches. Et je veux que vous le fassiez de façon officielle.

— C'est d'accord, mon garçon, acquiesça Morrell, avant d'ajouter : Dupree ?

— Oui, patron ?

— Bonne chance, fiston. Je crois que vous allez en avoir bien besoin.

Quand Dupree réalisa enfin que Morrell avait

raccroché, il reposa le combiné et enfouit son visage entre ses mains.

Il ne s'était jamais autorisé à imaginer ce qu'il pourrait ressentir en embrassant Amanda Potter. Il l'avait si profondément dans la peau qu'il ne parviendrait peut-être jamais à l'oublier.

— Mon Dieu, Amanda ! Quel sortilège m'as-tu jeté ?

Il roula à bas du lit et gagna la salle de bains en se dépouillant de ses vêtements.

15

L'onde du ruisseau s'infiltrait entre les orteils d'Amanda ; elle pataugeait dans l'eau en serrant contre elle un panier rempli des mûres qu'elle était en train de cueillir sur les buissons qui bordaient la rivière.

Deux mûres dans le panier, une dans la bouche. Le rituel se poursuivit de la sorte jusqu'au moment où ses doigts, tout comme ses lèvres, furent aussi pourpres que du vin et où son panier déborda.

Sa longue natte de cheveux auburn retombait sur sa poitrine. Parfois elle s'accrochait à un arbuste particulièrement vigoureux, et Amanda devait la démêler doucement des ronces. Mais il s'agissait là d'un prix bien faible à payer pour un moment d'une telle perfection.

Elle n'avait jamais connu plus grand bonheur. David était exclu de cet univers. Ici, elle se sentait en sécurité, chérie et protégée. Chaque matin, elle éprouvait un vrai plaisir à se rappeler qu'aucune horloge n'égrènerait les heures de la journée, et une grande joie à l'idée de l'homme qui était venu à elle en lui offrant un amour qu'elle n'aurait jamais osé imaginer.

Les rayons du soleil réchauffaient l'eau et les minuscules vairons se faufilaient dans les bas-fonds vers des profondeurs plus fraîches. Des abeilles bourdonnaient autour d'elle et se posaient de temps à autre sur un arbuste encore en fleur, pour prélever leur part de nectar dans ce monde d'abondance.

La faible brise faisait légèrement frissonner la peau de daim sur son corps, juste assez pour permettre à un observateur curieux de surprendre un fascinant aperçu de sa silhouette.

Sur la rive opposée, huit paires d'yeux d'obsidienne foncée surveillaient chacun de ses gestes. Leurs têtes étaient à demi rasées. Des mèches se hérissaient sur leur crâne, comme pour défier le ciel, des feuilles et des perles multicolores se balançaient contre leurs pommettes.

Leurs visages étaient partagés en deux : un côté arborait une peinture de guerre d'un blanc fantomatique ; l'autre était d'un noir mortel. Lorsqu'ils souriaient au spectacle de la femme qui avançait dans le courant, l'ivoire de leurs dents faisait un contraste aigu et sauvage avec les couleurs étranges étalées sur leur peau.

La transpiration faisait briller huit corps bruns, et leur accoutrement — pagne, leggings et mocassins — se fondait dans la forêt comme les jeunes arbres se fondent parmi leurs aînés. Immobiles, des bâtons de guerre à la main, ils attendaient.

Amanda continuait sa récolte de baies en chantonnant, inconsciente du fait que sa vie était suspendue au caprice d'un guerrier.

Nokose était à moins de cent mètres de la rive

quand il sentit le danger. Quelques instants plus tôt, toutes sortes de bruits peuplaient la forêt. Subitement, il n'entendit plus que le battement de son cœur. Comme pour donner plus de poids à ces signes, un nuage dissimula le soleil.

Amanda !

Il fit glisser le couteau hors de son étui, et bondit en un éclair du sentier à l'intérieur des bois. Il se déplaçait comme s'il ne faisait qu'un avec les ombres mouvantes créées par la brise. Dans l'air montait la mélodie fredonnée par Amanda, chantonnement qui n'avait aucun sens pour lui, en dehors du fait qu'elle était bien vivante. Ce qui — ou ceux qui — la menaçait ne lui avait pas encore fait de mal.

La rapidité de ses mouvements était décuplée par la peur et il ne lui fallut que quelques secondes pour gagner l'orée des arbres. La jeune femme se déplaçait sous les branches de mûriers, juste en dessous de lui. Une décharge d'adrénaline le secoua. Dans son univers, la vie était chose fragile. Nokose scruta la rive opposée, en quête des traces du danger.

Leurs yeux se croisèrent simultanément. Ambre contre nuit. Une paire contre huit. Alors, Nokose quitta l'ombre des arbres pour s'avancer dans la lumière, la tête haute, le menton dressé, en brandissant son couteau. Il était impossible de ne pas voir qu'il les défiait.

— Amanda, viens ici !

Il parlait à voix basse, mais très distinctement.

Elle sursauta. Les mûres qu'elle allait mettre dans son panier firent plusieurs « floc » en dégringolant dans l'eau. Elle leva les yeux et esquissa un sourire. Puis elle aperçut le couteau dans sa main et déchiffra son expression.

Elle s'élança vers lui sans se soucier des éclaboussures qui retombaient en minuscules arcs-en-ciel devant elle. Mais elle n'avait pas le temps d'admirer ce cadeau de la nature. Une seule idée importait : rejoindre Seth.

Des gouttes d'eau parsemaient ses longues jambes minces et le bas de sa tunique. Les baies bondissaient à l'intérieur du panier. Elle tendit la main pour qu'il l'attire à lui, sans se retourner.

Il se pencha, ne quittant pas du regard la rive opposée, et enroula les doigts autour de son poignet. A l'instant où elle fit volte-face pour essayer de voir ce qui se passait, les guerriers émergèrent des sous-bois.

— Ô mon Dieu, souffla-t-elle, les jambes flageolantes.

Elle chuchota son nom, paniquée.

— Seth ?

Il secoua la tête pour lui intimer l'ordre de se taire, et fit un pas sur la droite pour se placer entre elle et les guerriers.

Puis un homme parla. Un flot de paroles, prononcées sur un ton agressif, auxquelles Amanda ne comprenait rien. La réponse de Nokose fusa jusqu'à eux comme une flèche. Ils échangèrent des propos vifs dans une langue gutturale, accompagnés de gestes rapides de la main qu'Amanda aurait bien aimé pouvoir déchiffrer.

Elle ne saisit qu'un seul mot, « Nokose », répété à plusieurs reprises, par Seth comme par les Indiens, de l'autre côté du ruisseau. Puis le silence s'abattit. Sur la rive opposée, les huit guerriers se glissèrent sous les arbres aussi silencieusement qu'ils avaient surgi. Quand ils eurent disparu, Nokose se tourna vers la jeune femme.

— Que voulaient-ils ? demanda-t-elle en essayant de ne pas trembler, gênée de montrer sa peur, alors que Nokose n'avait même pas élevé la voix.

— Toi.

— Ô mon Dieu ! Pourquoi n'ont-ils pas attaqué ? Ils étaient huit. Et toi, tu étais seul.

— Je suis Nokose. Ils craignent la force de l'ours.

Mais comme il savait qu'elle ne pouvait comprendre ni leur comportement ni les pouvoirs que certains animaux transmettaient aux hommes marqués de leur sceau, il ajouta avec un sourire taquin :

— Et... je leur ai dit que tu étais paresseuse et que tu te plaignais tout le temps. Ils ont déjà des femmes comme ça chez eux. En ajouter une autre n'aurait pas été un cadeau.

Elle rit, à travers ses larmes, du subterfuge.

— Je n'ai pas crié, dit-elle.

Il la débarrassa de son panier et lui prit le visage d'une main.

— Je sais, mon Amanda.

— Je me suis contentée de t'obéir.

— Je le sais aussi. Merci de m'avoir fait confiance. Cela t'a probablement sauvé la vie.

Elle posa les lèvres sur sa main.

— Tu m'as déjà sauvé la vie deux fois, dit-elle en souriant. Lorsque nous serons vieux, je serai absolument parfaite, non ?

Les mûres se répandirent par terre lorsqu'il la serra brusquement contre sa poitrine, le menton enfoui dans les chaudes boucles auburn échappées de sa tresse.

Son cœur était douloureux. Il n'aurait pas le bonheur de connaître Amanda dans son âge avancé. Le destin ne leur avait accordé qu'un temps limité. Dès qu'elle lui était apparue, il en avait accepté les conditions sans réserve. Il n'imaginait pas alors à quel point il lui serait difficile de la laisser partir.

— Mon amour...

Elle leva la tête, et la suite de sa phrase se perdit dans leur baiser.

Le monde bascula. Lentement, le nuage dériva devant le soleil et, un peu plus tard, Amanda se baissa pour ramasser les mûres.

— Tu as renversé ton dîner, le taquina-t-elle.

Elle aurait voulu, par sa plaisanterie, effacer le danger latent qui venait de faire irruption dans leur vie.

— Si elles étaient tombées dans l'eau, nous n'aurions rien à manger ce soir.

Il sourit.

— Mais si, mon Amanda. J'ai de quoi faire un vrai festin. De toi.

Ses joues qui rosissaient lui procurèrent un tel plaisir qu'il rit doucement sous cape, jusqu'à la cabane.

Cette nuit-là, tandis que l'obscurité enveloppait la forêt de son voile, Nokose étreignait Amanda. Les minces volutes de fumée qui s'échappaient de la cheminée l'avertissaient que, à l'aube, le feu serait éteint s'il ne se levait pas pour le raviver. Tâche qui n'avait en soi rien de compliqué, mais que Nokose n'aimait pas accomplir.

Pour ne pas perturber le sommeil d'Amanda, il fit glisser doucement le bras sur lequel reposait la jeune femme et quitta la fourrure à quatre pattes pour gagner la pile de bois entassée près de la porte.

Il s'inclina pour déposer une bûche dans l'âtre, inconscient du fait que sa compagne le regardait faire.

Une subite sensation de froid avait réveillé la jeune femme. Poussée par le besoin éperdu de vérifier qu'il ne l'avait pas abandonnée, elle fouilla les ombres de la cabane des yeux. Et ne se sentit soulagée qu'en apercevant le contour de son visage qui se détachait contre la lueur tremblante du feu.

Il se déplaçait dans le noir comme un chat, et trouvait sans hésitation ce dont il avait besoin pour survivre. En cet instant, un morceau de bois. Un peu plus tôt dans la journée, son couteau, pour lui sauver la vie. Elle l'avait vu chasser et tuer pour les nourrir tous deux. Elle l'avait vu risquer sa vie pour l'arracher aux griffes de David.

Elle savait déjà que l'homme qu'elle aimait était sage. Qu'il était un amant d'une douceur inouïe. Mais aujourd'hui, un nouvel aspect qu'il avait jusque-là tenu secret lui était apparu. Il était également sauvage. Il avait été sur le point de tuer. Et il l'aurait fait pour elle. Cela aurait dû l'effrayer. Alors qu'elle en éprouvait une espèce de fierté. Il était prêt à mettre sa propre vie en danger, tant elle comptait pour lui.

Il laissa tomber une bûche dans la cheminée. De minuscules flammèches orange se dispersèrent sur le sol de terre battue. A l'instant où Nokose allait se redresser, Amanda aperçut son visage et comprit qu'elle pourrait elle aussi se battre jusqu'à la mort pour cet homme. Dans ses expériences passées, elle avait appris que tout ce que l'on mérite de posséder vaut que l'on se batte pour le conserver. Elle ne pouvait plus envisager l'existence sans lui. Vivre dans son monde était peut-être difficile, mais c'était ce qu'elle voulait.

— Seth ?

Un battement de cœur plus tard, il était à ses côtés.

— Je t'ai réveillée, chuchota-t-il. Pardonne-moi.

Elle enfouit le visage contre sa poitrine et l'effleura de ses mains avant de les caler derrière sa nuque.

— Je n'ai pas peur. Je me sentais abandonnée. Un besoin que seul un homme... mon homme... peut combler.

Epousailles des corps, femme contre homme, cœur contre cœur. Nokose passa les doigts dans les cheveux d'Amanda. Puis il saisit son visage entre ses paumes et releva son menton pour respirer son haleine.

— Suis-je ton homme, Amanda ?

Cette question sonnait gauchement sur ses lèvres. Dans son cœur, il connaissait déjà la réponse. Mais il avait besoin de l'entendre à haute voix.

— Oui, et mon amour, murmura-t-elle.

Par-dessus sa tête, il contempla le cueilleur de rêves. *Et maintenant, que faire ? Je lui dis la vérité et je lui brise le cœur, ou je me tais encore et je perds le mien ?*

Il l'allongea tendrement sur la fourrure.

— Je te veux tout contre moi, mon Amanda.

La jeune femme parcourait son corps de ses mains avides. Sous leurs caresses, le sexe de Nokose trahit son désir. Il se gonfla contre sa peau douce.

— Pour toujours, chuchota-t-elle.

Là résidait le problème. Il ne lui avait pas dit que leur « toujours » compterait encore quarante-huit heures. Ensuite, elle devrait repartir. Lui cesserait d'exister et Amanda allait devoir vivre, avec ce qu'il était venu lui enseigner. Le vœu le plus cher de Nokose, c'était qu'elle sache désormais où chercher les réponses qui l'attendaient dans son monde à elle.

Il fit en sorte d'ignorer les remords qui commençaient à envahir sa conscience.

— Tu es pour toujours dans mon cœur, dit-il en s'unissant à elle et en bougeant doucement.

Dans les ténèbres qui les enveloppaient, commença le plus ancien des rituels. Amanda sentit tout son être se tendre pour l'accueillir. Nokose la marquait de son empreinte. Ses doigts glissèrent sur son dos, cherchant une prise sur ce corps mouillé de sueur pour essayer de ne pas tomber de la couche qui tanguait sous elle.

Mais en vain. Avant même qu'elle ne trouve assez de souffle pour prononcer son nom, le plaisir la fit exploser en mille éclats.

Les frémissements qui secouèrent Amanda emportèrent Nokose encore plus loin au-delà du point de non-retour. Il enfouit son visage entre ses seins et se répandit en elle, son éternel amour.

Lorsque enfin il revint à lui, il prit sa bien-aimée dans ses bras et attendit que le sommeil apaise sa respiration.

L'aube approchait, l'obscurité se dissipait lentement. Nokose rêvait. Des visions annonciatrices du futur. Il affrontait la réalité, sans regret. S'il lui avait fallu recommencer, il l'aurait fait sans hésiter. Perdre la vie n'était qu'un faible prix à payer pour un tel amour.

Les heures avaient fui depuis qu'ils s'étaient aimés. A l'aube, Nokose la réveilla d'un chuchotement pour lui annoncer qu'il devait partir à la recherche de leur pitance. Puis il la pressa de se rendormir.

Dans un soupir, Amanda enroula les bras autour de son cou. Il rit, tout contre son oreille, et lui ravagea la bouche d'un baiser. Il se glissa hors de la fourrure, et lui intima l'ordre de bien barricader la porte pendant son absence.

Amanda eut une brève vision de la bande de maraudeurs indiens. D'un bond, elle jaillit du lit en costume d'Eve. Avant de fermer le loquet, elle n'eut de lui qu'une vision fugitive. Mais le spectacle de sa silhouette drapée dans la peau de daim était suffisant pour alimenter ses rêves.

Il était grand et brun, pareil aux troncs des arbres qui se dressaient, bien droits, aux alentours de la cabane. Dès qu'il prit de la vitesse, ses cheveux, aussi noirs qu'une aile de corbeau, se déployèrent derrière lui. Un homme de la forêt. Nokose. Un dieu parmi les hommes.

Des heures s'étaient écoulées. Amanda parcourait la cabane plongée dans la pénombre de ses yeux et de ses mains, curieuse d'approfondir ce qu'elle savait de lui et d'elle-même.

Le temps passait. Peu à peu, sa patience se mua en panique. Il lui était sûrement arrivé quelque chose ! Il était parti depuis trop longtemps. Puis elle se moqua d'elle-même. Il s'était mis en quête de nourriture, mais elle devait se rappeler que la tâche était moins aisée qu'une visite au supermarché. Leurs provisions étaient récoltées sur les buissons, dans le sol, ou sur pattes. Rassurée par cette explication, elle se sentit apaisée. Soudain le cueilleur de rêves attira son regard.

Elle contempla la plume qui pendait, immobile, puisque aucune brise ne venait la faire frissonner.

— C'est donc toi qui m'as amenée ici, dit-elle.

Seth prétend que tous ces objets sont vraiment magiques.

Tour à tour, elle effleura la griffe, la plume et le médaillon.

Une idée lui vint alors. Si les souvenirs personnels conféraient des pouvoirs supplémentaires au cueilleur de rêves, il était incomplet.

Amanda ressentait un amour sans limites pour Nokose. Le cueilleur de rêves devait donc se parer d'une part d'elle-même.

Balayant d'un regard rapide les étagères accrochées au mur, elle trouva rapidement ce dont elle avait besoin pour mener à bien son projet. Elle se laissa tomber sur la fourrure et se mit à démêler sa chevelure embroussaillée avec ses doigts, et attrapa une petite mèche qu'elle entreprit de tresser. Trois épaisseurs égales de cheveux. D'avant en arrière. Dessus et dessous. La natte terminée, elle l'attacha solidement au moyen d'une bande étroite de cuir brut. Puis, à l'aide d'un couteau, la trancha à la racine et en noua l'autre extrémité.

— Voilà, dit-elle, en inspectant la minuscule natte. L'infini.

Sur la pointe des pieds, elle tendit les bras vers le cueilleur de rêves et attacha la tresse entre la griffe d'ours et la plume d'aigle. Une bien petite chose, pensa-t-elle, d'un pouvoir bien peu comparable à ces objets. Mais une partie d'elle-même, néanmoins.

La jeune femme venait de fabriquer le lien qui manquait pour unir leurs deux mondes.

Elle recula, les mains sur les hanches, pour contempler le don qu'elle venait de joindre à la tapisserie. Puis elle marcha de long en large, tant elle était impatiente de voir Seth revenir. Elle brûlait de lui faire admirer son œuvre.

A peine venait-elle de songer à lui qu'un bruit annonça son retour. Par-delà la clairière, une colombe roucoula à deux reprises. Amanda retint son souffle, dans l'attente d'une confirmation. De nouveau, le chant de la colombe fusa par deux fois.

Elle ouvrit la porte toute grande et un flot de larmes de joie monta brusquement à ses yeux.

— Tu es revenu ! s'exclama-t-elle en s'élançant au-devant de lui.

Nokose se déplaçait avec grâce, tant il avait le pied sûr, mais quand il la vit courir vers lui, il trébucha. Une bouffée de désir brûlant le balaya, accompagnée d'un amour si profond qu'il ne put lui répondre tant sa gorge était nouée.

Grand Esprit, donnez-moi la force, implora-t-il. Elle se précipita dans ses bras ouverts, en faisant, dans son élan, tomber à leurs pieds les oiseaux qu'il avait pris au piège.

— Oh, Seth, j'ai cru que tu ne reviendrais jamais ! s'exclama-t-elle en plaquant des baisers de reconnaissance sur chaque parcelle de son visage.

Nokose sentit son cœur le tirailler. Dans une offrande de tout son être, elle leva les yeux vers lui en souriant, pour quêter son approbation. Il la fit tourbillonner en l'air, riant au spectacle de sa chevelure qui se déployait à la manière d'un éventail cuivré.

— Dois-je... dois-je croire que je t'ai manqué ?

Dans un éclat de rire, elle lui martela le bras du poing et le supplia de la reposer.

— Un peu, répondit-elle. Un tout petit peu.

— Viens, murmura-t-il. Allons préparer le repas.

— Que ferons-nous pendant qu'il cuit ? demanda-t-elle timidement.

Le rire de Nokose sonna très haut.
— A toi de choisir, dit-il, ravi de la voir s'empourprer.
Elle répondit d'un ton solennel :
— C'est toi que je choisis.
Leur fièvre ardente apaisée, de leur union, subsistaient des regards silencieux, des coups d'œil furtifs, des attouchements spontanés. A la fin du repas, brillaient encore dans leurs yeux les promesses chuchotées au paroxysme de leur passion.
La porte de la cabane était entrebâillée. Une brise fraîche venue de la montagne s'y faufila et flotta dans la pièce, taquinant les herbes sèches au-dessus de leurs têtes, balayant les étagères et le manteau de la cheminée, soulevant les mèches dans le cou d'Amanda, calmant l'ardeur persistante du désir qu'éprouvait Nokose pour la femme assise à ses côtés.
Un papillon entra telle une flèche, plana sur le seuil comme s'il humait un festin proche, puis ressortit en piqué, emporté par un courant de brise, comme une feuille dans le vent.
Amanda le désigna gaiement du doigt. Nokose se retourna pour voir ce qui l'avait ainsi remplie de joie. Au passage, le cueilleur de rêves, suspendu au-dessus du lit, retint son regard. Il ne pouvait pas ne pas remarquer ce qu'elle y avait ajouté.
Prisonniers d'un rayon de soleil, les rouges cuivrés de la minuscule natte se détachaient sur la tapisserie à la manière d'un bijou.
Sans un mot, il se leva et se dirigea vers le cadre. Les battements de son cœur lui martelaient la poitrine. En découvrant ce cadeau d'amour, ses yeux s'embuèrent.
Le soleil était assez puissant pour que la natte

ait gardé sa chaleur. Du doigt, Nokose en suivit le contour délicat. Elle était chaude, et si fragile ! Il se retourna et riva les yeux sur la femme assise à la table. Un tourbillon d'émotions qu'il ne pouvait pas exprimer s'était emparé de lui.

Amanda retenait son souffle. Il l'avait vue ! Subitement, son impulsion lui parut stupide. Voire prétentieuse. Elle se mordit les lèvres et serra très fort les mains entre ses genoux, indécise sur l'attitude à prendre. Une peur ancienne s'insinua en elle. Qu'allait-il advenir, si elle avait fait quelque chose d'interdit ?

— J'espère que je n'ai pas mal agi, dit-elle, partagée entre un rire nerveux et l'angoisse qui l'étreignait.

Il ouvrit les bras.

Amanda traversa la pièce comme une flèche.

— *Mon cœur*, tu as fait exactement ce qui était juste, chuchota-t-il.

Subitement, il eut froid, car il savait maintenant que la fin était proche.

Le corps d'Amanda se modela au sien en lui apportant réconfort et chaleur. Il l'étreignit plus fort, sans vouloir reconnaître la peur qui l'avait envahi en recevant ce don.

— Je voulais te faire un cadeau, expliqua-t-elle. Mais je n'avais rien d'autre, ajouta-t-elle avec un haussement d'épaules.

— Une partie de toi. Tu ne pouvais pas mieux choisir.

Elle sourit et se pelotonna contre lui. Elle bénissait Nokose et sa chance. Avant lui tout allait tellement mal ! Aujourd'hui le monde était parfait.

— Moi aussi, j'ai un cadeau pour toi, lança brusquement Nokose.

Il se dirigea vers la malle dans laquelle il avait

prélevé sa tunique et en extirpa un petit collier de perles et de cuir.

— *C'était à maman.*

— Il appartenait à ta mère ?

Il acquiesça d'un signe, et le fit passer sur sa tête pour le lui mettre autour du cou. Spontanément, la main d'Amanda se posa sur les perles ; elle les fit rouler entre ses doigts, palpant leur douceur et leurs différentes formes.

— On dirait des turquoises. Je ne savais pas qu'on trouvait ce genre de pierres par ici.

Nokose haussa les épaules.

— Je ne crois pas que ce soient des turquoises. *Mon père* les a obtenues lors d'un *rendez-vous* d'affaires, après avoir convaincu l'homme à qui elles appartenaient de les lui échanger contre un legging, ajouta-t-il dans un sourire.

— Merci, dit timidement Amanda.

Dans un éclair, elle revit les diamants et les perles, sertis d'or et d'argent, enfermés dans sa boîte à bijoux. Ce cadeau était infiniment plus humble que tout ce que David avait pu lui offrir ! Et pourtant, elle le chérissait bien davantage. De la même manière qu'il lui donnait son amour, Seth n'attendait jamais rien en retour. Elle leva les yeux et sourit.

— Je le porterai toujours.

Nokose se rembrunit. Il n'avait pas songé à cela. Elle ne pouvait pas le garder. Mais tant qu'elle serait près de lui, il lui appartenait.

De comblé, son visage devint sombre. Amanda le remarqua et subitement frissonna. Elle savait, tout comme elle connaissait par cœur la forme de ses lèvres lorsqu'elles se posaient sur les siennes, qu'il lui cachait quelque chose.

— Qu'y a-t-il ? s'inquiéta-t-elle. Il y a un problème ? Tu as vu d'autres Indiens ?

Il se détourna et s'affaira à remettre dans la malle les affaires qu'il avait éparpillées sur le sol pour chercher le collier.

— Je n'ai rien vu, Amanda. Tu as trop d'imagination.

Elle s'agenouilla près de lui. Et pour l'empêcher de faire traîner son explication comme il en avait l'intention, elle rabattit le couvercle de la malle.

— Parle-moi, Seth. Je t'aime et j'ai confiance en toi. Quoi que tu aies à me dire, je comprendrai.

Comment le lui annoncer ? *Il devait le faire.* Le temps qui leur restait à passer ensemble touchait à son terme. Il ne pouvait pas envisager de la réveiller le surlendemain et de la ramener chez elle sans la préparer au choc de ce retour.

Mais cet instant lui fut arraché par un roulement de tonnerre lointain. Nokose bondit. Il connaissait la provenance de ces bruits sourds. Poussé par la peur, il sortit en courant et se précipita sous le couvert des arbres, au-delà de la clairière, sans avoir conscience qu'Amanda était sur ses talons.

Quand il s'en aperçut, il était trop tard. Et malgré son désir de l'épargner, il pensa alors que cela allait peut-être l'aider à illustrer l'importante nouvelle qu'il devait lui apprendre.

— C'était quoi ? chuchota-t-elle.

Le silence qui s'était abattu sur la forêt et s'insinuait en elle par tous ses sens la fit frissonner. Elle regarda le ciel au-dessus des arbres. Même les oiseaux s'étaient envolés.

— *Les Anglais*, répondit Nokose. Les manteaux rouges. Ils arrivent.

Très loin en contrebas, Amanda aperçut une ligne écarlate mouvante. Des hommes marchaient dans la montagne, à la file. Les rayons du soleil se réverbéraient sur leurs épées et sur leurs costumes ; indices éblouissants, mais trompeurs, sur ce qui allait arriver.

Des manteaux rouges ? Des Anglais ? Des sujets de la couronne britannique ?

Subitement, Amanda posa une question qui ne lui était pas encore venue à l'esprit :

— Seth, en quelle année sommes-nous ?

Il haussa les épaules.

— Mon peuple ne calcule pas le temps comme le tien. Je ne suis pas sûr de la date.

— Te rappelles-tu en quelle année ton père est mort ?

Ce souvenir assombrit les yeux d'ambre de Nokose.

— Viens, dit-il brusquement.

Il la prit par la main pour l'entraîner à quelques mètres de là.

Le tertre avait pratiquement disparu sous les broussailles et les feuilles mortes. Une croix en bois était fixée sur un arbre.

— *Mon père...*

C'était la tombe de son père. Amanda s'agenouilla et entreprit de repousser les broussailles pour dégager la croix.

Elle déchiffra les mots inscrits sur le bois.

— Qui a écrit cela ? demanda-t-elle en suivant du doigt les lettres gravées.

Nokose haussa les épaules.

— Mon père, en attendant la mort.

Il avait fabriqué sa propre pierre tombale ? Elle ne parvenait pas à y croire. Sa date de naissance tout comme celle de son dernier jour y figuraient.

— Comment a-t-il pu ? Comment connaissait-il le moment de sa mort ? demanda-t-elle, stupéfaite.

— Un homme sait souvent ces choses-là, Amanda. N'est-ce pas pareil dans ton monde ?

Elle tressaillit, au souvenir des moments où elle avait cru que sa fin était imminente.

— Parfois, répondit-elle en effleurant l'inscription.

Jacques Leclerc. 1690-1747.

— Depuis combien de temps ton père est-il parti ? demanda-t-elle d'une voix tremblante.

— Deux hivers... presque trois.

— Par conséquent, nous devons être aux environs de... 1750. Ô mon Dieu ! Si je me souviens bien de mon histoire, nous sommes sur le point d'assister aux guerres françaises et indiennes !

Nokose ne prêta pas attention à sa réflexion. Peu lui importait comment elle calculait son temps. Mais lui était au fait de ce qui les attendait.

— Il nous faut partir, lança Amanda en se relevant d'un bond. Nous ne sommes pas en sécurité ici. Bientôt, les combats vont faire rage. Les Anglais et les Français vont se battre pour ta...

L'expression, la pose, le regard déterminé de Nokose lui firent oublier ce qu'elle était sur le point de dire.

— Un homme ne peut pas fuir ce qu'il est, Amanda. Les Anglais et les Français n'ont aucun droit sur notre terre. Elle était là longtemps avant que je ne vienne, et sera encore là bien après mon départ. Elle n'appartient à personne. C'est nous qui sommes à elle.

— Certaines choses ne changent jamais, murmura Amanda.

— Quoi ?

— C'est sans importance, répondit-elle. Je

crois que j'ai compris. Mais je ne suis pas sûre que toi, tu comprennes. Le danger va être grand.

Nokose lui sourit gentiment.

— Amanda, un monde sans danger n'existe pas. Qu'il s'agisse du tien ou du mien. Mais il y a toujours un moyen de trouver la joie et le bonheur... Il faut savoir où les chercher.

— Alors, nous n'allons pas partir ?

— Non, pas moi.

Elle acquiesça d'un signe. Sa réponse lui suffisait. Elle avait appris à se battre pour ce qui était juste. Faire face, près de cet homme, pour défendre ce qui leur appartenait ne lui paraissait pas relever de l'impossible.

Il lui prit la main, et tout d'un coup, ce qu'il venait de dire prit tout son sens. Elle s'immobilisa et se libéra d'une secousse.

— Qu'entends-tu par... pas moi ? Pourquoi n'as-tu pas dit « pas nous » ?

Dans les yeux de Nokose se reflétait sa douleur. Amanda se mordit les lèvres.

— J'ignore ce que tu penses, cria-t-elle, mais je ne te quitterai pas !

Elle le fusilla d'un regard de rébellion.

— J'irai partout où tu iras. Nous ne formons qu'un seul être, l'as-tu oublié ?

Son silence la terrorisa.

— Tu as dit que tu m'aimais.

Il la prit dans ses bras. Tous deux tremblaient de chagrin.

— Tu m'as dit pour toujours, l'accusa-t-elle en éclatant en sanglots.

La réponse l'étouffait, mais il ne pouvait pas exprimer son émotion. Parmi son peuple, un homme sait comment ne rien laisser deviner de lui-même. Cela ne ferait que l'affaiblir. Mais Nokose était aussi à moitié français. Une race d'hommes qui, à travers l'Histoire, s'étaient souvent laissé emporter par leur passion ou leur douleur. Cette part de lui se manifesta.

Derrière ses paupières, les larmes lui brûlaient les yeux. Il se concentra sur la pression que le corps d'Amanda exerçait sur le sien. Ainsi, il ne perdrait peut-être pas la face. Ainsi, il serait peut-être assez fort, le moment venu, pour la laisser partir.

— Tu sais que ça me tuerait de te quitter, sanglota Amanda en s'agrippant à lui de toutes ses forces.

Non, mon Amanda, c'est moi que cela tuera.

16

— Je ne comprends pas. Tu m'as fait remonter le temps pour m'apprendre à avoir de nouveau confiance en un homme et tu t'attends que je parte sans toi ? De quelle confiance parles-tu donc ?

La terreur de le perdre intensifiait sa douleur.

Nokose arpentait la cabane de long en large, prisonnier de ses murs, prisonnier du destin.

— Il faut que tu comprennes, dit-il. Sinon, cela n'aura servi à rien.

— Merveilleux ! Tu recommences à parler par énigmes ! explosa-t-elle.

De fureur, elle lança un pot en fonte à travers la pièce. Il heurta les bûches avec fracas, et retomba sur le sol, derrière Nokose. Il releva les yeux, juste à temps pour la voir en brandir un second. Il se précipita sur elle.

— Arrête ! ordonna-t-il en lui saisissant la

main. Tu ne te débarrasseras pas de ton chagrin de cette façon.

Elle s'effondra dans ses bras en sanglotant.

— Alors, montre-moi comment accepter ce qui va sûrement me tuer.

Il enfouit les mains dans ses cheveux et releva son visage pour l'obliger à rencontrer son regard. Elle ravala ses larmes de colère et plongea les yeux dans l'ambre flamboyant des siens.

— Mon Dieu ! chuchota-t-elle.

Le sol se déroba sous elle. Les émotions que Nokose essayait de contenir débordaient. Elle vit un muscle frémir sur sa joue, elle l'entendit siffler en prenant une inspiration, puis grimacer, tandis qu'il resserrait sa main sur ses cheveux.

— *Mon Dieu*, murmura Nokose.

Les doigts tremblants, il libéra les boucles enroulées autour d'eux.

— Jamais je ne te ferai souffrir, même malgré moi. Je n'existe que pour te donner du bonheur.

Sans lui laisser le temps de réagir, il fit glisser la tunique par-dessus sa tête et l'enlaça. Puis il la porta et l'allongea sur la fourrure, avec pour seule parure le collier de cuir et de perles qu'il venait de lui offrir. Il se débarrassa à son tour de ses vêtements avec une économie absolue de gestes. Il se tenait face à elle, tel que Dieu l'avait conçu. Fier, puissant, prêt à s'unir à sa femme.

Tous deux étaient trop angoissés pour prononcer un seul mot. L'expression de Nokose valait tous les discours. Un désir d'une intensité inouïe la submergea. Ne restaient plus que la palpitation qui frémissait entre ses jambes et le sang qui grondait dans ses veines.

— Tu accepteras parce qu'il le faut, expliqua-t-il avec violence en la dominant de toute sa hauteur. Tu accompliras ton devoir, tout comme moi. Mais tu ne m'oublieras pas. Je te le promets, Amanda. Je serai toujours près de toi.

Et il fut alors le long de son corps, puis sur son corps. Le temps manquait pour les préliminaires et pour se préparer à l'accueillir. Avant même qu'Amanda ait eu le temps de respirer, il s'était enfoncé en elle. Clouée sous le corps de son amour, elle leva les yeux vers lui et fut transpercée par son regard brûlant.

— Regarde-moi, Amanda, chuchota-t-il en prenant son visage entre ses mains. Souviens-toi de cet homme, car c'est lui qui t'aime sincèrement.

Les larmes débordèrent des yeux d'Amanda et ruisselèrent sur ses joues. Il ouvrit ses lèvres pour les poser sur sa bouche.

Nokose tremblait. De sa bouche collée à la sienne, il but son chagrin et aspira sa peur. Ils resteraient à jamais unis dans leurs cœurs. Dans la tête de Nokose, tout s'estompa, en dehors de la femme abandonnée sous lui et de l'extraordinaire embrasement qui les amena au bord de la folie.

Tandis qu'il allait et venait en elle sans relâche, Amanda crut que les battements de son cœur allaient faire éclater sa poitrine. Mais il y avait plus encore. Par ses caresses, il lui témoignait tout ce qu'il ne pouvait exprimer. Et leur union était d'autant plus douce-amère qu'elle était probablement la dernière.

Au comble du désespoir, elle s'accrochait à lui, secouée de sanglots. Il lui était impossible d'accepter de renoncer à autant de bonheur et à cet homme qui lui avait tout donné.

Leurs corps se tendaient plus fort, se heurtant l'un l'autre, cœur contre cœur. Les sanglots d'Amanda se faisaient l'écho du chagrin de

Nokose. Puis le plaisir explosa trop brusquement pour être retardé. Cet éclair de chaleur blanche, oméga de l'amour, qui brise l'âme en mille éclats et fait perdre l'esprit.

— Non... non... non... sanglota Amanda.

Elle l'enlaça étroitement par le cou et se colla contre son corps comme pour se fondre en lui.

— Je ne veux pas te quitter, je ne veux pas te quitter...

Ses pleurs mirent la détermination de Nokose en lambeaux. Il ne trouvait aucune réplique à lui opposer. Il roula sur le dos, l'emportant avec lui. Puis, pour calmer son immense désespoir, il l'apaisa de ses caresses. Et il n'osa regarder son visage que lorsque ses sanglots se furent calmés.

Ses yeux étaient clos et leurs épaisses franges de cils, humides et collées comme des roseaux après l'orage. Ses joues empourprées témoignaient de ses souffrances.

Nokose sentit son cœur se gonfler dans sa poitrine, millimètre après millimètre, souffle après souffle, jusqu'au moment où il eut l'impression qu'il allait cesser de battre. Jamais il n'aurait cru que l'on puisse éprouver une telle douleur et continuer à vivre.

Un sanglot s'échappa des lèvres de la jeune femme. Même dans son sommeil, elle éprouvait du chagrin. Nokose ne pouvait détacher son regard d'Amanda. Il s'emplissait les yeux du spectacle de son corps mince contre le sien. Il voulait retenir pour toujours le souvenir de sa peau soyeuse, de son rire, et même de ses larmes. De la douceur de ses seins contre sa poitrine. Tout en elle lui appartenait.

— Et tu emporteras tout ce que je suis, chuchota-t-il en la serrant étroitement contre lui.

Un souffle d'air s'infiltra par la porte, et le cueilleur de rêves oscilla. La plume se mit à frissonner, la griffe et la tresse de cheveux se balancèrent.

— Je t'entends, Grand Esprit, dit tranquillement Nokose. Ce qui doit être accompli le sera.

David Potter maudissait le sol sur lequel marchaient toutes les femmes, sans oublier dans le lot sa mère enfin absente, ce qui lui procurait l'intense satisfaction de lancer ses malédictions à haute voix.

— Tu n'étais qu'une salope ! hurla-t-il, se délectant de l'écho de sa voix renvoyé par les murs de la grotte. Tu as fait de mon enfance et de ma vie d'adulte un véritable enfer sur terre. Mais tu es morte, Mère !

Il tournicotait sur place, les genoux nimbés dans un nuage de poussière soulevé par ses pieds.

— Tu m'entends ? Tu es morte ! M.O.R.T.E. !

Il gagna l'entrée de la grotte à grands pas et se planta sur le seuil. Ce passage brusque des ténèbres à la lumière le fit ciller.

— Et toi, Amanda, ma femme bien-aimée. Tu m'as trahi, sorcière ! Reviens ! Tu ne peux pas échapper à ton destin.

... Tin... tin...

Ses hurlements se répercutèrent dans la vallée en contrebas, et les collines renvoyèrent les mots, comme les murs de la grotte l'avaient fait de sa malédiction. Un juron sur les lèvres et la haine dans le cœur, il retourna vers l'intérieur et se perdit dans les ténèbres. Un lieu auquel appartenait David Potter.

Soulevés par la brise, les cheveux noirs embroussaillés de Jefferson Dupree fouettaient son front et retombaient sur ses yeux. Le menton levé en signe de détermination, il contemplait la pente raide et les bois épais. C'était là qu'ils allaient devoir progresser. Ses yeux étincelaient. Il ressemblait à ce qu'il était : un mâle en chasse.

Des délégations de policiers envoyées par la région, l'Etat, et même par la police fédérale, avaient convergé vers cette zone pour participer aux recherches. En contrebas, des équipes de reporters s'étaient égaillées sur les flancs de la colline, leurs voitures garées sur les bas-côtés de l'étroite route de montagne à deux voies. Le shérif du comté leur avait assigné une ligne à ne pas dépasser. Bien décidé à ce qu'ils n'entravent pas les fouilles, ni ne prennent de risques. En réalité, il aurait préféré ne pas les voir du tout.

C'était cependant impossible. L'information était de taille ! Ce n'était pas tous les jours qu'un mandat d'arrêt était lancé contre un membre du Congrès. Surtout pour assassinat. Des rumeurs circulaient quant au rôle tenu par Amanda Potter dans cette triste histoire. La plupart des gens concluaient qu'elle était une victime innocente. Rares étaient ceux qui croyaient qu'on allait la retrouver. Et encore plus rares ceux qui pensaient qu'elle était toujours en vie.

Jefferson Dupree, lui, en était certain. Ce ne pouvait être autrement. La mort d'Amanda était un fait qu'il ne pouvait tout simplement pas envisager.

— On va y aller, Dupree.

Il fit volte-face, signalant d'un signe de tête au capitaine de gendarmerie, qu'il l'avait entendu.

Les autorités locales n'avaient pas hésité un instant à le laisser guider les recherches. Bien au contraire. Et c'était une initiative sensée car Dupree n'aurait pas précisément apprécié d'avoir à se battre pour le faire, alors que tant de problèmes plus importants étaient en jeu.

— La nuit va tomber avant même que nous ne soyons à mi-chemin, grommela le capitaine. Bon sang, je déteste dormir dehors et surtout par terre !

— Si Amanda Potter est ici, ça doit bien faire quatre ou cinq jours qu'elle erre dans cette montagne. Et je suis prêt à parier qu'elle n'a pas de sac de couchage, elle !

Le capitaine piqua un fard. Pas un homme n'ignorait que Jefferson Dupree voulait à tout prix retrouver la femme de David Potter. Ils l'avaient vu blêmir de crainte. Ils l'avaient entendu pester. Ce qu'ils ne comprenaient pas vraiment, c'étaient ses raisons. De notoriété publique, il la connaissait à peine. Mais personne n'était prêt à le questionner trop avant à ce sujet.

— Allez, en route ! cria une voix.

Se déplaçant par groupes, les hommes entreprirent de quadriller la montagne en suivant un plan bien précis.

Dupree ouvrit la voie dans les fourrés. Il avait troqué ses souliers pour des chaussures de randonnée, sa veste pour une parka en duvet, et s'était muni d'un revolver supplémentaire et de munitions. Ce n'était ni de vêtements extravagants, ni de nourriture qu'il avait besoin. C'était d'Amanda.

Ils progressaient lentement sur la pente pour rejoindre l'endroit où Dupree avait découvert la cartouche et les clés. Selon leur théorie, si David Potter avait rebroussé chemin, il l'avait fait depuis belle lurette. Personne ne s'attendait à le voir à mi-pente. S'il était toujours là-haut, cela augurait, sans trop s'avancer, qu'il était monté aussi loin et aussi haut que ses jambes pouvaient le porter, et qu'il avait ses raisons pour ne plus en bouger. C'était une montagne élevée. Ils avaient un long chemin à parcourir.

Jefferson Dupree avançait, un pied devant l'autre, le regard fixé au sol. Sans un coup d'œil en arrière. Son destin se tenait devant lui. Pas dans son dos.

Les ombres commençaient à s'allonger ; au passage des hommes, les créatures de la nuit dérangées dans leurs habitudes retournaient se blottir en hâte dans leurs terriers.

Ils aperçurent des faucons, et les hommes qui avaient pris la tête repérèrent même des hiboux. La journée passant de sa face lumineuse à sa face nocturne, les êtres qui l'animaient firent de même. Une partie s'endormait ; l'autre se réveillait. La forêt était constamment emplie de vie.

Dupree sentit l'air fraîchir. Cela était dû, bien sûr, à l'altitude, mais aussi au fait que le soleil avait presque disparu. Il s'arrêta, extirpa sa parka du sac à dos, l'enfila et se remit en marche. Des branches cinglaient son visage. Des brindilles craquaient sous ses semelles. Une centaine d'hommes balayaient la pente de regards scrutateurs.

Parvenu à mi-chemin, Dupree se mit à marcher plus vite. Ses pas s'allongèrent. Son rythme s'accéléra. Il dépassa les traînards et se retrouva à côté des hommes de tête.

Il ne cessait de scruter le terrain. Chacun de ses gestes était empreint d'une énergie farouche. Ils atteignirent et dépassèrent l'endroit où David Potter avait laissé les premiers indices signalant sa présence. En frissonnant Dupree essaya de ne pas prêter attention au sentiment qu'il avait d'être épié. Son imagination travaillait trop.

Les arbres étaient plus hauts, la végétation plus rare. Plus ils progressaient, plus les broussailles s'éclaircissaient.

Ses poumons lui brûlaient, mais il se forgeait un chemin vers l'avant sans en tenir compte. Il avait vécu si longtemps avec la douleur provoquée par l'absence d'Amanda qu'il ne ressentait plus les signes d'une atmosphère raréfiée.

— Dites donc, mon vieux, le héla un policier alors qu'il le dépassait. Vous allez où ? A moins que vous ne possédiez une information que nous ignorons...

Dupree fit un effort pour ralentir le pas. Non, il ne savait pas où il allait. Ni d'ailleurs ce qui le poussait ainsi. Depuis des semaines, c'était un fait qu'il se contentait tout bonnement d'accepter. Depuis des mois, même. Depuis ce fameux jour où, dans le parc, Amanda Potter lui était tombée dans les bras.

— Pardon, dit-il. J'ai tellement envie de mettre la main sur ce fils de pute que je perds les pédales.

Le policier fit signe qu'il comprenait et ajouta :

— C'est vous qui avez reçu la vidéo, non ?

La bile remonta dans la gorge de Dupree. Il ne put qu'acquiescer d'un signe de tête. Les moindres détails du film étaient si profondément imprimés dans son cerveau qu'il se demandait si un jour il parviendrait à oublier.

— Ça devait être quelque chose ! l'aiguillonna le policier.

Dupree s'immobilisa et fixa sur l'homme un regard d'ambre glacé.

— En fait, j'aurais préféré, et de loin, assister à la finale du Superbowl.

L'homme capta le message sept sur sept. Il avait outrepassé les limites en utilisant sa fonction pour assouvir une curiosité morbide.

— Pardon, dit-il. Je ne voulais pas être indiscret.

— Il fait presque nuit.

Le policier trouvait l'observation de Dupree pas vraiment digne d'intérêt, mais à voir la manière dont l'inspecteur hâtait le pas, il était clair qu'elle avait beaucoup d'importance pour lui.

En quelques minutes, la nuit les enveloppa. Les hommes se munirent de lampes torches et commencèrent à se regrouper pour établir leur campement. Ils disposèrent leurs sacs de couchage de façon à empêcher toute personne qui l'aurait tenté de forcer leur barrage de fortune.

Dupree jura. Il ne pouvait que suivre le mouvement général. Il défit son sac sous un arbre, à quelques pas des autres. Il avala son repas en subissant toutes sortes d'histoires d'épouses de gendarmes et de gendarmes grincheux. Du coup, il ne s'étonna pas de ressentir des brûlures d'estomac. C'était le genre d'ambiance propre à provoquer un ulcère.

Des ronflements intermittents s'élevaient autour de lui comme des grognements d'animaux sauvages. Les yeux grands ouverts, il n'arrivait pas à trouver le sommeil. Il essaya d'imaginer l'endroit où pouvait se terrer Amanda, si elle n'était pas blessée. Subitement, des larmes jaillirent. De la main il frotta ses paupières brûlantes. Il détestait cette sensation qui lui vrillait l'estomac.

Elle n'était pas morte. Sinon, il l'aurait su. Mais cette pensée ne vint pas seule. C'était peut-être pour cette raison qu'il n'arrivait plus à dormir depuis des jours. Peut-être que son cerveau savait déjà qu'elle était très loin et que tout simplement son cœur se refusait à regarder la vérité en face.

— Amanda... ma douce, si tu es quelque part dans cette montagne, je t'en prie, fais-moi un signe.

Il fixait le ciel d'un regard vide, et contempla les étoiles qui semblaient lui lancer des clins d'œil par-dessus la cime des arbres. Soudain, une image se forma dans sa tête.

Amanda courait vers lui, les bras tendus, la bouche ouverte en un cri qu'il ne pouvait entendre. Sous le choc, il bondit hors de son sac de couchage et regarda droit devant lui entre les arbres, incapable de croire qu'il avait eu une hallucination. La jeune femme paraissait si réelle !

Mais elle ne vint pas. Et il n'entendit que les bruits nocturnes et les ronflements des policiers endormis. Son pouls se remit à battre normalement. Il se persuada que sa vision n'était que la répétition d'une scène déjà vue. Le jour du piquenique. Quand elle jouait avec les enfants au milieu des cerfs-volants. Il avait éprouvé alors cette même sensation de déjà-vu, et il avait été aussi choqué et bouleversé qu'il l'était maintenant. Il se retourna et chuchota son angoisse au vent qui l'emporta avec lui.

— Pourquoi ? Pourquoi m'apparais-tu de cette façon ? Est-ce que tu essaies de me faire parvenir un message ?

Puis sa voix se brisa.

— Parle plus fort, mon amour. Je ne t'entends pas.

Il rampa à l'intérieur du sac de couchage qu'il rabattit sur sa tête. S'il voulait être en état de continuer les recherches le lendemain, il avait intérêt à dormir un peu.

— Ras le bol, de ce terrain accidenté !

Ce fut la première réflexion qu'entendit Jefferson Dupree à son réveil. Instantanément, il sut où il était et pourquoi il était là. D'un bond, il se dégagea de son sac de couchage et se hâta de le replier. Moins de cinq minutes plus tard, il avançait au milieu des arbres, avant même que les équipes ne se soient réorganisées.

— Mais où courez-vous ? lança le capitaine de gendarmerie en l'attrapant par un bras.

— A la recherche d'Amanda Potter.

— Nom de Dieu, ce que vous pouvez être borné ! grommela le capitaine.

Il jeta son sac sur son dos.

— Allez-y ! lança-t-il.

Ordre qui fut répété tout au long de la rangée d'hommes.

Mais Dupree n'en avait pas besoin. Il avait déjà une bonne centaine de mètres d'avance sur les autres.

David Potter se leva et s'étira. Puis il lança un coup de pied machinal sur le sac abandonné par Amanda. La veille au soir, il avait terminé les vivres. Désormais, le temps qu'il passerait ici dépendait de l'issue du combat entre son estomac qui criait famine et sa détermination à ne pas bouger.

Le soleil s'infiltrait par l'étroite échancrure de la grotte. Il lui faisait signe. Le raillait, même. David se tourna dans sa direction et le fixa d'un regard glacé. Les douches chaudes, lits propres et repas substantiels qu'il imaginait sans cesse affaiblissaient sa détermination. La voix de sa mère se faisait remarquer par son absence, et ce, depuis qu'il lui avait martelé qu'elle était

M.O.R.T.E. David sourit intérieurement. S'il avait su qu'il était aussi facile de se débarrasser d'elle, il l'aurait fait depuis longtemps !

Le besoin de se soulager le tenaillait. Tout en grattant machinalement sa barbe de six jours, il se dirigea vers l'extérieur pour y remédier. Planté devant la caverne il contempla la nature dans toute sa splendeur. Il visualisait si fort des œufs pochés sur un toast grillé et des yaourts parfumés à la cannelle qu'il pouvait presque les goûter et même humer l'odeur de l'épice délicatement saupoudrée sur le laitage.

En rajustant ses vêtements, il énuméra ce qu'il devait penser à acquérir avant de quitter le pays. Toujours convaincu qu'il n'aurait aucun mal à s'échapper et qu'il lui suffirait pour cela de déposer l'argent entre les mains adéquates. Brusquement il eut envie de compter ce qu'il possédait.

Ce fut en fouillant dans ses poches qu'il s'aperçut qu'il avait perdu ses clés.

— Mes clés !

Il se précipita à l'intérieur de la grotte et saisit la lampe torche. Une fouille frénétique, mais détaillée, de la zone où il avait élu domicile ne révéla rien d'autre que des emballages vides.

— Fils de pute ! Comment vais-je arriver à m'en sortir ?

Dans son esprit, le mobile home attendait toujours en bas, garé sur la route, et non à la fourrière où en fait il avait été embarqué après l'arrestation de Serge.

La panique le submergea. Et à l'instant où la peur noua son ventre, il l'entendit gémir. Puis rire. Puis le railler, comme à l'ordinaire.

J'aurais dû savoir que tu allais une fois de plus tout faire capoter, disait-elle. *Tu n'as jamais été capable de faire quoi que ce soit correctement.*

— Arrête ! Tu ne sais pas de quoi tu parles ! hurla-t-il en jetant des coups de pied furieux à des fantômes invisibles, jusqu'à ce que d'épais nuages de poussière se mettent à tourbillonner autour de lui.

Toussant et la bouche ouverte pour parvenir à respirer, il regagna l'entrée de la caverne en titubant. Il allait en émerger quand un chatoiement en contrebas attira son regard.

Les couleurs rouge... et bleue. Et orange... orange chasseur. Des chasseurs ! Non, pas des chasseurs ! Ils étaient trop nombreux à se déplacer en file bien nette.

— Ils m'ont retrouvé, gémit-il en regagnant l'intérieur à toute vitesse. Qu'est-ce que je vais faire maintenant ?

L'idée de fuir ne l'effleura pas une seconde. Il était monté aussi haut et aussi loin que son esprit pouvait l'emmener. Ici, il faisait sombre. L'obscurité était synonyme de sécurité. Il rampa le plus loin possible au fond, et là il se couvrit les oreilles et ferma les yeux. S'il ne les voyait pas, eux non plus ne pourraient pas le voir.

— Il y a que des piafs, là-haut ! grommela le compagnon de Dupree. J'ai le sentiment qu'on perd notre temps. Etes-vous certain que les objets que vous avez ramassés appartenaient à Potter ?

— Je ne suis sûr de rien, grogna Dupree. Vous en savez autant que moi. J'ai trouvé une cartouche et un trousseau de clés. L'adresse de Potter était inscrite sur ce fichu trousseau. On a identifié cette zone comme le dernier endroit où il a été aperçu. Que voulez-vous de plus ? Que je vous donne l'adresse où il était joignable avant que vous ne consentiez à sortir de votre bureau ?

Aussitôt Dupree regretta son accès de colère. Il s'immobilisa pour essuyer son visage emperlé de sueur.

— Bon sang, excusez-moi, reprit-il plus calmement. J'ai passé une semaine épouvantable. Je n'ai pas le droit de m'en prendre à vous.

L'homme haussa les épaules.

— Oh, c'est pas grave. Moi aussi, je sors de mes gonds parfois. Mon psy prétend que j'ai tendance à agir ainsi lorsque je me sens dans une situation inconfortable, ajouta-t-il en souriant.

Dupree lui rendit son sourire.

— On est tous pareils, non ?

Ils décidèrent de s'arrêter pour faire le point. Quelques minutes plus tard, un homme rejoignit la file. Les nouvelles qu'il apportait firent ressurgir les espoirs de Dupree. Il y avait quelque chose... ou quelqu'un, au-dessus d'eux. Un des leurs avait nettement aperçu les reflets du soleil sur un objet brillant. Restait à voir de quoi il s'agissait car, si c'était une canette de bière, il y en avait un qui allait se faire mettre en boîte.

Dupree scruta intensément le paysage, pour essayer de discerner ce qu'il en était. Mais il ne vit que des affleurements, ici et là, de rochers, ainsi que des arbres, des arbres, toujours des arbres. Rien n'étincelait. Rien ne bougeait non plus.

Ses espoirs ne s'étaient réveillés que pour s'effondrer un peu plus. Cependant une question le taraudait : si c'étaient des signes de la présence d'Amanda qui avaient été repérés, pourquoi ne s'était-elle pas précipitée vers eux ?

Et la réponse lui donnait la nausée. Elle ne

l'avait pas fait parce qu'elle en était incapable. Et si David Potter se cachait effectivement là-haut, qu'avait-il infligé à sa femme ?

Mais David Potter était confronté à un épineux problème : sa mère refusait de le laisser tranquille.

Lève-toi, espèce d'imbécile ! Lève-toi, et bats-toi comme un homme !

Alors il obéit. Son arme à la main, il se dirigea vers l'entrée de la caverne. Il vérifia le chargeur. Il était presque plein. Il l'avait gardé en prévision du retour d'Amanda, mais il devait tout d'abord s'occuper des priorités.

Il se pencha pour épier à travers les arbres les hommes en contrebas. Ils étaient toujours là, mais semblaient avoir abandonné leurs recherches.

— Peut-être qu'ils renoncent, murmura-t-il.

Le seul qui renonce, c'est toi, siffla sa mère.

— Nom de nom, j'en ai vraiment plein le dos de toi ! hurla David.

Puis il tira.

Il ne réalisa qu'il avait pressé la détente que lorsque la déflagration résonna dans ses oreilles.

— Zut ! marmonna-t-il. Regarde ce que tu m'as fait faire !

Il fonça à l'intérieur et se mit à courir en cercle, en attrapant au passage le sac d'Amanda et sa lampe torche. S'il y avait un tunnel tout au fond, il était grand temps qu'il essaie de le découvrir.

— Le salaud ! hurla un homme en entendant la détonation, avant de plonger tête la première dans les buissons.

— Comme tu dis ! lança Dupree en suivant son exemple.

Le coup avait été tiré de trop loin pour les mettre en danger, mais ils se retrouvèrent malgré tout à quatre pattes dans les fourrés.

Quelques minutes plus tard, ils appelèrent à la rescousse un hélicoptère qui se tenait en *stand-by*. S'ils se lançaient à l'assaut des bois, ils avaient besoin d'assurer leurs arrières. Les arbres étaient d'une densité inouïe. Si c'était David Potter qui se cachait au-dessus d'eux et qu'il décide de prendre la fuite, il n'aurait aucun mal à leur échapper.

Jefferson Dupree sentit son adrénaline monter.

— Je suis volontaire ! cria-t-il.

Le capitaine fronça les sourcils, puis esquissa un sourire.

— Bon sang, je n'en ai pas encore réclamé ! remarqua-t-il.

Dupree laissa tomber son sac à dos pour introduire une cartouche dans son revolver.

Le capitaine esquissa un geste agacé. Manifestement, ce type ne l'écoutait pas.

— J'ai dit que je n'avais pas demandé de volontaires... Calmez-vous, Dupree. Vous allez vous faire tuer. A quoi cela servira-t-il ? Potter est déjà condamné pour assassinat. Si vous mourez, cela n'arrangera rien, et on ne pourra pas tuer ce fils de pute deux fois.

Dupree se rembrunit.

— Si ce salaud se fait passer pour fou, on ne touchera pas à un seul de ses cheveux. Il obtiendra une jolie cellule capitonnée et une visite hebdomadaire d'un charlatan approuvé par l'Etat. Il arrivera à s'en sortir en plaidant la folie.

— Notre boulot consiste à l'arrêter et à le boucler. Le reste est du ressort du tribunal.

Dupree cracha sur le sol.

— Mais nous connaissons les tribunaux, non ?

Est absous celui qui détient le fric. Et Potter est riche à millions.

Le capitaine fronça les sourcils.

— Ça, vous pouvez le dire !

Il fixa longuement les arbres qui se dressaient devant eux avant d'en revenir à Dupree. Puis il s'adoucit un peu.

— Attendez l'hélico. Après on verra.

Dupree se tourna vers la pente, et grommela :

— Je n'attendrai pas longtemps.

— Vous ferez ce qu'on vous ordonne.

La phrase glissa sur lui comme la pluie sur une feuille. Il était venu jusqu'ici dans un but précis. Les ordres pouvaient bien aller au diable.

— S'il est aussi épouvantable qu'on le dit, sa femme est morte ou, alors, elle regrette de ne pas l'être.

Cette observation, venue tout naturellement d'un homme qui se tenait un peu plus loin, lui causa un tel choc que son cœur se souleva. Il fit volte-face, le poing serré, obsédé par la nécessité d'empêcher ce type de prétendre une chose pareille. Peut-être que cela interdirait qu'une telle horreur se concrétise.

— Reprenez ce que vous venez de dire, articula-t-il doucement.

La réplique mourut sur les lèvres du policier lorsqu'il se remémora, en un éclair, son existence. Sa langue acerbe lui avait valu plus d'une inimitié au cours de sa carrière, mais jamais il ne s'était trouvé face à un individu aussi déterminé.

— Excusez-moi. Je ne voulais pas dire ça.

Dupree tremblait, tout autant de rage que de désespoir. D'un haussement d'épaules, il envoya son excuse au diable et disparut sous les arbres, pour resurgir quelques mètres plus loin, le regard rivé à la montagne. Dans l'attente d'un signe.

17

Des flots de soleil pénétraient par la porte ouverte. Un petit écureuil, assis dans l'embrasure, bavardait bruyamment avec un geai bleu qui venait de lui subtiliser sa noisette.

Nokose ouvrit les yeux sur cette querelle entre visiteurs de l'aube. Il esquissa un sourire. Sourire qui déserta son visage lorsqu'il réalisa qu'était arrivé le jour où il devait renvoyer sa raison de vivre parmi les siens.

Il roula sur le côté, s'attendant à trouver Amanda endormie. Mais elle était assise, jambes croisées, adossée contre le mur, une couverture d'épaisse fourrure de castor sur les genoux. Le visage ruisselant de larmes, elle regardait fixement droit devant elle.

— Non, chuchota-t-il.

Sa voix se brisa, en même temps que son cœur.

— Non, mon Amanda. Ne fais pas cela.

Elle tressaillit, puis se tourna vers lui.

— Que dois-je ne pas faire, Seth ? Me lamenter ? Comment pourrais-je réagir autrement alors qu'une partie de moi est en train de mourir ?

— Mais non, chuchota-t-il en l'attirant vers lui. Lorsque tu retourneras chez toi, tu découvriras où est ta voie. Je te le promets.

— Tu ne peux rien me promettre. Tu ne seras plus là.

La paume de la main de Nokose se posa sur son cœur.

— Je suis ici. A jamais.

Elle lui saisit les cheveux entre ses poings et enfouit le visage dans son cou. Au comble du désespoir, elle se pressait contre lui.

— Je ne veux pas de souvenirs. C'est toi que je veux. Je veux ton amour la nuit, et ton sourire le matin. Tu m'as donné tout cela...

Sa voix se brisa sur un nouveau sanglot.

— Et maintenant, tu me le reprends.

Nokose avait l'impression que son cœur se brisait en mille morceaux, mais il avait trop de choses à accomplir pour la laisser pleurer sur leur séparation.

— Tu te trompes, mais je ne sais pas comment t'en convaincre. Simplement, je te demande de me faire confiance.

Elle lui martela la poitrine de ses poings fermés.

— Et moi, tout ce que je te demande, c'est de m'autoriser à rester avec toi.

Il bondit de la couche et commença à enfiler ses vêtements. Il devait absolument établir une distance entre eux, sinon il allait s'effondrer et céder. Et cette défaite s'avérerait une catastrophe.

— Tu dois te préparer. Nous avons un long chemin à parcourir.

Amanda leva les yeux et vit qu'il lui tendait ses habits d'avant. Elle les lui arracha des mains.

— Sois maudit, chuchota-t-elle en fixant le jean, le chemisier et les tennis. Où est ma tunique ? Je veux mettre ce que tu m'as donné.

Nokose s'agenouilla à côté d'elle pour lisser ses boucles emmêlées et effacer d'une caresse les rides qui barraient son front.

— Je suis désolé, *mon cœur*, mais tu ne peux pas emporter ce qui n'est pas.

— Encore une énigme ? lança-t-elle avec une rage qui trahissait son chagrin.

— Non, c'est la réalité. Pour repartir, tu dois porter les vêtements avec lesquels tu es venue ici.

Sa voix s'adoucit.

— Tu ne comprends pas encore, *ma chérie* ? Tu ne peux pas changer ce qui a été. Seulement ce qui est à venir.

Elle enfila son pantalon avec des gestes brusques et saccadés. Après la douceur de la tunique en daim, le tissu du jean râpait sa peau, et sa coupe était trop étroite. Lorsqu'elle eut terminé, elle se tourna pour le regarder, à l'autre extrémité de la cabane. Ils n'étaient séparés que par quelques mètres, mais elle avait la sensation qu'un gouffre ne cessait de s'élargir entre eux.

— Mange.

Il lui fit signe de s'asseoir.

— Je ne pourrai rien avaler.

Il n'essaya pas de discuter. Cela n'aurait servi à rien. Amanda discutait déjà assez pour deux.

— Si nous sommes obligés d'en passer par là, dit-elle, alors faisons-le tout de suite. Cela ne sert à rien de prolonger ce malheur. Peut-être qu'après mon départ ton existence retrouvera un semblant d'ordre.

Elle se détesta de prononcer ces paroles agressives, mais elle les proféra quand même, dans l'espoir qu'il allait lui répondre que cela n'était pas vrai. Il n'en fit rien.

— Après ton départ, je n'aurai plus de vie, mon Amanda. Tu as pris mon cœur, l'as-tu oublié ? Un homme ne peut pas vivre sans cœur.

— Alors pourquoi ?

Sa voix se brisa. Un besoin insensé de le secouer, pour l'obliger à abandonner son attitude stoïque la submergea.

Il se leva sans répondre. Après tout, il n'y avait plus rien à dire.

Les yeux débordants de larmes, Amanda se détourna. Sous son chemisier, le collier qu'il lui avait offert glissa doucement sur sa peau. Elle se débattit avec le bouton du haut et fit en sorte qu'il ne l'aperçoive pas. Il ne lui laissait pas la tunique, mais elle emporterait son collier. C'était tout ce qu'elle possédait pour se souvenir de lui. Un fil de cuir et quelques perles ne pouvaient avoir d'importance.

Ils quittèrent la clairière sans se toucher, sans se parler. Mais le chagrin qu'ils partageaient assombrissait leurs visages.

Ils avançaient dans la forêt. La brise soulevait les longs cheveux de Nokose loin de son cou et de ses épaules comme des ailes noires prêtes à prendre leur envol. Le soleil matinal se montrait clément pour leurs yeux brûlants de larmes. Il se fit doux pendant qu'ils se dirigeaient vers l'est, en direction d'une destination connue de lui seul.

Un daim en train de paître s'immobilisa pour les observer de ses grands yeux craintifs. Amanda reconnut leur expression. C'était la même que la sienne, elle le sentait.

Comment puis-je laisser tout cela arriver ? se demanda-t-elle. *Quelque chose va sûrement empêcher cette horreur. Il ne peut pas le penser vraiment. Il m'aime. Je le sais. Mais s'il m'aime, pourquoi... pourquoi ne veut-il pas me garder près de lui ?*

Tandis que ces pensées tumultueuses l'entraînaient au bord de l'égarement, ils se rapprochaient de plus en plus du point de non-retour.

Subitement, Nokose s'arrêta et l'attrapa fermement par le bras. La jeune femme ne s'attendait absolument pas à son expression défaite. Alors, ses derniers espoirs s'envolèrent. S'il avait eu l'intention de changer d'avis, ce serait déjà fait.

— Nous y sommes, dit-il.

Elle se mit à trembler.

— Ça ne peut pas arriver ! hurla-t-elle.

— Si, mon Amanda. Il le faut.

Il l'attira dans ses bras et chuchota :

— Le Grand Esprit m'en donne la force... Cela doit être.

Leurs larmes jaillirent, puis se mêlèrent, jusqu'au moment où il devint impossible de savoir de quels yeux elles coulaient. Aux chuchotements d'amour torturés répondaient des suppliques désespérées pour le faire céder. Elle s'accrochait à lui. Et quand il se résolut à la lâcher, il vacilla. Sans Amanda, il n'était plus que la moitié d'un homme.

— On y va, dit-il en la poussant vers une ombre incertaine.

— Garde-moi, le supplia-t-elle.

Elle se jeta à ses pieds et lui encercla les jambes avec ses bras en refusant de lâcher prise.

Alors, subitement, il se mit en colère.

— Lève-toi, Amanda ! Ne te soumets plus jamais à un homme comme tu l'as toujours fait. Ne laisse plus jamais un homme porter la main sur toi. Ne laisse plus jamais un homme diriger ta vie, être le maître de ton univers. Tu es une femme forte. Bats-toi pour ce qui est juste. Et s'il le faut, bats-toi pour ta vie.

— J'essaie, sanglota-t-elle en se relevant, les jambes flageolantes. Je me bats pour mon homme et pour mon amour. Mais il n'en veut pas.

— Non, non, tu as tort ! Je le veux ! Et je te veux aussi. Mais tu ne me cherches pas au bon endroit. Va, mon Amanda. Et cherche ! Je suis déjà là-bas !

Comme elle essayait d'assimiler cette information, elle baissa la garde. Il n'avait besoin que de cet instant d'inattention pour l'attirer dans l'ombre. Soudain un poids pénétrant s'insinua par tous les pores de la peau d'Amanda. Autour d'eux l'air bourdonnait, et elle avait du mal à respirer.

— Je t'aime, Seth ! cria-t-elle, mais son serment s'envola avec la rafale de vent qui les frôla.

Quelque chose n'allait pas, Nokose le sentait, il n'arrivait pas à la faire passer de l'autre côté. Il pensa que la résistance mentale qu'elle lui opposait en était responsable. Soudain il sentit le fil de cuir sous ses doigts et la lumière éclaira son esprit. Elle portait le collier ! Il appartenait au passé, tout comme lui. Elle ne pouvait franchir le passage avec le collier !

Il agrippa le bijou d'une main ferme et en rompit le lien. Subitement, Amanda disparut et Nokose sut qu'elle était passée. Ses oreilles se mirent à bourdonner. Il ne lui restait que quelques instants pour repartir vers son propre monde, sinon son corps allait être écrasé par le poids des ans.

Puis il entendit son hurlement.

David Potter cherchait un abri plus profond. Ce coup de feu avait été la goutte d'eau qui faisait déborder le vase. Par la faute de sa mère, les hommes qui se tenaient en contrebas dans la montagne étaient désormais au courant de sa présence. Il changea le sac de toile d'épaule et s'enfonça dans les profondeurs de la grotte. Il tenait son revolver d'une main, et la lampe torche dont le rayon déclinait de l'autre.

Subitement, il se retrouva face à une Amanda titubante. Surgie de nulle part. C'était bien la dernière chose à laquelle il s'attendait. S'il avait été dans une autre disposition d'esprit, il aurait probablement mis en doute cette vision. Mais il était bien trop absorbé par ses idées fixes pour s'étonner que son souhait le plus fort se soit enfin réalisé. Finalement, Amanda allait payer pour ce qu'elle lui avait fait.

Elle franchit le passage en trébuchant et comprit alors qu'elle était de retour dans son monde. L'air lui-même n'avait plus la même odeur. Mais en relevant la tête, elle se retrouva face à un œil lumineux et perçut un gloussement sinistre. Soudain elle sentit un bras s'enrouler autour de sa nuque.

— Ça alors, ça alors, ça alors ! grogna David en serrant son cou comme pour l'étrangler. Voici au moins une de mes prières exaucée ! Bienvenue, salope !

— David ?

Il balança la lampe torche sur son visage. Le coup vicieux l'envoya valser contre le mur. Elle se ressaisit et reprit souffle. Puis elle l'entendit armer son revolver et, dans un tourbillon, songea à ce qu'elle ressentirait à l'instant de sa mort. *Sois maudit. Je n'abandonnerai pas si facilement. Plus jamais*.

Elle lui assena un coup brutal puis se mit à hurler, inconsciente du fait que Nokose, encore prisonnier du passage du temps, pouvait l'entendre.

L'écho de son cri se répercuta à l'infini entre les murs de la caverne.

Soudain elle entendit une voix d'homme crier son nom. Abasourdie, elle reconnut celui qui l'appelait et comprit ce qui allait advenir. Seth venait à son aide, et seul David disposait d'une arme.

— Non, Seth ! hurla-t-elle. Va-t'en ! Va-t'en !

— Seth ? gronda férocement David. Je savais bien que tu ne pouvais pas avoir tramé cela toute seule.

Il leva le bras, mais elle esquiva son coup et trébucha contre la paroi. Coincée entre la lueur de la lampe torche et son mari, elle était aussi impuissante et effrayée qu'un daim surpris dans le faisceau d'un projecteur.

Enragé à l'idée qu'Amanda ait pu le tromper, David pointa son arme dans la direction de la voix masculine et par deux fois appuya sur la détente.

Amanda entendit un grognement de douleur et comprit que Seth avait été touché.

— Non ! Mon Dieu, Seth, non ! cria-t-elle.

Elle était prête à s'élancer vers lui lorsque, subitement, les parois et le plafond de la caverne bougèrent.

Déstabilisée par les coups de feu, la terre s'était mise à glisser. Des rochers roulaient et les parois commençaient à se fissurer. Le sol tremblait sous leurs pieds et la poussière leur brûlait le nez et les yeux.

— Tu l'as tué ! Et nous avec ! hurla-t-elle.

Puis elle fonça vers le rayon de lumière, avec une seule idée en tête : empêcher David de tirer une nouvelle fois.

Et Nokose retomba dans son monde. Dans sa poitrine, la douleur ne cessait de s'amplifier. Un long moment s'écoula. Il fixait le ciel, dans l'attente de voir s'il pouvait respirer encore. Il palpa le sang qui coulait le long de son ventre et remonta à sa source : il jaillissait d'une blessure ouverte, juste au-dessus de son cœur.

— Amanda, grogna-t-il en prêtant l'oreille au fracas de l'avalanche qui ébranlait la montagne.

Désormais, elle était seule.

Il était en train de perdre ses sensations, dans les bras et les jambes. Il roula à genoux, puis attendit que sa tête cesse de tourner. Il lui restait encore une chose à accomplir.

Il parvint à se redresser et contempla le monde dans lequel il avait vécu. Le soleil brillait. Les oiseaux continuaient à chanter. Mais dans ses veines, son sang se figeait. Il inclina la tête pour prendre une profonde inspiration, buvant longuement à la vie. Puis il se mit en route.

Un pied après l'autre, le regard rivé devant lui, il se dirigea vers la cabane de son père, le collier pendant au bout de ses doigts.

A chacun de ses pas, la forêt alentour et tout ce qui y vivait se turent soudain. Au passage de la mort, chaque animal se terrait silencieusement.

Les arbres commencèrent à se brouiller devant ses yeux. Son front était humide de sueur. Mais il continuait à avancer, comme s'il était en transe. Au moment où il craignait que ses jambes ne puissent plus le porter, il pénétra dans la clairière et aperçut l'entrée de la cabane, grande ouverte.

Son regard se fixa sur le contour de la porte et sur l'ombre au-delà, et son pas s'accéléra. Ses longs cheveux noirs ondulaient à chacun de ses mouvements. La détermination faisait brûler ses yeux d'une fièvre ambrée, envoyant une ultime décharge d'adrénaline dans son organisme. C'était ce dont il avait besoin.

En franchissant le seuil, il tomba à genoux sur le sol de terre battue. Par deux fois, il secoua la tête pour éclaircir sa vision, et par deux fois, la pièce se renversa. En définitive, Nokose préféra se fier à son instinct. Il parvint à se relever et, en trébuchant à chaque pas, à arriver jusqu'au cueilleur de rêves. Il le décrocha et, le talisman serré dans sa main, il se laissa tomber sur la couche de fourrure, dans un état d'épuisement absolu. Puis il noua le morceau de collier de cuir et de perles à la tapisserie, à côté de la tresse d'Amanda.

— Ça y est, murmura-t-il en retombant sur la fourrure du nokose.

Un cercle complet. Né entre les pattes d'un ours qui lui avait insufflé son esprit, il allait mourir sur sa fourrure. Des doigts, il effleura la tapisserie du cueilleur de rêves, et s'attarda sur la minuscule natte soyeuse. Le dernier lien le retenant à Amanda serré contre son cœur, il leva les yeux et vit les poutres au-dessus de sa tête onduler lentement. Puis il revit son visage. Alors il s'avança vers la lumière. Et cette fois pour toujours.

David ne s'était pas attendu à sa résistance. Et surtout pas à cette fureur aussi implacable. A deux reprises, il essaya de prendre le dessus, mais chaque fois Amanda l'obligea à se baisser pour se protéger. Il ne parvint qu'une seule fois à viser et à tirer. La balle la rata et se contenta de ricocher contre les parois de la grotte, avant de tracer un sillon dans la poussière.

Puis elle lui lança un coup de pied au genou. La douleur le plia en deux. Sa lampe torche lui échappa, et roula sur le sol.

Amanda suffoqua, car le faisceau de lumière venait de balayer David au passage, et il était méconnaissable. Mais l'image fragmentée qu'elle venait d'entrapercevoir correspondait enfin à son moi intérieur. Il était désormais aussi laid que son âme l'avait toujours été.

Puis elle aperçut son sac abandonné sur le sol. Son cueilleur de rêves était à l'intérieur. Sachant qu'elle n'aurait peut-être pas d'autres chances de s'en sortir, elle l'attrapa d'un geste rapide et se précipita vers l'extérieur.

Elle faisait ce que Nokose lui avait enseigné : ne pas céder devant la force et défendre son droit à la vie.

Les policiers avaient repris leur escalade lorsque des coups de feu, faibles mais évidents, leur parvinrent. Ils pressèrent le pas, tous habités par la même pensée. Si ce n'était pas sur eux que ce type tirait, il devait donc s'en prendre à une autre cible. La vie d'Amanda Potter était en danger. Ce fut alors que le glissement de terrain se produisit.

Ils sentirent le sol gronder sous leurs pieds. La poussière qui s'élevait d'une crevasse dans les rochers, à une centaine de mètres devant eux, leur désigna l'entrée exacte de la caverne, ainsi que le lieu probable de la catastrophe.

Jefferson Dupree fut le premier à partir au pas de course à l'assaut de la pente. Certains de ses collègues choisirent de plonger d'arbre en arbre pour protéger leurs déplacements, mais lui fonçait en terrain découvert. Il courait droit devant lui, le plus vite possible. Au fur et à mesure, il atteignait ses limites physiques et les dépassait.

Les détonations tout d'abord le surprirent, avant de lui nouer les entrailles. C'était impossible : il n'était pas venu d'aussi loin pour arriver trop tard !

Puis les buissons à l'entrée de la caverne s'écartèrent. Et alors qu'il allait pointer son arme, une femme en surgit. Il n'en crut pas ses yeux. Son cœur se mit à battre la chamade. C'était Amanda ! Il s'immobilisa brusquement pour alerter les hommes derrière lui.

— Ne tirez pas, ne tirez pas ! hurla-t-il. C'est Amanda !

Elle courait droit devant elle. Les ronces griffaient son jean, les branches éraflaient son chemisier et lacéraient ses joues. Elle se précipitait vers le bas de la montagne, avec pour seul objectif de fuir le danger.

Soudain, une silhouette jaillit derrière elle. Horrifiés, les hommes virent David Potter prendre sa femme en chasse. Il tirait à coups redoublés en hurlant.

— Tu vas me le payer ! Tu vas me le payer !

— Mon Dieu, grogna Dupree.

Tremblant pour la vie de la jeune femme, il redoubla de vitesse. Et s'il ne la rejoignait pas à temps ? Et si Potter réussissait à l'atteindre, avant qu'elle ne parvienne à rejoindre l'abri que lui offraient les membres des équipes de recherches ?

L'écorce d'un arbre, arrachée par une balle mal visée, vint s'écraser sur la joue d'Amanda. Une autre s'enfonça dans le sol, juste devant elle. Elle avait le cœur dans la gorge, et était tellement terrorisée qu'elle ne s'était même pas rendu compte de la présence des policiers.

— En position ! hurla le capitaine de gendarmerie.

Les tireurs cherchèrent un angle leur permettant de bien cibler Potter sans mettre en danger la vie de sa femme.

— Dès que vous l'avez en ligne de mire, n'hésitez pas ! Elle n'a peut-être pas d'autre chance de lui échapper, poursuivit le capitaine.

Il avait prononcé la dernière phrase dans sa barbe, et uniquement à son intention.

La sueur coulait de la racine des cheveux d'Amanda jusque dans ses yeux. Elle buta contre une grosse racine d'arbre cachée par des feuilles, s'étala de tout son long. Elle heurta le sol avec une telle violence qu'elle en eut le souffle coupé. Se croyant touchée par une balle, elle pensa qu'elle était en train de mourir.

Puis elle entendit une voix devant elle. Un homme lui ordonnait de courir. Elle releva brusquement la tête. Tout son organisme fut secoué par une décharge d'adrénaline. L'air arrivait de nouveau à ses poumons. Quelqu'un venait à son secours !

Elle se releva en chancelant, puis bondit en avant, tel un coureur jaillissant des starting-blocks. Elle précédait de peu David.

— Espèce d'imbécile, espèce de salope ! ne cessait-il de vociférer.

Une branche cingla la bouche de David et les larmes lui montèrent aux yeux. Un simple réflexe, sûrement pas un remords.

Il se baissa pour éviter les branches suivantes et, dans son mouvement, aperçut pour la première fois les rangées d'hommes qui convergeaient vers eux. C'était terminé ! Et il avait d'autant plus de mal à l'accepter que la silhouette d'Amanda s'amenuisait. Elle allait s'en sortir !

Aussi subitement qu'il l'avait prise en chasse, il s'arrêta puis visa soigneusement en pointant son revolver au beau milieu de son dos. Il pouvait encore lui faire payer ce qu'elle lui avait fait. Les chaudes teintes automnales de sa chevelure qui brillait au soleil lui fournissaient une cible idéale.

Il retint son souffle, et appuya lentement sur la détente.

Fais attention ! Fais attention ! hurlait la voix suraiguë dans sa tête. *Sinon, tu vas encore la rater.*

— Bon sang, Mère, quand sauras-tu qu'il est temps de laisser tomber ? gronda-t-il.

Et son doigt pressa la détente.

En voyant David Potter s'arrêter pour viser, Jefferson Dupree hurla intérieurement un avertissement qu'il n'avait plus assez de souffle pour émettre à haute voix. Faisant appel à la dernière parcelle d'énergie qui lui restait, il bondit pour saisir Amanda en pleine course. Il roula sur le sol avec elle, à l'instant même où le coup de feu leur déchirait les tympans.

Le choc qu'éprouva la jeune femme en voyant un homme surgir devant elle ne fut pourtant rien en regard de celui qui lui vrilla le corps au moment où elle s'écroula, touchée à l'épaule par la balle de David, laquelle ressortit immédiatement.

Les bras solides de l'homme qui la retenait dissipèrent sa terreur. Elle entendit son cœur gronder à son oreille et sentit ses mains glisser sur son corps.

Ils effectuèrent plusieurs roulades pour éviter la ligne de tir, et finirent par s'immobiliser dans un fourré. Dupree chuchota à l'oreille de la jeune femme :

— Amanda... Amanda ! Que le Seigneur en soit remercié, je vous ai enfin retrouvée. Vous êtes saine et sauve, ma chérie. Saine et sauve. Vous n'aurez plus jamais peur.

Amanda reconnut la voix familière et l'allégresse l'envahit. Mais subitement, sa douleur à l'épaule s'intensifia. Des doigts, elle effleura la blessure par où était ressortie la balle. Elle gémit, soupira, et sombra dans l'inconscience.

Dupree sentit sa joie s'envoler. Le visage de la jeune femme était d'une pâleur anormale. Juste avant de sombrer, ses yeux exprimèrent son ahurissement. Il vit le sang jaillir entre ses doigts. Sans se soucier de l'endroit où pouvait être David Potter, il se releva d'un bond et hurla en direction des policiers :

— Allez chercher un médecin ! Elle est blessée.

Nouvelle qui fit sourire Potter, prêt à faire feu encore une fois. Mais il n'y parvint jamais. Trois tireurs venaient d'en faire leur cible parfaite. Sous l'impact des balles, son corps tressauta. Le revolver tomba de ses mains. Il oscilla d'avant en arrière, embrassa d'un regard fixe la clairière noyée de soleil, puis contempla d'un air surpris le sang qui s'étendait rapidement sur ses vêtements. Il ne pouvait pas mourir maintenant. Il avait une réunion le mois prochain à Washington.

Non ! Non ! hurla sa mère. *Je t'avais prévenu que tout ça finirait de cette façon. Tu n'as jamais été capable de rien faire correctement.*

Les lèvres de David commençaient à s'engourdir et ses jambes à flageoler.

— Bon sang, Mère, ferme-la ! Pourquoi n'arrives-tu pas à t'en souvenir ? Tu es mor...

Il tomba à genoux, puis roula jusqu'à un arbre qui arrêta sa course. Ses yeux bleu clair fixaient le ciel sans le voir. Tout comme sa mère, David Potter était M.O.R.T.

Un groupe d'hommes se dirigea vers son corps, alors que d'autres se portaient au secours de la jeune femme. Cinq minutes plus tard, un pansement de fortune était fixé sur l'épaule d'Amanda

Potter et l'hélicoptère qui avait été envoyé pour servir aux recherches était mis à leur disposition en vue de son évacuation vers un hôpital.

Un peu plus tard, après l'avoir regardé décoller avec Amanda à son bord, Jefferson Dupree s'effondra sur le sol. Ses jambes venaient de se dérober sous lui.

— Une sacrée course ! lança un policier en lui donnant une tape dans le dos. Vous lui avez sauvé la vie.

Dupree replia les bras sur ses genoux et baissa la tête. La phrase de l'homme tournoyait dans sa tête. Des taches noires dansaient devant ses yeux.

Non, songeait-il. *C'est la mienne que j'ai sauvée. Si je l'avais perdue, c'en était fini de moi*.

18

Le fracas des éclairs et du tonnerre extirpa brutalement Amanda du sommeil artificiel dans lequel les médecins l'avaient plongée. La douleur la surprit et elle grimaça. Sa main palpa le pansement volumineux qui recouvrait son épaule. Durant quelques secondes, elle dut faire un énorme effort pour se rappeler ce qui lui était arrivé et pourquoi elle se trouvait dans cet endroit.

Des images floues flottaient dans son cerveau à demi conscient. Elle dut se forcer à réfléchir pour arriver à analyser ce qui provoquait ses souffrances. Outre sa blessure à l'épaule, elle avait mal aux jambes et son visage semblait à vif. Mais pourquoi ?

Un nouvel éclair zébra la nuit. L'ombre d'un homme se déplaça entre le lit et le bref déploiement de lumière. Elle crut suffoquer.

Jefferson Dupree savait qu'elle était réveillée. Mais il ne comprit qu'elle l'avait aperçu qu'en l'entendant haleter.

— Ne craignez rien, Amanda, chuchota-t-il en s'approchant de la jeune femme.

Le son de sa voix déclencha en elle une vague de souvenirs. Il était déjà avec elle dans la caverne, et au-delà... Ou était-ce après ? Elle ne s'en souvenait plus, mais cette voix lui était familière.

— Qui êtes-vous ? chuchota-t-elle.

— L'inspecteur Dupree. De la police de Morgantown. Vous vous souvenez de moi ? Le parc... Et une autre fois, nous nous sommes parlé à la réception donnée en hommage à Mme Delia Potter.

La jeune femme poussa un soupir, sans réaliser que des larmes de déception coulaient le long de ses joues. Elle souffrait tellement de la perte de l'homme de cet autre monde, qu'il lui était impossible d'arriver à émettre un seul mot. Elle se souvenait de tout, y compris de la dernière image qu'elle avait de Seth. Et elle savait que, lorsque David avait tiré en direction du passage, il l'avait scellé à tout jamais.

— C'est vous qui m'avez envoyé cette vidéo, n'est-ce pas, Amanda ?

Elle tressaillit, ravala un sanglot et acquiesça d'un signe. Il y eut un nouvel éclair. Elle se détourna en clignant des yeux.

A la brève lueur fluorescente qui s'attardait, il vit ses larmes briller et ne put retenir un gémissement de désarroi.

— Je vous en prie... Amanda... Je ferai n'importe quoi pour vous. Si vous voulez que je parte, je m'en irai. Si vous avez mal, j'appellerai une infirmière. Mais je vous en supplie, pour l'amour de Dieu, ne pleurez pas.

Sa véhémence étonna la jeune femme. Elle ravala son sanglot et tendit la main pour allumer la lampe. Soudain la lumière auréola sa silhouette.

— C'est vous qui m'avez sauvée, n'est-ce pas ?

De soulagement, il expira faiblement. Au moins, sa présence dans la chambre ne la faisait pas hurler comme une folle. D'après ce qu'il savait, les femmes victimes de sévices gardaient une méfiance latente ou permanente à l'égard des hommes en général. Il devait s'y prendre avec précaution.

— Oui, moi et une centaine d'autres policiers qui voulaient vous tirer de là.

— Il faut que je les remercie... Et vous aussi. Si vous n'aviez pas été là, David aurait pu viser plus juste, la fois suivante.

En prononçant son prénom, elle embrassa la pièce d'un regard furtif, comme si elle s'attendait à le voir jaillir de l'obscurité.

Constatant sa peur, Dupree comprit immédiatement ce qu'elle ressentait.

— Vous êtes en sécurité. Et vous n'aurez plus jamais à avoir peur, Amanda. Il est mort.

Sa tête retomba sur l'oreiller. Elle remonta le drap sous son menton et ferma les yeux. Des larmes glissèrent sur ses joues.

— Je n'aurais jamais cru pouvoir me réjouir de la mort d'un être humain, et pourtant, c'est le cas, chuchota-t-elle.

Elle avait l'air si frêle et paraissait si perdue !

Il en oublia qu'il avait décidé de garder ses distances. Il en oublia qu'elle ne le connaissait pas comme lui la connaissait. Avant même de réfléchir, il se retrouva assis sur le bord du lit.

Les sanglots d'Amanda s'arrêtèrent. Il ôta ses mains de son visage, puis lissa ses cheveux embroussaillés. Il s'exprimait d'une voix rauque.

— Ne vous cachez jamais la vérité. N'ayez jamais honte de vos luttes et de vos victoires. Il ne méritait pas votre amour. Et une chose est sûre : il ne mérite pas vos larmes.

Elle tressaillit. Ces paroles étaient bien trop semblables à celles prononcées par Seth pour qu'elle ne le remarque pas. Comme cela était étrange !

— Je ne pleurais pas à cause de lui, dit-elle d'une voix douce. Je crois que c'est surtout à cause de tout ce gâchis.

Lentement, pour ne pas l'effrayer, il fit glisser la main de ses cheveux à sa joue. Amanda le laissa faire et lui permit de relever son visage pour qu'ils puissent se regarder les yeux dans les yeux.

— Dans la vie, ce qui est utile n'est jamais gâché.

Amanda sursauta.

— Est-ce une énigme ?

Dupree lui adressa un large sourire.

— Mystère et boule de gomme ! C'est une phrase que répétait toujours mon père. Je n'ai jamais très bien compris ce qu'elle signifiait, mais je trouvais qu'elle sonnait bien.

Le sourire qu'il affichait la rendit nerveuse. Quelque chose la tracassait, lui martelait la tête au point qu'elle en palpitait douloureusement. Brusquement, l'image de Seth jaillit à son esprit.

La manière dont il bougeait en lui faisant l'amour. La manière dont il riait des peurs qu'elle ressentait dans son univers. Et subitement, elle comprit ce qui la taraudait.

— Mon sac ! Où est mon sac ? Ô mon Dieu, je l'ai laissé dans la montagne.

Elle se débattait, donnant des coups de pied aux draps qui l'emprisonnaient. D'une seule phrase, Dupree mit un terme à sa panique.

— Non, je l'ai apporté, il est dans ce tiroir.

Dieu merci !

— Voulez-vous me le donner ? S'il vous plaît ?

Dupree contourna le lit et sortit le sac de la commode dans laquelle il l'avait rangé. Il était recouvert de poussière et un morceau de feuille était coincé dans la fermeture Eclair, mais il tenait toujours en un seul morceau.

De ses doigts tremblants, Amanda tira sur la languette. Ses vêtements étaient couverts de miettes. Elle ne s'en rendit même pas compte. Ils ne l'intéressaient pas. David les aurait-il fait flamber qu'elle s'en serait moquée. Elle fouilla plus profondément. Tout ce qu'elle voulait...

Ses mains palpèrent les vieux magazines scotchés et le cadre qu'ils protégeaient.

— Dieu merci, murmura-t-elle. Il est toujours là.

Déconcerté, Dupree la regardait faire. Elle sortit le paquet bizarre et le posa sur ses genoux, laissant le sac et son maigre contenu tomber par terre.

Prise d'une faiblesse subite, elle se débattit avec les bandes adhésives. Finalement, elle leva vers lui un visage implorant.

— J'ai besoin d'aide.

Lui aurait-elle demandé la Lune qu'il serait

parti sur-le-champ réserver une place sur le prochain vol effectué par la NASA.

— Que dois-je faire ? demanda-t-il gentiment.

— Couper l'adhésif. Faites attention. Je ne veux pas endommager ce qui se trouve à l'intérieur.

La lame de son couteau de poche eut vite fait de venir à bout du papier collant. Il s'écarta ensuite, curieux de voir cet objet, d'une importance telle qu'Amanda avait risqué sa vie pour le rapporter avec elle.

En retenant son souffle, la jeune femme écarta les feuilles de papier. L'éventualité que son cueilleur de rêves ait été cassé dans la tourmente la terrorisait. Mais il était exactement dans le même état que lorsqu'elle l'avait emballé. Le fragile objet avait survécu aux événements, tout comme il avait traversé les siècles pour lui parvenir.

Au loin, le tonnerre grondait. Les éclairs se déplaçaient vers la montagne, au-delà de la ville. Une souffrance profonde gonfla la poitrine d'Amanda, si intense qu'elle crut en mourir — qu'elle espéra même en mourir. De par-delà la mort, des images se superposaient à la tapisserie.

— Ô... mon... Dieu !

— Qu'y a-t-il, ma chérie ?

Amanda était tellement sous le choc qu'elle ne prêta aucune attention au mot tendre.

— C'est impossible, murmura-t-elle en suivant des doigts la plume... la griffe... et le médaillon en perles. Il était resté dans la caverne. Alors comment est-ce possible ?

Elle abaissa sa main tremblante vers deux objets noués à la tapisserie. Un petit morceau cuivré et natté à côté d'un débris de plume. Elle l'effleura avec précaution, puis elle suivit son contour en fermant les yeux, se rappelant la joie qu'elle avait éprouvée, en le tressant et en l'ôtant de sa propre chevelure pour le joindre au cueilleur de rêves.

Mais il s'agissait alors du cueilleur de rêves de Seth. Et il était resté derrière elle. Elle était incapable de comprendre la manière dont s'articulait le puzzle du temps.

Elle ouvrit les yeux pour contempler l'autre objet. Le cuir était aussi dur et raide que la toile à laquelle il pendait. Il n'y avait que quelques perles... toutes petites... mais elles étaient du même azur qu'un ciel d'été brûlant. Et elles lui avaient appartenu, jusqu'à l'instant où Seth les lui avait arrachées du cou avant de la pousser dans le passage. La dernière fois qu'elle les avait vues, c'était dans la main de Seth.

Son chagrin éclata, faisant voler en morceaux sa détermination et sa retenue. Ses larmes jaillirent et se déversèrent en cascade. Elle serrait le vieux cueilleur de rêves contre sa poitrine en proie à un chagrin infini. Le lien mystérieux qui les avait unis appartenait manifestement au passé. Les bribes de sa chevelure qu'elle avait laissées là-bas étaient aussi vieilles que le cueilleur de rêves lui-même. Seth et leur amour appartenaient désormais à l'Histoire...

— Ô mon Dieu, gémit-elle, avant de reprendre d'une voix désespérée : Non, Seth, non. Tu avais promis de rester toujours près de moi. Pourquoi m'as-tu menti ? Pourquoi m'as-tu menti ?

Dupree était sans voix. Il était clair que cet objet avait provoqué chez la jeune femme un véritable traumatisme. Il craignait pour sa santé mentale. Et alors qu'il se demandait s'il ne devait pas appeler un médecin, elle le traitait de menteur. Tout cela n'avait aucun sens. Absolument aucun sens.

— Amanda...

Il se glissa au bord du lit et essaya de lui arracher le cadre des mains.

— Ma chérie, écoutez-moi... la pressa-t-il.

Pour tout résultat, il n'obtint qu'un nouveau flot de larmes, accompagné cette fois de sanglots déchirants, qui firent monter les larmes à ses propres yeux.

— Amanda... tu es mon cœur. Dieu m'en est témoin, *jamais je ne voudrai, jamais je ne pourrai* te mentir. Qu'est-ce qui te pousse à dire que je t'ai menti ?

Mon cœur. Ce mot d'amour identique, de deux hommes différents, la stupéfia. Un sanglot resta coincé au fond de sa gorge. Elle le contempla à travers un rideau humide. Son expression la fit réfléchir. Alors elle regarda véritablement dans ses yeux et frissonna.

— Je n'avais encore jamais vu vos yeux de si près, dit-elle, sans réaliser l'étrangeté de sa remarque.

Dupree eut un grand sourire.

— Mais si ! Vous l'avez oublié, tout simplement. Le jour où vous êtes tombée dans le parc... Nous étions prunelles contre prunelles, et puis...

Elle tressaillit.

— Ils sont bruns, et en même temps dorés. Ambrés, en quelque sorte ?

Il haussa les épaules, un peu gêné.

— Je crois. En général, je ne leur prête guère attention.

Il sourit pour essayer de lui faire oublier son chagrin. Puis il se rembrunit à nouveau.

— Amanda, pourquoi m'avez-vous traité de menteur ? Je ne mens jamais. Je ne pourrais pas vous mentir.

Elle secoua la tête et essuya ses larmes.

— Pardon, dit-elle. C'est un malentendu. Ce n'est pas à vous que je m'adressais, c'était à quelqu'un d'autre.

Dupree insista.

— Je ne crois pas, dit-il. Allons, regardez les choses en face, et dites-moi tout. Vous m'avez fait assez confiance pour m'adresser cette vidéo.

— C'est vrai. J'ignore pourquoi. Mais lorsque je l'ai reçue, vous êtes la seule personne vers laquelle je me suis tournée, j'ai pensé que vous pouviez venir à mon secours.

Le visage d'Amanda s'empourpra.

— Mais je n'étais pas certaine d'obtenir votre aide. J'ai juste couru le risque et fait confiance à mon...

Gênée, elle détourna le regard. Il lui était impossible de terminer sa phrase.

— Instinct, compléta Dupree.

Il avait une telle soif de l'étreindre que son corps tout entier le faisait souffrir.

Elle acquiesça de la tête.

— Mais cela n'explique pas pourquoi vous m'avez traité de menteur, insista-t-il.

Elle le fusilla du regard. C'était la première fois qu'elle manifestait une autre émotion que le chagrin. Bizarrement, elle en ressentit une forme de bien-être, même s'il ne s'agissait en fait que d'une frustration déplacée.

— Pour la dernière fois, marmonna-t-elle en le regardant droit dans les yeux, ce n'est pas vous que j'ai traité de menteur. C'est *Seth*.

Il haussa les épaules.

— Je me demande qui a bien pu vendre la mèche, mais je vous jure que je me vengerai.

Amanda ne comprit rien à son étrange remarque. Elle n'avait aucun sens.

— Ecoutez-moi, Dupree, dit-elle lentement en articulant chaque syllabe avec netteté.

— Jefferson, précisa-t-il en souriant devant ses joues qui rosissaient.

Elle leva les yeux au ciel et serra le cueilleur de rêves contre sa poitrine.

— Bon, Jefferson. Personne ne m'a fait de confidence. Et je ne vois pas non plus de quoi vous voulez parler.

— Mon prénom est Jefferson, dit-il. Mais mon père m'a toujours appelé Seth. Je vous ai distinctement entendue...

La chambre se mit à tourner. Amanda retomba sur son oreiller, la tête emplie d'un sourd grondement, les yeux fixés sur la silhouette sombre de l'homme qui la dominait. Il avait les cheveux courts et aussi noirs que les ailes d'un corbeau. La peau claire, mais en fait bien plus foncée que la sienne. Et ces yeux, ces mêmes yeux d'une chaude couleur ambrée...

Elle ferma les paupières. Les mots ne cessaient de tournoyer dans sa tête. *Je suis Nokose, fils d'une Muskogee, mais mon père m'appelait Seth*.

Elle rouvrit les yeux brusquement. Le visage de Dupree était marqué par l'inquiétude. Elle laissa le cueilleur de rêves glisser à côté d'elle et fit un geste auquel ni elle ni lui ne s'attendaient. Elle tendit les bras pour l'enlacer.

— Est-ce que ça vous ennuierait beaucoup de me serrer contre vous ? demanda-t-elle.

La surprise, puis la joie infinie qu'exprima le visage de Jefferson étaient magnifiques à voir.

— Mon Dieu, Amanda, j'en serais ravi...

Il se pencha vers elle. La jeune femme ferma les yeux pour s'imprégner de son être et vérifier ses soupçons lorsqu'elle se pelotonna dans ses bras. La largeur de ses épaules sous le veston, la texture de ses cheveux entre ses doigts et le doux murmure de son haleine contre sa joue étaient identiques, et pourtant différents... Mais elle ne devait pas l'oublier, plus de deux siècles s'étaient écoulés depuis qu'il avait vécu cette autre vie... S'il avait été... S'il était...

Des tremblements la secouèrent.

Dupree prononça tout bas une prière avant de trouver le courage nécessaire pour s'exprimer. Et il le fit en choisissant ses mots avec prudence, et en réfléchissant longuement avant de les prononcer.

— J'ignore pourquoi. J'ignore même comment me l'expliquer à moi-même, Amanda, mais je dois vous avouer quelque chose : je vous aime très, très profondément.

Il la sentit se raidir entre ses bras. Avant qu'elle ne soit submergée par la panique, il se hâta de poursuivre :

— Jusqu'à notre rencontre dans le parc, je ne vous connaissais que de nom. Et puis, quelqu'un a crié : « Rattrapez-la ! Elle va tomber ! » et quelques secondes plus tard, je me suis retrouvé les yeux plongés dans les yeux d'une femme que je connaissais depuis toujours. Quand vous avez disparu et que j'ai cru que vous étiez...

Il enfouit son visage dans ses boucles pour essayer de ne pas penser aux ténèbres qui l'avaient alors presque englouti.

— ... quand je n'arrivais pas à vous retrouver, rectifia-t-il, j'ai failli devenir fou. Je ne pouvais plus manger. Je ne pouvais plus dormir. J'avais l'impression d'avoir perdu la moitié de moi-même. Et cela n'avait aucun sens. Vous étiez l'épouse d'un autre homme. Je n'avais... Je n'ai aucun droit sur vous. Je ne sais même pas quelle est votre couleur préférée !

— Ambre, je crois, dit-elle d'une voix douce.

Il la relâcha. Amanda exhala un soupir. Il lui était impossible de tout assimiler.

En souriant, il suivit du doigt le contour de sa lèvre inférieure.

Ce geste affectueux coupa le souffle d'Amanda. Seth avait souvent eu le même. *Mon Dieu, qu'il en soit ainsi !*

— Vous vous appelez vraiment Seth ?

— Vraiment. Mais personne n'ose me donner ce prénom à part mon père.

— Pourquoi ?

Il haussa les épaules.

— Je l'ignore. En fait je l'ai toujours gardé secret.

Tu attendais que je te trouve, c'est cela, Seth ?

— C'est vrai, souffla Amanda. Vous ne m'avez pas menti.

Il soupira.

— Dieu merci ! C'est arrangé.

— Mais je me suis menti à moi-même. Pendant trop d'années. Sans vous, si vous ne m'aviez pas sauvée, si vous n'étiez pas intervenu, il aurait été trop tard pour corriger cette terrible erreur.

Il souriait. Dans ses yeux brillait un feu ambré, profond et chaleureux, qui la faisait fondre jusqu'aux orteils.

— Il n'est jamais trop tard pour l'essentiel.

— Encore une énigme, le taquina Amanda, tout en laissant l'amour qu'exprimait son regard pénétrer le lieu auquel il appartenait.

Cherche-moi, Amanda. Je suis déjà là-bas.

— Je te vois, Seth, chuchota-t-elle.

Les sourcils de Dupree dessinèrent un accent circonflexe. Dans un sourire, il lui ouvrit les bras.

— Dieu merci, vous commencez à voir la lumière, soupira-t-il.

— Quand je te vois, je vois toujours la lumière.

ÉPILOGUE

Jamais le couloir menant à son appartement ne lui avait paru aussi étroit. Il se rétrécissait, au fur et à mesure qu'Amanda et lui se rapprochaient de la porte d'entrée. Il était partagé entre des explosions de joie à l'idée qu'elle venait vivre avec lui, et une immense inquiétude, persuadé que, dès qu'elle aurait mis un pied chez lui, elle allait changer d'avis.

— Tu es sûre de ne pas le regretter ? demanda-t-il.

Elle tourna ses immenses yeux clairs vers lui et poussa un soupir ; il s'en voulut terriblement de lui avoir posé cette question.

— Tu me l'as déjà demandé à trois reprises depuis notre départ de l'hôpital, répondit doucement Amanda. Si j'avais le moindre regret, tu le saurais.

— Le commissaire Morrell prétend que je te presse trop.

Amanda sourit.

— Ton patron n'est pas au courant de tous les détails, hein ?

Dupree secoua la tête. Puis il réalisa que lui non plus ne l'était pas. Il ne savait qu'une seule chose : il aimait une femme à la folie, et elle ne l'avait même pas encore autorisé à l'embrasser.

Elle avait fait don au foyer des SDF des millions des Potter et de sa propriété. Toute la ville ne parlait plus que de cela.

— Ta gouvernante, Mabel, veut prendre soin de toi, lui rappela-t-il.

— Je n'ai pas besoin de Mabel. *Puisque je t'ai, toi.*

La clé tourna dans la serrure. Dupree soupira. La porte s'ouvrit largement et elle passa devant lui. Il pressa l'interrupteur et une forte lumière blanche submergea la pièce. Se rappelant son tableau, Dupree poussa un grognement. Ledit tableau allait servir de test : s'il ne gâchait pas tout, alors tout irait bien.

En l'apercevant, Amanda se pétrifia.

— Nokose, chuchota-t-elle.

Elle fit quelques pas lentement, d'un côté, puis de l'autre.

Quel que soit l'endroit où elle se tenait, le regard noir et fixe de l'ours la suivait.

— Amanda, je suis navré. Je n'y ai pas pensé quand j'ai...

La jeune femme se tourna vers lui et son visage mouillé de larmes le déconcerta. Cette toile avait provoqué toutes sortes de réactions, qui allaient du choc à l'horreur en passant par le dégoût, mais elle n'avait jamais fait pleurer personne.

Elle vint se réfugier contre lui et pressa son visage sur sa chemise. Il referma les bras autour d'elle.

— Oh, Seth, je suis désolée, tellement désolée ! J'aurais dû comprendre qui tu étais. S'il me restait le moindre doute, cela l'efface à tout jamais.

Elle n'avait aucune explication rationnelle à apporter à tous ces événements, mais elle était bien décidée à tout accepter, lui y compris.

— Je ne sais ni de quoi tu parles, ni ce que ce tableau t'a fait, répondit Dupree en contemplant la toile par-dessus son épaule. Mais, s'il te fait réagir de cette façon, je vais le décrocher.

A travers ses larmes, elle pouffa de rire.

— Je t'aime, Jefferson Seth Dupree. J'ignore pourquoi il m'a fallu si longtemps pour te rencontrer, mais je remercierai Dieu chaque jour de m'avoir menée à toi. Je suis passée de l'enfer au ciel, et je ne veux plus jamais le quitter — ni toi.

Le cœur gonflé de bonheur, il sut qu'il attendait ces mots depuis toujours.

Elle lui tendit ses lèvres, et il accepta cette offrande. En effleurant sa bouche, sa douceur lui causa un tel choc qu'il se sentit vaciller de désir. Il goûta à ses larmes et à son rire, et sut que, pour avoir le bonheur de connaître l'amour de cette femme, il donnerait volontiers sa vie et même celles qui suivraient.

Leurs lèvres se berçaient d'une manière que n'avaient pas encore connue leurs corps. Lorsqu'elle entrouvrit les siennes et qu'il sentit le bout de sa langue suivre le contour de sa lèvre inférieure, il faillit suffoquer. Il la désirait de tout son corps, son pouls battait sauvagement. La soif qu'il avait de cette femme était démentielle.

— Mon Dieu, Amanda, ne bouge pas, la supplia-t-il en interrompant leur baiser.

Amanda ondula contre son corps et glissa ses mains vers ses reins.

— Je t'en prie, Seth, j'ai encore quelque chose à te demander.

— Tout ce que tu voudras, ma douce, mais fais attention, gémit-il.

— Je suis très, très fatiguée. Crois-tu que tu peux me porter jusqu'à ton lit ?

Il ferma les yeux pour occulter la première idée qui lui était venue à l'esprit ; il avait l'impression de se conduire en goujat. Comment pouvait-il la désirer si violemment alors qu'elle sortait à peine de l'hôpital ?

— Bien sûr, ma douce, dit-il gentiment, tout en se maudissant de ne pas être capable d'ignorer le balancement de ses hanches.

Il ne vit pas le long regard entendu qu'elle lança à l'ours.

— Avant de m'étendre, je dois faire quelque chose, ajouta-t-elle.

Il se mordit les lèvres et essaya de compter jusqu'à dix, alors qu'elle se penchait pour sortir un objet de son sac.

Amanda leva le cueilleur de rêves à bout de bras, puis elle se retourna et le lui tendit.

— Ça t'ennuierait ?

Elle désigna le manteau de la cheminée.

Quelques secondes plus tard, le cueilleur de rêves était posé au bon endroit, à côté du ballon de foot, à quelques centimètres de la jarretière noire, juste en dessous du tableau...

Dupree recula d'un pas et plissa les yeux pour vérifier l'effet obtenu. Bizarrement, il avait l'air parfaitement à sa place.

— Ça va ? demanda-t-il, sans avoir conscience du spectacle qu'il offrait, à côté du cueilleur de rêves qu'il avait autrefois fabriqué, et de l'ours, dont l'esprit l'avait définitivement forgé.

Amanda joignit les mains et lutta contre l'envie de se jeter dans ses bras. Il ne comprenait toujours pas. Peut-être qu'il ne comprendrait jamais. Mais cela n'avait aucune importance. Ce qui importait, c'était que leurs cœurs s'étaient reconnus bien avant que leurs esprits et leurs corps ne se soient unis.

— Maintenant, à propos de ce lit, poursuivit-elle en le suivant dans l'autre pièce, j'ai besoin d'aide.

Elle se réjouit en secret de ses tourments, tandis qu'il la déshabillait, les mains tremblantes.

— Je n'ai qu'un seul lit, dit-il en tirant sur les couvertures pour l'aider à se glisser dessous et en faisant un énorme effort pour ne pas regarder ses longues jambes et son corps mince sous la combinaison ivoire.

— Encore une chose, susurra-t-elle.

— Quoi, mon ange ?

— Après tout ce qui m'est arrivé, j'ai peur de dormir seule.

— Es-tu en train de me demander de m'allonger près de toi ?

Les mots eurent le plus grand mal à passer le nœud qui bloquait sa gorge.

— Oui.

— Et je fais quoi ?

Le regard subitement solennel, elle détailla son corps.

— Pour commencer, tu me prends dans tes bras...

Il parvint à esquisser un sourire. Cette femme avait subi un enfer. Il lui incombait maintenant d'en vivre un de son côté, pour équilibrer la situation.

— Je pense que j'y arriverai, chuchota-t-il.

— On doit faire son devoir, dit doucement Amanda.

De plus en plus ravie, elle le regarda ôter ses bottes et son veston, avant de se glisser à côté d'elle.

— Est-ce une énigme ? grogna-t-il.

Pour récompense, il eut droit à un tendre éclat de rire, tout contre son cou. Il ferma les yeux, luttant contre son envie de la serrer dans ses bras. Elle avait été meurtrie sur tant de parties de son corps qu'il aurait préféré être maudit plutôt que de lui infliger un bleu supplémentaire.

— Avant de te laisser dormir, je dois te poser une question, dit-il.

Amanda soupira et s'inclina en arrière pour regarder son visage. Chaque jour, elle retrouvait de plus en plus Seth dans cet homme. D'ici peu, elle le savait, ils seraient à jamais un et un seul dans son cœur.

— Demande et tu recevras, ou quelque chose de ce genre, répondit-elle.

Elle était si délicieuse qu'il ne parvenait pas à y croire. Et pourtant, elle était bien là, entre ses bras, et lui était assailli par des pensées lubriques qui lui faisaient vivre un enfer.

— Que veux-tu savoir ?

Maintenant que le moment était venu, il réalisa qu'elle allait peut-être trouver sa requête beaucoup trop directe et effrayante. Il prit une profonde inspiration avant de plonger.

— Amanda, je sais que tu vas me prendre pour un fou. En fait, j'ai eu la conviction de l'être à deux ou trois reprises, ces dernières semaines. Mais il y a quelque chose qui m'obsède et que j'ai besoin de vérifier.

— Quoi ?

L'ambre brûlait dans ses yeux, leur donnant une vie qu'Amanda avait crue perdue à jamais. Elle retenait son souffle, dans l'attente de sa question.

— Est-ce que tu as un petit grain de beauté marron sur le sein droit ?

Les yeux de la jeune femme s'écarquillèrent. Son menton tremblait. Mais pas de chagrin. De joie.

— Eh bien, oui, dit-elle tendrement. Tu veux le voir ?

Il ravala la boule qui s'était formée dans sa gorge. Comment l'avait-il su ? Puis il se rappela son offre, et lui prit le visage entre ses mains en souriant.

— Tu ne peux pas imaginer à quel point j'en ai envie. Et je crains que mes résolutions de gentleman n'y survivent pas. Tu comprends ?

Dans un sourire, Amanda se pelotonna dans ses bras ; il l'étreignit plus fort.

— Oh, Seth, oui. Et bien d'autres choses encore.

Beaucoup plus tard, quand elle se fut endormie, Jefferson sentit une légère brise. Il se leva pour voir d'où elle venait. Sur le seuil de la salle de séjour, il leva les yeux et contempla, fasciné, la manière dont le soleil venait réchauffer, puis souligner, les objets posés sur le manteau de la cheminée.

Et un incident bizarre se produisit. Il oublia où il était, et qu'Amanda dormait dans la pièce à côté.

Le soleil se focalisa au centre du cueilleur de rêves. Fasciné, Jefferson contemplait le talisman tel qu'il avait dû être autrefois. La plume d'aigle, marron et blanc, se balançait doucement sur une brise qui venait de nulle part.

La griffe n'était plus ni fissurée ni ternie par les ans. Sa surface parfaitement polie réfléchissait les rayons du soleil. La lumière se déplaça puis se posa sur la chaude couleur auburn de la natte nouée à la tapisserie ; la lanière de cuir et les perles semblèrent osciller, comme si on leur avait lancé une chiquenaude.

Tout au fond de lui, il ressentit une douleur très ancienne, depuis longtemps oubliée. Puis il cligna des yeux, et la vision s'évanouit.

Pensivement, il regarda une nouvelle fois le

cueilleur de rêves, puis retourna vers la femme qui l'avait apporté avec elle. Un tressaillement involontaire, accompagné par l'urgence de la rejoindre, mit un terme à sa rêverie.

Il s'aperçut que le mystérieux courant d'air avait cessé aussi subitement qu'il avait surgi ; alors il s'arrêta pour jeter un dernier coup d'œil sur le manteau de la cheminée, mais tout était redevenu normal. Il haussa les épaules. Il avait tout simplement été victime d'une illusion.

5339

Composition Nord Compo
Achevé d'imprimer en Europe (France)
par Maury-Eurolivres - 45300 Manchecourt
le 10 septembre 1999.
Dépôt légal septembre 1999. ISBN 2-290-05339-2
Éditions J'ai lu
84, rue de Grenelle, 75007 Paris
Diffusion France et étranger : Flammarion